A
CURIOSIDADE

STEPHEN P. KIERNAN

A CURIOSIDADE

Tradução
Paulo Ferro Junior

1ª edição
Rio de Janeiro-RJ / Campinas-SP, 2015

VERUS
EDITORA

Editora
Raïssa Castro

Coordenadora editorial
Ana Paula Gomes

Copidesque
Tássia Carvalho

Revisão
Aline Marques

Capa e projeto gráfico
André S. Tavares da Silva

Título original
The Curiosity

ISBN: 978-85-7686-308-3

Copyright © Stephen P. Kiernan, 2013
Todos os direitos reservados.

Tradução © Verus Editora, 2015
Direitos reservados em língua portuguesa, no Brasil, por Verus Editora. Nenhuma parte desta obra pode ser reproduzida ou transmitida por qualquer forma e/ou quaisquer meios (eletrônico ou mecânico, incluindo fotocópia e gravação) ou arquivada em qualquer sistema ou banco de dados sem permissão escrita da editora.

Verus Editora Ltda.
Rua Benedicto Aristides Ribeiro, 41, Jd. Santa Genebra II, Campinas/SP, 13084-753
Fone/Fax: (19) 3249-0001 | www.veruseditora.com.br

CIP-BRASIL. CATALOGAÇÃO NA FONTE
SINDICATO NACIONAL DOS EDITORES DE LIVROS, RJ

K59c

Kiernan, Stephen P.
A curiosidade / Stephen P. Kiernan ; tradução Paulo Ferro Junior. - 1. ed. - Campinas, SP: Verus, 2015.
23 cm.

Tradução de: The curiosity
ISBN 978-85-7686-308-3

1. Romance americano. I. Ferro Junior, Paulo. II. Título.

14-18914

CDD: 813
CDU: 821.134.3(81)-3

Revisado conforme o novo acordo ortográfico

Para Chris,
meu infinitamente generoso amigo

PARTE 1
RECLAMAÇÃO

1
ICEBERG CANDIDATO
(KATE PHILO)

Eu já estava bem acordada quando vieram me buscar. Estava deitada em uma cama de metal, em um quarto de paredes cinza e teto bem branco, enquanto Billings e um alferes passavam pelas divisórias, se apressando em minha direção. Em alguns momentos, eu abriria a porta para a descoberta, para o amor, para a destruição. Porém, nos poucos segundos que restavam, sentei com os olhos arregalados.

Mais tarde, depois que tudo aconteceu e as pessoas ainda buscavam explicações, surgiu o boato de que eu já sabia de antemão o que estava para ocorrer. Honestamente. Minha irmã, a sempre sarcástica Chloe, tinha muitas tiradas inteligentes sobre isso. Como aparentemente eu podia ver o futuro, ela brincou, devia ser capaz de prever que presente seu marido lhe compraria no aniversário de casamento. Meu impulso foi responder: "O que você merece: nada", mas mantive a boca fechada. Coloque-me na frente de uma sala de aula de biologia, e eu me solto como um apresentador de TV. Mas a confiança excessiva de Chloe me reprime, a clássica autocensura da irmã mais nova. Uma resposta maliciosa seria tão improvável quanto minhas premonições a respeito de coisas que ninguém poderia ter previsto.

As pessoas que estão espalhando esses rumores esquecem que sou uma cientista dos pés à cabeça. Formada com honras no ensino médio, em Ohio, diploma de bacharel pela Universidade da Virgínia, ph.D. em biologia molecular por Yale, um ano de pesquisa celular na Johns Hopkins e mais um ano no Instituto Salk. Dificilmente o tipo que acredita em bola de cristal.

E os teóricos da conspiração vão ainda mais longe. Tudo que fiz aparentemente revelou minha intricada estratégia de enganar o mundo todo. Eles têm sites na internet nos quais circulam as possibilidades, têm blogs, reviram meu lixo. A trama, supostamente, deveria me enriquecer de alguma maneira, embora ninguém nunca explique com exatidão como isso aconteceria.

Essas pessoas precisam encontrar um passatempo mais saudável. Se passassem meia hora em minha companhia, perceberiam que essa ideia de conspiração não faz sentido. Qualquer um que me conheceu antes de o inexplicável acontecer diria que me sinto muito feliz em um laboratório, que sou apaixonada por dados e continuo comprometida com o lento e progressivo processo da pesquisa sólida. Falta-me completamente a astúcia para aplicar um golpe no mundo todo e encher os bolsos.

Agora que a mídia levantou acampamento da porta da frente da minha casa, agora que os fanáticos estão ocupados condenando outra pessoa, que o presidente não cita mais meu nome com desprezo, tenho esperança de recuperar os hábitos tranquilos que me serviam tão bem antes de o mundo enlouquecer. Talvez eles consigam preservar minha sanidade vacilante. Talvez consigam consertar meu coração estilhaçado.

Porque, honestamente, foi o amor que me motivou. Amor tanto pela curiosidade quanto por sua satisfação. O amor foi o milagre ignorado por todos enquanto estavam obcecados com um acidente da ciência. O amor, me dói dizer, é um belo homem remando só em um barco, para longe de mim, para o infinito.

Mas primeiro houve aventura. A razão pela qual eu já estava acordada naquela noite em minha cabine, logicamente, era que o navio havia mudado. Eu era uma passageira em um navio de pesquisa, um quebra-gelo convertido, dezenove cientistas, uma tripulação de doze. E também um jornalista irritando um pouco todo mundo, mas sendo mais chato comigo. Naquela noite, as marés estavam altas quando nos colocamos em curso para o norte, embora reconhecidamente, já que estávamos a mais de mil quilômetros de distância do Círculo Polar Ártico, não havia muito mais para onde ir ao norte, sobre a coroa congelada do planeta. É uma sensação interessante sentir o mundo sob você. Como se estivesse na beirada de tudo, longe do centro, esquecido.

Não é de estranhar que fomos os únicos a encontrar algo incrível lá. Onde ninguém mais procurou.

As águas agitadas daquela noite significavam que os motores estavam trabalhando a todo vapor. Deram duro para escalar uma onda enquanto o navio se inclinava para trás, e então gemeram quando ele se lançou para frente e se precipitou pináculo abaixo do outro lado. O balanço arremessou uma caneta de minha mesa, e ela rolou para cima e para baixo no chão enquanto eu tentava ler em meu beliche. O papel no meu colo, um estudo norueguês sobre a migração dos icebergs, sofria de dados de má qualidade ou de tradução desleixada. E eu também me sentia exausta. Naquele extremo norte, no mês de agosto, como o sol só se põe por algumas poucas horas, as oportunidades para dormir se tornam preciosas. Se não fosse pelo clima daquela noite, que fazia com que nos sentíssemos em uma máquina de lavar roupas, eu estaria muito satisfeita dormindo. Às vezes a velocidade do navio não combinava com o formato da onda, então ele caía de barriga na água, estremecendo todos os seus mais de cinquenta e cinco metros de comprimento.

Nas primeiras horas, consegui cochilar. Sonhei que estava balançando em uma rede, no quintal da casa onde cresci, em Ohio. Chloe gritava comigo do alto de uma árvore, algo sobre tentar com mais afinco. Mas nós nunca tivemos uma rede. De repente, o navio parou, o convés não mais se agitava, os motores emitiam um tamborilar firme sob nós. E eu despertei.

É isso. Uma explicação perfeitamente óbvia. E também, porque acordei com frio, decidi imediatamente vestir algo mais quente. Mais tarde, a mídia fez um alarde a respeito de eu ter vestido uma roupa de mergulho azul-marinho com isolamento térmico, em vez de roupas normais, como se eu soubesse que logo estaríamos na água. A simples verdade é que eu sentia frio e aquela roupa era tudo o que me restara ainda limpo. Eu não tinha nem roupas íntimas limpas.

O timing é algo curioso a considerar: Billings embaralhando-se pelo caminho enquanto eu procurava um cinto; a pressa dele, o oposto do meu lazer. Sou extremamente magra, quase sem cintura, seios tão pequenos que Chloe costuma dizer que nunca se desenvolveram. O único jeito de criar uma silhueta é usar alguma coisa em volta da cintura. E eu não conseguia encontrar o cinto da roupa de mergulho. Por fim o avistei, enrolado embaixo do meu beliche. Então o enfiei pelos passadores da roupa enquanto calçava os sapatos de barco. Uma olhada no espelho e decidi jogar uma camiseta amarela por cima. O fato de o alferes e Billings terem entrado nas cabines da frente enquanto eu abria a porta da minha não chega nem a ser coincidência. Apenas uma circunstância previsível: eles estavam vindo me dar exatamente a notícia que eu estava prestes a descobrir.

Sem mágica. Sem conspiração. Se algum dia compreendermos a cadeia de eventos seguintes, pararemos com especulações absurdas. Os fatos são suficientemente incríveis. O que sabemos agora é que a vida não termina em definitivo, como sempre acreditamos. Podemos manter vivo um corpo "morto" por tempo indefinido, respirando, o sangue circulando mecanicamente, até que os órgãos sejam requisitados para transplantes. Podemos reiniciar, até seis minutos depois, o coração de uma pessoa que "morreu" por ataque cardíaco. E agora, como resultado daquela noite no Ártico, também sabemos ser possível a reanimação temporária de um mamífero "morto". E sabemos, sobretudo, que esse feito redefine a existência humana de forma tão radical quanto a utilização da energia atômica na década de 1940.

Posso dizer que aquilo foi extraordinário? Que descobrimos uma verdade sólida em um vasto império do desconhecido? Que encontramos algo tão interessante que prendeu a atenção do mundo?

Mas não foi só isso. Também aprendemos que essas descobertas podem afetar a vida dos cientistas que se aventuram com pouca cautela em águas turbulentas. Não há potencial de recuperação para a reputação arruinada de um profissional, mas talvez exista a possibilidade de se restaurar a dignidade pessoal. Não há maneira de trazer de volta o que se perdeu, mas talvez contar uma bela história seja uma forma de luto. E assim eu, como membro da pequena sociedade que acabou esmagada por tais eventos, procuro acertar o registro do que realmente aconteceu.

* * *

Naquela noite — eram 2h12 da manhã pelo horário de Greenwich, e estávamos a mais de oitenta e três graus de latitude —, abri a porta da minha cabine no momento em que Graham Billings erguia o punho para bater nela. Quase fui golpeada na testa. Um marinheiro uniformizado estava parado ao lado de Billings, que exibiu seu usual sorriso torto britânico.

— Estranho — ele disse. — Estávamos exatamente prestes a acordá-la. Brilhante.

Graham Billings: respeitado biólogo de plantas, pesquisador da Universidade de Oxford, mais feliz diante de um copo de cerveja, mas também autor de inúmeros artigos que envolvem um trabalho extremamente minucioso sobre o papel do plâncton na cadeia alimentar global. Suas descobertas são confiáveis; sua paciência, espantosa; sua documentação, incomparável.

Billings também era meu solitário aliado naquele hostil ambiente de trabalho que caracterizou a expedição. Embora, tecnicamente, eu fosse sua chefe de bordo, ele me superava por absoluto em número de publicações, experiência de campo, prestígio científico. Eu confiava em seus conselhos diários: que baías pesquisar em seguida, que icebergs investigar, que mergulhadores atribuir a cada grupo. Nas primeiras horas do dia, nos sentávamos diante de mapas espalhados na cozinha, debatendo para onde navegaríamos em seguida. Durante toda aquela viagem, Billings demonstrou deferência por minha autoridade, o que retribuí com respeito genuíno. E, o melhor de tudo, ele ensinou a praticamente metade de nós uma cura infalível para o enjoo: arroz empapado acompanhado de chá de hortelã. A mistura se mostrou tão eficaz que ficamos todos em débito com ele.

— Bom dia, dr. Billings. Alferes. — Assenti para eles. — Por que paramos?

— Um iceberg candidato, dra. Philo. Mas como sabia que viríamos chamá-la?

— Eu não sabia. — Passei esbarrando nele, enfiando a camiseta por dentro do cinto. — Qual é o tamanho da amostra?

— Bem, doutora... — Ele se apressou para me acompanhar até a pequena cozinha dos oficiais. — Você sabe que é difícil estimar antes da sondagem do gelo maciço dentro do iceberg...

— Qual é o tamanho, Billings? — Eu me servi de uma caneca de café. — Me diga.

Ele parou, o alferes quase tropeçando atrás dele.

— Bem. A coisa é assim. — Ele pausou, abrindo bem os dedos, o sorriso transformando-se em uma luz de cem watts. — Se for real, Kate, será uma merda de baleia. Uns trezentos metros de cada lado.

— O maior candidato já encontrado — balbuciou o alferes.

Durante a faculdade, minha companheira de quarto, a editora júnior de um jornal local, disse que seu papel em uma crise era permanecer oposta a ela. Quanto maior a história — queda de avião, engavetamento de carros ou escândalo político —, mais importante para ela era manter a calma. E então jornalistas e fotógrafos poderiam formar equipes, obter ângulos instantâneos da história e ainda assim chegar à imprensa na hora certa. Valorizo a tal ponto essa abordagem em meu trabalho que ela se tornou uma espécie de reflexo profissional: quando alguém diz algo como as palavras que o alferes balbuciou, sinto meu campo magnético interno oscilando para o polo oposto.

— Provavelmente é só um enorme cubo de gelo — eu disse, dando de ombros.

Por dentro, claro, eu vibrava. *É exatamente este o motivo pelo qual viemos até aqui.* Estivemos saltando entre os portos de Thule, na Groenlândia, e Alerta, no Canadá, em volta das rígidas e encantadoras ilhas Queen Elizabeth, e então definimos um rumo para o norte, a última parada deixada para trás, tudo isso na alta temporada dos icebergs, semana após semana, apesar dos óbvios perigos. Uma descoberta como essa é precisamente o motivo pelo qual Carthage, o canalha egoísta, me contratou. Eu era jovem demais para o trabalho, não tinha experiência em trabalho de campo, completamente novata em posições de comando. Mas ele tinha pesquisas para supervisionar, subsídios para ganhar e, me perdoe a brusquidão, sacos para puxar. Ah, ele poderia cometer os mais sublimes esnobismos imagináveis, mas, sempre que algo prometia enriquecer o financiamento de seu amado Instituto Carthage de Pesquisa Celular, o cientista gênio surgia com seu peculiar beicinho aperfeiçoado.

Pelo menos tenho minha dignidade. E também meu botão. Hoje em dia vivo em um pequeno canto do país, meu nome um sinônimo nacional de engano. Mas todas as noites eu vou até as docas, independentemente do clima, para ficar em silêncio, pensar no homem que amei, no preço que paguei, enquanto, numa corrente em volta do meu pescoço, pende um botão marrom simples de jaqueta — minha única recordação de toda a fuga. Apenas um botão, um pequeno suvenir, quase nada. Mesmo assim o suficiente para me lembrar de que agi corretamente, pois, no momento mais vulnerável, salvei um homem dos lobos de nossa sociedade e, portanto, não tenho de pedir desculpas. Ali nas docas eu seguro o botão, toco meus dedos nele e me sinto orgulhosa.

* * *

Quando Carthage me ofereceu um trabalho em seu instituto, eu disse a mim mesma que os primeiros astronautas devem ter se sentido como eu naquele momento: não importava o que tinham alcançado em outros campos, não tinham credenciais para andar na Lua. E quem teria? Quando você está tão à frente de tudo o que alguém já tenha feito antes, a ideia de experiência relevante se torna risível. Além disso, que tipo de pessoa com uma mente profissional curiosa recusaria uma oportunidade tão rara? Era a chance de trabalhar na companhia de uma das mentes mais renomadas do planeta, investigando as mais incômodas questões biológicas e éticas. É por isso que pessoas como eu estão propensas a recusar ofertas permanentes para lecionar em grandes universidades a fim de trabalhar com um homem cujo narcisismo é tão famoso quanto suas descobertas.

A curiosidade, devo acrescentar, me torna disponível tanto no campo pessoal quanto no profissional. Há doze anos, dei um abraço de despedida em Dana, meu maravilhoso namoradinho da faculdade, quando ele foi cursar medicina em Seattle e eu comecei meu doutorado em New Haven.

E pode-se muito bem dizer que me despedi do amor, pois o trabalho era muito exigente. Enquanto amigos anunciavam noivados, eu estava trabalhando em minha tese. Enquanto cuidavam de seus bebês às duas da manhã, eu passava as noites debruçada sobre o microscópio. Faltava profundidade e tempo aos amassos na pós-graduação, devido ao trabalho implacável e ao futuro incerto demais. As raras oportunidades em conferências profissionais terminavam invariavelmente desabando em sua inutilidade antes mesmo de chegarmos ao quarto do hotel.

Meu último relacionamento de verdade tinha sido com Wyatt, um professor de direito tão recentemente divorciado que dava para sentir o cheiro disso nele, como tinta fresca. A respeito de sua ex, quanto mais ele insistia que estava bem, mais eu percebia que ele ainda precisaria de muito tempo para se curar. Certa manhã, quando ele me chamou pelo nome dela, eu soube que precisava cair fora. Pelo menos ele não fez isso na cama. Um pequeno consolo.

Desde então, descobri que a vida de uma mulher solteira urbana na casa dos trinta se parece muito com um baile do ensino médio: você torce as mãos esperando que os bons partidos venham convidá-la, mas diz sim a todos os outros porque está cansada de ser invisível. Há os horripilantes, os loucos para ir logo para a cama e os que prometem muito e no fim acabam apenas fazendo uma demonstração da arte do desaparecimento instantâneo. Às vezes aparecia um cara legal, alguns meses antes de voltar com a ex da época da faculdade, conhecer alguém mais jovem ou cansar de disputar minha atenção com o laboratório.

Eu costumava pensar em mim mesma como uma mulher sexualmente animada. Meus namorados concordariam com isso. Mesmo assim acabei pousando em uma vida celibatária. Carthage não poderia ter pensado em melhor preparação para sua equipe. Aceitei o trabalho. Três semanas depois, estava arrastando minhas malas a bordo do navio. Nove semanas depois, acordei no meio da noite quando os motores pararam.

Agora tomo um bom gole de café, já amargo pelo longo tempo no fogo. Pior, frio demais para aquecer minhas mãos. Jogo-o na pia, apertando o cotovelo de Billings.

— Vamos ver o que encontramos. — E sigo com eles, mantendo-me alguns passos atrás.

Ah, como eu estava obstinada, por aproximadamente cinquenta passos. Quando entrei na cabine embaixo da ponte de comando, toda a equipe técnica estava lá. Parei na hora, mas ninguém disse nada. Um terço deles deveria estar na frente dos monitores e o restante dormindo até a hora de iniciar o outro turno. Mas, naquele momento, todos estavam encostados nas paredes. Um dos técnicos, um cara confiável chamado Andrew, sorriu como uma criança na manhã de Natal.

— Olá, todo mundo — falei. Alguns homens menearam a cabeça, mas nenhum deles pronunciou uma única palavra. Um arrepio de curiosidade atravessou meu corpo. *O que eu verei ali?* Parei no começo da escada, e Billings se aproximou. — Vamos torcer para que seja um bom dia — continuei, sentindo que não era uma frase adequada para o momento e voltando a subir a escada.

A ponte de comando parecia os bastidores de um teatro: profissionais inclinados sobre seus controles à meia-luz, com fones de ouvidos na cabeça, sobrancelhas enrugadas em concentração, enquanto o capitão olhava para frente, emitindo ordens apressadas como um gerente de palco. Na frente dele, do lado de fora dos grossos vidros em cujos cantos se acumulava muito gelo, os holofotes criavam um dia artificial no convés. Sob os nossos pés, o laboratório de pesquisa zumbia com seus equipamentos esotéricos, e a maioria dos leigos travaria uma luta terrível apenas para ligá-los, mas ainda assim as ferramentas da ponte de comando eram intimidadoras. Como sempre, eu era a única mulher presente. E compensava o fato fazendo cara feia para tudo.

A expressão do capitão, Trevor Kulak, era parecida com a minha. Parado com sua postura grandiosa, ele meneou a cabeça discretamente.

— Dra. Philo, é melhor dar uma olhada no curto alcance.

— Aqui, doutora — disse um garoto, apontando para um monitor de radar. Ele até podia ser um marinheiro nos confins do Atlântico Norte, mas não passava de um menino. Entrei na frente dele, olhando para o monitor. As águas abertas permaneciam verde-escuras, mas, quando o arco de busca do radar passou, uma massa de luz verde encheu a tela.

— Qual é a escala aqui? — perguntei.

— Mil metros, doutora. — O arco percorreu toda tela do radar novamente, revelando um objeto sólido com um formato parecido com a Austrália. *E também parece tão grande quanto.*

— Estamos nos aproximando a sotavento — o capitão anunciou. — Vamos atracar nas águas calmas.

Inclinei-me sobre o monitor.

— Então, qual é a maior dimensão desse iceberg?

— Quatrocentos e vinte e dois metros no lado virado para nós. Uma varredura preliminar indica três intrusões de gelo maciço.

— Desculpe, mas isso é muito? — Virei-me para me certificar de quem fizera a pergunta, e, é claro, tinha vindo de Dixon. Resisti ao impulso de lhe dar uma patada. Daniel Dixon, repórter da revista *Intrepid*. Fazia parte do plano de Carthage ter alguém da mídia conosco o tempo todo. "Pense na imprensa", ele dizia. "Publicidade significa dinheiro." Esse podia ser seu lema.

Dixon era um cara tolerável, até certo ponto. Ele tratava de ficar fora do caminho e fazia perguntas bem abertas. Além disso, no longo percurso para o norte depois de Woods Hole, ele nos ajudou a passar incontáveis horas de tédio narrando histórias de seus dias de repórter policial: a maior mansão da cidade construída inteiramente por meio de desfalques e fraudes; fixação de preços pelas funerárias; uma mulher segura pelos cabelos enquanto o marido a esfaqueia sessenta e seis vezes. Dixon era bem corpulento, o que normalmente não representa um problema para mim, mas ele parecia ocupar espaço demais. Quer dizer, meu pai era redondo como uma maçã, mesmo assim eu nunca me cansava de abraçá-lo. Não era o tamanho de Dixon, mas a forma como ele invadia o espaço pessoal dos outros, que, em um navio, é pequeno de qualquer maneira. Ele fazia com que eu me sentisse não uma bióloga credenciada por Yale, mas uma garota atrevida em um biquíni bem pequeno. Ninguém gosta de receber esse tipo de olhar.

Além disso, a curiosidade de Dixon podia ser cansativa. Ele se recusava a deixar qualquer detalhe sem explicação, mas às vezes simplesmente não temos vontade de explicar tudo. Como naquele momento.

— Explique você — falei.

O operador do radar deu de ombros.

— Para um iceberg candidato, esse é umas cinco vezes maior que qualquer descoberta anterior. Se ele acabar sendo escolhido de verdade.

Dixon puxou o caderno de anotações que trazia sempre à mão.

— Como pode saber sem ao mesmo tocar nessa coisa?

— Tamanho. Peso.

— Não dê ouvidos a ele — comentou um dos técnicos sentados. — É mais uma questão de flutuabilidade.

Dixon se esgueirou para perto dele.

— Fale mais sobre isso.

— Basicamente — o técnico mantinha os olhos no monitor —, o gelo tem uma densidade de massa de 0,917 grama, então 91,7% do iceberg deveria estar embaixo da água. Mas, se ele se formou muito rápido, em um tufão polar, por exemplo, então a salinidade e a densidade serão maiores. Mais de 92,5% da formação pode estar submersa, e é por isso que consideramos esse um iceberg candidato. Um nível alto de densidade indica veios pesados de gelo maciço.

Dixon anotou tudo.

— E quanto desse aí está embaixo da água?

O primeiro operador de radar analisou, e então fez um cálculo em seu teclado.

— Estou calculando... 93,1%?

— Impossível — disse o segundo técnico. — Esse seria o maior já registrado. — Ele martelou nas teclas de seu equipamento. Quando o número surgiu, ficou em silêncio. Então espiei por sobre seu ombro: 93,151.

— Hum... — murmurou Dixon, anotando o número. — E por que isso é importante?

— Apenas observe. — O garoto do radar mudou a escala de seu scanner. E, enquanto seguia analisando, claras veias brancas apareciam, lembrando raízes de árvores, capilares, câmaras do pulmão. — Entendeu? — continuou. — Esse iceberg apresenta uma oportunidade de encontrar espécimes grandes para os próximos passos do Instituto Carthage.

Dixon registrou rapidamente a informação em seu caderno.

— Você acredita mesmo nesse negócio de "trazer de volta à vida"?

— Está falando sério? — zombou o segundo técnico. E então lançou um olhar em minha direção, viu que eu o observava e deu de ombros. — Vai saber.

— E você? — ele perguntou ao garoto.

O tripulante sorriu.

— Sou só o operador de radar, senhor.

Para mim foi o suficiente, então parei ao lado do capitão Kulak, que observava em silêncio enquanto os homens abaixo corriam pelo convés. Grande parte do navio estava coberta de branco, uma grossa camada de gelo também cobrindo cabos e trilhos. Os tripulantes, presos a cabos de sustentação, vestiam roupas isolantes, que repeliam a água como a pele de uma foca. Gritaram vogais uns para os outros, pois as consoantes se perderam em meio ao severo vento:

— Or, ai — berrou uma forma usando enormes óculos de proteção. Um tripulante de bombordo que aguardava com um arpão acenou confirmando, curvou-se para mirar e disparou. Um dardo de aço de três metros mergulhou como um gigante peixe voador em uma onda e saiu do outro lado, para além da escuridão.

— Ar-ar, ai — gritou o sujeito de óculos. Um homem do estibordo atirou em seguida, o ferrão de aço também indo para além da visão. Então ele deu um pequeno salto, erguendo os dois polegares enluvados, para em seguida o homem dos óculos agitar os braços formando um X e um Y em direção à ponte de comando.

Um brilho veio de trás de mim. Eu me virei e vi que Dixon estava com sua câmera fotográfica.

— Agora não — Kulak resmungou, balançando a cabeça. — Pelo amor de Deus.

Lembro-me muito bem do que aconteceu em seguida. Um pequeno prenúncio, um mínimo aviso, ou talvez uma metáfora para a coisa esmagadoramente incrível que estávamos prestes a encontrar. Mas lá vou eu, vítima da superstição, quando os fatos indicam apenas um mero erro do operador.

O capitão Kulak acenou para um timoneiro à direita, que começou a correr. Um cabo no convés se esticou ao máximo. De repente, o navio deu uma abrupta guinada a estibordo.

— Opa! — gritou Dixon. Eu me segurei na cadeira mais próxima, e Billings agarrou meu braço.

Os homens no convés se esforçavam para se manter de pé. Um que não estava bem amarrado caiu de lado. Os outros assistiram impotentes enquanto ele escorregava pelo convés, até que finalmente conseguiu alcançar um trilho, agarrando-se com os dois braços a ele.

— Segure firme — Kulak limpou a garganta. — Com as duas mãos, marinheiro.

— Sim, senhor — respondeu o timoneiro, alcançando outro apoio. Os operadores de guincho deram mais folga ao cabo do outro lado, os motores reclamando, enquanto o navio se endireitava. Em seguida, os guinchos começaram a recolher ambos os cabos lentamente, de maneira uniforme, o gelo estalando conforme o cabo era enrolando em seu carretel. Kulak franziu a testa, mas os arpões aguentaram. O navio então se aconchegou a centímetros do iceberg, como se estivesse atracando um porta-aviões. Eu podia sentir Dixon parado perto de mim, Billings do outro lado.

— Mantenha a dez metros — Kulak gritou. Os guinchos pararam, o motor do navio permanecendo ocioso. Então ele se virou para a esquerda. — Ergam as luzes.

Um tripulante apertou diversos botões. Feixes de luz revelaram uma parede branca azulada que se estendia além do alcance da claridade. Parecia que estávamos amarrados a um arranha-céu.

— Por Deus, Kate — Billings sussurrou. — Olha o que você nos levou a realizar. E se esse aí estiver cheio de gelo maciço?

Apenas apertei os lábios, tensa demais para responder.

— Alguma dessas unidades pode subir mais? — o capitão perguntou.

— Sim, senhor — disse o tripulante. E os feixes de luz abriram os focos, inclinando-se para cima, a luz espalhada. Mesmo assim não conseguiram alcançar a extremidade superior, nem sequer o topo do iceberg entrou em nosso campo de visão. O único som no recinto era a da caneta de Dixon rabiscando.

— Essa coisa deve ter mais de cinco andares de altura — o capitão Kulak disse para ninguém em particular. — Consegue iluminar um pouco mais?

— Um momento, senhor. — O tripulante pressionou mais alguns botões no console. A luz de estibordo recuou e apontou para cima. Finalmente o topo do iceberg emergiu como uma Matterhorn congelada, um reflexo dolorosamente brilhante contra a escuridão acima.

Billings deixou escapar um assobio baixo.

— Deus salve a rainha.

Kulak cruzou os braços.

— Senhoras e senhores, temos o maior iceberg candidato já descoberto.

Por alguma razão, todos olharam para mim. Dixon parou o movimento com a caneta, Kulak ergueu as sobrancelhas, Billings sorriu como um garotinho. Refleti e então fiz a avaliação de uma cientista:

— Talvez — eu disse. — Dez milhões de toneladas de talvez.

2
SORVETE
(DANIEL DIXON)

Pura e simplesmente, a bunda mais bonita que já vi na vida. E já tive minha cota de admiração. E brilhante, também, nossa dra. Kate Philo, uma estudiosa mais rápida que aquela espetacular engenheira de propulsão da NASA, que não era nenhuma tartaruga. E também gentil, e não de um jeito meloso demais ou superficial, como uma participante de concurso de beleza, mas genuinamente cordial com todos, desde o frio capitão até o ajudante de convés mais inferior na escala.

Ainda assim, a mulher podia ser tão inteligente como uma calculadora e tão quente quanto uma luz externa deixada ligada. Mas, contanto que eu pudesse dar uma boa olhada no traseiro suculento da boa doutora de vez em quando, tudo certo para mim.

Quer dizer, dá para imaginar um trabalhinho pior? Quatro meses no maldito oceano Ártico? Para um escritor de assuntos científicos com tantos anos de experiência como eu, não é exatamente como cobrir o lançamento de um ônibus espacial, escrever o perfil do salvador dos gorilas ou fazer uma previsão de quando a Flórida ficará sem água — todas histórias que eu escrevi para a *Intrepid* ao longo dos anos. Todos os escritores da equipe já estavam com outros trabalhos, meu editor insistiu, e não havia nada interessante juntando poeira na minha caixa de entrada. Eu pensei: *Que se dane*. Ninguém havia me dito que, uma vez que você passa pelo Círculo Polar Ártico, a vida fica tão sem graça quanto o meio de um deserto.

Além do mais, tudo que faziam era procurar gelo. Sim, eles queriam um "iceberg candidato" cheio de "gelo maciço", o que representava apenas um caso clássico da nova ciência: cria-se uma terminologia inédita e, da noite para o dia, ela se torna séria e objetiva, a integridade vazando pelas laterais. Tá bom. Mas é só gelo, caramba, tão raro como oxigênio naquele lugar esquecido por Deus. Basta olhar de qualquer escotilha em qualquer direção. Enquanto isso, deixávamos de ver as paisagens reais, passando direto por elas, como um hospício flutuante. Podíamos ter parado na ilha Prince Patrick, com suas escarpas impressionantes e seus rios de curvas sinuosas. Mas não, determinados como um salmão em época de desova, tínhamos de chegar a algum lugar que provavelmente nos mataria. E seria o gelo, como se tivesse algo de especial naquela forma gelada e particular de H_2O além do que podemos encontrar em nosso freezer ordinário e flutuando em um belo copo de uísque. E por todo o caminho até aqui em cima, com cada pedrinha da massa de terra do mundo ficando para trás e nada na frente até dar a volta e chegar ao outro lado. Gelo é luz do dia, gelo é café da manhã. Fique no convés por dois minutos e veja o que sua respiração pode formar dentro do capuz do casaco. O gelo aqui é tão abundante como moedinhas caindo no céu, brânquias em um peixe, comprimidos de aspirina. Mesmo assim, a cada três dias o navio se deparava com alguma descoberta uau. Só que, depois de amarrá-la e passar metade do dia escaneando a coisa toda, acabava não sendo o tipo de gelo que estavam a fim de encontrar, e lá íamos nós de novo, tão entediados como uma declaração de imposto de renda.

Eu não me enganei. Nem por um segundo. Aquela viagem não era nada além de uma grande ilusão. Parte do elefante branco colossal que Erastus Carthage havia construído para si mesmo. Obviamente ele sofria de um caso terminal de febre sueca, talvez já tivesse até liberado um lugar sobre a lareira para colocar seu Nobel. Além do mais, como ele nunca parava de chacoalhar sua canequinha para os financiamentos, desconfio de que também se preocupava em montar seu ninho particular.

Na humilde opinião deste sincero jornalista, nosso respeitado professor Carthage estava gerenciando o maior caça-níquel de inverno que este país já viu desde P. T. Barnum. Acredite em um cara que, aos catorze anos, tirou os pais de uma casa em chamas — a propósito, um prêmio especial para pessoas que cometem a estupidez de fumar na cama. E foi isso que o garoto descobriu, quando terminou de tossir os pulmões: os pais jogados no jardim, a mãe encolhida como um feto de cinquenta anos, os dentes do pai arreganhados como se tentasse morder o ar para conseguir respirar decentemente. A lição: não há nada mais morto que o morto. Pronto. Feito. Fim da história, não recolha duzentos dólares.

Eu não me importo se Carthage pode assustar alguns camarões e fazê-los saltar por aí por meio minuto. Você pode fazer a mesma coisa com certas rochas, se nelas houver estanho suficiente. Eu queria demolir a piada desse palhaço, pura e simplesmente. Queria mostrar ao mundo que farsa ele é, as manchetes da semana passada que se explodam.

E esta foi a única razão pela qual aceitei o trabalho: acabar com aquele idiota arrogante. E, se me permite dizer, a viagem teve poucas e preciosas conveniências que compensavam o esforço. Comida sem graça. Nada de bebida. Somente duas pessoas a bordo capazes de contar uma piada decente. A única vantagem, cheguei a pensar, o único bônus verdadeiro para um cachorro como eu, era o maravilhosamente perfeito, torneado e tragicamente inatingível traseiro de uma certa dra. Kate Philo.

Acrescente a esperteza e a gentileza e, sinceramente, uma causa perdida. A mulher é o prato principal e a sobremesa juntos. Às vezes eu não sabia se choramingava ou se babava.

Nesta noite no navio eu não consigo dormir. Culpa da habitual mistura de solidão e desejo, faço qualquer coisa, mas não fico chupando dedo. E então eles encontram outro iceberg candidato. Sinto muito se não fico jogando confetes. Dou minha espreitada de costume e anoto, mas ninguém fala muito porque o oceano está agitado como uma montanha-russa. Quando o iceberg fica visível, todos se espantam. Maior do que um porta-aviões e reluzentemente branco. É engraçado como, quando se cresce conhecendo a história do *Titanic*, avistar essas coisas é tão confortável quanto pisar em uma cascavel. Um nó se forma na garganta. A tripulação estava muda, o que não funciona para uma revista. Finalmente chamam a dra. Kate à ponte de comando, e eu imagino que, no mínimo, ela vai melhorar o cenário.

Ela chega com uma camiseta amarela e um desses trajes azuis de polipropileno, do tipo superapertado, usado por baixo da roupa de mergulho quando águas muito geladas são exploradas. Os tripulantes, a maioria jovens como narcisos, dão uma boa e demorada conferida. Um deles vê que eu notei e balança a cabeça, como se dissesse "Dá pra acreditar nisso?".

Cientistas, marinheiros, jornalistas, padres. Diga o que quiser, mas continuamos sendo homens.

Agora já se passaram duas horas. Amanhece, mas ninguém vai para a cama, todos debruçados sobre a mais recente descoberta, na sala de pesquisa no andar abaixo da ponte de comando. Basicamente estão analisando com sonar todo o iceberg, um processo tão empolgante quanto a descoberta da baunilha. Mas David Gerber permanece sentado ao console, o que significa que ainda podem rolar boas risadas.

— Entrem no meu palácio — ele diz, acenando para mim e para a dra. Kate, sem tirar os olhos da tela. O cabelo dele é longo, louco, encaracolado e grisalho, como um pianista de jazz viciado, preso para trás por um fone de ouvido ajustado em um ângulo estranho, e uma barba de três dias. — Venham ver o que a livre associação fez por nossa ousada expedição neste belo dia.

Gerber não é um cara que gosta muito de água, nem de biologia. Ele é um matemático teórico dos pés à cabeça, treinado em Princeton com ciência da computação em Stanford polvilhado por cima, um legítimo maníaco, e eu já o conhecia de antes. Gerber liderou a equipe de reparos quando o Mars Rover quebrou, ao faltarem ainda alguns milhares de quilômetros para vencer a garantia da NASA. Um problema gigante para resolver, com programação que teria de ser feita a noventa milhões de quilômetros de distância. E, mesmo assim, ele conseguiu, um truque bem legal, e o Rover voltou a funcionar. Cobri a história por três semanas e nunca vi nenhuma evidência de que Gerber perdera o sono. Levar um cara com esse potencial para uma viagem perda de tempo como aquela? Não imagino o que isso custaria.

O desafio com Gerber é que ele também é maconheiro dos bravos. Dia e noite, no café da manhã e no jantar. Pelo menos costumava ser assim, e eu nunca conseguia identificar quando ele estava sóbrio ou chapado. Então decidi supor que ele vivia chapado, e por mim tudo bem.

Ele também ouve música o tempo todo, obcecado por uma única coisa: Grateful Dead. Nenhuma outra música, nenhuma outra banda. Ele tem álbuns, gravações piratas, um verdadeiro fetiche por gravações com artistas convidados. Gerber uma vez se vangloriou de ter uma coleção de mais de vinte mil músicas do Dead. E também memorizou mais fatos desconhecidos do que um guia do Baseball Hall of Fame.

Gosto disso. Do otimismo das músicas, da leveza de atitude, uma quebra da rotina habitual. Às vezes, Gerber se perde em uma das longas improvisações da banda, olhando fixo para o espaço vazio durante a interminável autoindulgência musical. Fora isso, no entanto, sua obsessão é inofensiva. Uma vez, como eu havia esgotado minha dose de rock do dia, cometi o erro de fingir. Reconhecendo "Sugar Magnolia" no alto-falante do computador de Gerber, declarei que a versão ao vivo do disco *Europe '72* era superior à original gravada em estúdio de *American Beauty*.

Ele riu.

— O Dead tocou essa música quinhentas e noventa e quatro vezes e a gravou quarenta e nove vezes. Minha favorita é a de outubro de 73, que foi lançada em 2001 no volume dezenove de *Dick's Picks*. Sim, era "Sunshine Daydream" em Oklahoma City.

E então começou a gargalhar, coçou a cabeça oleosa e voltou para o computador.

Ainda bem que o cara é um gênio, porque qualquer um que desperdiça essa quantidade de células cerebrais não teria nem meia dúzia sobrando. Nesta noite, ele pede para nos aproximarmos.

— Venham, meus filhos, venham.

Eu estou de pé à sua esquerda, a dra. Kate do outro lado. Há cinco monitores em volta da mesa. Três exibem protetores de telas com fractais se ramificando infinitamente. Nos dois que restam, o superior exibe um vídeo da proa do navio. Mostra um trio de homens com roupas de expedição e grossos coletes salva-vidas, trabalhando com o scanner sonar sobre a superfície do gelo. Como escaladores, estão unidos por cordas, e estas se ancoram no topo do iceberg, em algum lugar lá em cima, fora da vista. Cada um deles se move lentamente, como se estivesse na Lua. Faz bastante frio lá fora, portanto um corpo pode morrer em minutos caso fique exposto. Um mergulho acidental na água? Não quero nem imaginar.

O scanner pesa mais de noventa quilos, e movimentá-lo torna-se ainda mais complicado com tanta roupa. Trabalhei uma temporada com esse dispositivo, então posso escrever sobre ele com detalhes, e dez minutos foi toda a experiência de que eu precisava. O frio gelou minhas narinas e começou a descer por minha garganta, e juro que estava se direcionando para o fundo dos meus pulmões. A temperatura caiu malevolente, como um nevoeiro arrepiante de um filme de terror. Não deixe ninguém encher sua cabeça com esse papo de a natureza ser linda e bondosa. Assistir àqueles homens lutando no vídeo me convenceu para sempre de que a natureza ia ficar mais do que feliz em me ver congelar até cair morto.

— Esqueçam os filmes, escoteiros — Gerber disse. — Aqui vai a história real. — Ele bateu uma caneta na tela inferior, que exibe algo parecido com uma grade 3D simples. — Esse novo truque vai nos poupar dias de análise.

A dra. Kate, abençoada seja sua bunda, se inclina para ver mais de perto.

— O que temos aí?

— Uma matriz do interior do iceberg. Eu estava vasculhando online e roubei duas ideias que encontrei... um sistema CAD para estacionamentos e o layout de um esquema para escavações arqueológicas. Agora saberemos com mais exatidão onde encontrar gelo maciço, e onde existem depósitos daquelas formas de carbono que costumavam estar vivas, para que possamos obtê-las de modo mais fácil e com menos danos às amostras.

— E o que isso está mostrando? — ela pergunta, ainda curvada para frente. E eu deveria olhar para a tela enquanto ela está nessa posição? Tá bom.

Gerber soca umas teclas e dá uns cliques no mouse; a tela muda tão dramaticamente que a boa doutora se endireita.

— Minha nossa! — ela diz.

Ele puxa o rabo de cavalo para frente, verificando as pontas duplas.

— É, nem um pouco ruim.

Então ele exibe um contorno de todo o iceberg, com linhas verdes formando uma grade perfeita de toda sua extensão, e veias brancas onde o gelo maciço atravessa o gelo do tipo comum. Parece minério nas paredes de uma mina. Aqui e ali, listras vermelhas circulam o gelo maciço.

— E esse é nosso material com potencial de reanimação — Gerber explica. — Carbono. Prontinho.

— Isso é fantástico — diz a dra. Kate. — E vai apressar a documentação também.

— É incrível o que alguns caras conseguem realizar escutando as músicas certas. Ei, pessoal — ele fala no fone agora. — Esperem um segundo. Aguardem, todos da equipe.

Os homens no iceberg ficam imóveis enquanto Gerber digita algo.

— Temos alguns dados ruins no último núcleo, caras. Poderiam voltar um pouco e fazer outra ressonância?

Não conseguimos ouvir a resposta, que chega apenas ao fone dele. Gerber observa os homens refazendo seus passos e sorri.

— Billings, você tem a minha mais profunda simpatia, mas eram dados estragados. Tente novamente. — Ele sorri para nós. — Tá certo: por favor. Por favorzinho.

Os homens lutam para movimentar o scanner para trás, e Gerber aperta mais algumas teclas.

— A mesma coisa, droga. Vamos passar novamente. — Há frieza em sua voz. Ele ouve por um momento. — Não coloque a culpa em mim, cara, não sei. Algum de vocês colocou o dedão nas lentes? — Ele ouve. Franze a testa. — O que estou recebendo é carbono sólido naquela seção. Em cada trecho dela. E a mesma coisa para os quatro acima dela e em cinco dos doze ao redor.

A dra. Kate dá um tapinha no ombro de Gerber.

— O que está acontecendo?

Ele aponta com desdém para a tela grande, em cujo meio há agora um bloco vermelho sólido.

— A leitura aqui é de que neste momento há trinta centímetros cúbicos inteiros de carbono. E isso é o mesmo que atirar uma pá numa mina de carvão e encontrar um diamante perfeito.

— Posso? — A dra. Kate estende a mão e Gerber coloca o fone nela. Ela o ajusta na cabeça, mantendo as pontas dos dedos no fone.

— Billings, em vez do padrão habitual, vocês poderiam, por gentileza, percorrer um cubo ao norte?

Observo os monitores enquanto içam o scanner até um novo ponto. Apesar daquele traje lunar, a linguagem corporal deles revela a relutância e a contrariedade que sentem.

— Viu? — Gerber aponta para sua tela. Ali está o vermelho novamente, um bloco sólido. — Esse aqui está cheio de carbono também. Merda! Passei o dia todo ontem depurando essa coisa. Talvez o equipamento tenha quebrado. Aliás, qual é a temperatura do vento lá fora esta noite?

— Um pouco mais ao norte, pode ser?

Ela está ouvindo agora, concentrada no que dizem.

— Merda, tem uma terceira coluna — Gerber comenta. Ele joga a caneta na mesa. — Odeio o que o frio faz com meu equipamento.

Ela ergue um dedo para silenciá-lo.

— Qual é a profundidade que estamos escaneando agora? — Ela para para ouvir novamente. — Sério? O lado inferior? — Sorri. — Excelente trabalho, senhores. Vou me vestir, e eu gostaria que o Esquadrão Três cuidasse disso. Digamos, funcionamento total em quarenta minutos, ao meu sinal, às 4h18, GMT. Só isso por enquanto. Muito bem, pessoal.

Gerber está olhando para cima, observando-a como um filhote de pássaro à espera de ser alimentado. Ela lhe entrega o fone de volta.

— Eu preciso que você seja meu cérebro a bordo, Gerber. Salve os dados em tempo real e faça backup em dois discos, certo? Na água, vamos documentar tudo em vídeo, com captura de imagens estáticas ao meu sinal. Quero essa sequência de recuperação impecável.

— Você não acha que é o equipamento?

Ela ri uma nota acima.

— Gerber, você não percebeu? Não sei se é uma foca, um filhote de beluga ou de tubarão. Mas algo grande está congelado aí. Realmente grande.

— É tão excitante — diz Gerber, inexpressivo. Ele acena a cabeça na minha direção. — Vou alertar a mídia.

A dra. Kate fechou os olhos e posso imaginar as rodas girando. E então ela se vira para um técnico do outro lado da sala.

— Por favor, informe ao capitão que nós vamos fazer a colheita nesse iceberg imediatamente. Alguém ligue para Carthage e coloque-o a par.

Gerber bufa.

— Devemos sempre alimentar a besta.

Mas, se ela ouviu, não demonstra quando para perto da porta. Dá para ver a capacidade da dra. Kate de manter a calma. Como se tranquilizasse um bebê talvez, ou reconfortasse um cachorro durante uma tempestade, ela mesma se recompõe. Mas desta vez não funciona. A animação que sente está além de seu limite de restrição. E não é nada mais do que adorável.

— Mais uma coisa. Avise ao cozinheiro que comece a alimentar todo mundo com sorvete. Vamos precisar de uma tonelada de espaço no freezer.

Ela se apressa para fora, e eu posso ouvir seus passos no chão de aço. Eu me pego pensando como ela sabia que devia estar na ponte de comando exatamente quando o gelo apareceu. Como sabia que devia usar roupa de mergulho antes de as análises começarem? Normalmente Billings supervisiona as análises da sala de comando. Por que desta vez ela o enviou lá para fora?

Gerber arrasta o cursor de um lado para o outro sobre os blocos vermelhos.

— Apareça, seja lá quem for.

Eu me aproximo dele.

— Algum palpite?

— Não. — Ele coça a cabeça. — Um puta camarão grande?

— Vou fazer café — digo e saio em direção à cozinha, só porque quero me manter alerta. Verdade seja dita, isso significa que talvez eu passe pelo vestiário, talvez consiga dar uma espiada na bela doutora se esforçando para vestir aqueles encantadores ossos com uma confortável e gostosa roupa de mergulho.

Quer dizer, não que ela estivesse me dando qualquer outra coisa em que pensar.

3
NADA MAL
(ERASTUS CARTHAGE)

Você fica ali parado perto do parapeito, ciente de que eles não acreditam em você: cientistas, pesquisadores, ratos de laboratório de todo o país. Patrocinadores, abençoada seja sua carteira. Subordinados também, aqueles peões sem doutorado que servem como implementos exploráveis, mas que acabam ficando aos nossos pés como gatos abandonados. E a mídia, qualquer demonstração seria desperdiçada sem que pelo menos alguns jornalistas pudessem dar uma olhada e rabiscar suas conclusões.

— Estamos prontos? — você diz em direção ao telefone viva-voz.

— Só mais um minuto, dr. Carthage — responde o colega do pós-doutorado, um ruivo de Yale cujo futuro depende de situações como esta. Se há algum benefício na vida acadêmica, é a subserviência de jovens, homens e mulheres, que sabem que basta uma simples observação preocupada em sua ficha, um rumor de resultados de laboratório forjados, ou até mesmo um sussurro seu nas maiores convenções, e as carreiras científicas deles estarão acabadas. Em vez de trabalhar liderando mentes em laboratórios esplêndidos, lecionarão biologia para os calouros em uma universidade sem importância em algum lugar esquecido da América. Para aqueles com aspirações elevadas, a ansiedade causada por seus caprichos é um motivador esplêndido. Os medos deles são a sua segurança.

A equipe trabalha atrás de um vidro que se estende por toda a extensão da sala. Não foi uma janela barata, mas você a projetou tanto para exibição como para pesquisa. Você imaginou um dia como aquele, sonhou com ele. Mesmo assim, quando o momento chega, não sente como se fosse um desejo realizado, mas como inevitabilidade. A razão e a dúvida prevalecem mais uma vez.

Algumas tarefas são feitas sob um capuz de laboratório, porque nunca se tem certeza do tipo de germes que pode gostar de reentrar no mundo dos vivos.

Os membros da equipe vestem casacos brancos, seguindo as instruções dadas por você, mas, como trabalham vestindo jeans nos dias normais, os casacos representam puramente exibição. No entanto, todo o exercício acaba servindo para o mesmo propósito: a demonstração desta manhã, a conferência desta tarde com você na palestra principal. Até que suas ideias se firmem na mente do público e o financiamento se torne seguramente perpétuo, tudo é para causar efeito. Afinal, uma vez que a descoberta acontece, a maior parte da ciência é só teatro.

Você não está nem remotamente nervoso. O laboratório replicou esse processo nove vezes em frente a uma audiência. E mais vinte e dois ensaios foram publicados antes de o primeiro artigo aparecer, com uma longa lista de coautores e seu nome no topo. Aliás, onde pertence por direito.

Thomas — seu assistente sem cargo e sem salário, que também é mordomo, secretário, sombra e fiel escudeiro — realizou as introduções do dia, providenciou café e massageou os egos até o nível da perfeição. Neste momento seu papel é de figura-chave. Mestre de cerimônias.

— Estamos prontos? — você repete.

— Estamos nos últimos parâmetros, senhor — chega a resposta.

Você checa o relógio. Seis minutos atrasado, intervalo preciso após o horário agendado, o qual você acredita aguçar a curiosidade da audiência. Então sua tagarelice começa:

— Senhores... e senhora. — Acena com a cabeça para a repórter do *Post*. — Obrigado por comparecerem hoje. Estamos contentes em demonstrar as recentes realizações do Instituto Carthage de Pesquisa Celular. Hoje vamos reanimar... O que é, doutor, um copépode ou um krill?

— Krill — responde o viva-voz. Os técnicos usam máscaras, mais uma vez, meramente pela aparência, tornando impossível determinar quem está falando.

De qualquer maneira, você sabe a resposta. Não há nada nesta demonstração que tenha fugido à sua preparação. Você poderia ter sido um coreógrafo.

— O *Euphausia superba* — você informa à audiência —, uma criatura excelente. De posição muito baixa na cadeia alimentar, a biomassa dessa espécie da Antártida excede quinhentos milhões de toneladas, aproximadamente o dobro da biomassa de todos os seres humanos.

— Já estamos prontos, senhor — o viva-voz declara.

— Permitam-me lhes oferecer um contexto — você começa. Os próximos quatro minutos contêm a versão "vista do espaço" de tudo o que você aprendeu nos últimos trinta e seis anos. — Vamos começar com algo familiar: plantas. Elas fazem isto. — De uma mesa lateral, você apanha uma semente de girassol e a exibe para todos. — Parece morta. Mas contém vida. Estamos tão acostumados com esses pequenos pacotes dormentes que dificilmente registramos que possuem todos os materiais necessários para se tornarem vivos.

Você coloca a semente de volta no lugar e mostra a todos uma pinha.

— Isto vem de um *Pinus contorta*, um tipo de vegetação que pode crescer até cinquenta metros de altura. No entanto, este cone só se abre para liberar suas sementes quando sente uma temperatura de sessenta graus centígrados. Depois da destruição causada por um vulcão ou um incêndio florestal, esta é a espécie que irá restaurar uma paisagem queimada, transformando-a em um tapete verde. Certas condições extremas são necessárias para revelar seu poder de vida interior.

Você coloca a pinha exatamente onde estava, pronto para a próxima apresentação. Lança um olhar para Thomas, que está completamente concentrado em você, apesar de já ter ouvido esse discurso em incontáveis ocasiões anteriores. Ele serve bem, às vezes, não serve?

Você continua:

— Além das plantas, existem outras quatro formas de vida neste planeta. Quatro, e cada uma tem uma fase de morte aparente refutada pela vida que uma hora resulta dela. Vamos primeiro considerar a bactéria, que funciona de modo similar às sementes. Ela espera condições favoráveis, especialmente umidade, temperatura e um hospedeiro, e então vivencia um renascimento. Em seguida estão os fungos e os cogumelos, cuja latência reconhecemos sempre que adicionamos água para fermentar algo aparentemente sem vida. O terceiro tipo são protistas, como as amebas, que reproduzem cópias idênticas, tornando impossível identificar a prole e a original, o que confunde o conceito de morrer de qualquer entidade em particular.

Você já andou ao longo de todo o grande vidro, as mãos segurando as lapelas, aparentando um passo distraído, embora tenha programado sua chegada à palavra final. No canto da janela, você para.

— Esta percepção superficial de mortalidade também se estende à forma de vida que resta, os animais. Você acha que sabe quando eles vivem e morrem. Mas hoje vamos mudar suas ideias, enquanto reanimamos esta *Euphausia* encontrando os mecanismos que atuam como uma espécie de semente dentro dela.

Eles se ajeitam nas cadeiras. Você percebe que não é por desconforto, mas por aumento da ansiedade. E gosta disso.

— Uma ressalva — você diz, levantando a mão. — Hoje veremos apenas uma parte de um processo de cinco fases. — Você conta nos dedos. — A primeira, reclamação, que inclui encontrar e identificar uma amostra viável. A segunda, reanimação, que vocês testemunharão momentaneamente. A terceira, recuperação, na qual o espécime recupera suas funções. A quarta, o platô, quando ele atinge o equilíbrio. E a quinta, o frenesi, que, como poderão observar, falará por si mesmo. — Então você acena o braço. — Que comece o exercício.

Quando as luzes diminuem e os slides começam a ser exibidos, os olhos de cada um dos presentes se voltam para a tela. É simples assim. Eles seguem e obedecem. O estudante ruivo de Yale está explicando o que é o gelo maciço, como ele se forma sob estupenda pressão, casado com o clima mais amargo que este planeta pode conjurar. Esta foi a primeira de suas descobertas, a criogenia natural. Não há necessidade de refletir sobre os motivos pelos quais as espécies desenvolveram esse mecanismo de sobrevivência, transformando seus corpos em sementes para o futuro. Não há necessidade de se tornar um darwiniano a respeito disso. A audiência já começa a acreditar; os olhos fixos na tela alta provam isso.

— Com licença. — O herdeiro da fortuna de um jornal extinto levanta a mão. Seu último cheque chegou bem aos seis dígitos, e você se lembra da sensação exata dele dobrado discretamente ao meio, na palma de sua mão. — Qual é a idade da amostra que veremos hoje?

— Cerca de setenta anos — o pós-doutorando responde. Ele coloca uma lasca de gelo dentro do receptáculo de animação. — Este espécime está morto, no sentido literal, desde antes que qualquer um nesta sala tenha nascido.

Thomas, ensinado por você a agarrar qualquer oportunidade, dá um passo à frente.

— A descoberta deste gelo maciço ocorreu em uma missão na Antártida três anos atrás. O financiamento veio de um benfeitor que está presente hoje. O espécime foi armazenado a uma temperatura de cento e vinte graus abaixo de zero. Esta descoberta em particular se provou uma das mais confiáveis para tentarmos a reanimação.

Muito bem, Thomas, você pensa, muito bem colocado. Na verdade, todas as amostras de gelo maciço têm o mesmo desempenho, independentemente da sua idade ou origem. Mas nenhuma dessas formigas da audiência consegue entender as publicações profissionais, então não há mal nenhum em encorajar um financiador a crer que esse gelo é especial. Você poderia elogiar Thomas por sua esperteza, mas não elogia.

— Quando o gelo maciço se forma — o pós-doutorando continua —, quaisquer criaturas na água passam por um congelamento extremamente rápido, tão rápido que os cristais habituais de gelo não se formam. Esse processo deixa as células intactas e com propriedades químicas únicas, ou seja, oxigênio e glicose em abundância. Tudo é preservado como quando estavam vivas. Nosso desafio é guiá-las de volta. Observem.

A tela exibe uma visão microscópica aumentando, um borrão de gelo branco acinzentado e então, com mais clareza, dezenas de pequenas criaturas do mar congeladas.

— É um microscópio de feixe de elétrons? — pergunta a mulher do *Post*. Você sente vontade de dar-lhe um pirulito, tamanha sua ingenuidade.

— Não — um dos técnicos responde. — Você encontra um desse tipo no laboratório de qualquer colégio.

Você faz uma anotação mental para que Thomas repreenda esse imbecil. Se for uma segunda falta, ele será despedido. Nada a respeito do projeto deve parecer fácil ou improvisado.

— Vocês podem ver que estas criaturas, que uma vez estiveram vivas, continuam perfeitamente preservadas — o pós-doutorando continua. — Como sementes à espera de encontrar o solo correto. Agora realizaremos duas tarefas simultaneamente: fornecer o banho de descongelamento e galvanizar as amostras com eletricidade e forças magnéticas. Pensem no lodo primordial, mas, em vez de milhões de anos de randomização, nós temos a química precisa e, em vez de relâmpagos, forneceremos amperagem altamente calibrada.

Os técnicos andam apressadamente de um lado para o outro. Thomas responde a outra questão do pirralho do jornal. Um dos integrantes da equipe de um congressista quer saber o custo de tudo.

— Isso varia de amostra para amostra — Thomas responde — porque o custo de procurar gelo maciço flutua amplamente. O processo de extração envolve viagens marítimas que duram meses, análises por equipamento sonar em centenas de icebergs para encontrar uma veia, e então minerar esses espécimes do gelo submerso, tudo sem comprometer o material. E aí está a parte dispendiosa. Reanimar as criaturas aqui, em comparação, é tão caro quanto acender as luzes.

— Os krills que estamos usando hoje, por exemplo — o bichinho de estimação do congressista insiste. — Quanto custou para encontrar o material, trazê--lo até aqui, armazená-lo e agora reanimá-lo?

— Este instituto — você começa de repente, fazendo o possível para não olhar para Thomas — se dá ao luxo de receber financiamento privado, o que nos garante liberdade de manter nossas informações financeiras em sigilo. A questão não é evitar prestação de contas, mas cultivar flexibilidade e capacidade de resposta às descobertas, em forte contraste com o típico financiamento rígido que o governo faz hoje em dia às ciências. Estamos seguindo o modelo que Peter

Marshall usou na Grã-Bretanha setenta anos atrás. Operar um laboratório particular permitiu a ele a identificação do mecanismo de transporte dos elétrons da mitocôndria quando ninguém mais foi capaz de fazer isso.

— Ele não ganhou o Nobel por isso? — perguntou o herdeiro do jornal.

Você ergue as mãos e faz uma pequena reverência.

— Estamos prontos — avisa o pós-doutorando. É a sua deixa. Você enfia a mão no bolso e retira um cronômetro, erguendo-o com o braço esticado. Todos olham, mas voltam o olhar para a tela de projeção. Não querem perder o mistério. Querem abandonar o ceticismo. Querem que, de alguma forma inexplicável, você se torne a mão de Deus.

— Por favor, assistam atentamente — o pós-doutorando diz. Ele baixa uma placa de gelo, fina como papel, e a mergulha em um banho quente. Ela se dissolve imediatamente. A projeção na tela se divide em duas, um lado exibindo a banheira, o outro mostrando a mão do técnico em um botão negro. Ele gira o botão no sentido horário. — Estamos acrescentando agora uma fraca corrente elétrica e um poderoso campo magnético.

Você inicia o cronômetro. E mal consegue conter a alegria em sua garganta.

A água revela uma agitação tão pequena que pode ser um truque, o olho criando algo que ele quer ver. Um silêncio expectante toma conta da sala. Você adora esse momento, a antecipação. E então, muito lentamente, um krill se liberta de sua prisão gelada.

— Recuperação — você explica, e a mão que está no botão gira para a direita ao máximo. Instantaneamente a água está cheia de atividade, krills se abrindo e fechando como lagartas se esticando para alcançar a próxima folha. Vários parecem se mover em linha reta, o que indica um propósito ou destino. Dois se chocam e então desviam para longe. Outros saltam para fora do campo de visão do microscópio.

— Platô — você diz a eles.

A mulher do *Post* coloca uma das mãos sobre o peito.

— Ah, meu Deus! — ela exclama.

Isso nunca deixa de animar você. Esses pequenos seres que pareciam mortos... não há outro jeito de colocar isso: você os está trazendo de volta à vida. O ritmo dos movimentos dos krills aumenta. Parece uma brincadeira. Enquanto a atividade deles continua, você não pode resistir em projetar todos os tipos de emoções que eles apresentam: exuberância pela vida novamente, conforto pelo aquecimento, deleite pelo encontro com outros da mesma espécie. Um dia será possível cruzar dois krills reanimados?

Agora a energia muda. Os movimentos se tornam frenéticos, violentos em sua escala microscópica. Você anuncia:

— Frenesi.

Talvez estejam vivenciando a versão krill da vida mais gratificante, porque sabem que a qualquer momento ela vai terminar. Ou talvez se sintam em pânico, pela mesma razão. Se apenas tivessem algum tipo de consciência, se pudessem se comunicar.

Então a energia enfraquece na tela. Os movimentos das criaturas se tornam mais lentos. Finalmente elas param, com exceção de uma, cujas extremidades tremem como um besouro que acabou de morrer. E essa também fica imóvel. Você aperta o botão do cronômetro, fazendo o maior barulho possível e com um floreio para que todos notem.

— Uau — diz o rebento do jornal. — Impressionante.

— Então foram... — você aperta os olhos ao ler o mostrador do cronômetro — 250,77 segundos.

Espantoso. O tempo mais longo para um krill, quarenta segundos a mais. As modificações no banho químico se provaram inovadoras. A equipe sabe bem disso, mas não demonstra, todos focados apenas nos negócios. Você faz contato visual com Thomas. Ele está sorrindo por trás da mão.

— Sim — você continua —, e como esta espécie de krill em particular vive uma média de quatro dias, isso significa que restauramos a vitalidade dessa criatura pelo equivalente a 1,21% de sua vida útil.

Thomas se esforça para deixar de sorrir.

— Se fizéssemos isso com um ser humano com uma expectativa de vida média, nós o traríamos de volta à vida por vinte e um dias.

— É claro — você coloca o relógio de pulso em uma das mesas — que ninguém está falando em fazer nada disso com humanos. Temos muitas formas de vida menores com as quais experimentaremos primeiro.

— Pode fazer de novo? — pergunta a repórter do *Post*. — Pode reanimar esses mesmos krills uma segunda vez?

Thomas balança a cabeça.

— Somente uma vez.

Ela olha ao redor.

— Então agora eles estão realmente mortos?

— Mesmo assim... — Thomas sorri. — Foram 250,77. Nada mal.

* * *

Como apóstolos, eles seguem você para o centro de conferências, o grupo seleto que presenciou a demonstração dessa manhã. Agora vão fazer proselitismos em seu nome. E assim os discípulos da reanimação crescerão em número e fervor.

Do lado de fora do salão, há a paixão habitual: admiradores, aqueles que querem se promover e a mídia. Thomas faz sua parte, puxando você para frente, sem se importar com quem está tentando lhe dirigir a palavra. Ou puxar sua manga, pois uma mulher realmente tenta segurá-lo pela camisa. Será que ela tem ideia de por quanto tempo seu projeto acabou de manter um krill reanimado? Não, ela apenas o puxa como um vira-lata mordendo um pano.

— Sarah Bartlett, UCLA — ela zurra. — A *Cell* acabou de aceitar meu artigo questionando a ética do seu trabalho, para a próxima edição. Eu quero que saiba que não há nada pessoal...

Você faz um círculo com o punho para torcer a mão da moça e assim ela largá-lo.

— Claro que não. Da mesma forma que, se eu chamasse seu trabalho de imoral, você também não ficaria ofendida.

Bartlett insiste, como um mosquito:

— Se eu estivesse tentando redefinir a mortalidade, eu esperaria pelo menos um pouco de crítica. O questionamento é o que dá à ciência sua energia...

— A descoberta é o que dá à ciência sua energia — Thomas a interrompe. — E o dr. Carthage precisa ir para outro lugar.

Ele o tira dali e a mulher cai de volta ao clamor geral. Uma ideia divertida toma sua mente: você deveria andar com um mata-moscas à mão?

Finalmente você chega à sala de conferências, um retângulo sem janelas. É terrível notar como a arquitetura da funcionalidade foi capaz de criar essas cavernas sem personalidade. Centenas de cadeiras dispostas em fileiras. Garrafas de café e bandejas de pãezinhos doces sem graça alinhados na parede dos fundos. No pódio, Bergdahl nota sua presença e acelera a apresentação.

— No congelamento instantâneo, a rapidez da redução de temperatura evita que grandes cristais de água se formem, prevenindo assim danos na membrana celular. — Ele mostra um slide de duas células, uma congelada, mas intacta, a outra irremediavelmente rompida.

O que ele não diz, este titular em sabedoria biológica da Universidade de Columbia, é que ninguém foi capaz de congelar tecidos com a rapidez necessária em laboratórios. Todos eles estouram. Somente a natureza, com sua intensidade de frio, ventos e colisões de icebergs, pode formar gelo maciço. É por isso que você tem de arcar com as gigantescas despesas de uma pesquisa polar.

— Em algumas espécies — Bergdahl continua, olhando em nossa direção e então voltando para suas anotações —, os criobiólogos observam que as criaturas que estão morrendo produzem glicose instantaneamente, como certos sapos durante o período de hibernação, diminuindo o calor de seus tecidos a ponto de congelamento.

Thomas inspeciona seu terno, espanando fiapos invisíveis. Bergdahl finaliza, aplauso aplauso. Descendo do palco ele se vira na direção do local em que você está, mas algo em seu comportamento faz com que ele se desvie para a mesa de café.

Thomas entrega o currículo ao homem que apresentará você, e então se apressa para carregar sua apresentação no computador ligado ao projetor. A introdução começa, e você tem três minutos para clarear a mente. É fácil lidar com os que acreditam. É trabalhoso com os céticos. Para eles, você tem dados, histórias e um filme. Por nove segundos, a imagem mostra um camarão imaturo, jogado em um prato de laboratório. Mas não é um camarão comum, nem são quaisquer nove segundos. O filme capturou a primeira reanimação bem-sucedida. Agora — atacado por cientistas, criticado por fanáticos religiosos, saudado por companhias farmacêuticas, confiscado pelos familiares de milhares de pessoas congeladas criogenicamente, e alternadamente elogiado e temido por políticos —, esse lindo vídeo está mudando o mundo. Na internet chega a milhões de visualizações. Se você pudesse ter cobrado dez centavos por cada uma...

Thomas volta, o cenho franzido. Embora ele saiba muito bem que não deve interromper você num momento como este, está segurando o celular, que toca. Você acena com a cabeça, e ele coloca o aparelho perto de seu ouvido.

— Carthage falando. — A voz do outro lado responde em um ritmo monótono em meio à estática. — Devagar — você diz. A voz descreve um iceberg candidato, o maior já visto, repleto de gelo maciço, análises mostrando blocos e mais blocos de carbono. O maior, mais rico etc. etc.

Sua introdução está quase acabando. O homem no palanque lista suas publicações, em seguida serão seus prêmios, e então é com você. Se o achado for da metade do tamanho descrito, então a revolução começou. Você precisará de mais laboratórios, mais pesquisadores, mais financiamento. Uma foca ou uma baleia imatura? Como a academia sueca poderá ignorar isso? Uma gota de suor lhe desce pelas costelas.

A voz no telefone requisita instruções.

— Por que está perguntando para mim? — você questiona. — Que tal aquela mulher que coloquei a bordo para supervisionar? Como é o nome, Philbert?...

Certo, Philo. Diga a ela que colha a descoberta primária e ignore o resto. Envie atualizações regulares para meu pessoal no centro. Você realmente precisa que eu lhe diga essas coisas?

Você se afasta do telefone.

— Thomas, será que você pode cuidar desse maldito pessoal?

Ele tapa o telefone, curvando-se em um pedido de desculpa sem palavras.

— Senhoras e senhores — diz o apresentador —, deem boas-vindas ao dr. Erastus Carthage.

Um terço da plateia o aplaude de pé, outro terço bate palmas por educação, e o restante se mantém sentado com a expressão dura como rocha. É divertido ver como estão segregados, semelhante ao que ocorre quando o presidente discursa para o Congresso. No palco, o microfone está ajustado à altura do apresentador, cerca de dez centímetros mais baixo. Provavelmente ninguém na história da humanidade já higienizou um pedestal de microfone. O número de mãos suadas que o seguraram ao longo dos anos deve passar de mil, mas não há alternativa. Você não pode inclinar-se em um momento como este. Então o ergue para que fique na altura máxima. Você resiste ao desejo de limpar a mão nas calças.

Contudo, o que você tem ao seu lado é a razão, técnicas impecáveis, dúzias de reanimações bem-sucedidas, toda a grande recompensa do método científico. Quem precisa de confiança quando está apoiado por todo o pensamento humano desde o Iluminismo?

— Boa tarde — você diz, braços abertos como se estivesse segurando uma bola de praia. Este é o seu movimento padrão, sua assinatura, praticado diante do espelho, seu gesto para as multidões. — Estou tão feliz de estar aqui. Estou tão feliz em vê-los. — Você faz uma reverência na direção do grupo que não aplaudiu. — Todos vocês.

4
PREPARANDO PARA SUBMERGIR
(KATE PHILO)

BELEZA É A ÚNICA COISA SOBRE A QUAL NINGUÉM CONSEGUE CONVERSAR comigo. Trabalho? Ah, eles se agrupam para falar disso: tantas horas em um laboratório no porão fazem você perder a noção de tempo, se é manhã ou noite, e mais ainda o dia da semana. A solidão de uma nova ideia, quando todos os pensamentos preexistentes estão aliados contra você. As políticas amargas dos acadêmicos, nas quais a generosidade é fatal e o perdão, impossível. O potencial de um bom trabalho ser plagiado e um grande trabalho ser dispensado. Quando procurei conselhos no início de carreira, ninguém deixou esses ingredientes de fora.

Meu pai costumava dizer, e eu o amo por isso: "Kate, você não é inteligente demais para a ciência?"

Certa vez, durante o que se revelou o último outono de sua vida, ele me surpreendeu com uma visita inesperada à pós-graduação. Eu estava palestrando, afundada no papel da membrana tilacoide na fotossíntese, animada como sempre por estar na frente de uma sala de aula, mesmo em um grande salão como aquele, e, quando ergui o olhar, eu o avistei em pé no fundo. Um pequeno homem rotundo com um sorriso de um metro de largura. Meu pai. Tê-lo ali me vendo sob aquela luz... bem, sou grata por ter acontecido antes de ele morrer.

Naquela noite passeamos por New Haven, um tour por seus modestos encantos em meio a perpétuos tempos difíceis, fizemos uma boa refeição que ele insistiu em pagar, então lhe dei um beijo de despedida já em seu hotel. Mas não foi o suficiente, pois no dia seguinte meu pai passou pelo laboratório a caminho do aeroporto. Eu estava trabalhando de capuz e óculos de segurança. Ele me deu um abraço de olá, então levantou o escudo plástico do meu rosto.

— Minha filha é bonita demais para essa baboseira.

Era um pouco de baboseira? Claro. Exames orais, composições, listas de leituras obrigatórias, coisas criadas para assustar aqueles que não estão comprometidos com o curso, mesmo que algumas dessas pessoas tenham as melhores mentes. Muito disso era solidão, também, nossos confidentes mais próximos sendo nossos concorrentes a empregos e subsídios, o tema da sua dissertação uma aposta de vários anos sobre o seu futuro. Persistência, essa era a virtude suprema. E também saber qual é o seu lugar.

Beleza, porém, esqueceram-se de mencionar. Mesmo na ciência, e eu a vejo o tempo todo. Em alguns dias é tudo o que vejo, desde que dei minha primeira olhada em um microscópio na quinta série, um retângulo de vidro que mergulhei na água de uma lagoa que parecia sem vida e cheirava a apodrecimento. Mas, sob ampliação, ela se mostrou um reino tão variado e energético que me senti diminuída. Eles estavam ocupados, aqueles pequenos seres, seja lá o que fossem. Paramécios, suponho, algas e algumas larvas. Porque revelavam mundos inteiros de vidas das quais eu não sabia nada, deflagraram minha primeira curiosidade. Eles eram milagres.

Então, nos anos subsequentes, vieram os estudos. A maioria dos candidatos ao doutorado se sustentava dando aulas para alunos dos primeiros anos. Meus colegas reclamavam constantemente do tempo consumido pela preparação de aulas, correção de provas, cumprir o horário do expediente. Todo aquele esforço seria mais bem gasto no laboratório, eles diziam. Eu era o oposto: energizada pelas mentes jovens, compelida por seus interesses, animada em mostrar a eles não o que eu sabia, mas como me sentia a respeito de descobrir algo.

Se isso não significasse ter que jogar fora todos os anos que eu já havia investido; se não significasse uma vitória para a alegação de Chloe de que eu não era nem inteligente nem comprometida o suficiente para completar o ph.D., eu teria sido muito feliz ficando ali, ensinando os alunos da graduação. Ver uma mente jovem envolvida por uma ideia difícil, lutando com ela e finalmente se iluminando de compreensão — essa era a única nostalgia que eu sentia enquanto minha carreira avançava. Mesmo na Hopkins, onde os cérebros ao meu redor eram tão malhados pelo esforço quanto os bíceps dos levantadores de peso, às vezes eu ansiava estar diante de um bando de crianças explicando por que o oxigênio brilhava tanto.

Minha recompensa foi aprender as muitas facetas da beleza, ou seja, como ela ocorria em padrões que iam do minúsculo ao gigante. Puxe a tampa do ralo de uma banheira — há uma elegância no modo como o líquido se esvai, uma eficiência ordenada funcionando entre a gravidade, as moléculas da água e a forma dos canos... Mas isso não é tudo. A água espiralada é exatamente como a imagem de satélite de um furacão abatendo-se sobre a costa do Golfo em algum dia chuvoso e encharcado de setembro. E vai além: os dois repetem a espiral das galáxias, a mesma forma respondendo a forças similares, leis idênticas, embora uma seja o escoamento de bolhas de sabão e a outra, uma cascata de estrelas.

Também é assim com o gelo. Um século atrás, um homem em Vermont chamado Bentley inventou um método de fotografar flocos de neve e ampliar as imagens. Foi aí que essa ideia sem igual se originou. Eu vi suas fotos, em um livro que minha professora de física do colégio me emprestou há alguns anos. Há beleza, sem dúvida, um maravilhoso hexágono depois do outro. Mas este é apenas um tipo interessante de gelo. Há o gemido das placas de gelo moendo umas às outras quando um rio congelado começa a derreter no início da primavera. Há as filigranas que assumem uma forma parecida com samambaias na janela do banheiro depois do banho nas noites geladas. Há os pingentes de gelo, geleiras, as pedras em sua bebida. Há o gelo maciço, o ás escondido de todas as incontáveis formas da água.

Claro que é importante saber o significado de H_2O, como podemos usá-la, como ela sustenta a vida, o que a poluição ou a negligência podem causar. Há todo um léxico na física para as ondas do oceano, o potencial para gerar eletricidade usando as marés, o esgotamento dos nutrientes devido à erosão do solo, a irrigação natural da chuva. Mas minha ciência, se eu mandasse no mundo, seria a de nunca perder de vista a outra parte da equação. A beleza.

O Esquadrão Três está pronto para mergulhar. Eu me junto a eles no convés. Amanheceu há horas, como acontece tão ao norte em agosto. Estou vestindo meu traje negro de mergulho, com camadas de isolamento por baixo, e despejei água quente pela abertura do pescoço para prolongar o calor corporal. A equipe de mergulho está focada no trabalho, serras e brocas submarinas amarradas à plataforma vermelha e enferrujada, luzes e reguladores, verificando as máscaras para se assegurarem de que nem um pedacinho de pele, ainda que minúsculo, fique exposto. Eles estão inquietos como cavalos antes da corrida.

Billings surge no convés vestindo seu casaco impermeável. Normalmente, depois de ser obrigado a varar a noite, ele dorme durante a extração, mas não desta vez.

— Não brinquem durante o parto — ele grita por sobre o ruído do vento. — Vocês não vão querer lidar com fragmentos.

Comunicar-se aos berros lembra as festas da faculdade, quando gritávamos por sobre a música em volume exagerado. Concordo em resposta.

— Não se preocupe comigo.

— Vai retirar amostras pequenas também?

Meio que ouvindo e meio que revisando as preparações da minha equipe, balanço a cabeça.

— Carthage não vai ficar puto? — Billings se inclina na minha direção. — Ele teria décadas de trabalho com as outras veias desse iceberg.

Meu regulador de ar sibila; eu dou um tapinha no bocal em silêncio.

— Não posso arriscar perder um achado único para ficar coletando bugigangas.

— Deve haver uns bons cinquenta estudos nesse iceberg, todos de valor inestimável. Se não fosse por essa foca, ou seja lá o que isso venha a ser, você estaria em êxtase por essas bugigangas.

Puxo minhas luvas, deixando-as confortáveis e arrumando o tecido em meus pulsos.

— Está me dizendo que temos que deixar isso passar para coletar as coisas pequenas?

— Droga, Kate, me ouça.

Eu me viro para ele, sem notar que começava a ficar bravo.

— Vá em frente.

— Você sabe muito bem como aguentei aquele traste por todos esses anos, quantas vezes mergulhei na água gelada para extrair amostras de cujos créditos ele se apropriou, em quantos malditos artigos fui listado como o terceiro autor, apesar de ter feito todo o trabalho.

— Todos nós conhecemos o Carthage. Aonde você quer chegar?

— Essa foca vai ser dele. Ele vai monopolizar tudo. Mas isso pode deixar o outro trabalho para mim. Se Carthage despertar um animal grande, ele não vai mais se importar com camarões. Talvez então eu possa reclamar meu próprio pedacinho de terra.

É o mais longo discurso que já ouvi em um convés. Olho para baixo, em minha máscara de mergulho, procurando uma resposta. Em qualquer laboratório terrestre, Billings estaria no controle em vez de mim. Também devo a ele, por me ajudar durante esta viagem. Até chegar a este ponto do oceano foi ideia dele, quando eu estava mais inclinada a traçar um curso para oeste. Mas, se eu arruinar a extração primária, Carthage destruirá não só a mim, mas a carreira de cada pessoa da equipe de mergulho.

— Ei, companheiros — Gerber grasna em meu fone de ouvido. — O que está segurando vocês aí?

— Nada — respondo. — Estamos bem. — E então me viro para o esquadrão e grito acima do vento: — Ok, equipe, vamos cortar essa coisa com uma bela margem para não perdermos nada importante. Esquadrão Dois deve se preparar por setenta minutos a partir de agora, para minerar as amostras menores.

Máscaras de mergulho balançam a cabeça para cima e para baixo. Billings faz uma reverência respeitosa. Ele lidera o Esquadrão Dois. Eu puxo a máscara por sobre o rosto e subo na plataforma. A equipe me segue com passos esquisitos de pé de pato, como pinguins prestes a mergulhar.

Enquanto todos seguram a corrente de proteção para se manter em equilíbrio, eu me viro para olhar. Lembro-me desse momento agora, com tudo o que aconteceu, como um viajante um século atrás consegue relembrar seu navio a vapor afastando-se do píer: aí vem uma cultura diferente, uma linguagem diferente, um novo mundo. Gerber parado perto da janela na sala de equipamentos, os cabelos formando aquele louco halo, enviando-nos um sinal de paz. Na ponte de comando acima dele, o capitão fala curvando a boca para um dos lados. Um guincho geme e uma grua levanta nossa plataforma do convés, balança pelo ar entre o navio e o iceberg, e então nos coloca na água.

O oceano pressiona minhas panturrilhas, e depois meus quadris, para cima. A esta distância do iceberg, não há ondas para me derrubar. Somente a água, levando meu corpo. *Pode haver algo mais íntimo?* O choque do frio não nos atinge até que a água chegue ao pescoço. Dou início à função cronômetro em meu relógio — o tempo, depois do oxigênio, é a mercadoria mais valiosa aqui.

— Marca — eu aviso Gerber, e ele repete a palavra em meu fone, para eu saber que ele tirou uma foto da equipe sendo baixada no mar.

E então a água cobre minha máscara, estou completamente imersa. E faço o que sempre faço nesse primeiro momento: inclino a cabeça para trás e solto um longo suspiro. Uma única e enorme bolha de ar deixa o regulador e se apressa para cima como um balão de hélio solto por uma criança em um dia de verão. Beleza.

5
LUVA DE BEISEBOL
(DANIEL DIXON)

— Marca — dra. Kate avisa pelo rádio, e Gerber pressiona um botão ao lado do monitor. A imagem em um dos monitores superiores congela por meio minuto — uma mão segurando uma machadinha atingindo o gelo —, enquanto a transmissão do vídeo prossegue na TV abaixo. Que fascinante, ainda falando sobre aquela imagem parada, a facilidade de se detectar o gelo maciço: quando a machadinha o atinge, o gelo normal cai e revela algo parecido com concreto branco. Como cientistas antes de Carthage não conseguiram descobrir essas coisas? É como raspar os pingos de cera sem notar a própria vela.

Anoto essa analogia em meu caderno para mais tarde, porque não há mais nada que eu possa escrever neste momento. Apenas assisto enquanto eles trabalham. Mas dá para dizer que o iceberg é diferente, apenas pela seriedade de todos. Gerber não faz uma piada há horas. Ele até diminuiu o volume da gravação pirata do Grateful Dead do dia. O que sai das caixas de som é praticamente ruído branco. Pela posição de sua cadeira, ele não consegue ver as imagens marcadas acima de sua cabeça. Está inclinado para frente olhando a transmissão de vídeo diante dele. Também a equipe técnica se concentra nas telas à frente de cada um: varreduras por sonar, medidores de temperatura, monitores de teor da água.

A primeira equipe trabalha o turno inteiro. E então o segundo esquadrão começa a cavar uma veia lateral, o que eles chamam de colheita. Billings remove núcleos do tamanho e formato de postes de cerca. Eles devem ter se dado bem com os espécimes, porque, no final daquele turno, Billings está cantando no microfone. E, pobres dos meus ouvidos, o cara não sabe cantar. Já ouvi beagles com vozes melhores.

Olha, eu não estou convencido de todo o projeto. Mas os caras devem estar congelando lá fora, os ossos tão doloridos por conta do frio que vão levar dias para se recuperar. De tempos em tempos um pedaço se solta, e todo mundo debanda. Eles não podem evitar de sentir medo ao se aproximar de um iceberg. É como lidar com cobras, e existem muitas histórias sobre coisas que deram errado. Além do mais, cada uma das duas equipes esteve quase três horas embaixo da água. Durante os intervalos, eles abriam mão do café da manhã e de um cochilo, apesar de terem passado a noite acordados. Quando a equipe de Billings faz seu segundo mergulho, a dra. Kate para ao lado de Gerber, enrolada em uma coberta cor de chocolate, e diz "marca" a cada minuto mais ou menos. Parece tão focada como se estivesse em uma sala cirúrgica.

Tão logo seu mergulho acaba, Billings volta para a sala de controle. A dra. Kate lhe dá um abraço, cara de sorte. Em vez de uma nova equipe, ela ordena ao seu grupo que se vista novamente.

Durante a transição visito a ponte de comando. O capitão Kulak permanece em seu posto pelo maior período de tempo desde que partimos. A visão da luz do dia lá fora me atordoa. Picos de luz branca e azul em uma sopa negra e metálica, um santuário para as baleias, ou talvez marcianos, mas não um lugar onde seres humanos devam passar muito tempo. Logo o guindaste iça a equipe da dra. Kate para fora do navio, baixando-os como mineradores entrando em uma mina de carvão. Além dos comandos de Kulak para o operador da grua, ninguém mais fala. E também ninguém vai a lugar nenhum.

E então não há muito mais para ver, exceto cabos enfiados na água com gelo formando-se na linha de flutuação, o que é minha deixa para seguir até a sala de baixo novamente. Gerber, Billings, os técnicos, todos estão tão absortos que não reagem quando entro na sala. Pela primeira vez nada pergunto. Apenas observo, fazendo anotações. Se a dra. Kate está disposta a suportar um terceiro turno nesta escuridão gelada, isso significa que estão chegando perto de algo.

— Marca — ela pede, e então a tela mostra uma nadadeira, estendida para baixo e distante do corpo da foca. A meu ver, um animal magro. Quase dois metros de comprimento, pouco mais de meio metro de largura, embora seja difícil calcular exatamente através daquele borrão de gelo. Em seguida, o vídeo mostra uma serra circular submarina penetrando o gelo maciço a meio metro da nadadeira.

Gerber estica o braço para pegar a caneca de café que eu lhe trouxe há mais de uma hora, definitivamente frio agora, mas a dra. Kate diz "marca" e ele retrai a mão sem provar nem um gole.

Ou essas pessoas são atores incríveis, cada um deles, ou foram cativadas pelas fantasias malucas de Carthage, ou até, possivelmente, acreditem genuinamente que podem colher esse animal do gelo e trazê-lo de volta à vida. As implicações, que eu havia negado implacavelmente até hoje, são extraordinárias. Há em torno de quarenta mil pessoas ao redor do mundo criogenicamente preservadas, esperando o dia em que a tecnologia lhes possibilite reviver. Há outras sessenta mil pessoas em qualquer dado momento deitadas nas UTIs dos hospitais, sofrendo de doenças incuráveis. Imagine se elas pudessem ser congeladas em gelo maciço até que se encontrasse a cura, ou algum remédio antienvelhecimento, e então fossem reanimadas. Há quase cem mil pessoas aguardando um transplante de órgão. Imagine se você pudesse congelar o corpo de pessoas falecidas recentemente, e então descongelar as partes de que você precisasse mais tarde. Isso faria o transplante ser tão fácil quanto ir à geladeira buscar uma cerveja.

Não posso acreditar que estou começando a pensar assim. A maioria dos pesquisadores é novata, então eu entendo o motivo de tanta devoção. Mas Gerber?

— Ei, cientista louco — eu digo. — Quer que eu lhe traga um café fresco?

Ele não desvia os olhos da tela.

— O que você disse?

— Café. Quer um pouco mais?

Ele não responde. A dra. Kate diz "marca", ele pausa a imagem e então se vira para mim.

— Desculpa. O quê?

Levanto minha caneca.

— Café?

Ele se vira novamente para os monitores.

— Pode se servir.

Mais uma vez surge a oportunidade de aperfeiçoar minhas habilidades de ser deixado de lado. E então Gerber olha para seu relógio de pulso.

— Ei, dra. Philo, estou olhando para o relógio aqui.

Silêncio no rádio, e em seguida ela grasna:

— E?

— Você sabe que tem quatro minutos até a hora de subir?

— Três minutos e quarenta e quatro segundos — ela responde.

— Não que você esteja contando.

— Não. Marca.

Ele aperta o botão. A imagem congela na tela superior, cinzéis longos manuseados em uma fenda no gelo duro. É como descongelar um freezer do jeito antigo, com uma faca de cozinha, só que embaixo da água e dentro do freezer.

O rádio dela emite outro ruído.

— Dá para dizer daí se estamos próximos?

— Definitivamente — Gerber consente. — Estou preocupado com ficar uma margem de gelo muito fina naquela nadadeira. A exposição pode comprometer...

— Só quero saber que espécie é, depois eu deixo pra lá.

— Você e sua curiosidade. Tenha cuidado. Esse iceberg está começando a se desestabilizar. E o tamanho dos fragmentos...

Como que para provar a observação de Gerber, uma placa branca do tamanho de uma minivan se solta. Há um gemido através do monitor, como o de uma baleia dando à luz. A plaga gira preguiçosamente para a lateral e então se quebra enquanto desce pela face submersa do iceberg. Os mergulhadores se apressam em todas as direções, batendo os pés de pato furiosamente. Um arranhão de um monstro desses e a roupa rasga, congelando-o imediatamente, ou basta raspar na mangueira de ar e você está morto.

Apesar de tudo, Kate não se mexe, concentrada em escavar, como um joalheiro cortando um diamante. A garota tem uma boa capacidade de concentração, preciso admitir, como um atirador de elite. Gerber tira uma foto do bloco de gelo quando ele volta à tona, silenciosamente, seguido por seus descendentes do tamanho de baús. Os outros mergulhadores gradualmente se aproximam de novo.

— Hora de encerrar o turno, amada — diz Billings em seu fone do outro lado da sala. — Eu entro imediatamente atrás de você.

A dra. Kate não responde. Há agora alguns centímetros de gelo entre o espécime e as águas abertas. Vejo as nadadeiras se abrirem no fim, como as asas de um falcão, do modo que as penas se espalham quando uma grande ave está planando.

— Aquele fragmento nos fez um favor — Kate comenta —, mas esta foca é de um tipo estranho, magro demais.

Gerber desliga a música completamente e arrasta a cadeira até que o nariz chega a centímetros do monitor.

— Que diabos é essa coisa?

Eu estou parado ao seu lado agora.

— E como vou saber?

— Devo dizer a ela que faltam quarenta segundos para emergir?

Ninguém responde. Podemos ver a equipe trabalhando ao lado do animal, fixando-o numa posição em direção à liberdade. Quase a ponto de se soltar.

— Espere, equipe — dra. Kate pede. — Aguentem aí. — O vídeo a mostra nadando para o fundo, por sob o iceberg. — Mandem uma luz nessa direção — ela diz.

Um dos mergulhadores se inclina em sua direção para revelar a silhueta do espécime. O gelo está nebuloso, cheio de ar, então a foca parece suspensa, semelhante a uma obra de arte moderna.

Em seguida a dra. Kate se posiciona mais adiante. Ela põe de lado todas as suas ferramentas, com exceção de uma escova, que está usando no último pedaço de gelo ao longo da nadadeira.

— Ei, dra. P. — Gerber chama. — Tudo bem aí? Estamos correndo um grande risco de quebrar o gelo maciço. Sabe como nós, mães, nos preocupamos.

Em vez de responder, ela acena para o cinegrafista. A transmissão de vídeo se torna um borrão enquanto ele nada para baixo, e então se posiciona perto do quadril dela, apontando as lentes para cima.

Billings sai de seu computador e atravessa a sala para ver o que está acontecendo. Os outros técnicos ficam em silêncio. Um bipe anuncia a hora de emergir, mas Gerber o desliga. Agora, todos olham para o monitor.

— Marca — ela pede, e Gerber pressiona o botão. A tela exibe uma sombra estendida, algo escuro.

A dra. Kate manobra sua posição abaixo do animal, em seguida solta um longo suspiro. Bolhas enormes sobem para o bolsão em volta da nadadeira, presas na forma de gelo por um momento, e em seguida escapam por um dos lados. Parece uma carícia embaixo da água.

— Deus do céu — Billings diz. — Ela está derretendo a coisa com a respiração.

— Marca — ela fala, enquanto uma camada de gelo se separa, afundando. Com a luz de fundo tão clara, a nadadeira começa a ganhar uma forma mais definida. Por mais tolo que soe, não posso evitar de perguntar:

— Não parece uma luva de beisebol?

Gerber semicerra os olhos, aproximando-se mais da tela.

— Sim, parece. Só que menor.

Enquanto a próxima onda de bolhas de respiração aparece, a dra. Kate sobe um pouco mais e, com o dedo enluvado em forma de gancho, segura uma pequena fenda. E puxa, duas vezes.

Billings sussurra:

— Cuidado, amada.

De uma vez o gelo se solta, uma grande placa. Alguém berra. Os mergulhadores se apressam para o local, bloqueando a visão da câmera.

— Não pode ser — alguém grita.

— Impossível — outro alguém diz.

— Marca — grita a dra. Kate. — Pelo amor de Deus, Gerber, marca. Marca.

Billings está bloqueando minha visão, até que abro caminho a cotoveladas e consigo ver. Neste momento, os mergulhadores já estão recompostos. O vídeo mostra a dra. Kate contendo-os na água negra.

— Gerber — ela diz, a voz austera como a de um policial. — Esvazie a sala de controle.

— Como é? — Ele olha ao redor. Em certo momento, se levantou.

— Esvazie a sala de controle agora. E também assegure que este vídeo seja classificado como particular e confidencial, assim como os backups.

— Tá certo. Pessoal — Gerber eleva a voz —, vocês ouviram a moça.

Billings sai e todos os técnicos se levantam de suas cadeiras, dois deles se aproximando para me acompanhar para fora da sala, mas permaneço concentrado na tela superior.

— Diga a ela que é tarde demais — falo para Gerber. — Diga que eu já vi.

— Viu o quê? — ele pergunta, inclinando-se e cerrando os olhos para a tela. E ali está, borrada pelo gelo e pelas bolhas de ar, mas inegável. — O que *é* isso?

— Exatamente o que parece — respondo. — Uma mão humana.

6
SUJEITO UM
(ERASTUS CARTHAGE)

— Os pesos pesados estão reunidos, senhor.

Thomas está alerta como um bom soldado. Você levanta um dedo, enquanto com a outra mão termina de escrever o raciocínio. Oxigênio; é tudo uma questão de oxigênio. As funções musculares dependem do sal, sim, e o cérebro necessita de uma corrente elétrica estável. Mas no geral a vida é oxigênio. Sem ele, a existência humana murcha mais rápido que uma folha no outono. Sendo assim, a saturação do oxigênio pode ser um ingrediente fundamental para a mais recente reanimação. Mais recente e, obviamente, a maior.

— Thomas — você diz, colocando a caneta de lado. — Esta é nossa melhor hora?

Ele pondera enquanto você se levanta e veste o blazer, que se acomoda em seu ombro como o uniforme de um atleta.

— Nossa melhor hora ainda não chegou — Thomas responde.

— Você está certo. A reunião de hoje é meramente uma obrigação. Chegou a hora de as melhores mentes da nação se reunirem como conselheiros e, assim, tomarem ciência de nossa realização. Mas este momento é como a apresentação de Darwin à Real Sociedade, antes de publicar *A origem das espécies*. Nosso triunfo, Thomas, nossa real vitória, está mais adiante.

Você ajeita as mangas, e então espirra um pouco do desinfetante para mãos que está em cima do aparador. E as esfrega vigorosamente.

— Quem aceitou nosso convite?

Thomas ergue a prancheta e começa a recitar os nomes dos físicos e pesquisadores reunidos nesta manhã, enquanto você caminha em direção à sala de apresentações. Cada um dos nomes dispara uma associação para você: Rosenberg, de Harvard (cheiro de cigarro); Cooley, da Jonas Salk (um puxa-saco de primeira classe, mas finalista do Nobel quatro anos atrás); Borden, do St. Aram's (nunca ouvi falar; é apenas um doutor, não ph.D., mas foi altamente recomendado).

Outro membro da equipe se junta a vocês no corredor, uma das novas contratações. Com a pele escura, e meneando a cabeça em sinal de reverência, ele lhe entrega uma xícara de chá.

Você acena em resposta, segura a bebida e assopra a superfície. Thomas ainda está lendo. Você ergue a mão.

— É o suficiente. Deixe que eles se apresentem enquanto estiverem falando. Vamos começar.

Enquanto você continua em frente, o novo membro da equipe estica o braço e puxa a porta, cuja beirada o atinge diretamente na boca. Como um soco. Você cambaleia para trás, o chá espirra, leva a mão ao rosto.

— Meu Deus.

— Desculpe, senhor. Sinto muito.

Você se recompõe completamente.

— Nome.

— Perdão, dr. Carthage? — Ele tem sotaque britânico, ou algo parecido.

— Seu nome, imbecil.

— Não sou imbecil — Ele responde sem piscar, as costas eretas.

— Sanjit Prakore, senhor — responde Thomas. — Da Universidade de Auckland.

— Bem, sr. Prakore...

— Dr. Prakore, eu agradeço. — Ele se curva.

— Ah, peço-lhe perdão — você retruca. Então toca os lábios e inspeciona a ponta dos dedos. — Eu não tinha ideia de que o imbecil era educado.

Ele não responde, mas continua a olhá-lo com firmeza.

— Neste caso, *dr.* Prakore, você está despedido. Demitido. Na rua. — Você acena com dois dedos, como uma pequena vassoura. — Vá.

— Senhor — Thomas fala perto de seu ouvido. — O dr. Prakore é um perito mundial no uso dos campos magnéticos para direcionar correntes de oxigênio a níveis celulares. *O* perito, senhor.

— Então deixe-o ser perito em outro lugar. — Você fica de frente para Thomas. — Meu lábio está sangrando?

— Não, senhor.

— Foi um acidente, dr. Carthage — Prakore diz. — E eu quero me desculpar.

— Desculpa não aceita devido à sua insolência. Thomas, meus lábios estão inchados?

— Mal dá pra ver, senhor.

— Dr. Carthage, deixei uma posição de titular para estar aqui. Desloquei minha família.

— Com sorte, uma parte de sua mudança ainda estará encaixotada. Saia daqui. — Você entrega a xícara de chá para Thomas. — Eu mesmo posso abrir as malditas portas.

Você entra na sala de conferência como um predador à procura de sua presa.

* * *

Um projetor lança imagens em uma tela na frente, as quais remetem a sete meses de descongelamento: uma mão emergindo, o fundo de uma bota. Aqui está a fivela de um cinto, ali a lapela de um casaco. A imagem final mostra o rosto do espécime, barbudo como um lince, distorcido atrás de uma fina placa remanescente de gelo. Quando a foto aparece, a primeira visão do rosto do homem congelado, ninguém precisa pedir ordem aos presentes, nem sequer que façam silêncio.

— Ideia sua? — você sussurra para Thomas. Ele inclina a cabeça, e você assente em sinal de aprovação.

A sala de apresentações está repleta de autoridades. Um estenógrafo martela as teclas registrando tudo que é dito, enquanto um cinegrafista caminha lentamente ao longo das paredes. Sessenta e oito, você consegue contar, todos líderes em seus campos de pesquisa e pensadores de primeira ordem. Sessenta e oito tributos à razão, para você, e para esta sedutora criatura que você nomeou de Sujeito Um.

A primeira hora prossegue conforme o previsto. Gilhooly monopoliza o microfone, sempre apaixonado pelo som de sua própria voz. E então, novamente, ele mostra que conhece tudo sobre elétrons.

Em seguida vem Petrie, com seu bigode, chefe de anatomia da U.C. Berkeley, praticamente um galho de árvore vestindo um terno cinza amarrotado.

— Quando o item a ser reanimado é minúsculo, os gradientes de temperatura são irrelevantes. Mas, com a massa de um ser humano, surgem muitos desafios. Nós podemos descongelar e reanimar os pés, por exemplo, enquanto o crânio permanece solidamente congelado. Esse organismo, infinitamente mais complexo, possui partes interdependentes, e cada uma, com densidade e viscosidade únicas, necessita do todo para funcionar... o que significa níveis diferentes de descongelamento. Devemos, portanto, conceber um meio de aquecer o Sujeito Um de maneira uniforme. No presente momento, não posso fornecer uma resposta, apenas a questão.

Petrie acaricia o bigode e se senta sem dizer mais nem uma palavra. Os próximos quinze minutos decorrem exatamente como você esperava: uma vívida discussão a respeito dos métodos de aquecimento. Essa é a beleza do método científico, da dialética, do concurso de ideias opostas levando a uma terceira e melhor maneira. Seus lábios doem, mas, quando você os toca com a ponta dos dedos, não é para avaliar a dor. Significa apenas você monitorando qualquer inchaço, para que sua aparência neste singular evento não seja de forma alguma prejudicada. A última palavra sobre o descongelamento vai para um especialista em transplante de rins de St. Louis, que oferece algo que ele aprendeu em sua juventude, quando era alpinista de altitudes extremas: o melhor antídoto para hipotermia era administrar oxigênio aquecido de dentro para fora. Aumentar a temperatura dos pulmões se provou o jeito mais rápido de aquecer o sangue. Talvez o Sujeito Um possa ser descongelado da mesma maneira, de dentro para fora. Ora, ora. Uma inovação que você não havia considerado.

A fita segue rolando, uma dúzia de pós-doutorandos anotando, dr. Billings em pé encostado em uma parede lateral com uma expressão de absoluto tédio. Existe alguém capaz de expressar tédio de modo mais articulado do que os britânicos? Em contraste, a dra. Philo se mantém alerta, como se seu corpo todo fosse um ouvido.

Uma voz desconhecida surge do microfone:

— Posso acrescentar algo à discussão? — Ele se identifica como Orson, do Hospital Loma Linda, em San Diego, um especialista em ética médica. — Essa maravilha que estamos contemplando é capaz de expandir nossa mente de modo admirável. Mas eu encorajaria todos os presentes a fazer uma pausa e considerar que o Sujeito Um também é um ser humano. Ele fazia parte de um conjunto de circunstâncias no momento de sua morte... família, trabalho, fé. Nosso potencial para despertá-lo suscita muitas questões. Será que ele quer que façamos isso? Será que ele tem descendentes que deveriam ser consultados? Será que sofrerá por conta de nossas ações?

Você escreve algo num cartão de lembrete e entrega para Thomas: "Quem o convidou?"

— Eu proponho que mantenhamos o Sujeito Um no gelo — Orson continua. — Vamos convocar especialistas em ética, teólogos e intelectuais, para ponderar o que estamos fazendo, antes de fazê-lo. Caso contrário, nosso triunfo científico pode se provar um ato de crueldade sem precedentes.

Há um punhado de aplausos. Estão falando sério?

E então Gilhooly berra algo sobre impedir o progresso da ciência. Da mesma forma, Petrie se levanta:

— Quem você pensa que é?

Orson se mantém firme.

— Sou um homem apelando para suas consciências. Se é que vocês têm uma.

Pandemônio. Em um segundo, todos estão de pé, as vozes elevadas. Essa energia é útil? Rapidamente você deduz que não. É um concurso de egos, e a questão principal foi esquecida. Você se senta na frente deles, assistindo à sua obra-prima se desintegrar. O cinegrafista rodeia a sala com a câmera no ombro. Thomas olha para você aguardando uma direção. Você deseja ter pensado em trazer um martelo de juiz.

Um homem pequeno dá um passo à frente, parecendo uma criança em meio a uma tourada. Com uma barba negra cultivada de modo que o faz parecer ainda menor, ele abaixa o pedestal do microfone e então cruza a mão atrás das costas.

— Com licença.

Os outros continuam berrando, apontando para o teto. Um dos homens joga a gravata de um lado para o outro, talvez para pontuar seu clamor. Você acha o gesto absurdo.

— Com licença — o homenzinho persiste. Algo em seu tamanho surte algum efeito, e as pessoas mais próximas começam a se aquietar. Ele parece impassível, esperando sem um único gesto de aborrecimento ou pressa, a não ser o de arrumar os óculos no rosto. Você sente uma simpatia imediata por ele.

— Com licença — ele diz uma terceira vez, e, inexplicavelmente, é o bastante. Os agitadores se sentam, resmungando uma ou duas palavras finais. Uma vez que a sala se acalma, ele espera mais um momento. É um movimento dominante, assertivo com quietude. Você guarda essa lição para usar em um outro dia.

— Sou Christopher Borden, do St. Aram's, em Kansas City — ele começa, a voz anasalada, de duende, mesmo assim denotando autoridade. — Sou cirurgião especializado em transplantes. Para responder ao dr. Orson, e a toda a discussão aqui, permitam-me descrever algo que testemunhei centenas de vezes e que, a julgar pelas credenciais dos conferencistas de hoje, acredito que nenhum de vocês tenha visto alguma vez. Refiro-me a fazer um coração humano voltar a bater.

Ele se vira para se dirigir à sala inteira.

— Em um transplante, nós removemos o coração de um doador que já foi declarado morto, o colocamos em um balde de água salgada fria, o levamos para o receptor e o conectamos veia por veia. É um bocado de costura, nada bonito. Leva quinze minutos.

Ele sorri um pouco.

— Durante todo esse tempo, o coração do doador está sendo aquecido. Temos todos os tipos de equipamentos prontos para fazê-lo voltar a funcionar: pás de choque, injeções de adrenalina. Mas eles raramente são necessários. Uma vez que o coração é aquecido e conectado, geralmente começa a funcionar sozinho.

E ele continua, agora se dirigindo a você, a ninguém mais a não ser você:

— Pense nisso. Talvez não importe o que pensamos ser ciência, ou o que avaliamos sobre ética. Tudo o que temos de fazer é fornecer o ambiente correto e deixar o coração agir conforme deseja. O coração quer bater.

Ele dá um puxão na ponta da barba e volta gingando para o assento.

* * *

Houve outros, cujas preocupações, entretanto, eram técnicas. Borden silenciou o debate ético. Cientistas fazem fila para assumir o microfone, dispostos a propor ideias para uma reanimação bem-sucedida. No final da terceira hora, Thomas se aproxima de você e sussurra:

— Senhor, detesto interrompê-lo...

— Então não interrompa.

— Há uma coisa que o senhor precisa ver. — Você franze a testa para ele. — Senhor, eu não ousaria incomodá-lo se não achasse que é algo que merece sua atenção.

Ele sabe exatamente como convencê-lo, não é? Thomas está realmente progredindo. O palestrante atual, um endocrinologista de Chicago, pergunta se o esperma do Sujeito Um pode ser extraído por uma seringa e reanimado separadamente. Quando você se levanta e se dirige à porta, o endocrinologista para de falar, jogando a cabeça para trás como se tivesse sido estapeado.

— Com licença — você diz. — Surgiu um assunto urgente que exige minha atenção imediata. Por favor, continue. — Você faz um gesto para o endocrinologista e então para o cinegrafista. — Para as câmeras, claro, e retornarei em alguns minutos.

Enquanto Thomas o conduz pelo corredor, você clareia a mente, preparando-se para o que vier em seguida. Ele chega a uma pequena sala de reunião, com janelas que tomam uma das paredes inteira, e dá um passo para o lado para que você entre.

Você caminha até o vidro, lança o olhar para seis andares abaixo e observa. Uma dúzia de pessoas está parada em um gramado do outro lado da rua. Todas seguram cartazes pintados à mão, dizendo: "NÃO BRINQUE COM A VIDA", "RESPEITE OS MORTOS", e outro: "PARE DE BRINCAR DE DEUS", com o formato de uma placa de pare.

— Inteligente — você diz. — Há quanto tempo estão aí?

— Um dos noticiários da tarde anunciou que a conferência estava acontecendo. Eles chegaram uma hora depois.

Você assente, e então percebe um volume familiar, denso como um jogador de futebol americano, acompanhando o grupo com seu caderno de anotações. É aquele jornalista do navio, cujo nome momentaneamente lhe foge. Um idiota completo, mas que se provou confiável e simpático, ou seja, possivelmente útil. Você esfrega as mãos.

— Esplêndido.

— Senhor?

— Essas pessoas têm nome?

— Um dos seguranças lá embaixo disse que elas se autodenominam Uma Ressurreição, senhor. E acreditam que Jesus deve ser o único a se levantar dos mortos.

— Esses idiotas não entendem? Não vamos ressuscitar ninguém. Estamos trazendo à tona um potencial de reanimação que sempre esteve lá.

— No entanto, senhor, aparentemente o nosso trabalho é uma blasfêmia.

— Mas espere. — Você bate com um dos dedos sobre o lábio franzido. Ele ainda está dolorido. — Não havia mais alguém?

— Perdão?

— Mais alguém que se levantou da tumba? No Novo Testamento?

Thomas dá um passo para trás.

— Me desculpe, senhor. Não fui criado em nenhuma religião.

— Nem eu. Descubra. Há mais alguém, tenho certeza disso

— Imediatamente, senhor.

Mas você levanta uma das mãos para impedir a saída dele. Abaixo as pessoas parecem estar cantando alguma coisa. Através do vidro, você não consegue entender o que é. Aquelas que não seguram cartazes batem palmas acompanhando a canção.

— Mais alguma coisa, senhor?

— Dispense os bons doutores. Dê a cada um cinco mil dólares e meus agradecimentos por seu tempo.

— Sim, senhor. — Thomas escreve na prancheta. — Mais alguma coisa?

— Traga-me aquele médico do Centro-Oeste, o do transplante de coração.

— O dr. Borden?

— Exatamente. Traga-me Christopher Borden. E então vamos renomear o instituto.

— Sério, senhor?

— Não estamos mais pesquisando. Já encontramos.

— Me perdoe a pergunta, senhor, mas o nome Carthage não é suficiente?

— Precisamos de um nome que irrite, Thomas. Como um grão de areia em uma ostra. — Você aponta pela janela. — Sabe o que vejo ali embaixo?

— Descontentes, senhor?

— Não. — Você suspira, satisfeito como se terminasse uma boa refeição. — Dinheiro.

7
O PROJETO LÁZARO
(KATE PHILO)

DE ONDE EU VIM? NÃO SEI. POR QUE FUI COLOCADA NESTA TERRA? NÃO sei. Para onde vou quando morrer? Não sei. Que cientista intrépida eu sou. Tudo o que de fato importa eu não sei.

Enquanto andava pela cidade naquela manhã, o cheiro de primavera avivando o ar, multidões a caminho do trabalho, eu não podia deixar de sentir que ao meu lado marchava o monstro do "não sei". O que vamos fazer hoje? O que vamos cometer a ousadia de tentar? Às vezes eu não conseguia decidir se queria que fôssemos bem-sucedidos ou que falhássemos.

Mas, naquela época, eu vivia em Cambridge, em um pequeno apartamento de uma rua lateral. Embora atravessasse Harvard caminhando todos os dias, minha única ligação era com Carthage, que havia se tornado mais independente que nunca. Tolliver, da Academia Nacional, me enviou um e-mail avisando-me que tivesse cuidado para não me envolver muito com uma única empresa. Ele provavelmente estava certo, mas havia tantas direções pelas quais a pesquisa poderia ir que eu sentia como se tivesse muitas opções.

Assim fiz meu trajeto. O trem poderia me levar até o laboratório em minutos, mas eu preferia ir andando: cruzando o rio Charles, atravessando a Back Bay. O trabalho estava tão intenso que eu precisava da descompressão da caminhada até em casa também. Leva tempo para se conseguir uma atitude de relaxamento diante de todos os "não sei".

Colocamos o olho em um microscópio e ali há um universo que nunca imaginamos existir. A mesma coisa com um telescópio, a mesma realização. E existiram ideias assim também, de Darwin e Gauss, de Pasteur e Newton, que revelaram universos de modo tão claro quanto qualquer instrumento faria.

Naquela manhã, um dia como outro qualquer de abril, eu estava caminhando em direção ao laboratório principal, agora conhecido como Projeto Lázaro, para o que possivelmente seria o maior dia da minha vida. Desde quando alinhei meu destino ao de Carthage, houve uma sequência constante de grandes dias.

A manhã da descoberta, em agosto, havia sido enorme. Em questão de horas, Dixon divulgara a história do navio para a revista onde trabalhava, que imediatamente soltou a notícia para a imprensa internacional. Na manhã seguinte, a saga completa foi publicada, do aviso que acordou todo mundo à meia-noite até o momento em que todos tomávamos sorvete. Meu nome estava nos jornais do mundo inteiro antes de pisarmos novamente na terra. Estranhos haviam descoberto meu endereço online. Três me ofereceram emprego. Um decidiu que eu era Satã. Minha irmã Chloe se encarregou de enviar um e-mail sarcástico sobre como eu tinha novamente entrado em uma fria por causa de um cara. Aparentemente ela também não pôde resistir à oportunidade de me pedir que me assegurasse de que ninguém iria roubar minha fama — se fosse provado que eu fizera algo significante. *Obrigada, Chloe, por ser você.*

Quando aportamos em Halifax, as câmeras de TV já esperavam no cais. E nos atacaram antes que os motores estivessem desligados. Tínhamos o equipamento para descarregar, sem contar o transporte de nosso amigo congelado, mas eles insistiam em uma declaração. Eu quase lhes perguntei: O que querem que eu diga? Que anos atrás um cara desconhecido acabou congelado? Você sabia que Dixon já o apelidou de Frank, como em *Frankenstein*? Não? Muito insensível? Então que tal isto: encontramos um corpo congelado. Temos uma técnica. Funciona em criaturas de três centímetros, por cerca de dois minutos. Quando soubermos mais que isso, voltamos a falar com vocês.

Além do mais, todas as câmeras apontadas para mim, que estava com a aparência linda de qualquer mulher depois de dez semanas no mar. A pele parecendo couro e o cabelo parecendo que enfrentou um furacão. Meus quinze minutos.

Mas Carthage estava lá; Carthage assumiu o controle da situação. Pela primeira vez, fiquei feliz por seu ego dominador. Ele se certificou de que recebêssemos tratamento de realeza: um bom hotel, refeições quentes, um banho gostoso e tão longo que minha pele ficou parecida com a de um bebê. Ainda assim, a insistência para que Billings e eu acompanhássemos o corpo no trem foi um pouco pretensiosa demais para meu gosto. Havia traineiras logo ali no porto equipadas com toneladas de peixe congelado. Havia transportadoras de carga com contêineres de ar refrigerado em um aeroporto a poucos quilômetros de distância. Carthage insistia que seu método garantiria a consistência da temperatura, mas nós sabíamos que ele tinha outro motivo.

Aquilo significava vinte horas para o sul com Billings ao meu lado. Durante aquela noite fizemos a coisa mais sensata, correta e apropriada: enchemos a cara.

— Não se preocupe, amada, não vou passar nenhuma cantada de mau gosto em você — ele disse, balançando no corredor do trem. — No fim das contas, sou totalmente cientista, não sabia? — Ele escorregou para o banco ao meu lado. — Socialmente espástico, poucas alianças profundas, com suspeitas de estar no limite do Asperger. Sabe como é. Tirando meu irmão, você é a coisa mais próxima de um amigo que eu tenho.

— Como é?

— Temos mil e quinhentos quilômetros pela frente. — Ele segurava uma garrafa enorme. — E este parece o melhor jeito de fazê-los passar.

— Bourbon?

— Sim, agora eu bebo como um yankee, que droga. — Ele lançou seu sorriso de dentes tortos para mim. — Mas dá conta do recado.

Fui conquistada por completo.

— Correndo o risco de ser formal demais para você, Billings, posso pegar um par de copos para nós?

— Excelente.

Nós bebericamos, entornamos, contamos velhas histórias e rimos de nós mesmos.

No início da tarde seguinte, acordamos de nossa bebedeira no momento da chegada à alfândega, quando descobrimos que o vagaroso trem de Carthage havia sido um golpe de mestre de manipulação da mídia. Ao longo da fronteira, câmeras americanos faziam fila, jornalistas gritavam. A antecipação os tinha levado até lá espumando.

Isso significa que meu rosto apareceu na capa de uma revista de circulação nacional três dias depois, com uma aparência nada científica, de ressaca. Billings estava pálido como a barriga de um sapo. E até perguntou a um dos jornalistas se ele sabia onde uma pobre alma podia conseguir um pouco de chá.

Aquela recepção marcou o início de uma avalanche da mídia. Até o momento em que estávamos descongelando o homem no laboratório de Carthage, em Boston, não paramos de falar em programas de entrevistas, rádios, coletivas com jornalistas em cafés da manhã, almoços e jantares. E, para dizer a verdade, isso era mais exaustivo que divertido. Mais espetáculo que substância. Eu me sentia como uma ilusionista, sacudindo a mão aqui para que ninguém notasse minha farsa ali.

Uma semana depois, eu estava em um hotel tirando a blusa antes de dormir quando senti um odor estranho. Coloquei a camisa no rosto e descobri o cheiro do estresse pelo qual estávamos passando. Imagine ter que fazer declarações na TV a respeito de coisas sobre as quais você nutre imensas dúvidas. Enfiei a blusa na mala pequena com meus sapatos. Eu já tinha coisas demais para contemplar além do cheiro do meu próprio medo.

A ciência, para começar. Nós deveríamos estar no laboratório, não em estúdios de TV. Assim, atrasávamos as potenciais descobertas, enquanto perambulávamos, proclamando acerca do pouquíssimo que sabíamos.

E mais outra coisa me deixava nervosa. Aquilo que encontramos não era uma criatura muda, alguma esquisitice do tipo lagosta supercrescida ou lula gigante. Aquilo era um ser humano. Os imperativos da pesquisa tinham de ser eticamente diferentes. Achávamos o processo todo familiar demais.

A bota, por exemplo. Logo depois que nos instalamos no laboratório de Boston, fizemos uma análise preliminar através da casca de gelo maciço, e o homem congelado usava botas com o nome da marca quase sumindo no calcanhar. Percebi que não era um cara qualquer. Era alguém peculiar, com uma vida peculiar. Ele tinha um tamanho de sapato, um lugar onde comprara as botas. Carthage via apena o potencial de mídia, ou a possibilidade de receber um financiamento do fabricante das botas, caso ainda existisse. E assim se tornou o meu trabalho descobrir tudo que eu pudesse a respeito do nosso homem congelado. Mesmo com cinco centímetros de gelo guardando seu corpo, existiam muitos outros indicadores: as roupas, as costeletas enormes no rosto, a altura e, sim, as botas. Eu me lembrei de uma dissecação de cadáver feita por uma amiga na escola de medicina, e ela estava indo bem até que alcançou as mãos: unhas, marcas de anel, um calo no dedão proveniente de alguma fricção enquanto ainda vivia. A humanidade daquele corpo não podia ser negada. E foi isso que a bota do homem fez comigo.

Eu conversei com Billings. Começamos a almoçar juntos todas as segundas-feiras para revisar nossas descobertas e trocar fofocas gerais.

— Meu conselho, amada, é que seja cuidadosa — ele disse. — Nós servimos aos prazeres do rei, e tudo que ele vê naquele bloco de gelo é o Sujeito Um.

— É disso que estou falando. Estamos lidando com uma pessoa presa naquele gelo.

— Há cerca de três mil testes que podemos conduzir com o material à mão, e nenhum deles seria possível sem a boa vontade de Carthage. E, amada, eu não preciso dizer que nosso homem está mais interessado em fama e glória do que nas particularidades éticas.

— Por isso acredito que meu trabalho seja levantar essas questões.

— Então eu repito: cuidado.

Um bom conselho que fui incapaz de seguir. Em vez disso, eu me pegava sonhando acordada na sala de controle, imaginando a vida anterior do homem congelado quando deveria observar os monitores. Durante minhas tarefas na câmara de observação fria e estéril, surpreendi-me fazendo pausas para estudar o rosto barbudo atrás do borrão de gelo. Olá, você aí.

Mais tarde, Carthage contou à imprensa que naquelas semanas ele pensara que eu havia ficado menos focada, perdendo o objetivo de vista, esse tipo de coisa. Na verdade, depois das botas, senti que os objetivos ficaram mais claros. Simplesmente não eram os mesmos que os dele.

Carthage tratava o homem congelado como um diamante. Ele trocou as portas do escritório de Boston do Projeto Lázaro, que havia se tornado nosso quartel-general, por portas com vidro à prova de balas. Colocaram seguranças nas duas entradas, e era preciso usar um crachá de segurança para entrar na sala de controle, nos elevadores e até mesmo nos banheiros. Isso me deixava nervosa. Em inúmeras ocasiões verifiquei minha mochila várias vezes no caminho para o trabalho, querendo me assegurar de que não havia esquecido meu crachá em casa.

Na caminhada atravessando o parque para o trabalho, havia às vezes cerca de vinte pessoas reunidas para nos condenar. Carthage conseguiu uma ordem judicial que as impedia de protestar na porta da frente, mas, para ser sincera, os brutamontes dos seguranças assustavam muito mais do que qualquer manifestante. Lá pelos idos de março, em uma sexta-feira fria e chuvosa, levei para eles uma garrafa de café. Os guardas recusaram, nem sequer tiraram os óculos escuros. Os manifestantes, entretanto, me agradeceram. Um deles até pediu a Deus que me abençoasse. Um senhor me ofereceu biscoitos. Eu aceitei um. Por que não?

No entanto, nem todos eram tão agradáveis. Uma mulher com expressão cansada estava lá com seus filhos todos os dias, um sorriso de escárnio permanente no rosto. Aquela vigília era algum tipo de aprendizado domiciliar? Se fosse, tornava-se difícil dizer o que eles estavam aprendendo. Foi a mesma mulher que grunhiu para mim na véspera do Halloween, quando levei para eles algumas balinhas.

— Pode ficar com seus venenos, seu monstro doentio.

Gostosuras ou travessuras para você também, irmã.

Isso foi há seis meses. Ontem os manifestantes perderam seu último desafio na corte, que pretendia nos impedir de tentar reanimar o homem congelado. Eu me senti aliviada, mas a decisão veio atrelada a alguns aspectos preocupantes.

O juiz concordou em deixar o projeto continuar, muito bom. Mas sua decisão chamou o homem congelado de "bens resgatados", significando que ele era nossa propriedade, e nenhum manifestante pode determinar a forma como tratamos nossa propriedade. Não muito bom.

Embora eu achasse que mais tarde haveria uma multidão lá na frente, naquela manhã só a mulher com as crianças estavam lá. Ela parecia abatida, como a vítima de uma tempestade de areia. Conforme eu me aproximava, notei que seus filhos aparentavam muita felicidade. O garoto brincava com um caminhão na beira da calçada, imitando os ruídos do motor. A garota, sentada no banco lendo, balançava os pés.

Mesmo assim me senti ansiosa ao passar pela mãe. A garota não ergueu o olhar quando o garoto ruidosamente deu ré no caminhão para que eu pudesse passar sem pisar nele. Sorri para eles. Os olhos da mãe cruzaram com os meus, e a sensação foi a de levar um tapa. Não havia necessidade de palavras. O olhar era de puro ódio.

Eu me apressei pelo cruzamento até o portão da frente. Um segurança olhava para mim com tanta expressão quanto um manequim. Ele usava um colete a prova de balas e colocou a mão direita sobre a arma.

— Bom dia — gorjeei, erguendo meu crachá até a linha de visão do sujeito, apesar de passar por ele todas as manhãs há quase oito meses. Ele meneou a cabeça sem dizer nada.

Então notei algo novo no saguão, um tipo de contador digital, os números com quase um metro de altura, para que qualquer pessoa de fora pudesse vê-los. No momento marcavam 00:00:00:00.

Uma multidão da mídia vagava pelo local costumeiramente vazio, embora fossem ainda oito e meia e o expediente só começasse às dez horas. Mesmo assim, como eu fazia parte da coletiva das nove e meia, assinei minha entrada na mesa da segurança, apressei-me até os elevadores, guardei meu crachá e peguei o elevador. Os jornalistas me avistaram, avançando em minha direção, gritando questões enquanto as portas se fechavam.

E foi assim que a calma daquela manhã evaporou. E então o futuro daquele dia tomou forma: minha tarefa principal seria anterior à tentativa de reanimação, ou seja, transformar as observações coletadas sobre o homem congelado em um perfil. Meu trabalho seria contar a todo mundo quem era o Sujeito Um. Juntei algumas pistas, pesquisei outras, acreditando que tinha uma boa ideia do homem e de seu tempo.

O tempo revelaria que eu só tinha a mais vaga suspeita.

8
PROCEDIMENTO QUARENTA E SETE
(DANIEL DIXON)

POR QUE CARTHAGE ME ESCOLHEU, NÃO TENHO IDEIA. HÁ NOVE EQUIPES de TV aqui, mais a AP e a Reuters, e ainda uma dúzia de jornais. Wilson Steele, do *New York Times*, autor de dois livros sobre criogenia, veio de avião de Washington, assim como uma editora associada da *National Geographic*, uma mulher que já esteve nos dois polos do planeta, levada até lá pelos próprios pés. Não estou sendo modesto quando digo que tudo isso está acima de meu patamar. Esses são os pesos-pesados do jornalismo, aqueles de quem os empregadores compram artigos por toneladas.

Então você deveria ter ouvido o meu editor da *Intrepid* quando eu disse a ele que Carthage reuniria um pool de imprensa para a reanimação, e ele havia escolhido este que vos fala para passar as informações. Todas as mídias trabalharão com a história que eu registrar. Não será permitido gravar, somente a boa e velha anotação à mão. Uma oportunidade global para mim, nada mais. Eu amo isso, embora não entenda.

A entrevista anda tão devagar quanto um trem de carvão. Com certeza, conhecemos um pouco de ciência, nem que seja superficialmente. Uma introdução aos detalhes técnicos faz sentido. Mas, depois de todos esses meses de espera, quem consegue ficar parado? Sou como uma criança numa noite de Natal.

E quem se apresenta em seguida senão a dra. Kate, que eu não vi mais do que algumas vezes desde nossos dias no navio. Devo dizer que ela continua deliciosa como sempre, com um vestido verde que lhe faz parecer elegante e cheia de vigor. É incrível o que acontece quando uma mulher tira do cabelo o equivalente a meses de sal do oceano.

— Isso é o que sabemos sobre o homem congelado até agora — diz a dra. Kate. E então ela se acalma, posiciona-se no tablado como uma professora confortável com sua aula. — Algumas dessas coisas são evidências; outras, deduções. Quem for curioso talvez ache interessante.

O projetor lançou uma foto na tela atrás da doutora: aquela famosa mão estendida, uma imagem que agora parece ter rodado o mundo.

— O descongelamento parcial nos permitiu descobrir algumas coisas — ela continua. — Ele é homem. Não tem nenhum ferimento nem, de acordo com a tomografia, nenhum sangramento interno. Vestia-se não como um marinheiro, mas como alguém qualificado, possivelmente um mercador, dono de navio.

A dra. Kate se afasta do tablado.

— Essas descobertas já levantam algumas questões: por que ele estava em um navio? Aonde estava indo? Se ele se afogou em vez de congelar, isso não significa uma falta de oxigênio remanescente nas células, e, sendo assim, não há esperança de reanimação? Entretanto — ela respira fundo —, eis o que mais me intrigou.

O projetor exibe uma superfície cinza áspera, em cujo meio há uma forma vaga.

— Esta é a sola da bota direita. Se olharmos mais de perto, com uma luz lateral para dar contraste...

O próximo slide mostra um grande C, com feixes de trigo de cada lado, como se vê na parte de trás de moedas antigas. A dra. Kate está sorrindo agora.

— Esta imagem é a marca registrada de um fabricante de botas. Com um pouco de investigação, determinei que ela pertencia à Cronin Fine Boots, companhia que, antes de ser destruída por um incêndio em 1910, se localizava em Lynn, Massachusetts.

— Espere um segundo — grita Toby Shea, repórter do *Boston Globe*. — Está me dizendo que o cara congelado era dessa região?

Ela confirma:

— Pelo menos as botas eram.

— Podemos, por favor, parar de nos referir ao Sujeito Um como "o cara congelado"? — Carthage está em pé, com as mãos sobre a barriga, como em um retrato de Henrique VIII. — Há um valor antropológico na história do Sujeito Um, mas a preocupação central aqui é a ciência. Obrigado, dra. Philo, e permitam-me, senhoras e senhores, descrever o que vai acontecer agora.

Ele a dispensou como se ela fosse uma vendedora ligando na hora do jantar. Toby Shea se apressou para o fundo da sala, digitando em seu celular no caminho. Carthage se lançou em uma explicação sobre o processo de reanimação: como a imersão em solução vai controlar o derretimento, como bombear oxigênio aquecido nos pulmões vai descongelar o interior e, por último, como um forte campo magnético aumentará a valência dos elétrons do corpo.

— Se estivermos corretos — ele diz, esfregando as mãos —, se esta reanimação funcionar, então talvez também tenhamos identificado o componente perdido para a origem da vida. O que levou a sopa primordial a se organizar, há todos esses bilhões de anos, em objetos separados, com coerência interna, propósitos como a sobrevivência e meios de se reproduzir? O que iniciou essa incrível máquina? Qual foi a faísca? O grande Albert Szent-Gyorgyi disse certa vez: "O que direciona a vida é uma pequena corrente elétrica que se mantém em frente por causa do sol". Se o Sujeito Um despertar, entretanto, podemos nos aventurar a dizer que o primeiro catalisador para a criação da vida pode não ter sido elétrico, mas magnético.

Os olhos dele brilham durante a explicação, menos anuviados pelo amor--próprio. Erastus Carthage pode ser um dos seres humanos mais desagradáveis do mundo, mas, quando se trata de ciência, ele é Mickey Mantle e Willy Mays combinados. Olha, eu tenho feito minha lição de casa desde agosto. Tudo em que ele se "aventurou" — desde muito antes, nos tempos de sua tese da faculdade sobre o impacto da soja no nitrogênio do solo —, cada uma de suas malditas teorias se provou correta.

Odeio que meu ceticismo esteja enfraquecendo. Ainda não aguento o cara, tão fofinho quanto um cacto. Mas aqui Carthage está me dando uma matéria matadora, uma exclusiva mundial, algo único na história de uma carreira. E também, vamos ser honestos, ainda está no ar se seu conceito funcionará. Será que vamos acabar com um cara de um século de idade que se senta, pedindo um cigarro e informações sobre algum lugar onde ele possa dar a maior mijada do mundo? Ou nos encontraremos com uma carcaça torrada que experimentou nada mais que um apodrecimento *post mortem*?

— Dr. Carthage? — É Steele, o cara do *Times*. — Há uma crescente controvérsia a respeito de seu trabalho, de conservadores religiosos a cientistas de certo renome, particularmente Sanjit Prakore, da Universidade de Auckland, que foi por um breve período parte de seu instituto. Eles dizem que você tem sido precipitado, talvez até mesmo imoral. Como responderia a isso?

Carthage encolhe os ombros.

— Eles têm perguntas. Você tem perguntas. Todo mundo tem perguntas. Hoje vamos descobrir algumas respostas. O tempo do desconhecido acabou.

Então ele bate palmas duas vezes, como um sultão chamando uma de suas escravas. Técnicos, pós-graduandos e pós-doutorandos entram em ação. Até este momento, ele ignorou minha presença ali. Agora, com o mais sutil levantamento do queixo em minha direção, ele faz um sinal para que este que vos fala o siga até a sala de controle.

O pateta do Gerber já está ali, Grateful Dead tocando no volume máximo. A música á "Not Fade Away". Ele vê Carthage e abaixa o volume, mas abre um sorriso travesso e continua a cantarolar para si mesmo. Estará chapado? Será que ele fumou um para as festividades da manhã? Não é possível; este negócio é muito sério. Mas Gerber ri e seus olhos vão de um lado para o outro enquanto ele me olha, e eu só imagino que sim.

A sala está cheia de equipamentos: monitores, medidores e apetrechos médicos capazes de lotar uma UTI. Há também um tipo de dispositivo de contagem, com números vermelhos fixados em 00:00:00:00. Por conta da pressa em ligar as coisas, todos os fios vão até o teto, e portanto, para olhar através da sala, é necessário ignorar os cabos e fios elétricos que seguem verticalmente partindo de cada mesa.

O médico da equipe chega empertigado, um homem baixo e barbudo chamado Borden. Eu ainda não me sentara para conversar com ele, então jogo um verde enquanto ele passa:

— Ei, doutor, quais as expectativas para hoje?

Ele para como um soldado, virando-se lentamente na minha direção.

— A expectativa é de substituirmos Deus.

Eu não estava preparado para isso.

— Perdão?

— O que faremos hoje vai tornar o mito da criação obsoleto. Somos como deuses agora. — E sai rapidamente como um galo que governa o celeiro.

— O dr. Humildade ataca novamente — Gerber diz em voz alta. Para todos os outros isso é um típico *non sequitur* do Gerber, mas eu sei o que ele quer dizer: Borden é um idiota arrogante.

Viro-me na direção da parede de vidro. Do outro lado dela — em uma câmara de temperatura controlada agora famosa graças às matérias que este que vos fala escreveu —, jaz um corpo com uma camada de gelo parecida com o plástico da janela traseira de um conversível. Eu vejo as costeletas espessas e o corte das roupas. A sala está selada, o equipamento esterilizado e o ar filtrado além dos mícrons para minimizar o risco de infecção. Uma gripe moderna no sistema imunológico antigo desse cara, e poderemos matá-lo assim que acordar.

Billings está lá também, com roupa e máscara cirúrgicas, verificando a aparelhagem ao lado da cama. Anota algo em uma prancheta, a testa franzida como se alguém lhe tivesse dado uma machadada. Definitivamente não é uma atitude Gerber; definitivamente ele não está chapado.

O cadáver — será a expressão certa para definir essa coisa? — está suspenso por correias que passam por sob sua cabeça, torso e pernas, pendurado sobre um tonel de água salgada. Eles chamam isso de recipiente de animação; eu chamo de banheira. Um monte de mostradores na parede marcam a temperatura da água, salinidade, pH, condutividade, viscosidade e mais algumas coisas. O velho Frank está para tomar um grande banho.

Thomas coordena a reanimação, o escudeiro do chefão. Ninguém nunca me resumiu sua formação acadêmica ou suas credenciais. Na maioria dos dias ele é um secretário supervalorizado, mas hoje Carthage o colocou no comando. O que significa isso tudo?

Antes que eu me embrenhe mais, Carthage lança um dos seus sinais de levantamento de queixo. Imediatamente Thomas puxa uma prancheta de sua pasta e chama a atenção da sala.

— Reanimação do Sujeito Um iniciando agora; marquem hora e data.

Todos os técnicos, parados ao longo da parede lateral, iniciam os contadores no topo da tela dos computadores. Gerber desliga a música.

Eu sinto a tensão na sala, mas não acredito. Meus pais estavam bem além da salvação. A morte é final. Tudo isso é teatro, e nada mais.

— Vamos tentar não estragar tudo agora, tudo bem, pessoal?

Aquele pequeno discurso motivacional é cortesia de Borden, nosso próprio Napoleão de laboratório, que faz um pequeno círculo com a ponta de sua barba, como se para esticar o pescoço. Noto irritação no rosto de todos na sala de controle.

Thomas pega uma caneta e verifica o primeiro item em sua prancheta.

— Procedimento um: iniciar bombeamento de oxigênio.

Gerber afasta seu cabelo estranho do rosto, emitindo um silvo enquanto puxa o ar por entre os dentes, e então pressiona um botão. Um compressor começa a se movimentar ao lado do corpo, um ventilador à moda antiga com foles visíveis. Saindo da máquina, um tubo segue para uma caixa negra onde há uma bobina de aquecimento. Dali serpenteia até a boca de Frank, presa ao lugar, e não sei a que profundidade chega. Conforme os foles se contraem, as costelas do cara morto se erguem. Os foles expandem, o peito desce. Culpa da máquina, mas mesmo assim assusta ver o corpo do sujeito se movendo. Através da transmissão de áudio, ouvimos flocos de gelo caindo no chão. Billings paira sobre o corpo. Quando qualquer pedaço de pele fica exposta, ele a seca e coloca um eletrodo.

— Procedimento dois: imersão de cinquenta por cento.

A dra. Kate manipula duas alavancas na parede lateral, e as correias baixam o corpo de Frank até a banheira salgada. A doutora para quando a água atinge os ouvidos dele. Novamente Billings posiciona os sensores, e em uma das telas eu o vejo enfiando a mão dentro da camisa do cara morto. Um contador indica que a temperatura da água está a quarenta graus. É hora do banho quente.

Thomas continua os procedimentos, item após item. Soa como algo entre uma lista de lavanderia e uma receita de bolo de sorvete — complicado, mas talvez delicioso. Eu presto atenção parcial enquanto ele continua do procedimento dezenove ao quarenta e quatro, cada qual durando cerca de dois minutos, alguns um pouco mais. Concentro-me mais nas câmeras. Uma mostra as mãos de Frank, outra, seu rosto, e outra ainda, seu torso. Se algo acontecer com seu corpo, se algo mudar, os vídeos capturarão e poderemos ver. Então, um pensamento me ocorre, a diferença entre um Frank e um Sujeito Um: o primeiro tipo é uma pessoa que merece alguma privacidade. O segundo tipo é um objeto de laboratório que não vai ter nenhuma. Isso, definitivamente, não é privado. O cara pode acordar e se cagar todo, e nós estaremos todos ali assistindo, cada grunhido e cada careta imortalizados em vídeo.

— Procedimento quarenta e cinco. — Thomas está sorrindo como uma abóbora de Halloween. — Iniciar campo magnético.

Um técnico perto de Gerber gira um grande botão negro.

— Feito — ele diz a Thomas.

Gerber vira para mim.

— Lembra os ímãs de quando você era criança?

— Como é? — pergunto. Por quase duas horas, ninguém disse nada a não ser Thomas.

— Lembra? — Gerber insiste. — Como você tentava forçar os lados que não se gostavam para que se tocassem de qualquer jeito? Minha família tinha as letras do alfabeto coloridas, para colocar na geladeira, sabe? Aquelas coisas tinham uma aversão surpreendente a um dos lados da outra letra. É isso que estamos fazendo agora com os elétrons do corpo desse cara. Forçando a antipatia magnética. — Ele funga. — Eu sei que é um tipo complicado de ciência, mas continuo pensando naquelas letras da geladeira.

— Gerber — respondo. — Às vezes você parece viver na lua.

Ele ri e então canta baixinho:

— "Friend of the devil is a friend of mine."

— Procedimentos quarenta e seis e quarenta e sete — Thomas continua, como se não tivesse nos ouvido. — Iniciar sinal elétrico e iniciar relógio de reanimação.

E lá, longe da sala cheia de mesas com seus cabos subindo pelo teto, o dr. Christopher Borden pressiona um interruptor iluminado na mesa à sua frente, e então outro, e então outro, e uma longa fileira de botões. Ele para quando faltam quatro interruptores.

Há um zumbido baixo, e um ponteiro se sacode no mostrador diante de nós. Carthage olha fixamente para o chão. A dra. Kate cobre a boca com as duas mãos. Nós esperamos.

Eu observo os monitores de vídeo. Nada. A única mudança é o último pedaço de gelo ter derretido, e finalmente podemos ver o rosto de Frank, sua aparência magra, faminta e azul, como se estivesse machucado. Os lábios estão franzidos, como se houvesse morrido em meio a uma discussão. E me dou conta novamente: é um homem morto. Eu conheço a aparência, acredite em mim. Ele está tão morto quanto mamãe e papai no gramado naquela noite com a casa em chamas atrás deles, e eu de joelhos tentando sugar o ar como um maratonista. Você pode encher o recinto de flores e tocar os grandes sucessos de Jimmy Durante, e nada vai mudar: este experimento está sendo feito em um homem morto.

Os eletrônicos zumbem, o ventilador sibila, o relógio conta. Nada.

Thomas passa o olhar pela lista de procedimentos. Carthage lê os medidores um por um. Gerber se recosta em sua cadeira, as mãos atrás da cabeça. Esperamos. Nada.

Thomas tosse, chuta levemente o ar.

— Droga.

— Paciência — Carthage diz. — Esperamos décadas. Podemos aguardar mais alguns minutos.

Abruptamente ele se vira para Borden, que inclina a cabeça para trás como se tivessem lhe feito uma pergunta muito difícil. Carthage limpa a garganta.

— Doutor?

Borden pisca vagarosamente, semelhante a uma coruja.

— Você precisa saber que estamos nos aproximando do máximo. — Ele aperta outro interruptor, e então mais um. — Qualquer coisa acima disso, e você não vai querer que ele acorde de qualquer maneira.

O que me faz imaginar, em primeiro lugar, por que ele desenvolveu um sistema com aqueles dois interruptores restantes.

Carthage olha para os medidores. Esperamos.

E então aparece, quase imperceptível: um bipe.

Ninguém precisa me dizer o que isso significa. Outros quinze minutos se passam, e ouvimos novamente. Um bipe. Carthage meneia a cabeça para Thomas, que usa um controle remoto para iniciar o aparelho vermelho de contagem. Um segundo se passa, dois, cinco, enquanto os números à esquerda permanecem em 00:00 e os da direita percorrem rapidamente os décimos e centésimos de um segundo. Um aparelho ao lado do relógio mostra 4 bpm. O osciloscópio do ECG indica um conjunto de picos e depressões de uma batida de coração. Agora há dois bipes e um silêncio, e a leitura indica 6 bpm.

Carthage está com os olhos fechados, um punho sobre o peito, como um maestro em um momento de felicidade orquestral. Um turbilhão de bipes, a leitura mostra 12 bpm, então silêncio. Olho para o relógio, anoto em meu caderno quando ocorre cada sinal sonoro. Mas não há mais nenhum. A dra. Kate vai até a janela, olhando para o corpo imóvel. O silêncio se estende: meio minuto, quarenta e cinco segundos, um minuto.

Carthage abre os olhos.

— Dr. Borden?

— Há um risco.

— Que é?

Ele entrelaça os dedos.

— É possível... que possamos... colocar fogo nele.

— Estou ouvindo — Billings diz pela transmissão de áudio. — Bom dia, senhores, o homem na sala saturada de oxigênio está aqui prestando atenção.

Carthage o ignora.

— A que nível estamos chegando?

Borden corre o olhar pela fileira de interruptores.

— Seria, aproximadamente, a voltagem de uma execução por cadeira elétrica.

A dra. Kate se vira boquiaberta, mas Carthage fala antes que ela possa dizer qualquer coisa.

— Prossiga.

— Tem certeza?

Thomas assume.

— O dr. Carthage sempre tem certeza. — E Carthage lhe revela um breve sorriso.

— Sabe, eu realmente odiaria ser assado vivo. — Billings se afasta da banheira, seguindo na direção da porta. — Isso é seguro, não é, rapazes?

— Pode apostar — Gerber resmunga. — Se você gosta de marshmallows tostados.

E Borden pressiona o próximo interruptor.

O volume do zumbido elétrico se eleva. O vídeo mostra que a água ao redor de Franklin se agita como se estivesse a ponto de ferver.

A dra. Kate balança a cabeça.

— Isto não pode estar certo...

Mas os sinais sonoros recomeçam. E mais fortes. O osciloscópio mostra picos e depressões regulares, o contador exibe 31 bpm.

— Estamos tendo pressão sanguínea — avisa um pós-doutorando cuja mesa está de frente para a parede. As luzes na tela se refletem em seus óculos. — Cinco por três.

— Extraordinário — sussurra a dra. Kate, e eu observo enquanto ela volta para a janela ao lado do corpo de Frank e encosta a ponta de dois dedos no vidro. — É um milagre.

Carthage franze a testa para ela. Os bipes ficam mais constantes: 44, 54, 61 bpm.

— Dr. Carthage, estamos com nove por seis. E firmes.

— Senhoras e senhores — Carthage declara —, temos uma reanimação.

Todos urram, em sonora comemoração, e aplaudem. Gerber grita "Uhuuu" e gira e se inclina em sua cadeira. Borden solta um "Nós conseguimos!". Billings coloca dois dedos na boca e assobia tão alto quanto um torcedor num jogo de hockey. Thomas sacode a mão de Carthage como se ele fosse um político que acabou de vencer uma eleição.

— Parabéns, senhor. Parabéns.

Eu fico ali parado, mudo, sentindo-me tão esperto quanto uma vaca. Não sei que merda fazer com meu ceticismo agora.

Carthage espera até que o barulho diminua, e então se vira para Gerber

— Inicie a separação.

— Opa! — As sobrancelhas de Gerber se erguem. — Já?

— Inicie.

Gerber começa a falar, e então se toca.

— Você é o chefe. É o seu funeral — e diminui a pressão do ventilador.

Imediatamente os bipes diminuem, os pós-doutorandos avisam que os números da pressão sanguínea estão caindo, e todos olham para Carthage. Ele mantém um dedo no ar e espera. Como previsto, um momento depois os batimentos cardíacos de Frank se recuperam, ganham terreno, o ritmo aumenta. E então Carthage, aquele gênio egocêntrico, aquele canalha, sorri.

— Qual é a graça? — Gerber pergunta.

— Estamos tocando o sujeito — Carthage responde — como um violino.

— Este homem não é um brinquedo — diz a dra. Kate, embora Carthage continue a sorrir como um político em dia de inauguração.

Com isso descubro algo incrivelmente básico que havia deixado passar o tempo todo. Apenas bato a mão na testa quando percebo: essas pessoas odeiam Carthage. Todas elas. Mesmo assim continuam aqui, famintas por serem parte de uma descoberta. Como colocarei isso em um artigo não tenho ideia, mas está tão claro quanto os bipes que soam a cada batida do coração de Frank.

Carthage ergue o queixo para Gerber.

— Qual porção é o respirador e qual é ele?

Gerber analisa os instrumentos.

— Somos vinte por cento. O resto é nosso marinheiro gelado.

— Corte.

A dra. Kate se vira.

— É muito cedo...

— Corte.

— Calma aí. — Gerber se levanta, afastando-se de sua mesa. — É muita coisa ao mesmo tempo. Vamos respirar fundo por um segundo. — Ele está de costas para o resto de nós, e sacode as mãos como se quisesse secá-las. — Você vai transformá-lo em um vegetal.

— Talvez.

— Mas você não é o gênio todo-poderoso?.

— Faça agora.

Gerber vira o rosto para nós.

— Apenas fica frio por um minuto, pode ser?

Carthage bufa.

— E deixá-lo dependente dos aparelhos para sempre?

— Que tal deixá-lo dar cinquenta respiradas consecutivas?

— Certo. Agora.

Estou anotando tudo isso, cada palavra. E me dando conta de que Gerber, em sua área, possivelmente tem mais prestígio que Carthage na área dele. Não é à toa que se mantém firme.

— Todo mundo é dispensável — Carthage diz entre os dentes cerrados. — Até mesmo o ilustre David Gerber.

Gerber ri.

— Então você também é, parceiro. E, se este experimento afundar, qual de nós você acha que vai sair mais prejudicado?

— Pessoal, por favor — diz Thomas, esquivando-se para o assento de Gerber. — Não há necessidade...

— Thomas, não — grita a dra. Kate. E Gerber volta correndo.

Mas até mesmo um leigo como eu pode ver que está feito. O controle está todo para baixo. Na câmara, o fole do ventilador parou. No entanto, os bipes continuam. Thomas segura a prancheta atrás das costas e se posiciona ao lado do chefe.

— Pronto.

Carthage assente para ele, sugerindo um silencioso "muito bem". Bizarro. Gerber fica parado com os ombros caídos.

— Ele está respirando por conta própria.

A dra. Kate se aproxima.

— Sim.

— Uau — Gerber sussurra. Ele volta para sua mesa e cai pesadamente sobre a cadeira. — É isso aí, sr. Frank. Você acabou de quebrar todas as regras.

Subitamente a respiração para, os bipes cessam, o ECG emudece. A sala está tão quieta como um cemitério.

— Bem, aí está — Gerber diz para Carthage. — Agora você quer que volte a ventilação?

Carthage ergue a mão e a sustenta no ar.

— Aguarde.

Mas as máquinas continuam silenciosas. Não há batimento cardíaco.

— A pressão sanguínea está caindo — um técnico constata.

— Nós o estamos perdendo.

— Temperatura corporal de trinta e três graus — Billings avisa. — Quase descongelado. Nossa janela está se fechando.

A sala responde com silêncio. Carthage assente para Gerber. Ele pressiona os botões, e o fole recomeça. O peito de Frank sobe e desce como antes. Mas os bipes não recomeçam.

— Me dê mais magnetismo — Carthage ordena.

— É pra já — um técnico responde, girando o medidor para a direita até o fim. — Isso é tudo que temos, senhor.

Ainda nenhum bipe.

— Estamos com problemas — constata a dra. Kate.

Analiso a sala, pronto para anotar qualquer coisa que aconteça em seguida, mas não há nenhuma ação, nenhuma palavra. Aquela pausa se estende. Não consigo acreditar que minha história será sobre como a arrogância de Carthage fez tudo ir ladeira abaixo.

Finalmente ele respira fundo.

— Dr. Borden? Mais carga, por favor.

— Está falando sério?

Carthage não responde. Borden olha para sua fila de interruptores, ponderando.

— Erastus, cada um desses circuitos conduz dez vezes a força do anterior. Se o Sujeito Um estiver vivo, a amperagem atual poderá matá-lo. Se a aumentarmos, não há como prever.

— Desculpem-me, cavalheiros — Billings diz, acenando com a mão enluvada. — Permissão para abandonar a câmara, dr. Carthage?

— Erastus — Borden insiste. — Ele pode explodir.

— Liberem a câmara, por favor — Billings diz. — Imediatamente.

Carthage bate palmas uma vez.

— Equipe Sênior, rápido, quero a opinião de vocês.

Thomas abaixa a prancheta.

— Você quer?

— Dra. Philo, arriscamos uma explosão ou cessamos o experimento?

Ela o olha nos olhos.

— Nós dizemos que estamos buscando respostas. A natureza está nos dando uma, inequivocamente clara e direta. Pessoas não são krill. Deixe-o ir.

Carthage mal pisca.

— Dr. Gerber?

Ele passa os dedos pelo teclado.

— Estamos cozinhando o sujeito como uma lagosta. Pare com isso.

— Dr. Billings?

— Você arriscaria a minha vida pela chance de restaurar a dele? Interrompa a reanimação.

— Dr. Borden?

O pequeno doutor pondera:

— Eu já lhe disse antes que o coração quer bater. Talvez tenha ficado parado por tempo demais. Ou talvez devêssemos tê-lo mantido congelado até que tentássemos em mais espécies entre os camarões e algo assim tão grande. Mas hoje não podemos mudar o que não sabemos. — Ele encara seus interruptores. — Encerre.

— Só resta você, Thomas.

— Ah, senhor. — Ele se vira para o chefe. — O que quer que eu diga?

— Ha — Carthage bate a mão no ombro de Thomas. — Você devia ser um diplomata.

Thomas enrubesce, por incrível que pareça. Agora estou morto de curiosidade para saber a história por trás disso. Será que o rapaz cresceu sem pai ou algo do tipo? Definitivamente preciso investigar depois.

Enquanto isso, Carthage pega um frasco de desinfetante para mãos, despeja um bocado em uma mão e com a outra guarda o recipiente. Casualmente, sem pressa, ele esfrega as mãos uma na outra, entre os dedos, torcendo os polegares. Você nunca imaginaria em meio a que estamos. Por fim ele olha para nós.

— Devemos interromper, então? É unânime? O Sujeito Um não pode ser reanimado? Vamos pensar friamente por um momento e calcular. O que será prejudicado se tentarmos e falharmos?

— Nossa consciência — dra. Kate responde instantaneamente. — Nossa decência.

Carthage bufa na direção dela.

— Dra. Philo, sempre séria. Nunca tem vergonha de questionar a ética de seu chefe. Eu gostaria de lembrar que o Sujeito Um é tão cheio de potencial quanto um feto, se ele receber nossa bem-sucedida intervenção. Se falharmos, o pior que pode vir a acontecer de nossos esforços é ele permanecer como o resto do mundo o vê: morto. Enquanto isso, temos a mínima, ainda que científica, possibilidade de que estejamos corretos a respeito da força de vida latente nas células. E se isso estiver correto, poderá salvar a humanidade de um indescritível sofrimento futuro. Talvez sua poderosa ética possa ser um pouco suavizada diante dessa oportunidade?

— Bem... — Gerber se recosta na cadeira. — Há uma coisa chamada profanação dos mortos.

— Já somos culpados disso — comenta a dra. Kate.

Carthage move a mão, colocando o assunto de lado.

— Superstição. Além do mais, está fora do ponto de discussão. — Ele se vira para toda a equipe, com os braços abertos. — Pessoal, vocês não estão curiosos? — Carthage ri, o que soa como um latido. — Esta é a única coisa que importa: não querem saber se é possível? Não estão morrendo de vontade de descobrir?

Ele espera um momento para que possam digerir seu argumento. E então se vira, e, caso estivesse vestindo uma capa, ele a teria girado no ar.

— Borden.

— Sim, senhor?

— Agora. — Borden ergue a mão, coloca o dedo sobre o interruptor, hesita.

— Agora — Carthage repete. E o pequeno doutor pressiona a coisa.

De uma vez, todos os ponteiros dos mostradores vão ao máximo para a direita, transbordando de voltagem. Há faíscas nos cabos que passam pelo teto. Vários monitores desligam. As luzes piscam, e então a sala fica escura. E ali permanecemos, mudos como pedras, de pé, no escuro. Nem mesmo o som dos ventiladores de teto.

Alguns segundos depois as luzes piscam de volta, os ventiladores voltam a girar, os computadores reiniciam. Gerber empurra seu cabelo selvagem para trás e encara Carthage.

— Gerador de emergência?

Carthage confirma.

— Tenha sempre um plano B.

E os bipes recomeçam. Sem qualquer hesitação desta vez. Constantes, subindo, certos. Quando chegam a 20 bpm, Borden desliga o interruptor mais alto. Os bipes continuam. Agora o progresso é linear. Um por um ele desliga os interruptores, e o coração de Frank mantém o compasso, fixando-se em noventa batimentos por minuto.

— É isso — Borden diz, desligando o último interruptor. — Ele está por conta própria.

Billings despenca, deslizando encostado na porta da câmara.

— Deus salve a rainha.

O contador mostra que quinze minutos e quarenta e sete segundos transcorreram desde que o coração congelado começou a bater. Aos vinte minutos, Gerber inicia o processo de desligar o ventilador, a passos minúsculos desta vez, completando a retirada total em meia hora. Os outros técnicos reportam pressão sanguínea estável. Billings volta ao corpo e registra suas observações: espasmos dos dedos, movimentação dos olhos.

Ninguém celebra desta vez. O momento é solene. Peço a Thomas uma cópia da lista de procedimentos e ele me entrega a original — será que ele não tem ideia de quanto essa coisa pode valer? — e joga a prancheta vazia em cima de uma mesa. Então eu me aproximo de um canto e me pergunto em que se transformou minha visão de mundo.

— Firme como uma rocha. — Gerber se recosta na cadeira. — Dezesseis respirações por minuto, noventa e dois batimentos, zero suporte de vida. — Ele cruza os dedos atrás da nuca. — O bebê está totalmente crescido.

— Bem... — Carthage ajeita o colarinho como se a gravata estivesse muito apertada. — Acho que não preciso dizer a todos como estou desapontado.

— *O quê?* — É Borden desta vez. — Do que você está *falando*? Que melhor resultado esperava? O que você quer?

Carthage esfrega a testa com uma das mãos, como querendo dizer que é uma vergonha o mundo ser povoado por imbecis. Ele olha fixamente através do vidro para a criatura viva e respirando.

— Eu quero consciência.

9
O DICIONÁRIO ANTIGO
(KATE PHILO)

Poucas horas após a reanimação, Gerber planejou uma maneira de transmitir ao vivo, via internet, o homem congelado. Era uma invasão maciça de privacidade, mas, depois que cometi o aparente delito imperdoável de questionar a ética de Carthage na frente de toda a equipe, fui mantida na casinha do cachorro por tempo suficiente para não fazer nenhuma objeção eficaz.

Na verdade ele me colocou no turno da noite. Foi um claro retrocesso para quem já supervisionou todos os pesquisadores no navio, mas sinceramente não ligo. Eu gosto da sala de controle quieta, do zumbido das máquinas, da respiração silenciosa do corpo isolado em sua câmara. Quaisquer que fossem meus receios sobre o projeto e meu papel nele, a presença do homem congelado era reconfortante.

Geralmente Billings estava lá, trabalhando com seus pequenos espécimes. Às vezes, eu o convencia a pausar a catalogação, a obrigação penosa de organizar o caos antes de fazer experiências com ele. Ele estava certo sobre aquele iceberg gigante, um tesouro de espécies pequenas, incluindo centenas de sardinhas instantaneamente congeladas.

Dixon agora tinha uma mesa no escritório do laboratório, onde ele se sentava na maioria das noites martelando o teclado de seu laptop. Enquanto estava trabalhando, tinha uma concentração impressionante: carrancudo, impermeável à distração, parando para escavar suas anotações antes de mergulhar no texto novamente. Quando ele fazia pausas, eu puxava conversa, ouvia suas histórias dos dias de correspondente de guerra. Mas o homem tinha um hábito peculiar, como se conseguisse perceber o momento em que eu começava a simpatizar ou conectar-me com ele. E então proferia algo vil, grosseiro, machista, fazendo com que eu me afastasse e voltasse para meu trabalho.

Gerber também estava presente na maioria das noites, vigilante como uma coruja, embora eu não entendesse o porquê. Que outro desenvolvimento de sistema poderia haver ali para ser feito? Supus que ele estava exercitando ciência básica, ou seja, estava sendo pago para pensar.

Não posso dizer que eu mesma tinha muito o que fazer. Os eletrodos permaneciam seguros no lugar, as cracas no peito e nas costas do homem também. Computadores monitoravam tudo dia após dia sem um único acidente. Eu me sentia como uma segurança noturna, só me faltando a lanterna.

Enquanto isso o relógio vermelho digital continuava contando a nova existência do homem congelado, nove dias, nove horas e uns trocados. O programa de rastreamento de Gerber trocava os ângulos da câmera a cada trinta segundos. Ao mesmo tempo, os sinais vitais, atividade cerebral e cardíaca, eram mostrados continuamente na beirada inferior da tela. Qualquer um que quisesse esses dados poderia fazer download de graça. Nas primeiras vinte e quatro horas, nosso site recebeu catorze milhões de acessos, cada visistante permanecendo online por uma média de vinte e seis minutos, algo que Gerber declarou excepcional para os padrões da internet.

— A maioria das pessoas não passa todo esse tempo nem fazendo sexo — ele disse. Do outro lado da sala, Dixon riu por trás da caneca de café.

Gerber passava suas noites trolando os blogs. Sem surpresa, o homem congelado fez mais barulho na internet do que uma colmeia. A cada manhã Gerber enviava um e-mail com as descobertas mais malucas a toda a equipe do projeto, até que o pessoal começou a reclamar do acúmulo na caixa de entrada. Depois disso, ele passou a pendurar um pequeno boletim na parede da sala de controle, com o título "PERV DU JOUR". Periodicamente Gerber colava sua última descoberta lá, e a maioria dos funcionários o lia todos os dias assim que chegava ao trabalho.

Uma noite, por exemplo, Gerber colou imagens capturadas do site gemeodohomemcongelado.com: fotos do nosso sujeito com irmãos que ele poderia ter tido. Alguém postou a foto de um ator que interpretou um xerife grisalho em uma série de TV de faroeste nos anos 60; outra pessoa sugeriu um nadador olímpico com maçãs do rosto acentuadas. Outros eram mais inventivos: um macaco magro com pelos faciais que se pareciam vagamente com as costeletas do homem congelado, e até mesmo a dianteira trabalhada de um carro pequeno, porém de consumo eficiente.

Nem todas as respostas à reanimação eram estranhas. Os dois senadores de Massachusetts ligaram para nos parabenizar. O presidente do MIT enviou flores.

Eu estava em reunião com Carthage quando elas chegaram. Enquanto Thomas centralizava o arranjo na prateleira, sugeri ao meu vaidoso chefe que convidássemos sociólogos para estudar quem estava seguindo online, com mais fervor, a reanimação.

Ele me olhou com a cara feia e latiu:

— Foco.

Um cardiologista em Milwaukee disse que o ECG do homem congelado era semelhante ao de uma pessoa em sono profundo. "É como um dia depois de uma maratona, quando seu corpo está se recuperando", ele disse. O dr. Borden, médico de estimação de Carthage, calculou o apetite e os dejetos do homem congelado e disse que ele tinha a taxa metabólica de um réptil hibernando. Eu pensei: *Que humanizante.*

Uma pesquisadora de epilepsia de Chicago baixou os encefalogramas e declarou que "o Sujeito Um está usando quase cem por cento do cérebro, algo nunca antes calculado em um humano". Imaginei como ela podia ter chegado a tal conclusão com os dados de apenas três dias. Mas, quando ela disse à CNN que "é como se ele lançasse uma luz em cada canto de sua mente", a frase foi repetida em todo o mundo a cada trinta minutos por um dia e meio. Talvez ela tenha se apressado em seu julgamento; seu nome, entretanto, ficou conhecido.

A reação da cultura popular foi de fechar o cerco. Tabloides especulavam se o homem congelado era um alienígena. Religiosos conservadores faziam vigílias de oração públicas, entre as chamadas do Congresso para acabar conosco.

— Lázaro foi ressuscitado pelo filho de Deus — disse um deputado, apontando um dedo para o céu, o cabelo branco e uma voz fantástica para discursos, quase um cantor de ópera. — Quem esses blasfemos de Boston pensam que são?

Minha irmã Chloe mandava e-mails, seu tom evoluindo com base na cobertura da imprensa: como-uma-idiota-feito-você-conseguiu-um-trabalho-com-pessoas--tão-espertas virou o-que-você-está-fazendo-aí-mesmo, e depois: qual-o-problema--com-vocês-parasitas. "Qual o seu papel em tudo isso, afinal?", ela escreveu. "Eu não consigo me decidir o que é pior: você estar no centro desse fiasco, ou ser só um peão entre as pessoas que realmente fazem as coisas acontecerem." *Caramba, Chloe, você é mesmo especial.*

As empresas de criogenia, cujos freezers estavam abarrotados de corpos, viam seus estoques subirem. Uma revista de circulação nacional fez uma matéria de capa: "Renascimento da era biotécnica?" Em nossa recepção havia mais de seiscentos pedidos para entrevistas, todos rejeitados. Por razões que ele guardava para si mesmo, Carthage continuava dando a Dixon cobertura exclusiva do projeto, colocando a assinatura dele em jornais ao redor do mundo. Por isso o repórter não dava um momento de paz para ninguém. Duas vezes senti seu bafo úmido enquanto ele se inclinava por sobre meu ombro para me ver trabalhar. Foi preciso um longo olhar enfezado para que ele se afastasse.

E então um dos seguranças falou com as câmeras de TV aglomeradas na porta da frente como uma matilha de cães abandonados:

— Essas pessoas são misteriosas — ele disse, tirando os óculos escuros pela primeira vez. — Nem sequer trabalhamos para os proprietários do edifício. O projeto nos contratou para que ninguém possa espionar o que estão fazendo lá. Quem sabe o que querem? Quem sabe quais são seus planos?

Carthage viu o noticiário, ergueu uma sobrancelha, fez uma ligação. A empresa substituiu o segurança enquanto começamos ocasionalmente a usar a porta de trás, de serviço, quando chegávamos e saíamos. Mas o estrago estava feito.

Mesmo assim, o correio tinha de entregar nossa correspondência em um caminhão separado. Ela ficava lá no porão, dentro de caixotes de lona cheios de envelope até a boca, esperando que alguém os abrisse. Gerber pegou uma carta ao acaso e leu que a equipe do Projeto Lázaro era a prole de Satã. Ele riu até não poder mais. Billings pegou outra, de um bilionário do Texas querendo que o Projeto Lázaro ressuscitasse seu garanhão puro-sangue.

Enquanto isso, os comediantes da TV faziam piadas sem-fim: talvez o vice-presidente Gerald T. Walker devesse ir até Boston, para ver se o Projeto Lázaro poderia trazê-lo de volta dos mortos também.

No entanto, por volta de doze horas do quinto dia, começaram a aparecer comentários no site reclamando que a transmissão de vídeo estava um tédio. Você não adora a capacidade de atenção mundial? Traga um homem de volta de um lugar que está além da concepção humana, e as pessoas ficarão maravilhadas por aproximadamente cem horas. Eu me sentei para ler as postagens, mas, depois de umas dez, tive de parar. Havia ali uma besta voraz com um apetite insaciável. Imagino como essas pessoas responderiam ao penosamente lento trabalho de Pasteur, que desenvolveu a teoria dos germes só depois da morte de três de seus filhos. Ou de Fleming, que, inspirado pela horrível taxa de mortes por infecção na Primeira Guerra Mundial, trabalhou durante dez anos procurando um agente antibacteriano. Ou de Salk, perseguindo a pólio por oito anos enquanto dezenas de milhares de crianças eram atormentadas pela doença, a vida salva apenas para viverem presas a pulmões de aço. *Ah, hum, muito bom, que tal agora curarem a malária até segunda-feira?*

Gerber iniciou um novo protocolo: editar cada fita do dia em um resumo de dez minutos. Carthage perguntou a Dixon o horário ideal para divulgação, a fim de que a liberação da fita ocorresse a tempo do ciclo de noticiários do meio-

-dia e das seis da tarde. A mídia apreciou a edição, e a maioria usava nossa fita como assunto principal. Mas, logo depois da terceira fita, um louco saiu atirando num shopping no Centro-Oeste. Viramos notícia velha.

Carthage ficou desapontado, mas para mim estava tudo bem. Necessitávamos de mais tempo para a ciência. Chloe, apesar de suas chatices, tinha razão. Nós precisávamos entender o que estávamos fazendo. Qual era o objetivo? E também o que iríamos fazer caso o homem congelado de fato acordasse, falasse, ficasse completamente vivo nesse novo tempo?

Ninguém queria discutir essas coisas. Ninguém nem mesmo entrou em contato com o navio de pesquisa, que continuava procurando gelo maciço no sul da Argentina, para dizer que havíamos reiniciado o coração de um homem morto. A equipe estava lá, trabalhando como escravos em um frio que eu conhecia muito, tão solitários como um satélite no espaço.

Certa noite, caminhei até o trabalho com uma sensação de isolamento semelhante, como se eu estivesse à deriva em um vasto oceano. Talvez meu humor se justificasse pela chuva, um temporal de primavera que deixou a rua cheia de poças. Além disso, os manifestantes na calçada haviam se tornado mais numerosos, chegavam a trinta ou mais. Um deles, uma mulher, rosnou para mim quando passei apressada. E não ajudou o fato de que Gerber e Billings trabalhassem com tanto afinco quando cheguei, nem sequer parando para dizer "olá".

O turno da noite se estendia diante de mim como uma estrada longa e plana. Em minutos confirmei que os monitores trabalhavam corretamente e, portanto, não precisavam de ajustes. O vídeo trocou os ângulos dentro do tempo programado. O contador marchava para frente. Vários dispositivos haviam iniciado suas cópias de segurança automáticas diárias.

Examinei a sala de controle. Gerber estava com seu headphone, encarando a tela enquanto digitava ridiculamente rápido, esperando uma resposta aparecer do nada, e então digitando de novo para responder. Billings inventariava as amostras, escrevendo rótulos e colocando-os em tubos de ensaio.

Sua obsessão havia criado uma distância entre nós. Dias antes eu o abordara no laboratório a fim de convidá-lo para nosso almoço semanal, algo que fazíamos todas as semanas desde o passeio de trem regado a uísque.

— Ei, Graham, é quase uma da tarde. Você quer comida chinesa ou italiana?

— Hoje é segunda-feira? — Ele manteve os olhos no microscópio.

— Durante todo o dia e parte da noite.

— Desculpa, de verdade, amada — disse ele, virando a cabeça enquanto permanecia debruçado sobre a mesa. — Mas estou sobrecarregado. Este rapazinho na placa só vai viver mais uma hora.

— Sem problema — comentei. — Fica para a próxima semana.

Ele não respondeu, os olhos fixos na lente de novo. Vaguei de volta para minha mesa e me dei conta de algo: depois da falha de energia durante a reanimação do homem congelado, quando Borden correra o risco de causar uma explosão, Billings não havia mais retornado à câmara principal. Talvez estivesse evitando as políticas do laboratório. Ou talvez estivesse empolgado com aquelas pequenas criaturas. Billings havia realizado tantas reanimações em criaturas minúsculas que já fazia previsões afiadas sobre quais organismos iriam acordar e quais não iriam, sobre como aumentar o tempo de sobrevivência, como usar menos eletricidade. Eu li as notas, sua documentação típica, incrivelmente boa. Entretanto, ele tinha mudado seu computador para um canto da sala, esquivava-se dos turnos de monitoramento, ignorava reuniões de pessoal, a não ser que Carthage as convocasse.

Olhei novamente Billings do outro lado da sala. Ele enfiou uma bandeja de espécimes recém-marcados de volta ao seu rack de congelamento portátil, em seguida tirou outra bandeja: duzentos tubos de ensaio sem rótulo. Então tossiu rapidamente, ajeitando-se na cadeira para iniciar o novo lote.

Finalmente permiti que meus olhos vagassem na única direção onde poderia estar acontecendo algo interessante. A câmara. O homem congelado estava ali deitado, respirando lenta e constantemente, como ondas batendo na praia. Dois dias antes ele havia mexido o dedo mindinho. Mas, na manhã seguinte, a equipe chegou ao consenso de que fora uma contração, revelando apenas atividade do sistema nervoso, não um movimento intencional. Discordei, mas a documentação final chamou o gesto de movimento reflexo. De todo modo, o sujeito continuava imóvel como uma estátua de Buda.

Fui até o vidro. As roupas do homem congelado, que pareciam feitas sob medida, estavam esfarrapadas. Ele ainda usava as botas que se tornaram sua marca registrada. As costeletas pareciam quase cômicas, musgo-espanhol crescendo das bochechas. Borden tinha proposto que o lavássemos, barbeássemos e o vestíssemos com roupas limpas. Carthage disse que não era o momento, não havia ainda motivo para perturbar o corpo até que estabilizasse. Nesse período, ninguém poderia entrar na câmara sem que tivesse uma tarefa ou permissão específicas.

No entanto, lá estava eu. Parada na interseção entre ciência e magia, fato e especulação, pesquisa fria e curiosidade aguçada. Então o homem congelado respirou — não a respiração lenta e profunda de costume, mas uma espécie de gole, como se ele tivesse dito a palavra "glup" em meio a uma inspiração. Olhei para meus colegas, os dois absortos, nem sequer cientes da minha existência, e muito menos de minhas tentações.

Ah, tentações. Às vezes cedemos depois de uma longa luta com a consciência. Outras vezes nos entregamos com uma espécie de alegria. Corri para o painel de segurança e digitei meu código de acesso, esperando que a porta deslizasse para o lado, e entrei na câmara na ponta dos pés.

As câmeras viraram mecanicamente para me enquadrar, e acabei me sentindo uma idiota. É claro que o sistema de monitoramento iria registrar cada movimento meu. O estrago estava feito. Entretanto, que delito eu estava cometendo? Que regra arbitrária estava quebrando? Eu poderia argumentar que estava reagindo a uma mudança na respiração do paciente. O vídeo confirmaria.

Aproximei-me da mesa acolchoada onde ele jazia, o peito subindo e descendo. Não havia nenhuma outra atividade, nenhum "glup" mais. Somente um corpo no sono mais profundo imaginável. Inclinando-me, estudei o rosto do homem. Os profundos pés de galinha em torno dos olhos, como se ele tivesse passado um século olhando para o sol em vez de esperando no gelo. O maxilar reto e anguloso. As costeletas saindo das bochechas, parecidas com os tufos de um lince. A expressão do homem era perfeitamente, inescrutavelmente vazia.

Inclinei-me; quem pode dizer o sentimento que me motivou? Chame de curiosidade, chame de espanto. Levei o rosto próximo ao pescoço do homem, perto de seu peito, sentindo sua presença. Ele não era uma abstração, mas uma realidade. Nunca em minha vida senti com tanta clareza o desejo de conhecer mais sobre algo. Dei uma boa e profunda fungada. Ele cheirava a couro, couro velho.

Subitamente me lembrei de um dia encontrar uma maleta do meu pai nos fundos de um armário sob a escada. Eu tinha trinta anos, e tinham se passado dez desde que ele morrera, Chloe estava preparando a casa onde crescemos para ser vendida. Não havia documentos na maleta, tão aposentada como meu pai. Mas, quando eu a ergui na altura do rosto, o cheiro de couro estava repleto de memórias dele, um adorável homem corpulento que, ao longo de décadas, me incentivou em cada iniciativa que prendia minha atenção: bonecas, odontologia, design e, por fim, dissecação e estudos para o doutorado.

O cheiro do homem congelado era semelhante, ainda que mais empoeirado, mais rico. Como um dicionário antigo. Eu devia ter levado uma prancheta para registrar minhas observações. Mas qual seria o valor de documentar algo tão subjetivo como um aroma? Endireitei-me com um suspiro. De manhã, Carthage exigiria explicações.

De imediato me dei conta. Inadvertidamente — vou manter esse ponto de vista até meus últimos dias —, por acidente, eu havia colocado a mão no pulso do homem. Estávamos pele com pele. Puxei a mão para trás, como se tivesse sentido uma ferroada. Será que eu tinha lavado as mãos ao chegar ao trabalho? Não, desde que jantara, horas atrás. Então caminhara por Boston, tocara no corrimão, usara meu teclado, mexera no crachá de segurança. Minha mão talvez carregasse todo tipo de potencial infecção. Recuei, afastando-me da mesa, então me virei para a porta e segui para o santuário silencioso da sala de controle.

Billings tinha ido a algum lugar, deixando a bandeja de tubos de ensaio preenchida até a metade. Gerber estava curvado para frente, contemplando o chão entre seus pés enquanto a testa pressionava o teclado repetindo uma letra interminavelmente na tela: vvvvvvvvvvvv.

Sentei-me à minha mesa e tentei me acalmar. Fingi que estava verificando e--mails, sem conseguir assimilar o que lia. Minha infração poderia se provar minúscula. Provavelmente eu não tinha feito nenhum mal ao homem congelado. Talvez, de onde eu estava, fosse impossível as câmeras registrarem.

A pele dele era quente, como a de qualquer homem.

Então notei algo, uma aspereza em minha mão. Esfreguei o polegar contra o mindinho, havia grânulos como areia. Levei o dedo à boca. Provei.

Com certeza: sal.

10
CONTAMINAÇÃO
(ERASTUS CARTHAGE)

Você nunca é a pessoa que não consegue dormir. Sua vida é tão agitada, suas horas tão cheias, e no fim do dia há a mesma rotina que você pratica há décadas, confiável, sem graça, mas eficaz: tomar banho, fechar as cortinas, colocar a máscara de dormir e adormecer como uma criança. Sem pesadelos, sem acordar até de manhã. Pobres daqueles cujo sono é uma experiência inferior.

No entanto, aqui está você. Esticado na cama, olhando enquanto as horas mínguam tediosamente, amassando os travesseiros e puxando os lençóis e, mesmo assim, sua mente não consegue interromper um ciclo de pensamentos que segue para o fim do projeto, diretamente para a ruína. É improdutivo, mas o descanso não está nem perto. Rendendo-se, você se veste, sai do hotel, pega um táxi terrivelmente sujo e chega ao Projeto Lázaro, para encontrar o lugar quase adormecido.

A sala de controle está abandonada. Totalmente inaceitável. E se o Sujeito Um demonstrar algum tipo de sofrimento? Os monitores estão desligados, interrompendo o sinal de vídeo. E se o Sujeito Um começar a se mover por vontade própria? Isso não será gravado para a posteridade, nem para se tornar prova de sucesso, nem para persuadir futuros benfeitores. A descoberta apenas levemente reconfortante é a de que Gerber não está em sua mesa. Você se pergunta se aquele tipo excêntrico já dormiu na vida.

O relógio da reanimação continua em frente, agora exibindo 11:14:46:22. Mais de um dia já se passou. O tempo é o inimigo, e você sabe disso. Se o Sujeito Um seguir o padrão de cada criatura ressuscitada pelo seu laboratório, mais da metade da oportunidade com ele já se passou. Vinte e um dias, essa é projeção da vida que lhe resta, feita com base nos padrões dos krills revividos. Três semanas e o homem estará novamente morto.

Além disso, você sabe muito bem que uma boa pesquisa não acontece rapidamente. O método científico é um capataz ainda mais severo que você. No entanto restam ao projeto poucos dias, após os quais essa carne reanimada a altos custos voltará freneticamente para a inutilidade. A mídia já se foi, exceto pelo brinquedinho que você mantém à mão para propaganda. A equipe extra da reanimação já seguiu para o trabalho habitual de laboratório. Você até recebeu ofertas de casas de repouso — casas de repouso! —, como se o Sujeito Um fosse um velho de bexiga solta, em vez de uma das maiores conquistas da ciência.

O tempo pode ser contado em segundos, mas você sente seu peso em toneladas. No entanto, os grãos de areia se esvaem pela garganta da ampulheta da pesquisa, enquanto a criatura jaz inerte, na câmara pouco iluminada, com o coração batendo como se fosse o relógio mais caro do mundo. Assim estão as coisas no Projeto Lázaro há onze dias e meio.

Você passa pela tabela de horários e observa que é o turno da dra. Philo. Ela abandonou seu posto. Se estivesse presente, você a demitiria imediatamente. Mas espere: há um poder instrutivo em demitir alguém na presença dos outros. Amanhã de manhã, com um público atento, cabeças vão rolar.

Até lá, o chefe está de plantão. Uma pessoa supersticiosa diria que você não conseguiu dormir porque teve a intuição de que o Sujeito Um estava sem supervisão. Pessoas supersticiosas são idiotas.

Você liga os monitores, a tela estalando enquanto aquece, e se pergunta como as coisas podem ter degringolado tão rápido. Será que a frustração o distraiu? A ciência foi inatacável. Os métodos, embora deselegantes, defensáveis. E as descobertas, revolucionárias. Sua descoberta de que as células cujas funções cessavam durante o congelamento rápido não estavam mortas, mas possuídas de um resíduo de energia latente, e sua aplicação dessa revelação em material bruto oferecido pelas leis de acaso e oportunidade — essas realizações deveriam estar lado a lado com as de Einstein, Darwin e Freud. Então por que o Sujeito Um não acordou? Por que esse maldito pedaço de carne não abriu os olhos?

Também, não há perigo de que isso aconteça logo. Um bocejo insiste em se impor sobre você. O relógio mostra que ainda faltam horas até amanhecer. Então, o que é melhor: o próximo turno chegar e ver você cobrindo o lapso de alguém, ou chegar e não encontrar ninguém aqui? No primeiro caso, a implicação seria a de que as pessoas podem querer fugir de seus deveres esperando que um superior os compense. Você não pode aceitar isso. Não, de volta para a cama. Mas você deixará um bilhete na mesa de controle, para que os funcionários do próximo turno sintam medo das iminentes consequências, e previsivelmente transmitam essa preocupação aos outros no projeto. Sim, esse é o caminho. Há um bloco de anotações e uma caneta na mesa dos fundos.

"Esta noite, verificou-se que a sala de controle estava vazia e a transmissão de vídeo desligada. E pior, o sujeito encontrava-se sem supervisão, o que implica risco para ele e para o futuro deste projeto. Amanhã, os responsáveis enfrentarão as mais graves consequências."

Pronto. Três frases. E ninguém pode acusá-lo de ser arrogante. Você nem mesmo usou a palavra "eu". Então enfia o papel no meio da pilha de cartas na mesa de controle central e começa a caminhar em direção à porta. Mas, no último minuto, um movimento na periferia de sua visão faz com que volte.

Você não olhou mais as telas desde que aqueceram, mas agora aparece em todos os monitores. A dra. Philo não está ausente; ela está dentro da câmara. E levou para lá um banquinho de metal, onde se empoleira como um pássaro. Ainda que esteja usando uma máscara cirúrgica branca, ignora os protocolos de esterilização e veste calça jeans e camiseta azul. Ela está cara a cara com o sujeito. O movimento que chamou sua atenção foi o dos braços da doutora, erguendo-se para abraçar os próprios joelhos.

E então, pelo vídeo, você a vê cometer o impensável. Ela se estica para frente e coloca a mão no antebraço do sujeito. Ela o toca, pele com pele. Está tudo contaminado.

Você estica o braço para alcançar o botão que abre a comunicação com a câmara. Alguém o tirou do lugar. Impossível. Você procura na mesa e não o encontra. Ali está, sob uma pilha de papéis, a desorganização de Gerber onde deveria haver limpeza e ordem.

Você pressiona o botão de FALAR.

— Dra. Philo. *Dra. Philo.*

Ela não se vira, nem sequer pisca. O áudio da câmara deve estar desligado. Como você pode ter deixado a disciplina do projeto enfraquecer dessa maneira? Como Thomas não conseguiu mantê-lo informado? A mão dela permanece, sem qualquer sinal de arrependimento, no braço do sujeito.

Você sente o impulso de correr até lá e — o quê? Gritar? Atacá-la? —, mas qualquer outra intrusão pode piorar o impacto biológico. Esta imbecil não entende nada a respeito de bactérias, sistemas imunológicos, germes?

Impulso sufocado. Opções esgotadas. Você se mantém mudo diante desse ato de ignorância de tirar o fôlego. A doutora coloca em risco tudo o que você alcançou, toda sua vida, por um gesto sentimental sem significado. Como ela não percebe isso? Ela suspira, você consegue notar através da máscara. Você achou que tinha contratado um gênio, essa foi a palavra que Tolliver, da Academia, usou: gênio. Em vez disso, a dra. Philo prova ser mais parecida com uma colegial, esfregando-se sobre este sujeito inanimado como uma estranha reversão de *A Bela Adormecida*. E ocorre a você: se ela o beijar, você será capaz de matá-la.

Mas então outro movimento, capturado pela câmera do teto. Pode ser? O quê? Você pega o controle da câmera e aproxima o foco. Sim, não há dúvida: a expressão do sujeito está mudando, os músculos faciais trabalhando, contorcendo-se, franzindo-se. Graças ao destino que o fez religar o equipamento de vídeo no momento certo. Isto é a história, testemunhada por você e gravada, em tempo real, em uma fita que pertence só a você. As imagens podem ser oferecidas online por valores capazes de subsidiar meses de coleta de gelo maciço.

O sujeito ainda se move. Os músculos do pescoço se contraem e se soltam. O maxilar balança de um lado para o outro. Você aproxima ainda mais a lente da câmera, não quer perder nem um mínimo detalhe. Nada suplanta a razão e o método científico. E então ele faz a coisa mais assustadora: tosse. O som vem do monitor, o áudio nesta direção pelo menos deve estar funcionando, e você continua maravilhado. Mais de cem anos depois que sua vida pareceu ter chegado ao fim, o Sujeito Um tossiu. Nunca antes uma simples limpada de garganta de um ser humano trouxe implicações tão profundas.

Ele tosse novamente, mais forte, o rosto exibindo um descontentamento agudo. Os pulsos puxam as amarras. E então a boca se abre completamente e ele respira fundo, um grande gole de ar. *Sim*, você diz para ele em sua mente. *Viva. Respire.*

E então o milagre, se é que tal coisa existe: as pálpebras tremem. Elas se movem. Elas se erguem. O sujeito abre os olhos. Grandes, castanhos, lutam para conseguir focar alguma coisa. Enfim, algo começa a funcionar corretamente. Com rapidez aqueles olhos percorrem a sala, as luzes, o maquinário e, por último, a dra. Philo, ainda com a mão no braço dele.

A expressão no rosto do sujeito é de completo terror.

— Você é... — ele coaxa, então engole a saliva e depois tenta novamente com um sussurro: — Você é um anjo?

Dra. Philo afasta sua máscara cirúrgica com um dedo, e é possível ver que está sorrindo. É o sorriso das eras.

— Não — sua voz surge harmônica da transmissão de áudio. — Sou a Kate.

PARTE 2
REANIMAÇÃO

11
O BOTÃO

Meu nome é Jeremiah Rice, e começo a lembrar.

Havia uma garota com cabelos de fogo, e ela vinha em minha direção. Senti seu hálito ardente em meu pescoço. Ela gostava de remexer em meus bolsos. Gostaria de ter colocado coisas lá para ela encontrar: uma pedra, um toco de vela, uma moeda. As mãos dela eram tão pequenas, e seu nome... seu nome... eu vou lembrar.

Nasci no dia de Natal, em 1868, o que faz de mim, bem, como se conta? Trinta e oito Natais se passaram antes de eu ir para o mar, e mais um enquanto estava a bordo. Quantos mais desde então? Não sei. Eles ainda não me disseram em que ano estamos. Até este momento, nem sequer havia pensado em perguntar. Estou muito ocupado me reorganizando. Lembrando-me.

Minhas lembranças chegam aos pedaços. Fragmentos, como se eu reunisse lascas de vidro quebrado. Vacilo, estremeço e inalo em goles. Quando a enxurrada se torna opressiva, eu durmo, profundamente como o oceano que me acolheu. E, para meu espanto, acordo de novo.

Meu pai foi para a guerra, disseram-se, e voltou para casa mudado. Minhas irmãs eram bem mais velhas do que eu, nascidas antes de ele se alistar. Minha mãe tinha o hábito de rezar pelo retorno dele são e salvo, e, quanto à prece, foi atendida, no Dia de Ação de Graças. Minhas irmãs diziam que depois do conflito ele raramente conversava, trabalhava duas vezes mais, e com frequência ficava olhando fixamente para coisas a distância. Fui trazido à luz nove meses depois de meu pai voltar; eu não o conheci do outro jeito.

Foi uma guerra por causa da cor da pele. E também por causa do algodão, o preço dos sapatos, e se uma nação deveria aceitar o rompimento de seus laços por conta de conflitos internos. Aprendi essas coisas na escola, que agora é uma memória vaga para mim, como um agrupamento de meses em um campo de neblina, vozes turvas e um quadro-negro no limite da visão. Da guerra por causa da cor da pele eu me lembro, em razão do dia do enterro de minha mãe. Era 1880, eu tinha doze anos. Por alguma razão, ela decidiu cortar a carne de porco crua com uma faca de legumes, cortou o dedo e a infecção subiu pelo seu braço como uma linha negra por baixo da pele. E progrediu tão rapidamente que nem mesmo a amputação a teria salvo. Na caminhada de volta do cemitério para casa, meu pai começou a falar, com seu jeito conciso habitual:

— Nunca faça um trabalho com uma faca pequena demais. — E então ele continuou, comentando sobre a guerra, suas causas e sua experiência. Eu nunca o ouvira dizer tantas frases consecutivas. Embora tivéssemos acabado de sair de um enterro, a dor como um jugo sobre meus ombros, mesmo assim me senti tonto diante da intimidade daquelas revelações. Antietam, Vicksburg, Gettysburg. O som de uma bala passando pela orelha dele, como o som de um livro sendo folheado ou de cartas sendo embaralhadas. O modo como um corpo resiste quando você enfia uma baioneta e, em seguida, gira a lâmina. A visão, tanto calma quanto assustadora, do fogo inimigo atravessando um prado durante a noite.

Isso, explicou ele, era tudo o que ele conhecera da morte até então. Inútil, porém, ele concluiu, porque não o preparou para quando perdesse a esposa.

Naquela única ocasião ele falou a respeito disso, nunca mais depois. Mas uma vez foi o suficiente para que eu sempre me lembrasse daquele tempo. Ah, o tempo, que maravilha. Aqui do outro lado da minha mortalidade, eu gostaria de ver o sr. Darwin explicar tudo isso. Eu gostaria de ouvir a teoria do sr. Edison. Adoraria ouvir Wilbur e Orville voando diante desta fantasia.

Até agora as pessoas daqui pouco explicaram. Elas me alimentam com mingau e grudam coisas em mim. Números e ruídos, medidas e máscaras. Elas falam rapidamente e têm medo do escuro. Ainda estou com as amarras. Uma espécie de lona prende meus pulsos e tornozelos, como se eu fosse um condenado. Hum. As ironias da vida nunca são sutis.

O frio na minha infância, eu me lembro disso também. As manhãs geladas quando o balde ao lado do fogão amanhecia com uma camada de gelo. As madrugadas de janeiro, quando era minha vez de acender o fogão, e eu soprava com força as brasas relutantes. E me vestir enquanto ainda estava na cama era outra maneira de me aquecer, conforme descobri certa manhã quando as vigas amanheceram cobertas de geada causada pela minha respiração, que se erguia em direção à noite. Eu andava até a escola sob um céu limpo e cerúleo, e aprendi que aquele frio tem sua beleza particular, seu próprio brilho para aqueles que são resistentes... e que estão usando roupas de lã.

Talvez seja isso que tenha me levado às aventuras, o apreço pelo frio. Presumi que, como eu amava a natureza, ela me amava também. Agora eu sei. A natureza não sabia que eu existia. A natureza segue lidando com seus problemas, e, se eu me desvio de uma estrada na floresta, um urso pode me devorar. Se eu pulo de um penhasco, as rochas vão me mostrar a imperturbável verdade a respeito de minha carne. E se eu sair navegando em busca de espécies desconhecidas nos mares do norte...

Ainda não. Ainda não estou pronto para me lembrar daquele frio particular, ainda não. Mas qual era o nome dela? Seus dedos, quando bem esticados, podiam alcançar um pedaço da palma de minha mão. Sua voz era alta como um grilo, melódica como uma carriça.

A única pessoa em quem confio aqui é a primeira, que estava presente em meu despertar. Ela vem quando os outros foram embora. Desliga as luzes, um prazer em uma sala onde não existe noite nem dia. Solta meus pulsos e me pede que eu mesmo solte meus tornozelos, para que eu seja o agente de minha eventual liberdade. Não compreendo o que ela quer dizer, mas confio em seu tom de voz. Eu simplesmente dobro os joelhos, desfrutando o movimento dos meus pés, e sigo minha própria vontade. Ela insiste que não sou um prisioneiro; eles apenas querem me proteger de doenças.

O homem que parece o chefe não duraria cinco minutos na fábrica de sapatos em Lynn. *Lynn, Lynn, cidade do pecado; se você entra, sai de lá mudado.* Alguém chegaria ao trabalho e encontraria a mão do contramestre amarrada a uma das máquinas, mutilada de modo irreparável. Ou com a gravata amarrada em uma das vigas do teto, depois de ter passado a noite toda se equilibrando na ponta dos pés para não morrer. Ou, em uma ocasião, o cadáver de ponta-cabeça, em um barril de produtos químicos.

Então eles traziam o suspeito até mim, ele confessaria e eu exerceria meu dever salomônico, medindo sua conduta contra sua provocação. Lei *versus* justiça. Sou um servidor da primeira que tinha esperança de realizar a segunda. Eu me lembrava do tribunal, mas não do prédio onde ele ficava. Qual era o nome dela?

Minha esposa — meu Deus, eu tinha uma esposa — se chamava Joan. A lembrança surge diretamente, uma maravilha desta teia de aranha que é a mente. Eu ouço a voz dela em um momento de irritação. Distraído pelos tribunais, eu me esqueci de alguma tarefa. Os cavalos precisam de comida fresca. O ferrador não veio como esperado. Estamos com pouco carvão. Mas isso não é tudo. Havia outro lado de Joan que só um marido poderia conhecer: todas as vezes que eu me aproximava dela, deslizava um braço ao redor de sua cintura depois do jantar, ou acordava no meio da noite para descobrir nossos corpos colados sob os lençóis e meu punho entre seus seios, ou piscava à luz de uma nova manhã que me despertava cheio de desejo, sua resposta era sempre a mesma: estou disposta. Sempre essa, ela nunca me recusou. Estou disposta. Mesmo agora posso ouvir aquele suspiro de generosidade. Que coisa, o modo como ela se entregava a mim, e como seu corpo junto ao meu era quente, até chegávamos a brilhar, sua compreensão e compaixão e possivelmente até sua piedade, tudo naquela silenciosa frase: estou disposta.

Era uma casa decente, não grande. Luz a gás, boas cadeiras no salão, um hall de entrada com escadas largas. Buscávamos uma vida honrada à custa de ninguém, e essa ambição nos levou aos limites da grandiosidade, mas não a suas salas interiores.

Talvez tenha sido isso que me motivou à exploração. Vaidade, o desejo de deixar um nome para a prosperidade. Afinal, ninguém se lembra de um magistrado, não importa quanto tenha sido justo. Ninguém exceto os bêbados, os agressores de esposas, os ladrões de cavalo e as infelizes vítimas de seus atos. No entanto, defendo que não foi a fraqueza que ampliou meus horizontes. Foi o poder da curiosidade, de querer saber. Tantas grandes mentes daquele tempo ampliaram nosso sentido de mundo. Quem não gostaria de comer às mesas da descoberta?

Aqui eles fazem a mesma reivindicação. Hum. Eu os ouço durante o dia, atirando-me de um lado para o outro como se eu não tivesse ouvidos. Eles dizem que sou o primeiro. Não um milagre, porque existem explicações científicas, mas ainda assim. Eles pesam meu corpo, medem a velocidade do meu coração e a força do meu braço. Tiram meu sangue e observam enquanto ele pulsa do meu corpo para os tubos de vidro. Eles cortam meu cabelo e o colocam em sacos transparentes. Certa tarde, um homem veio e cortou minhas unhas, dedo por dedo, colocando-as em uma latinha branca. Enquanto isso, devo comer determinados alimentos, evacuar em recipientes que eles removem como se fossem sagrados e permanecer nesta sala cheia de azulejos com uma longa janela com vista para as mesas onde eles trabalham, e nada além.

Dizem que meu nome será lembrado para sempre. Eu digo que ainda não. Não até que eu lhes diga qual é. Tenho guardado esse segredo para ela, a única em quem confio, uma vez que ele surgiu no fundo de minha memória como se caísse do céu, nesta tarde. Até eu dizê-lo em voz alta, meu nome é um punhado de carvão aquecendo-me em silêncio, enquanto uma sucessão de lembranças chega na ponta dos pés, vindas de seu frio esconderijo. Ontem ela prometeu dizer como estou vivo. Eu relato a ela que essa questão, em meu tempo, só podia ser respondida por Deus. Ela ri, uma pequena melodia, e me diz que não tive essa sorte, que ela é apenas uma bióloga de trinta e cinco anos que veio de Ohio. Ainda assim, enquanto o dia passa, mal posso esperar que os outros vão embora e ela chegue.

Diga o que quiser sobre o espírito humano. Estou há quatro dias acordado neste novo mundo. E mesmo assim já tenho preferências, já tenho esperanças.

Eu me pergunto o que se fez da minha preciosa Lynn. Espere. Não era preciosa. Eu preferia Boston. Lynn era o lar de Joan. Quando ela consentiu em se casar comigo, foi com o entendimento de que permanecêssemos próximos de sua mãe e de seus irmãos. Que turma indiferente eles eram, cada um deles, mas o pai havia morrido na guerra entre os estados. Por isso Lynn era seu santuário. Hum. Agora eu me lembro de que ela era mais velha que eu, minha Joan. Seis anos mais velha, razão pela qual minhas irmãs riam e implicavam, porém senti que isso em nada nos comprometia. Joan tinha dignidade, e um jeito generoso que notei antes de conhecer sua bondade. A idade explicava por que nós só tínhamos uma filha. O nome da menina, no entanto, o nome dela...

As pessoas trabalham de um modo estranho nestes dias. Dizem estar na fronteira da humanidade, mesmo assim parece que estão uniformemente infelizes. Em vez de executarem tarefas juntas, elas se sentam cada uma em seu lugar, olhando para um quadro de luz, falando em um cone achatado e raramente se dirigindo às outras. E mais, elas zombam umas das outras pelas costas. E brigam como galinhas.

No fim do dia no tribunal havia uma agitação, assim como na biblioteca, e um sentimento de que algo importante acontecera, com a participação de todos. As pessoas vinham até nós com conflitos, inimizades e traições, e procurávamos centímetro por centímetro resolver tudo. Eram momentos solenes, e muitas vezes eu voltava para casa sentindo o peso da responsabilidade.

Aqui, quando chega a hora preestabelecida, eles apagam seus quadros de luz. Empurram as cadeiras para perto da mesa ou as deixam onde estão com indiferença. Murmuram despedidas. Obviamente estou deixando de perceber algo, pois aparentam esgotamento devido ao trabalho, embora pareça que se limitam a ficar sentados.

E então ela chega. A única a quem vou contar meu nome. A única que não reclama de suas tarefas nem incomoda seus colegas. Ela carrega uma tábua com um pregador que prende os papéis. Ela me mostrou as palavras que escreve ali, uma escrita limpa e minúscula. Eu já aprendi muito com ela: há uma coisa chamada pressão sanguínea, que mede a energia com a qual o coração bombeia fluido vital pelo corpo. As invenções de Edison, que transformaram as humildes manufatureiras de sapato de Lynn em fábricas de produção em massa, também criaram estas luzes que zumbem acima de mim. Aparentemente os trabalhadores aqui toleram seu chefe insuportável porque ele sozinho teve a capacidade de fazer esse empreendimento dar certo, e, assim, me puxar para o despertar. Todos estão em débito com ele. Então, suponho que eu também.

Esta noite ela está atrasada, mas eu não me preocupo. Sei que ela espera até que todos tenham ido embora. Ela diz que uma máquina na outra sala grava tudo o que dizemos e fazemos, assim como no meu tempo os funcionários do tribunal anotavam cada sílaba dos depoimentos como se fossem escrituras sagradas. Pessoas de todas as partes do mundo veem essas gravações, através de quadros de luz iguais a esses do escritório. Ela me explicou esses conceitos diversas vezes, e ainda não os compreendo. Quando eu estiver forte o suficiente para aguentar os germes que as pessoas lá de fora carregam, ela prometeu me levar até a sala do lado e me mostrar. Eu não entendo essa preocupação com os germes. Será que o mundo se tornou tão drasticamente doente comparado à época em que eu estava vivo? O ar é tão diferente?

Finalmente ela chega. Resta um cientista que vem e vai, ocupado com seus afazeres. Ela joga as coisas em cima de uma mesa, e então se apressa para ligar várias máquinas. Move-se com uma graça felina. Ninguém nota. Ah, minto. Uma pessoa notou, o homem corpulento que anota tudo que todo mundo diz. Eu conheço seu tipo. Fui juiz por oito anos, e então participei de uma célebre viagem ao Ártico. Reconheço um repórter assim que o vejo.

Em meio a suas funções, ela pendura a jaqueta no encosto de uma cadeira. Vejo algo brilhar nos ombros da blusa. Ah. É inverno. Ainda existem estações. A ansiedade cresce em meu peito. Há um mundo lá fora onde a neve cai durante a tarde. Eu mal posso esperar para ver, sentir o cheiro, e também o frio em meu rosto como o toque de dedos familiares.

E então uma memória surge, completa como uma joia. Em uma noite, eu voltava tarde do tribunal, esperando que minha menina ainda estivesse acordada. Descia a última ladeira antes de chegar em casa, já sentindo o cheiro do jantar no ar frio. Era dezembro, alguns poucos flocos de neve caindo, os maiores derretendo ao alcançarem o chão. Por todo o caminho de volta seguia preocupado com o caso que havia acabado de acompanhar, um nó processual que eu precisava desatar de alguma forma. Quando vi a luz a gás na frente de casa, percebi que havia esquecido de colocar algo no bolso. Um pequeno pânico dominou-me.

Havia quatro botões em meu casaco, e eu nunca fechava o primeiro. Então o segurei firme, sabendo que, se Joan descobrisse este ato, eu certamente teria de ouvir sua desaprovação, mas mesmo assim arranquei o botão. O tecido não rasgou. Puxei as linhas que sobraram e o casaco ficou como novo.

Enfiando o botão no bolso do casaco enquanto seguia o caminho de sempre, algo me surpreendeu: a pequenina não estava lá dentro se preparando para dormir. Estava fora, esperando por mim vestida com seu casaco vermelho de lã, e correu para me receber, apesar de ser apenas uma luz fraca no fundo de minha mente. A sola de seus sapatos batia nas pedras. Eu me lembro do meu deleite, como se estivesse acontecendo agora. Eu me abaixo para abraçá-la, ela se joga contra mim como se fosse um animalzinho maravilhoso. Suas pequenas mãos se afundam em meu bolso, e o narizinho gelado cutuca minha bochecha.

Agnes. Seu nome era Agnes. Minha filha Agnes.

A mulher do agora entra apressada em minha câmara antes que eu consiga esconder as lágrimas.

12
O CHEIRO DA MEMÓRIA
(KATE PHILO)

EM MINHA CAMINHADA PARA O TRABALHO NAQUELA NOITE, UMA EXPLOsão de neve fora de estação e atrasada me pegou de surpresa. Eu usava apenas um casaco de lã leve, que não era suficiente para aquele vento e umidade. Então me curvei, apressando-me para continuar aquecida, pensando na noite de trabalho que eu teria pela frente. Subitamente uma manifestante se colocou em meu caminho.

— Você, mulher, vai queimar no inferno — ela rosnou quando dei um pulo de susto. E apontou para nosso prédio. — Assim como o resto daqueles que estão ali.

Dei um passo para trás, percebendo todo o grupo na calçada, definitivamente maior, talvez uns quarenta. Metade se abrigava sob guarda-chuvas, enquanto o resto se enfiava em capas de chuva e ponchos. Em uma sexta-feira à noite com o tempo tão horrível, não havia mais ninguém na rua. O segurança da frente mantinha-se dentro da cabine. Eu estava sozinha. Então, tentei me acalmar.

— Cada um de vocês — a mulher gritou. — A vida é sagrada e vocês estão desdenhando dela.

— A vida é sagrada, eu concordo — eu disse, a voz intencionalmente calma. — Mas o que estamos fazendo...

— Pare — ela colocou as mãos nos ouvidos. — Não ouse tentar me persuadir, me seduzindo com ciência falsa. O que vocês estão fazendo é moralmente errado, e você sabe disso.

— Eu não sei disso — respondi. — Eu simplesmente tentava dizer que...

— Não — ela falou, afastando-se como se eu estivesse armada. — Não ouse.

Outro manifestante, um homem mais velho, guiou a mulher pelo cotovelo. Ela continuava me encarando maldosamente. Eu acompanhei aquela figura abalada atravessando a rua.

Minutos depois, já na sala de controle, consegui pensar em um monte de respostas sarcásticas que poderia ter dado, embora nenhuma equivalesse à paixão e à certeza da mulher. De onde veio isso, essa distorção da fé que permite julgar os outros sem qualquer resquício de dúvida?

Enquanto isso, o relógio digital vermelho me lembrou de que já passaram catorze dias desde a reanimação do homem congelado, duas semanas responsáveis pela redefinição da vida. Ou, para ser mais exata, a destruição da velha definição, embora a nova ainda não tenha sido escrita. Carthage criou regulamentos a respeito das raras circunstâncias sob as quais era permitido entrar na câmara de observação. Essencialmente, os técnicos homens ajudavam o homem congelado a se levantar para ir ao banheiro, ou realizavam fisioterapia rudimentar para restaurar seus músculos atrofiados. Isso era tudo. Reclamei ao observá-los manipular as pernas do homem como se fossem partes de uma máquina; Carthage me ignorou. Parecia que as regras tinham sido feitas para impedir que os meus esforços, ou os de qualquer um, humanizassem a pobre criatura de laboratório que havíamos despertado.

Se não fosse pelo homem congelado confiando só em mim, falando claramente só para mim, eu talvez tivesse ficado desempregada. Carthage havia se sentado à sua mesa alguns dias antes e deixado isso bem claro, recorrendo a uma de suas declarações pomposas de sempre, Thomas confirmando com um movimento de cabeça, como um desses bonecos de jogador de beisebol cuja cabeça enorme fica oscilando. Minha habilidade de me manter calma em circunstâncias dramáticas me serviu bem nesse momento em especial.

Assim como o comportamento do homem congelado. Quando Carthage entrou na câmara, a pessoa deitada naquela cama de hospital fingiu que não o viu. Talvez tenha ouvido se referirem a ele como Sujeito Um vezes demais. Como eu ansiava por saber seu nome verdadeiro. Mas ele estava ocupado em tentar entender o que havia acontecido, com reações alternando entre pânico e letargia. Então eu passava minhas noites quase ociosas ao lado dele, facilitando sua ambientação. Ele fazia perguntas com a voz assustada. Eu respondia a quase todas com um sussurro. Perto de qualquer outra pessoa, o homem congelado silenciava. Sem minha presença, não havia elo. Não era uma proteção infalível contra a demissão, mas alguém tinha que estabelecer um relacionamento que atravessasse os séculos.

101

Meu pai teria me dito que pedisse demissão. Tirasse o pó do currículo, renovasse meus contatos, talvez sublocasse meu apartamento. Tolliver diria sempre que a decisão era minha. Em retrospecto, esse conselho teria sido bom. Mas, na época, ninguém sabia aonde chegaríamos. Então decidi aceitar Carthage, pelo privilégio de testemunhar a história.

Além disso, a maravilha científica não era uma bactéria especial nem uma ovelha clonada. Éramos agora responsáveis por um ser humano vivo, o que denotava obrigações éticas cuja profundidade nós ainda não havíamos sequer começado a sondar.

Minhas funções restantes, entretanto, mal chegavam ao nível de pós-graduação. Mesmo com ph.D., assumi todos os turnos da noite sem reclamar. Chegando ao trabalho naquela noite de neve, minha função era verificar os monitores, redefinir os dispositivos de gravação e executar outras trivialidades administrativas. Billings mantinha-se ocupado no andar de baixo, fazendo experimentos com sardinhas. Gerber sumira, mas provavelmente reapareceria antes de amanhecer. O último técnico grunhiu um "bom turno" para mim e levou sua mochila para passar frio.

Tirei o casaco, pendurando-o em uma cadeira, e analisei os medidores. A pressão sanguínea do homem congelado havia subido muito nos últimos quinze segundos. E então eu o ouvi através do monitor de áudio, fungando.

Claro que corri até lá. Estabilidade respiratória era uma preocupação constante. Levantei a mão para dar um tapa no botão vermelho na parede, hesitei e, em vez disso, digitei com força a senha no teclado numérico. Não havia motivo para chamar a cavalaria até que eu investigasse.

Não era a respiração dele. Era o coração. O homem estava chorando.

Então fiz — com a certeza de que me traria um novo round de recriminações no dia seguinte — o que, acredito, qualquer ser humano deveria fazer quando um companheiro de jornada neste planeta é invadido pela tristeza. Corri até ele e o abracei.

O homem congelado se curvou em minha direção, soluçando. Passei os braços por sobre seus ombros. Ele tentou erguer os braços, mas as amarras o impediam. Então se deixou cair novamente, pressionando o maxilar na tentativa de reaver o autocontrole, e cometi meu próximo erro. Ou não; as pessoas chamaram minhas ações de erros mais tarde. Eu as chamo de carinho. Soltei seus pulsos. Cobrindo o rosto, ele disse através dos dedos:

— Estou envergonhado.

— Não fique — eu o confortei. — Por favor. Não há vergonha em estar triste. Além do mais, estar preso desse jeito deprime qualquer um.

Eu sei que Carthage não hesitaria em colocar na internet o vídeo do homem congelado chorando, se achasse que isso geraria doações. Senti terror diante da iminente invasão de privacidade. *Isto não era ciência; era voyeurismo.* Ali estava o momento certo para eu me retratar, limpar minha barra e ficar longe de problemas, mas mesmo assim meu impulso foi o oposto. Somente um monstro é capaz de ver uma pessoa chorando e não tomar atitude por causa de algo tão baixo quanto um chefe. Então me inclinei, soltei-lhe as amarras dos tornozelos e levantei suas pernas para que ele soubesse que estava livre.

Puxei a cadeira de rodas que estava no corredor, à espera de um momento que todos acharam que aconteceria meses atrás, mas que finalmente havia chegado. No instante em que a coloquei ao lado da cama, o homem congelado já tinha se recomposto. Ele estava sentado, alongando os tornozelos para frente e para trás.

— Preciso lhe dizer algo.

— E eu preciso lhe mostrar algo — respondi. — Você primeiro.

— Meu nome.

— Seu nome? Fantástico. Eu estava louca para saber. Por favor.

Ele colocou um punho em cima de cada coxa. Endireitou as costas. Olhou-me nos olhos. E nem sequer consigo expressar como é fascinante fazer contato visual com um homem de outro tempo. Porque era emocionante, eu me esforcei para ficar calma, apertando as mãos. Esperando.

— Meu nome é Jeremiah Rice.

— Como vai, Jeremiah Rice? — eu ri, segurando sua mão e dando-lhe um aperto vigoroso. — Kate Philo, às suas ordens. É um prazer conhecê-lo. De quando... como perguntar isso? De quando você é?

— O último aniversário de que me lembro foi o de trinta e oito anos. Hoje eu deduzi com alguma certeza que minha última memória nítida é de 1906.

— Uau! Você morreu há mais de cem anos, Jeremiah Rice.

— Um paradoxo que merece uma explicação considerável de sua parte. — Ele puxou um dos lados do bigode. — Existe algo do meu tempo que permanece no aqui e agora?

— Boa pergunta. — Olhei em volta na câmara, procurando algo remanescente de um mundo tão distante no passado. Mas tudo era novo, tudo: luzes fluorescentes, relógios digitais, o teclado de segurança em vez de uma fechadura à moda antiga. — Vou ter que lhe dar uma resposta depois — comentei. — Mas, Jeremiah, seu nome é bíblico.

— Minha mãe era bastante devota.

— Você fazia parte do clero?

Ele balançou a cabeça.

— Eu era juiz.

Um juiz. Que sorte teve o projeto por ter reanimado uma figura pública. Sufoquei a vontade de correr para o computador, desentocar a história do homem com esse nome e profissão. Haveria muito tempo para escavá-la depois. Em vez disso, apontei para a câmera principal, o olhar dele seguindo meu dedo.

— Mundo, este é o Excelentíssimo juiz Jeremiah Rice.

— Boa noite. — Ele sorriu palidamente, não para a câmera, mas para mim.

— Você está se lembrando das coisas agora?

— Durante todo o dia. — Seu sorriso desapareceu. E então ele virou o rosto para o lado, como se ouvisse algo em outro recinto. — Tem sido uma inundação.

— Você acha que consegue lidar com memórias novas? Criadas agora?

Depois de um segundo, ele voltou de seja lá onde.

— Isso seria bem-vindo.

— Excelente. — Ajoelhei-me perto da cama, vestindo os chinelos nos pés do juiz Rice. — Lembra que eu disse que tinha algo para lhe mostrar? Bem, vamos lá.

Em um verão, ainda na época da faculdade, quando eu vivia em conflito sobre se deveria me especializar em medicina ou em pesquisa biológica, trabalhei em uma casa de repouso em Atlanta. Emma, uma das enfermeiras da tarde, me puxou de lado. Ela era uma mulher enorme, com uma cabeça pequena e uma aparência quase cômica, mas possuía confiança e competência sólidas como uma rocha.

— Eu vi como você levantou aquele sujeito grande hoje mais cedo, e me ouça, querida. Só há um jeito de erguer um homem gordo como aquele sem se machucar — ela disse. — Veja como eu faço. Assim. — Ela se agachou, dobrando as pernas como um estivador, mantendo as costas eretas como um tronco. — Toda a força fica nos joelhos.

Emma estava certa. Durante aquele verão, muitos funcionários haviam machucado as costas, então comecei a usar sua técnica de levantamento sem me machucar. E também me apaixonei pelos velhos coloridos, pacientes e frágeis, assistindo à morte de nove deles antes de voltar para a faculdade. E chorei abertamente em razão de cada morte, Emma balançando a cabeça.

— Eu já desconfiava que você era chorona, mas, caramba, que torneira você tem aí.

O luto por aqueles nove pôs fim na indecisão de minha carreira. As criaturas no laboratório nunca iriam partir meu coração. Era o que eu pensava.

104

Lembrando-me das instruções de Emma, eu me agachei do lado da cama e estendi a cabeça. O juiz Rice hesitou, então ergui os braços dele e os coloquei em volta de meu pescoço. Ele os puxou de volta.

— Perdoe-me. Não estou acostumado a tanta intimidade.

Eu o encarei.

— Você nunca teve que abrir mão da discrição para um médico, ou desistir da sua privacidade?

— É claro. Uma vez em uma viagem, quando lacerei minha coxa, o médico do navio teve de cortar minhas calças diante de toda a tripulação.

— Bem, eu sou um tipo de médica.

— Você é? De que tipo?

— De células, na verdade. Biologia celular.

— O que são células?

— Ah. Uma longa história. Vamos apenas dizer que são uma parte minúscula do corpo, da qual eu sou doutora.

— Presumi que você era estudante. Observando o modo como eles tratam você.

— Essa também é uma longa história. Por enquanto eu só quero que você pense em mim como médica, tudo bem? Meu apoio enquanto você se levanta é terapêutico.

— Terapêutico. — Ele ergueu os braços novamente, com esforço, mas eu me coloquei por baixo deles e travei as mãos do homem congelado atrás do meu pescoço. Em seguida me endireitei, levantando-o da cama. A perna do juiz Rice encostou na minha, seu tronco contra o meu como se estivéssemos em algum baile do colégio, quase um abraço. Senti que corava. Tanto tempo se passara desde que estive perto assim de um homem, experimentando sua solidez, seu peso. Então, quando começava a ficar perturbada, fui para meu lugar habitual, minha ilha interna de calmaria. Meu olhar passou direto pelo ombro do juiz Rice para ver a hora na sala de controle, 8h52, fixando-a na memória para colocá-la em minhas anotações mais tarde, o momento em que ele ficou em pé pela primeira vez.

— Você cheira bem — disse o juiz Rice.

— Obrigada — respondi, dando passinhos para o lado, meio como uma valsa, os joelhos dobrados, depositando-o gentilmente na cadeira. Apressei-me em ficar atrás dele para que não me visse corando. — É lavanda.

— Aonde nós vamos agora? — sua voz soou baixa, quase infantil, vulnerável.

— Essa é precisamente a minha pergunta. — Billings estava parado na porta com os braços cruzados. — Amada, posso perguntar o que você pensa que está fazendo?

— Libertando o prisioneiro.

— Como seu amigo, insisto que reconsidere. Somente entrar na câmara já seria motivo para demissão.

— Perdoe minhas maneiras — eu disse, empurrando a cadeira para frente. — Dr. Graham Billings, permita-me lhe apresentar o juiz Jeremiah Rice.

— Como vai? — o juiz estendeu a mão.

— Um juiz? É uma honra, senhor. — Billings o cumprimentou e voltou a cruzar os braços, olhando para mim. — Você não fará nenhum bem a esse homem se for demitida.

— Ele ficou acordado e amarrado por catorze dias. Por quanto tempo você acha que isso é aceitável?

— Kate, amada, você precisa manter uma visão de longo prazo neste momento. Paciência agora fará com que todo tipo de ação seja possível depois.

— Quinze dias está bom? Dezesseis?

— Você conhece as políticas daqui. Ceda um centímetro e ganhe um quilômetro.

— Ou perca mais um centímetro — eu disse.

— Eu não entendo. — O juiz Rice dirigiu-se a Billings. — Coloquei essa mulher em algum tipo de risco empregatício?

— Sim — Billings respondeu.

— Não — retruquei. — Estou fazendo minhas próprias escolhas aqui.

Billings balançou a cabeça.

— Não faça isso

— Por favor, afaste-se da porta

— E quanto às potenciais infecções?

— O juiz Rice tem sistema imunológico, assim como nós.

— Mas, amada, o sistema dele é totalmente ignorante quanto aos perigos desta época.

— Está brincando? Ele nasceu em 1868, meio século antes dos antibióticos. Seu sistema imunológico provavelmente pode chutar a bunda do nosso.

Billings cambaleou.

— Em 1868? Como você sabe disso?

— Ele me contou, Graham.

— Nós trouxemos de volta um homem nascido em 1868? — Billings caiu para trás, apoiando-se na parede, a mente tentando absorver esse novo fato. Eu empurrei a cadeira de rodas e passei por ele. A porta de segurança sibilou ao se fechar atrás de nós, com Billings ainda na câmara.

106

— Não entendi nada dessa conversa.

— Não se preocupe, juiz Rice. — Passamos pela sala de controle e seguimos para o corredor. — Tudo vai dar certo.

— Poderia me dizer, por favor, aonde estamos indo?

Segurei nas duas alças para que pudesse aumentar a velocidade.

— Vamos ver o mundo.

* * *

Quando o elevador chegou ao último andar, empurrei o juiz Rice pelo corredor.

— Como fez isso? — ele perguntou.

— Fiz o quê?

— A porta se fechou em uma sala, mas se abriu em outra diferente.

— Ah. — Eu ri. — Aquilo era um elevador. Agora estamos em um andar diferente do prédio.

— Brilhante — ele disse. — Como funciona?

— Bem, eu não sei exatamente. Há um motor no telhado e cabos que descem até a sala onde entramos. Ele sobe e desce por uma coluna bem no meio do prédio.

— Haha. — O juiz Rice sacudiu a cabeça de um lado para o outro. — Uma ótima invenção.

Comecei a empurrá-lo novamente.

— Suponho que sim.

Quando encontramos o acesso à cobertura, descobri que teríamos de subir um lance de escadas. Era uma experiência nova enxergar claramente o nosso destino e não ser capaz de chegar até ele.

O juiz Rice inclinou a cabeça para o lado, considerando a escadaria como se fosse uma montanha cuja altitude precisava ser avaliada.

— O que há lá em cima, dra. Philo?

— A cobertura — respondi. — Lá fora tem uma vista muito boa da cidade.

— E qual cidade seria?

— Quer dizer que ninguém contou onde você está? O que fazem com você durante o dia todo? — Balancei a cabeça. — É Boston.

— Haha. — Seus olhos brilharam. — Eu *amo* Boston.

— Eu achei mesmo que você já tinha estado aqui antes, já que usava botas feitas em Lynn. Mas vai ver que a cidade mudou consideravelmente.

Novamente o juiz Rice lançou um olhar para o alto da escadaria.

— Eu notei o quanto você é forte, dra. Philo. No entanto, não imagino que possa me carregar.

Travei os freios.

— Que tal um esforço em equipe? Com todas as armas?

— Perdão?

Eu ri.

— Significa fazer o melhor. Ou algo do tipo.

— "Um homem deve exceder seus limites, senão para que serve o paraíso?"

— Você acabou de inventar isso?

— Dificilmente. — Ele ergueu os braços em minha direção. — Foi Browning.

Usando a técnica de levantamento da enfermeira Emma, coloquei o juiz Rice ao lado do corrimão, posicionei-me embaixo do braço dele e puxei seu quadril contra o meu.

— Você lia bastante, em sua antiga vida?

Ele deu um passo hesitante.

— Não muito. Eu era fraco em Homero, por exemplo. Embora adorasse Shakespeare e Swift, não via utilidade nenhuma em Milton.

Eu sorri.

— Me sinto do mesmo modo. Milton e eu nunca nos demos bem.

— Você está me provocando. — Ele também sorria.

— Estou mais é rindo de mim mesma. Pronto?

O juiz Rice respirou fundo. Então colocou a mão em meu ombro, segurou o corrimão e fixou o olhar em algum ponto à frente.

— Pronto.

Eu me movi para frente, ele ergueu o pé direito, eu o icei, ele subiu um degrau. Desse jeito conseguimos chegar ao topo, na direção da cobertura e da revelação.

* * *

A porta corta-fogo era de metal, pesada e estava trancada. Eu encostei o juiz Rice contra a parede e tentei forçá-la com o ombro. Ela se moveu cerca de dois milímetros.

— Eu não esperava por isso — eu disse, atirando-me contra ela novamente.

— Está tudo bem. — Ele ofegou. — Tudo bem.

Olhei para o brilho do suor no rosto dele, os lábios brancos nos cantos, e fiquei preocupada de ter cometido um erro terrível. Como estaria a frequência cardíaca dele, aquele pobre músculo que havia começado a bater de novo há somente catorze dias?

— Devemos voltar lá pra baixo?

— Não, se já chegamos até aqui. A persistência sempre deve prevalecer. — Ele gesticulou com o queixo. — Você está acertando muito alto, dra. Philo. Chute-a como uma mula, bem perto da maçaneta.

Dei um passo para o lado e segui seu conselho. Depois de dois chutes, a porta se abriu. Uma rajada de vento a fez bater forte contra a parede de fora.

— Bom conselho, juiz Rice — eu disse, virando-me em júbilo.

Ele estava no chão, apertando o pescoço. Inclinei-me sobre ele, minha mente já a meio caminho das escadas em direção ao botão vermelho de pânico.

— Você está bem? São seus pulmões? O que é?

Ele engoliu com dificuldade, como se tivesse uma pedra na garganta.

— Você não consegue sentir este cheiro?

Olhei ao redor. Havia só paredes de concerto e a escadaria de metal.

— Cheiro de quê?

— Do oceano.

— Ah, sim, o ar salgado. O vento deve estar vindo do leste esta noite.

— *Veneno*. — Ele engasgou. — É como veneno.

Eu observei seu rosto.

— Como poderia ser veneno? Não entendo.

Ele tocou a ponta do nariz.

— Não foi só água que eu respirei, dra. Philo. Foi água *salgada*. Foi a água salgada que me matou. Eu sinto como se alguém estivesse arranhando minhas cavidades nasais.

Com uma batida, o vento fechou novamente a porta. Era começo de abril, mas uma tempestade de inverno tardia erguia-se sobre a cidade. Uma rajada nos atingiu, parte neve, parte pó.

— Vamos lá, juiz Rice. — Eu o enganchei com um braço. — Fizemos isso muito cedo. Vou levá-lo de volta.

— Não — ele disse, o rosto endurecendo. Tive a sensação de que o juiz estava no comando, a autoridade no tribunal. — Se estou experimentando uma segunda vida, embora seja um mistério como tal coisa seja possível, devo viver. Eu preciso ver este lugar onde o navio maltratado de minha existência veio buscar porto.

— Você tem certeza? — Ele trincou o maxilar, levantou os braços na minha direção. — Bem, então — eu disse —, só mais alguns passos.

Enquanto o levantava, ele parecia mais pesado. Eu podia sentir o calor de seu corpo, seu esforço. Viramos uma esquina, chegando à soleira. E então ele tirou a mão do meu ombro, dando os últimos poucos passos vacilantes por conta própria. Eu o deixei ir, ficando perto caso tropeçasse, enquanto ele se movia em direção à escuridão.

109

Não sou uma pessoa que ora. Mas houve um momento em que desejei com força que ele conseguisse. Que ele não ficasse sem forças, que não caísse doente, que não enlouquecesse. Eu desejei em seu nome, e então o segui até onde ele parou.

O juiz Rice cobriu a boca com as duas mãos, arregalando os olhos. Abaixo jaziam as ruas de Boston, as sarjetas cobertas por dois centímetros de neve fresca. As lâmpadas de rua lançando sua luz âmbar pelas avenidas. A fumaça subindo das chaminés e canos perto e longe. Carros seguindo o caminho aberto por seus faróis. Um táxi buzinou duas vezes. Os pedestres enchiam as calçadas noturnas, seguindo para o apartamento dos amigos, para casa, voltando do cinema. Os manifestantes haviam partido do parque localizado na frente de nosso edifício, deixando-o vazio e cheio de neve. À direita, erguia-se a torre da Igreja do Norte; à esquerda, ficava o edifício John Hancock, com seus sessenta andares, a pele de vidro refletindo as luzes ao redor. Um jatinho surgiu rosnando, e o juiz Rice olhou assustado, dobrando os joelhos como se fosse cair, e então o olhar dele acompanhou a aeronave enquanto ela rumava a leste em direção ao mar. Um carro de polícia chamou a atenção do juiz, emitindo a sirene apenas pelo tempo necessário para cortar o cruzamento.

Eu fiquei ao lado do homem congelado, vendo a cidade com novos olhos. Era complexa, era linda, senti compaixão por seu povo, quase piedade. Ele baixou as mãos, qualquer dor causada pelo ar salgado agora anestesiada pelo espetáculo luminoso a seus pés.

— Bem, Vossa Excelência — eu disse a ele. — O que acha?

O juiz Rice balançou a cabeça.

— Humanidade — ele falou —, você esteve ocupada.

13
OFICIALMENTE
(DANIEL DIXON)

— Foi isso que ele disse? Que estivemos *ocupados*?

— Eu já te disse que sim — respondeu a dra. Kate.

Eu obedientemente anotei.

— E, novamente, qual o motivo que a fez levá-lo lá para cima?

— Ele estava aflito. Olhe a fita. Ele estava chorando. Ficar preso o deixou deprimido. — Inconscientemente ela puxou o cabelo para trás. — Depois de catorze dias, qualquer um ficaria deprimido.

Ela usava uma calça jeans apertada e um top branco que parecia suave ao toque. Estava com uma aparência cansada, por trabalhar a noite toda e ter que ficar para essa reunião. A dra. Kate tirou o sapato e sentou-se em cima da perna. Que gatinha. Fingi que lia minhas anotações por um segundo, só para me recompor.

— O que mais? — ela perguntou, demonstrando tanto entusiasmo quanto um paciente esperando uma colonoscopia.

Estávamos sentados do lado de fora do escritório de Carthage, havíamos sido convocados por Thomas naquela manhã. Billings também estava lá, afastado de nós, sentado e com o nariz enfiado em suas anotações. Apesar de a porta estar fechada, ouvíamos um murmúrio vindo lá de dentro. Com quem Carthage estaria se encontrando naquele dia, ainda tão cedo? Eu sempre era o primeiro, para revisar o dia anterior e discutir os momentos mais importantes da fita que Gerber havia compilado para o lançamento da manhã. Hoje Carthage já havia me deixado de lado duas vezes, e agora mais essa. Os caras da segurança chamaram Thomas, o que me deu a oportunidade de um interlúdio jornalístico privado.

— Como você planejava trazê-lo de volta para baixo sem ajuda?

— Eu não achei que chamar alguns técnicos por quinze minutos constituiria um crime capital. Além do mais, o que dizer do juiz Rice? Agora nós sabemos seu nome, sua profissão. As portas da história estão só começando a abrir.

— Olha, dra. Kate — mordisquei a tampa da caneta por um segundo. — Como posso dizer isso sem que se transforme numa pergunta capciosa?

Ela piscou lentamente.

— Não seja capcioso.

— Bem, este projeto é o bebê do Carthage, é o que é. Ele fez tudo isso acontecer aqui. Sem Carthage não haveria o navio, nem Jeremiah sendo acordado. E o bom doutor não poderia ter sido mais claro sobre o que ele enxerga como o objetivo desse projeto. Pesquisa, para que mais pessoas possam ser reanimadas daqui para frente. Já o ouvi dizendo isso até meus ouvidos sangrarem. Mesmo assim você estragou tudo. Tirou o cara da câmara, expondo-o ao risco de pegar uma infecção, nesse ar sujo de Boston, sem nem mesmo uma máscara cirúrgica. É justo dizer que isso compromete o ponto de vista científico, não é?

— Qual sua pergunta?

— Bem, acho que é esta: no que você estava pensando?

— Há um equilíbrio que deve ser alcançado aqui, Dixon. Eu gostaria de pensar que você entende isso. — Ela deslizou para frente na cadeira, deixando apenas um ou dois centímetros de seu doce traseiro ainda no assento. — Sou uma cientista por profissão e inclinação, o que significa que me importo profundamente com o que estamos aprendendo aqui. Mas também sou um ser humano, ciente de que o juiz Rice é um ser humano, então também me importo em *como* aprendemos. — Ela esfregou a testa. — Quando eu estava na faculdade, nós injetamos células cancerígenas em um camundongo para testar possíveis curas. Nós criávamos coelhos para tirar seu sangue e testar novos remédios. Se você for realmente generoso e mantiver em mente os objetivos elevados que perseguíamos, ainda assim pode dizer que estávamos em uma área moralmente cinzenta. Agora que temos uma pessoa, esse... esse *cara*, a meu ver, nós saímos totalmente da área cinza. Não trabalho mais para Erastus Carthage. Trabalho para o Projeto Lázaro, o que inclui fazer o melhor que eu puder pelo juiz Rice.

Billings tossiu baixo. Eu olhei para o lado, e o cara definitivamente estava ouvindo. Já fazia muito tempo que ele não virava a página. Ah, bem, não me importo.

— E quanto ao abraço? Não é muito científico, dra. Kate. Você esqueceu que as câmeras estavam ligadas?

Ela franziu os lábios.

— A coisa certa a fazer continua sendo a coisa certa a fazer na frente de uma câmera.

— Mesmo se você for despedida?

— Foi só no que estive pensando durante toda a noite.

— Você não pode ajudar muito o velho Frank se for mandada para a rua.

— Juiz Rice, você quer dizer — ela sorriu. — Na verdade, ele me ajudou nos preparativos para esta reunião. E me deu conselhos excelentes para manter o meu emprego. A mente jurídica dele continua bem afiada.

— Mesmo assim, seu desligamento pode vir a ser o passo a seguir, certo?

— Bem. — A dra. Kate recostou-se na cadeira, cruzando as pernas e dobrando os braços sobre os seios, numa linguagem corporal equivalente a uma tartaruga no casco. — Não viemos aqui para descobrir isso?

Nesse momento eu tive de admitir, pura e simplesmente: este que vos fala não conseguia entender aquela pessoa. Você não vê muitas gostosas em um laboratório, em primeiro lugar. Ela ainda estava em idade reprodutiva, mesmo assim nunca vi um cara a menos de dois quilômetros dela. Nenhuma garota também, então não havia um plano B. Ela trabalha para, talvez, o chefe mais controlador do mundo, mesmo assim se recusa a puxar o pomposo saco dele como todo mundo. Um idiota saberia que abraçar o cara, soltá-lo, levá-lo para longe das câmeras, só uma dessas coisas já faria Carthage descer dos tamancos de raiva. Mesmo assim a dra. Kate foi lá e fez.

No entanto, ela não é burra. Em meados de agosto, enquanto ela trazia o corpo de volta pelo Canadá, eu rastreei seu conselheiro da faculdade, que agora é um nerd sem salvação da Academia Nacional, em D.C., e ele disse que ela era um verdadeiro gênio, mais inteligente que Carthage e Gerber juntos.

Claro. E ela deve tudo isso a ele, certo? Talvez estejamos cometendo um leve exagero, Herr Professor? Mas seu elogio me fez rastrear a dissertação dela sobre anticorpos monoclonais e linfócitos das células T, e eu me contorci querendo uma formação melhor. Mas você não pode deixar um título assustá-lo, certo? Se você der uma chance a esses trabalhos, o material dentro deles muitas vezes faz uma versão distante de sentido.

Não o dela. Quer dizer, tenho digerido documentos obscuros de pesquisas durante meus anos na *Intrepid*: dobra espacial, campos gravitacionais, atalhos evolutivos dos vermes. E costumo entender pouco mais do que um anúncio feito em uma caixa de som de uma estação de trem lotada. O da dra. Kate? Sem chance. Pela compreensão que este que vos fala teve, poderia ter sido escrito em cirílico que não faria diferença.

— Eu notei que você não está me respondendo — ela disse.

Voltei ao presente.

— Eu não sei nada. Sou só o escrivão.

Houve um latido de risadas no escritório de Carthage. Quem poderia estar lá? Meu trabalho é saber, e ainda assim estou no escuro. Isso me irrita. Mas minha resposta chegou alguns segundos depois.

— Ótimo então, dr. Carthage, formidável. — E de lá saiu Wilson Steele, maldição. O jornalista de ciência sênior do *New York Times*, do alto de seu um metro e oitenta. Ele havia escrito dois livros sobre criogenia também: um tratado científico chamado *Margem da possibilidade*, e um mais popular chamado *No gelo*, que eu li anos atrás — e amei, apesar de tudo. Em outras palavras, a coisa real estava voltando a acontecer. Lá se vão meu acesso exclusivo, minhas matérias globais. Acho que isso aconteceria uma hora ou outra. Que merda.

— Você tem meu telefone direto — Carthage estava dizendo, enquanto Steele sacudia a mão para cima e para baixo como uma bomba-d'água de fazenda. — Não suma.

— Não, senhor — Steele disse. Ele se virou para sair, me viu e transformou sua enorme mão em uma pistola para que pudesse atirar em mim enquanto passava. — Está fazendo um bom trabalho, Dixon.

Certo. Tapinhas nas costas enquanto eu caía do precipício. Palhaço.

Carthage já havia se enfiado em sua toca.

— Entrem, entrem — ele chamou em seguida. Claro que segurei o passo para que a dra. Kate pudesse ir na frente. Billings se levantou e fechou o caderno de anotações com um estalo, quando eu achava que sua reunião seria depois da nossa. Eu me mantive meio segundo no lugar, e Wilson Steele se inclinou na minha direção, sussurrando:

— Você não acredita realmente em nada na porcaria deste lugar, acredita?

— Do que você está falando?

— Não seja modesto, cara. Você vai se manter aqui até conseguir expor toda a fraude?

Eu ri.

— Eu costumava pensar desse jeito. Mas este lugar é legítimo.

— Claro que é, Dixon. — Ele piscou enquanto seguia para o corredor. — Claro que é.

— Daniel? — Carthage chamou de dentro de sua sala. — Quando quiser.

Eu corri para lá na mesma hora. Steele estava jogando comigo? O que ele pretendia? Aparentemente até mesmo um repórter do *New York Times* gosta de jogar sujo. O chefão estendeu a mão para três cadeiras à nossa frente.

— Por favor, sentem-se.

E assim a dra. Kate fez, rápida e silenciosa. Billings se sentou lentamente, como se fosse um agente funerário em reunião com a família enlutada. Eu nunca dei muita atenção ao cara, porque acabei ligando-o a uma entrevista péssima que fiz logo no começo de tudo, mas naquele momento ele me passou uma sensação estranha. Eu a afastei. Era hora de ir atrás de um peixe maior.

— Dr. C. — eu disse à queima-roupa. — Achei que eu tivesse exclusividade de imprensa nesta história.

— Perdão? — Carthage balançou a cabeça para trás, como se eu acabasse de cuspir no tapete. — Do que está falando?

— Tínhamos um trato. Eu faço sua glória na imprensa, você me dá acesso exclusivo. Mas aí estava o garoto Wilson, saindo do seu escritório. Uma mudança na direção, é isso? Eu apenas gostaria de saber se iniciamos um jogo novo agora.

Carthage balançou a cabeça.

— Daniel, Daniel, Daniel.

— Isso não soa bem.

— Pelo contrário. Você precisa ter confiança. Eu o chamei para esta reunião precisamente porque confio em você e quero que presencie algo. E da mesma forma você precisa confiar em mim. O Projeto Lázaro é sua história, de mais ninguém.

— E quanto ao Steele?

Carthage relaxou os ombros, como se estivesse imaginando se era possível alguém ser tão burro.

— É o *New York Times*, Daniel. Até o presidente dos Estados Unidos dá tratamento especial a eles. E eu deveria me considerar superior ao presidente dos Estados Unidos?

Você já se considera, pensei. Olhei para a dra. Kate para ver se compartilhava a mesma opinião, mas ela olhava os próprios pés. Billings estava admirando os diplomas na parede, só faltando assobiar para mostrar desinteresse.

— Claro que não — respondi.

— Você já aproveitou semanas de histórias, publicadas em jornais ao redor de todo o mundo. O que mais pode querer? Me diga.

Olhei novamente para a dra. Kate, e então de volta para Carthage, que mostrou um sorriso doentio.

— Ah, não precisa mais se preocupar com ela, nem uma molécula.

Fitei meu caderno de anotações por um segundo. Por que não, certo? Eu já tinha percorrido um bom caminho nessa história, desde o estúpido Ártico por conta da encomenda da *Intrepid*. O que eu tinha a perder?

— Eu quero o livro.

— O livro?

— Em algum momento haverá um livro sobre esse projeto. Toda a história, desde o gelo maciço até onde o arco-íris termina. E deverá ser escrito por alguém que esteve presente em toda a bagunça. — Estiquei o braço e estendi as mãos. — O livro vai documentar o trabalho que fez história. E dará a visão de leigo sobre quão maravilhoso é o projeto. E eu diria, levando em consideração os acessos ao site, que será altamente popular.

— Fazendo do autor tão rico quanto famoso?

— Todo escritor quer ser lido. Se alguém vai contar essa história, por que não eu?

Carthage se levantou.

— Realmente, por que não?

Ele andou de um lado para o outro por um tempo, então voltou para trás de sua mesa.

— Mais uma vez você está dois passos à minha frente, Daniel. — Ele fungou. — Perfeitamente correto acerca da necessidade de um livro. Ele serviria a muitos propósitos úteis, para este projeto e para as pessoas que ele emprega.

— E quanto à pessoa que ele reanimou? — a dra. Kate interrompeu.

Carthage ergueu as sobrancelhas.

— Com você eu vou lidar daqui a pouco. — Então assentiu para mim. — Espero que você comece o trabalho no livro imediatamente, Daniel, e o escreva em simultâneo com nossos boletins de notícia.

— Obrigado, dr. C. — agradeci aliviado. — Muito obrigado.

Ele se sentou novamente.

— Agora. — Carthage esfregou as mãos como um apostador prestes a jogar os dados. — Daniel, eu quis que você estivesse presente para que possa transmitir ao público os padrões de profissionalismo que o Projeto Lázaro luta para manter.

Sacudi o caderno de anotações, sem entendê-lo realmente.

— Estou pronto quando você estiver.

Carthage voltou sua total atenção para a dra. Kate. E, quando segui seu olhar, finalmente entendi. Ele queria que eu o visse demitindo-a. Isso é que é perversidade. Ela também não era tão indiferente ao poder dele quanto fingia ser. O rosto da dra. Kate estava pálido, os olhos estreitados como se encarasse um vento forte. Era estanho, porque ela mantinha sua esquisita calma interior.

— Dra. Philo, por que temos câmeras de vídeo na câmara de reanimação?

Ela pensou por um momento.

— Ciência, publicidade e voyeurismo.

— Você está enganada. Não dou a mínima para os pecadilhos e peculiaridades do Sujeito Um. É tudo para documentação.

— Tudo?

— Do mesmo modo que seu trabalho é ciência, e não serviço social. Quando o Sujeito Um chora, você não o abraça. Você toma notas; você interroga.

— Interroga? O juiz Rice não é um rato de laboratório falante.

— Poderemos fornecer terapeutas ao Sujeito Um em uma data posterior. Psicologia não é nem sua formação, nem sua responsabilidade. Seu trabalho é coletar dados. Precisamos saber, para medir e para registrar.

— Como resultado de meu envolvimento, nós agora sabemos muito mais sobre a pessoa que reanimamos. Eu não fiz nada de errado.

Com dois dedos, Carthage endireitou uma folha sobre a mesa.

— Dra. Philo, certamente não lhe escapa o grau de ceticismo que esse projeto encara. Se nós quisermos credibilidade, preciso de registros incontestáveis de tudo o que fazemos. Portanto... — ele limpou a garganta, embora não houvesse nada ali que eu pudesse ouvir — portanto qualquer comportamento impróprio capturado pelas câmeras e qualquer atividade que ocorra diante dos olhos que observam os monitores não apenas enfraquecem minha credibilidade, mas colocam em jogo o futuro de todo o nosso esforço para salvar a humanidade e alterar algo tão sólido quanto a nossa definição de mortalidade.

— Se você verificar os registros que Gerber tem do tráfico em nosso site, verá que os números são bem maiores quando o juiz Rice está ativo. Quer dizer, quando ele está interagindo comigo. As pessoas estão loucas para vê-lo vivo e se movendo.

— Os desenhos animados de sábado de manhã também são populares, dra. Philo.

— Você considera algo digno de desenho animado a revelação de que Jeremiah Rice era um juiz da corte distrital de Massachusetts?

— É irrelevante — Carthage gritou, levantando-se. Ele respirou fundo para se recompor. — Estou ciente de sua fraqueza e insubordinação. Apesar de ter sido avisada repetidamente, você continua violando as regras.

— Eu disse para ela não fazer isso.

Era Billings. Eu havia esquecido que ele estava ali.

— Uau, Graham — disse a dra. Kate. — Que jeito de me fazer andar na prancha.

— Como, dr. Billings? — Carthage perguntou.

— Estou dizendo que me coloquei no caminho, na porta da câmara, e lembrei a ela quais são as regras, e lhe disse para não continuar.

Eu sempre odiei pessoas assim, do tipo medroso, que apunhalam qualquer um só para tirar o seu da reta.

Carthage se aproximou da dra. Kate.

— Isso é verdade?

— Quase literalmente, mas completamente fora de questão. Se você avaliar minha conduta pelos resultados, eles indicarão que não deve me repreender, mas rever as regras. Talvez me dar um aumento.

— Não fale besteira.

— Se eu seguisse seus regulamentos — ela continuou —, esse homem que anda, que fala, continuaria inconsciente. Enquanto isso, dias preciosos teriam passado. Ou, se você de algum modo o acordasse, ele continuaria sem falar. Ou, se de algum modo você o fizesse falar, ninguém o entenderia. Sem mim, tudo o que você teria naquela câmara agora seria um pedaço caro de carne balbuciante.

Bom uso de palavras, pensei, embora estivesse escrevendo tão rápido que não tive tempo para registrar a expressão de Carthage. Deve ter ocorrido alguma, porque ele acabou utilizando seu habitual desvio de olhar. Quando ergui a cabeça, ele estava perto da janela, olhando os manifestantes lá embaixo. Eu podia jurar que ele gostava deles. De algum modo eles alimentavam o desprezo de Carthage, o combustível para suas interações com o mundo.

— Permita-me nos poupar do tumulto de mais discussões — ele disse para a janela. — Você está demitida. Imediatamente e para sempre. Limpe sua mesa e entregue seu crachá de segurança dentro de uma hora. Boa sorte e adeus.

A dra. Kate olhou para o relógio digital na parede — estava sincronizado com aquele da sala de controle, contando o tempo que Frank estava vivo novamente, assim como aquele no salão e aquele enorme no hall de entrada. Só faltavam quarenta e um minutos para atingir quinze dias. Mas pude perceber, pelo tempo que a doutora olhou para o relógio, que ela pretendia usar uma estratégia tão falsa quanto a pose de Carthage perto da janela. Depois de um momento, ali estava aquela calma incomum.

— Eu me recuso a ir.

— Perdão?

— Eu continuarei a vir aqui, doutor, não importa o que diga. Se você ordenar que os seguranças me impeçam, eu alertarei a mídia para que eles possam filmá-los me barrando. Quem sabe? Eu posso até chorar. — Ela cruzou as mãos sobre o colo. — E eu também convidarei o juiz Rice, que não é propriedade de Erastus Carthage, mas um cidadão livre desta nação, e cada vez mais meu amigo, para que venha morar em minha casa. Eu já contratei um advogado que só aguarda minha instrução para buscar uma medida cautelar contra você aprisionar o seu "Sujeito Um" por um dia sequer a mais. Se você se opuser a mim, eu vou processá-lo imediatamente por discriminação de gênero no ambiente de trabalho. Enquanto você gasta uma fortuna se defendendo, os financiamentos vão murchar com o dilúvio de má publicidade. — Ela o olhou nos olhos. — Dr. Carthage, eu estou ajudando este projeto e aquela pessoa. Não sou sua inimiga. Mas, se me demitir, é isso que me tornarei.

Eu estava amando. Quer dizer, trabalhei para editoras com menos determinação, entrevistei mulheres detetives de homicídio com menos coragem. Carthage estava a caminho de se tornar o mais famoso cientista do mundo, um Stephen Hawking, um Carl Sagan, e ali estava aquela garota com colhões batendo de frente com ele. Se Carthage a despedisse, ia fazer os jornais ganharem o dia, com toda certeza. Mas a cena, o exato momento, eu o guardaria para o livro.

Enquanto isso o rosto de Carthage exibia a expressão de alguém que acabara de peidar. Ele fez uma careta para o desinfetante de mão. Estava sobre a escrivaninha, portanto indisponível para ele. Então limpou a garganta.

— Você entende as consequências jurídicas da chantagem?

— É claro.

— E não lhe escapa que esta conversa teve testemunhas?

— Não mais do que escapa a você, dr. Carthage, que o júri poderia confirmar pelas câmeras de segurança e pelos vídeos de registro que a única mulher empregada no Projeto Lázaro também é a única pessoa designada para os trabalhos da noite, todas as noites na verdade, sem descanso, por três semanas seguidas.

O telefone tocou.

— Thomas, atenda, por favor — Carthage latiu. Rápido demais, pensei. Ela o tinha encurralado. E este que vos fala achando que esse seria só mais um maldito dia de trabalho. Virei a página do meu caderno de anotações para uma novinha, pronto para o segundo round.

Em vez disso, Carthage se recuperou e riu.

— Seguindo seu silogismo, talvez meu erro tenha sido a contratação de uma mulher, não é? — Ele seguiu para a escrivaninha, informal como um vendedor de carros. — Estou bastante acostumado com pessoas querendo manter seus empregos comigo. Normalmente elas imploram. Ou pleiteiam, ou prometem fazer melhor. É terrível. Bons cientistas se humilhando só para manter o emprego. Sem dignidade. Mas esta é a primeira vez que troquei socos profissionais. Devo admitir que estou gostando bastante.

— Eu gostaria de dizer o mesmo — a dra. Kate respondeu.

— Daniel, tome nota.

— Senhor?

— Observe. — Ele esguichou o desinfetante na palma das mãos e então as esfregou uma na outra. — Frequentemente na ciência devemos nos lembrar da navalha de Occam, a filosofia que defende ser a explicação mais simples também a mais provável. Por isso manterei minhas ações extremamente simples. — Ele se sentou novamente à frente da mesa e olhou para ela, de cima. — Dra. Philo, seu trabalho aqui está terminado. T-E-R-M...

— Senhor, é o vice-presidente.

Era Thomas na porta. Carthage piscou, como se precisasse de foco para reconhecê-lo.

— O que você está fazendo? Interrompendo-me?

— Dos Estados Unidos, senhor. Gerald T. Walker. Ele ligou para dizer que é um grande fã do projeto e assiste a todas as atualizações de vídeo em nosso site. — Thomas torcia as mãos. Eu tive o rápido flash na minha cabeça de um garoto que precisa fazer xixi. — Ele gostaria de falar com o senhor. Ele quer conhecer o Sujeito Um.

— Verdade? — Carthage estava brilhando, eu juro, a cara branca como giz. Ele deu a volta na mesa, a atenção dispersa, a irritação evaporada. — Passe-o para mim, passe-o para mim.

— Imediatamente. Ah, senhor?

— O que é, Thomas?

— Ele quer conhecer a dra. Philo também. Insistiu nisso. Aparentemente ele viu o abraço esta manhã.

— Gerber já postou o novo vídeo? Sem minha autorização?

— É meio-dia e quinze, senhor. O senhor esteve em reunião após reunião, e o instruiu a liberar os vídeos na hora exata quando não estivesse disponível.

— Meu Deus. — Carthage apontou para a dra. Kate. — O vice-presidente dos Estados Unidos, aquele idiota risonho, viu o abraço infernal dela?

— Ele disse que amou, senhor. Que o fez chorar.

Eu ri, não consegui resistir. Carthage me lançou um olhar irritado e então se sentou perto do telefone.

— Estou esperando passá-lo para mim.

Thomas desapareceu e um momento depois o telefone de Carthage tocou. Mas ele não atendeu no primeiro toque.

— Dispensados — ele disse, fazendo uma aceno em direção à porta. — Vamos continuar. — O telefone tocou de novo e ele levantou o fone até o ouvido lentamente, saboreando o momento. — Erastus Carthage.

Nós nos agrupamos na área de espera, Thomas atrás de sua mesa, fingindo que fazia algo no computador. Eu ainda estava com o caderno de anotações aberto.

— Escute, amada — Billings disse. — Eu compensarei você.

A dra. Kate bufou.

— Se não tivesse sido a sorte daquela ligação, você estaria compensando uma mulher desempregada. — E o fuzilou com o olhar.

— Você vai ver — ele murmurou. — Pensarei em algo.

Billings se retirou, com o rabo entre as pernas. A dra. Kate colocou as mãos na cintura e me peitou em seguida.

— Há mais alguma coisa que você queira?

— Você está bem?

— Ótima — ela respondeu, esfregando a testa. — Só que de repente estou me sentindo muito só.

De perto, a expressão da doutora acabou comigo. A preocupação. Não existe nenhuma outra maneira de explicar: a beleza. Eu tive que desviar o olhar, e lá estava Gerber na sala de controle, com os fones de ouvido, olhos fechados, dançando lentamente, talvez alto como uma gaivota. Que lugar.

— Bem, eu acho que foi incrível — eu disse. — Totalmente maravilhoso. Tudo aquilo veio dos conselhos do juiz? Você realmente tem um advogado em espera?

— Oficialmente?

— Ou extra, o que você quiser.

Ela estreitou os olhos, calculando.

— Sem comentários.

Eu ri.

— Você estava blefando.

— Já disse, sem comentários.

A dra. Kate girou nos saltos e seguiu na direção da sala de controle, deliciando-se em sua marcha. E pode apostar que fiquei ali paradinho, olhando-a enquanto ela seguia.

14
A DAMA DE COMPANHIA
(ERASTUS CARTHAGE)

DEZ MILHÕES É TUDO QUE VOCÊ PRECISA. NEM UM CENTAVO A MAIS.
    Dez milhões de dólares e é possível recrutar uma equipe forte, contratar um programador web, empregar um escritor de verdade, em vez de bancar o ventríloquo com um picareta cujas ambições superam suas habilidades. Quem sabe o que você poderia conquistar com um assessor de imprensa em tempo integral? Exposição, credibilidade, fama. Há um prêmio que eles dão na Suécia para pessoas como você.
    E o laboratório? É claro que você lançaria um segundo navio de pesquisa, a fim de conduzir buscas por gelo maciço nos dois polos, simultaneamente. O volume de material que eles encontrariam implicaria uma segunda câmara de reanimação. Com dez milhões, você evitaria qualquer necessidade de parceria com aqueles inconvenientes que trabalham na área da criogenia. E também aliviaria sua preocupação com a fonte de renda. Ah, e depois. *Depois* você ofereceria parceria intensiva aos melhores ph.Ds, para compartilhar suas descobertas e avançar o processo de reanimação por todo o mundo. Sim, você é um homem generoso. Deixe-os vir e aprender. A Academia Erastus Carthage para o Avanço da Humanidade. Ótimo nome. Digno. Talvez Harvard ofereça um lar para sua academia. Ou o MIT, o que o faz pensar se Thomas escreveu um bilhete de agradecimento ao presidente da universidade por aquelas flores. Você não consegue se lembrar de ter assinado.
    Elas parecem murchas agora, as rosas da consagração, depois de dias em cima da prateleira? Hoje, mais tarde, elas irão para o lixo. Entretanto, nesta manhã você precisa delas para causar uma boa impressão, para lubrificar o pedido dos dez milhões de dólares. Em boa moeda federal, nada menos.

E por que não pedir? Seu projeto não está em todos os jornais do mundo? O *Times* colocou o Sujeito Um na primeira página, com matéria assinada por Wilson Steele. O *Post* publicou o rosto dele, em close, sob uma manchete gigante: "O juiz está chegando". Não estão os especialistas gritando pela volta da supremacia americana nas ciências? A China, como um enorme elefante amedrontado por um ratinho, não abriu um laboratório para seguir suas teorias? Que riquezas devem estar oferecendo a cientistas muito menores, visando recrutá-los para um projeto copiado? Pois o diretor que contrataram foi logo ele, aquele que você demitiu no mês passado, aquele que sujou seu terno com chá. Aquele lacaio como diretor de pesquisa? Obrigado pela risada proporcionada. Veja se consegue alcançar Erastus Carthage ainda nesta vida.

No entanto, a China lhe fez um favor, lançando uma nova corrida espacial, o Sputnik da imortalidade. Tudo o que você busca, na intenção de manter a América na dianteira, são meros dez milhões. É o inchaço do orçamento federal, é uma fração de uma fração de um por centro. Em dólares de hoje, o valor não representa quase nada.

E quem melhor para levar seu pedido a Washington? Quem mais equipado para defender seu caso do que Gerald T. Walker, o homem sempre ridicularizado por sorrir demais, no entanto o homem a um passo de se tornar líder do mundo livre? Em menos de uma hora, este fã do projeto e dos vídeos, e até mesmo daquele abraço absurdo, estará aqui. A montanha está vindo a Maomé.

O momento é ideal. O Sujeito Um está se levantando, falando claramente. Ninguém pode prever quanto tempo mais ele continuará assim. Este é o agora de todos os agoras.

A equipe de segurança avançada de Walker já vasculhou o prédio. Durante toda a manhã, você ouviu as canções dos manifestantes em frente à janela, as câmeras de TV dando a exata atenção que essas almas desesperadamente procuram. Quem se importa que eles desprezem seu trabalho? A paixão vinda deles ainda é como um tipo de louvação. Você não pode resistir a espiá-los de vez em quando. Você é capaz de imaginar qualquer circunstância em que se deleitaria com sua impotência e ainda a ostentaria para que todos vissem? Não, seis andares acima é o lugar para se estar neste mundo e nesta vida.

Uma batida na porta. Você se apressa como se tivesse sido surpreendido vendo pornografia. É o médico, e você o cumprimenta com um meneio de cabeça.

— Dr. Borden, espero que traga boas notícias. — Eu trago o potencial de boas notícias.

Você se senta à mesa e faz um gesto para que ele pegue uma cadeira.

— Diga-me.

Este homem baixo, a barba em bico, tem passos curtos. Borden se move até a cadeira, então se senta nela como se fosse um poleiro.

— Aqui está o que sabemos, dia dezesseis. — Por sorte o homem sempre vai direto ao ponto.

Você concorda.

— Continue.

— Tem algo a ver com o sal. Estamos notando todos os sinais esperados de aceleração do metabolismo: frequência cardíaca, pressão arterial, respiração, gama. Se não interviermos, ele terá sorte de chegar ao vigésimo primeiro dia.

— Baseado na massa corporal e nas projeções dos krills?

— Sim. Mas nossa mistura nutricional tem trazido efeitos atenuantes. Eu diria que há quarenta por cento de chance de funcionar. Francamente, porém, mesmo se isso for bem-sucedido, não posso prever por mais quanto tempo.

— Quarenta por cento de probabilidade é melhor do que nenhuma. E tudo por causa do sal? Simples assim?

— Talvez a mitose lenta, enquanto ele estava congelado na água do mar, tenha alterado a química celular de algum modo permanente. Você precisaria de um especialista em mitocôndrias para lhe dizer. Mas as implicações são claras. Para as criaturas reanimadas, a ausência de sal significa uma vida mais longa.

— Quanto mais longa?

Borden coloca a ponta dos dedos de uma mão contra a ponta dos dedos da outra, como se estivesse segurando uma esfera invisível.

— Quão especulativo você gostaria que eu fosse?

— No melhor e no pior dos casos.

— No melhor dos casos, desvendamos o código e o Sujeito Um viverá indefinidamente. Sujeito às doenças habituais, a ex-mulheres, tiros de arma de fogo etc.

— E no pior?

Borden afaga a barba.

— Em cinco dias, a partir de hoje, pode ser que ele não acorde.

Neste momento você se permite digerir a notícia, mas o intercomunicador em sua escrivaninha toca rapidamente uma vez.

— Sim, Thomas?

— É a vez do Dixon, senhor.

Você instruiu Thomas a mantê-lo esperando do lado de fora do escritório por uns bons vinte minutos. Ele já deve estar no ponto.

Você se levanta.

— Dr. Borden, está fazendo um trabalho excelente.

— É uma honra fazer parte desta empreitada. — Ele se levanta, então se curva, realmente se curva, antes de seguir para a porta.

Dixon, sempre desajeitado, entra pela porta, e então eles vão e voltam para o mesmo lado tentando passar. O jornalista finalmente se enfia na sala, seu peso de algum modo uma surpresa desagradável, como se você tivesse esquecido, as calças imundas, o casaco esporte com remendos de couro nos cotovelos, o caderno de anotações amarrotado na mão carnuda. Você se pergunta se ele já viveu algum momento de rigor intelectual na vida.

— Estou feliz em vê-lo — você cumprimenta e força um sorriso.

Ele afunda na cadeira que Borden havia ocupado, e então posiciona a caneta sobre o bloco de notas.

— Você vai fazer uma declaração sobre a visita do vice-presidente?

— Não, não, Daniel. — Você afasta a ideia. — Eu não o chamei aqui por sua capacidade como jornalista. Mas você estará presente na reunião com Walker. Eu só quero ter uma conversinha com você.

— Sobre?

O homem é incapaz de reconhecer uma pausa dramática. Ele sempre precisa interpor algum barulho, alguma interrupção do pensamento convincente. A mente dele não é fraca, você reflete, apenas precipitada. E também desleixada, muito desleixada.

— Sobre o futuro, Daniel. O seu, o da nossa valiosa, ainda que impertinente dra. Philo, e o do nosso precioso Sujeito Um. Não há necessidade de tomar notas agora.

Obedientemente ele coloca o bloco de lado, entrelaçando os dedos na parte central da cintura.

— Dr. C., sou todo ouvidos.

— Sim. Bem. — Você se recompõe e também cruza as mãos. — Sabe, Daniel, o resultado de nosso encontro com a dra. Philo ontem foi um tanto fortuito.

— Como assim?

— O progresso em uma direção pode às vezes fazer um pesquisador ignorar oportunidades em caminhos totalmente diferentes. E assim é com o Sujeito Um. Seu imenso valor como objeto de estudo havia dominado meu pensamento, à custa de reconhecer seu valor na conquista de simpatizantes à nossa causa.

— Você se refere à arrecadação de fundos?

— Refiro-me à arrecadação de amigos, Daniel. Para contradizer os manifestantes, para evitar que nos manchemos com políticas e, sim, para desenvolver uma população de parceiros interessados que poderão permitir que nosso projeto chegue ao máximo de seu potencial. É aí que você entra.

— Não estou entendendo.

Ele é simplesmente incapaz de fazer uma pausa.

— Paciência por um momento. — Você suspira e então pressiona. — Meu plano é o seguinte: vamos dar a liberdade ao Sujeito Um, por assim dizer. Deixá-lo viver a América de hoje, um lugar diferente daquele que ele uma vez conheceu. Como guia turístico, vamos convocar a irritável dra. Philo. Deixar que ela o leve por aí. Deixar que eles sejam vistos. Compartilhar a história com o público e amplificar o espetáculo. E eis a genialidade disso. — Você se inclina na mesa e se aproxima dele. — Para registrar cada aventura deles, vamos despachar Daniel Patrick Dixon.

Neste momento, você sente um deleite professoral, vendo o alvorecer de uma ideia em uma mente pequena. Enquanto ele aquece as mãos mentais diante do fogo da proposta, você continua:

— Se eles virem maravilhas, você vai nos dizer. Se ficarem consternados, você deve explicar o motivo. Se um vínculo pessoal se formar entre eles... — você faz uma pausa e deduz, pelo aceno de cabeça dele, que suas implicações foram compreendidas — você informará ao mundo. Quem não ficará faminto por cada novo detalhe das explorações dos dois?

Dixon continua assentindo, o olhar para baixo. Ele batuca com a caneta na coxa.

— Então eu suponho que devo segui-los por aí?

— Às vezes abertamente, às vezes menos. Thomas tem câmeras para você, de foto e vídeo. E também dispositivos de gravação.

Ele ergue o olhar.

— Eu não vou ser espião de ninguém.

— Claro que não, Daniel. Lembre-se, você não é meu empregado. Você é um repórter, fazendo seu trabalho, conseguindo um furo. — Você faz um sinal de motivação para ele.

— Dr. C., deixe-me dizer algo. — Dixon coloca o caderno de notas no tapete ao lado da cadeira. Você se prepara para qualquer revelação sórdida que está prestes a acontecer. — Quando eu era criança, apenas catorze anos, a casa da minha família pegou fogo. Meus pais morreram. Ambos. Eu arrastei os dois para fora, mas a fumaça já os havia pegado. Então recomecei do zero, sem nada. Literalmente, sem roupas, sem família, nem mesmo uma escova de dente. Não estou dizendo que a vida me deve nada, todo mundo tem sua parcela de miséria. Mas, se eu tiver a chance de conseguir um pouco de volta, você sabe, curtir um pouco de conforto e sossego, bom, só um idiota diria não.

Pronto. Você sobreviveu sem sentir vontade de rir. Um tanto lamentável, sinceramente. O menino órfão, faminto por glória. Mas você assente devagar, a imagem da empatia.

— Talvez toda a sua vida tenha sido uma preparação para este momento.

— Talvez sim. Quem sabe?

Thomas bate à porta, bem na hora certa.

— Hora das verificações finais, senhor.

— Sim, é claro. Nos dê licença, por favor. — Dixon se levanta, dirigindo-se à porta. — Daniel, você esqueceu algo.

Ele se vira, vê o caderno de anotações e apressa sua imensa figura em pegá-lo.

— Seja meus olhos, Daniel. Seja os olhos de todos os que querem saber mais sobre esse incrível feito. Observe o Sujeito Um. Observe a dra. Philo. E diga ao mundo o que ele desesperadamente quer saber.

Dixon para na porta. Ele engasgou?

— Com todo meu coração, senhor.

E então ele se vai, seu desejo atendido. Uma ferramenta, uma marionete, uma dama de companhia, tudo em um só. E você nem precisa pagar-lhe salário.

Thomas vem até a escrivaninha com uma lista de coisas para revisar. São só precauções, tudo foi verificado horas atrás. Enquanto você analisa a lista, o intercomunicador toca novamente.

— O que é?

— É da mesa do segurança da entrada, senhor. O vice-presidente Walker chegou.

— Thomas, venha comigo para a sala de conferência. Eu gostaria que você visse tudo.

— Fico honrado, senhor.

Admita, você sente um frio na barriga. Agora o Projeto Lázaro vai a público. Mesmo que a previsão de tempo de vida feita por Borden esteja errada, haverá tempo de criar uma considerável boa impressão. Se tudo for bem com Walker, amanhã a primeira coisa será começar uma campanha nacional. Se os últimos dezesseis dias alimentaram o fervor das pessoas, agora é hora de iniciar a fogueira.

— Mande-o subir — você late para o intercomunicador. — Que comecem os jogos.

PARTE 3
RECUPERAÇÃO

15
COLETIVA
(DANIEL DIXON)

Carthage me ofereceu a primeira pergunta, a cortesia definitiva, mas eu fiz a ele uma mais esperta e lhe pedi que fosse o último. Desse modo eu conseguiria assistir a todos os outros chegarem, tomarem seus lugares, ouviria o habitual murmúrio das canetas se aprontando para o primeiro-rascunho-da-história, tudo isso enquanto eu sabia que a última palavra seria minha. Sem querer me gabar, mas eu estava com minha câmera pronta para tirar uma foto de todos os queixos caídos.

A frieza com que cada jornalista cumprimentava o outro, curtos acenos de cabeça e pequenos gracejos, me lembrou de um grupo de jazz organizando-se no palco. Como se todos eles estivessem no show de ontem à noite, descolado é a palavra, gatinha. Nunca você vai ver um só sorriso entre eles. E, por falar nisso, não houve sequer um pequeno "e aí" vindo em minha direção.

Bem, deixe que ajam tão friamente. Este que vos fala já sabia a pergunta que fecharia a coletiva. Seis palavras, e curtas ainda por cima. Mas eu podia garantir que a resposta do velho Frank seria o assunto principal das notícias de todo o mundo.

Alguns correspondentes trouxeram os jornais do dia para dar uma pincelada na história, mas aquilo havia sido uma notícia falsa. Todos sabiam que a notícia real era a foto tirada por mim, estampada na parte de cima da primeira página de todos os jornais que eu havia visto naquela manhã: o vice-presidente Gerald T. Walker apertando a mão do juiz, com aquele famoso sorriso aberto, tão aberto que você poderia pensar que ele estava conhecendo o papa. O vice, ex-governador de um dos estados produtores de algodão, nunca tinha estado em Boston antes. Agora que ele havia chegado às páginas dos editoriais, fizeram até uma caricatura que transformou o rosto inteiro em um sorriso idiota. Os colunistas especulavam se a foto de ontem sinalizava seu interesse no cargo maior: o Salão Oval, o Força Aérea Um e meus-companheiros-americanos.

Mesmo que metade dos especialistas ali fosse de idiotas, uma estimativa generosa considerando os que eu conhecia pessoalmente, a cena me deixou assustado. Nosso velho Frank figurando na política presidencial antes de conseguir fazer muito mais do que acordar e coçar a barriga.

Talvez os manifestantes tenham ajudado, já que estavam cada vez mais nas manchetes dos jornais. Eles eram mais do que nós agora, cinquenta ou mais, agitando-se ao redor do edifício como moscas do lado de fora de um celeiro cheio de cavalos. A energia deles havia aumentado também, o que eu atribuía ao fato de Walker ter virado nosso mais novo amigo. Ninguém se torna poderoso sem fazer inimigos. O grupo de protesto agora tinha um chefe, um organizador que se certificava de que os sinais fossem compreensíveis e que alinhava as pessoas atrás dos repórteres de TV, a fim de fazer com que a multidão parecesse maior. Esse chefe era bonito como um astro de cinema, com um queixo ao estilo Kirk Douglas, e sempre carregava uma prancheta e um megafone. Fiz uma anotação mental para tentar descobrir qual era sua história.

Carthage definiu que a coletiva de imprensa aconteceria no saguão, no primeiro andar. Através das altas janelas, a luz do sol de primavera se derramava, pálida como uma adolescente desnutrida. Uma cortina azul se estendia entre dois palanques, emoldurando um cartaz que dizia "Projeto Lázaro", com raios amarelos em todas as direções, como o desenho do sol feito por uma criança. Não é o logotipo mais inteligente que você já viu na vida.

Entretanto, por mais que Carthage fosse fraco em relações públicas, agiu certo ao fechar comigo o acordo do livro. Ele contaria a história real, aquela que ninguém mais sabia. E levaria este que vos fala dos difíceis trabalhos nos abismos do Ártico para uma revista menor até os reinos da autoria e autoridade. E, a propósito, à sra. Washington, *ka-chinggg*.

Enquanto isso eu observava as equipes de TV se ajeitando. Garotas de rosto bonito paravam ao lado do palco, segurando cartões brancos para que os cinegrafistas pudessem ajustar os níveis de brilho. Uma coisa engraçada sobre mulheres de TV: todas elas têm rosto magro, maçãs do rosto nas quais você pode quebrar um ovo e bunda grande. Talvez por causa de todas aquelas horas na cadeira de âncora? Ou talvez sejam como galinhas, um tipo é criado para dar carne e outro para produzir ovos, e estas ficam muito bem na tela da TV, mas você nunca vai querer se meter entre os lençóis com elas.

Que grande filósofo eu sou. O relógio digital vermelho nos dizia que faltava uma hora para entrarmos no décimo sétimo dia do nosso velho Frank. Mas meu relógio mostrava que eram 13h06, e a coletiva deveria começar às treze horas em ponto. Não é do feitio de Carthage se atrasar. A única explicação plausível era a surpresa que estávamos planejando. Eu balançava a perna na cadeira até que o cara do meu lado me pediu, por favor, que parasse.

Está certo, eu admito: eu estava empolgado. Esta era uma tremenda de uma história, é isso o que era. Eu cobrira a explosão do ônibus espacial, em meus dias de novato em um jornal na Flórida. Seguira um velho governador direto para os braços de sua amante, tão perto que pude ver em primeira mão por que ele fora tão seduzido. Então encontrei os papéis de uma pesquisa que falsificou os efeitos colaterais de um remédio para pressão sanguínea, matando quatro mulheres com coágulos e me colocando para sempre no caminho das matérias de ciência. Depois disso, entrevistei catalogadores de iguanas em Galápagos, geeks dos aceleradores de partículas na França, gurus das mudanças climáticas nos limites do deserto de Gobi, físicos de trajetória em bares mofados no cabo Canaveral, nanotécnicos em salas imaculadas da Califórnia, peritos tectônicos em bocas de vulcões, metalúrgicos em fundições quentes como fornos, pesquisadores de aids em laboratórios gigantes e silenciosos, perscrutadores do céu aos pés de sua gigantesca e assustadora gama de antenas de rastreamento de ondas de rádio, e nenhum deles nem sequer se aproximou da magnitude do bocejo do homem congelado. Quer dizer, e se realmente descobrimos um jeito de enganar a morte, de fazê-la temporária? Jeremiah é bom para uma semana de notícias quentes, mas o que ele representa é muito maior. E se conseguimos? E se genuinamente conseguimos?

Reflexões inúteis merecem uma dura interrupção, e foi isso que recebi quando o último repórter entrou correndo, "com licença" aqui e "me desculpe" ali, e, em geral, chamando tanta atenção para si mesmo como se estivesse usando uma buzina de neblina. Wilson Steele, maldito, sentando-se confortavelmente em seu assento como um pato no ovo.

Não importa. *New York Times* ou não, seu parágrafo de abertura amanhã ainda terá vindo de minha pergunta de seis palavras.

O silêncio caiu sobre o salão como o burburinho em uma sala de concertos antes de as cortinas se levantarem, quando a multidão de alguma forma sabe. Olhei o relógio. Haviam se passado exatos seis minutos da hora marcada para começar. O dr. Borden entrou primeiro, andando com suas pernas duras, como uma marionete. Carthage veio em seguida, cheio de si, semelhante a balões gigantes nos desfiles de Ação de Graças. Alguns técnicos os seguiam para servirem de lastro, mais Thomas com uma pilha de papéis. Gerber gingou pela porta, mas não se aproximou, esfregando com os nós dos dedos um dos olhos, que estava vermelho. Ele não poderia estar chapado justo agora, poderia?

— Vamos começar — Carthage disse e cruzou as mãos na altura do peito, parecendo um tanto afeminado, pura e simplesmente. Mas então me lembrei de sua fobia de germes, e talvez aquele fosse seu jeito de não tocar no palanque. Alguns técnicos começaram a se mover pelos corredores, entregando papéis. O segundo palanque permanecia vazio, uma pista do que ocorreria adiante.

— Minha equipe está distribuindo linhas de tempo — Carthage disse — para todos que estão acompanhando esta história hoje. E também uma síntese dos dados, as biografias minha e de nossa equipe e uma lista completa de minhas publicações. Nós também atualizamos nosso site esta manhã com vídeos e outras informações. Comigo hoje estão o dr. Christopher Borden e outros membros da equipe.

Carthage acertou a postura, como se fosse possível se pavonear enquanto estava parado. As luzes o faziam brilhar, as câmeras apontadas para ele, os repórteres alternando entre olhar em sua direção e escrever cada palavra que ele dizia. Carthage coçava o queixo e os cliques das câmeras vinham às dúzias. Em resposta a toda essa atenção, o canalha sorria. E devo admitir que ele tinha um dos sorrisos mais doentios e falsos de todos os tempos: dentes amarelados, lábios assimétricos, e a coisa toda repuxada para o lado, como um sorriso de escárnio.

— Eu gostaria de fazer um breve anúncio primeiro. — Ele limpou a garganta. — Cinco anos atrás, uma organização predecessora do Projeto Lázaro descobriu que células que deixaram de metabolizar por conta do congelamento rápido... um leigo diria que elas haviam morrido... continham suprimento de energia para viver mais tempo. — E ele continuou, blá-blá-blá, história com a qual ninguém se importava. — O ser humano que reanimamos provou ser um homem inteligente e de opinião. Ele participa de nossa pesquisa tanto quanto seu entusiasmo e sua energia limitada permitem. Entendemos que algumas pessoas questionam nossos motivos. Nosso objetivo não é gerar controvérsia, é claro, mas oferecer a promessa de um tempo de vida maior para toda a humanidade. Agora. — Ele abriu os braços como um padre em um altar. — Suas perguntas?

Mãos se levantaram por todo o salão. Carthage apontou.

— Sim?

— Em que condição física o homem despertado está?

— Dr. Borden, por favor? — Ele deu um passo para o lado e o pequeno médico se moveu até o palanque, adaptando o microfone à sua altura. Carthage franziu a testa ao ver isso.

— No geral, sua condição física é notavelmente boa. Todos os sistemas de órgãos e músculos estão funcionando normalmente, ou de acordo com o que seria considerado normal para alguém de sua idade que não ficou congelado por mais de um século. — Borden alisou a ponta da barba. — A principal coisa fora do comum é a lentidão espetacular de seu metabolismo. Como o de um urso hibernando. Ele consome menos de oitocentas calorias por dias e dorme vinte horas das vinte e quatro. Depois de apenas alguns pequenos esforços, seu cansaço é enorme.

— Então ele não é um tipo de super-humano que as pessoas precisem temer?

Borden riu.

— O juiz Rice é tão perigoso quanto um adolescente que dorme até o meio-dia.

O grupo riu junto, mais mãos se levantaram. Carthage escolheu uma mulher da frente.

— Qual é o custo disso tudo? Este juiz é um bom uso dos fundos de pesquisa?

— Ainda é muito cedo para saber o que nossos estudos talvez rendam — respondeu Carthage, após erguer a manga do paletó para subir o microfone novamente. Esse cara e suas fobias, vou te contar. — Quanto ao preço, este complexo custou uma fortuna para ser equipado, e a manutenção do navio de pesquisa polar é espetacularmente cara. Até agora... — Ele se inclinou na direção de Thomas, que estava encostado na parede como um esquenta-banco doido para ser colocado na partida. — Até agora todo o nosso financiamento tem sido privado, sem ajuda federal, embora tenhamos tido uma encorajadora conversa com o vice-presidente Walker. A melhor pergunta, se me permite, seria qual é o preço que você está disposta a pagar pela recuperação de uma vida humana. E mais ainda, temos esperança de que nossos investimentos iniciais se estendam por muitas outras reanimações e outros caminhos de pesquisa. Tudo isso não foi construído apenas para esse sujeito, para uma única pessoa.

— Seguindo nesse assunto, por favor, quanto foi gasto até agora?

Ele pensou por um momento, ponderando algo, e então chegou a uma conclusão.

— Até o momento, nossas despesas estão perto de vinte e cinco milhões de dólares.

Um murmúrio percorreu a sala. Gerber, na porta, assobiou, recebendo um olhar feio de Carthage. Ele só sorriu.

A repórter levantou a mão novamente.

— Mais uma, por favor. Pode nos dizer quais são suas fontes de financiamento?

Carthage estreitou os olhos. As câmeras capturaram essa imagem, e vi que ele notou, retraindo-se, e então forçou um sorriso de lado.

— Somos afortunados por ter apoiadores que nos permitem prosseguir com o nosso trabalho sem a restrição de interferências externas. Caso o governo opte por dar assistência ao nosso projeto, a intenção é abrir os registros, para que cientistas do mundo todo possam evoluir a partir de nossas descobertas, em prol do aprimoramento de toda a humanidade.

— O que você pensa da controvérsia acerca deste projeto? — perguntou outro jornalista. — Você sabe, essas pessoas que andam dizendo que você está brincando de Deus.

— Eu diria que qualquer empreendimento desta importância e deste potencial está sujeito a irritar pessoas que temem mudanças. Mas há mérito na controvérsia. O diálogo saudável é necessário e até mesmo bem-vindo. Lembre-se, porém, de que nosso cuidado não é como o sigilo em torno do Projeto Manhattan, por exemplo, cujo objetivo era matar centenas de milhares de pessoas. Nosso trabalho é pela vida, é tudo a respeito da vida.

— Quero também dizer — Borden ficou na ponta dos pés, segurando no palanque para se equilibrar —, às pessoas que falam que estamos brincando de Deus, que não estamos brincando de nada. Não estamos brincando. Este trabalho é muito complexo, as apostas são muito altas. As pessoas que nos criticam simplesmente não entendem. São ignorantes.

Ops, pensei. Como esperado, a sala ficou em silêncio enquanto cada um dos repórteres anotava aquelas frases ou as digitava em um laptop, todas as cabeças baixas, como crianças anotando a lição em uma sala de aula.

— Eu penso... — disse Carthage, batendo palmas. Normalmente o gesto chama a atenção da sala, mas desta vez estavam todos escrevendo. Ele bate palmas outra vez. — Penso que a melhor maneira de expressar o que está acontecendo aqui é com o recurso visual. Thomas. — Ele virou, rígido. — Poderia ir buscar o recurso visual?

Thomas saiu correndo como um filhotinho atrás do chinelo. Borden voltou para seu lugar, e Carthage esfregou as mãos uma na outra como se as lavasse embaixo de uma corrente de água. Enquanto os repórteres se mantinham em silêncio eu contava, esperando para ver quanto tempo Carthage havia pedido à sua equipe que esperasse a fim de nutrir a expectativa. Não havia dúvida de que ele tinha pensado naquilo, calculando o nível ideal de suspense. Eu cheguei até quarenta e oito, uma eternidade para uma plateia que espera, e então a porta lateral do saguão se abriu.

Thomas veio na frente, todo eficiente, um pequeno robô. Dra. Kate o seguia, caminhando lentamente. Ela usava um vestido azul-marinho, ajustado como um abraço dos ombros aos joelhos. Que delícia.

Meio passo atrás, segurando o braço da doutora como apoio, surgiu ninguém mais, ninguém menos do que Sua Excelência em pessoa, o homem que viveu duas vezes, o rosto conhecido em todo o mundo, juiz Jeremiah Rice. Ele vestia uma roupa cirúrgica, entre todas as opções, e estava descalço. De algum modo Carthage não devia ter prestado atenção naquele detalhe, porque o pé do cara parecia ossudo, pálido e gelado. Enquanto isso, a dra. Kate olhava para a plateia como um agente do serviço secreto protegendo o presidente. Se alguém mexesse com o velho Frank, posso apostar que ela ia cair matando.

Demorou um tempo para a multidão se dar conta do que estava acontecendo. E então os fotógrafos pularam para frente, e os repórteres se levantaram e começaram a gritar, todos de uma vez:

— Juiz Rice?

— Jeremiah.

— Sr. Rice, uma pergunta?

Jeremiah estremeceu com o barulho, e a dra. Kate se colocou entre ele e a multidão.

— Devagar — ela disse. — Vamos com calma. Vamos lá.

Naquele instante, naquele exato segundo, o futuro ficou claro. Consegui prever exatamente o que eles fariam, o que eles sempre fazem em casos como esse. Veja, o mundo está faminto por esse cara, faminto para entendê-lo. E eu acho que também com medo dele. Então, esses jornalistas e adoradores? Hoje eles vão elevá-lo, e quanto mais alto melhor, um deus entre homens, um amigo do tipo que paga uma cerveja. Amanhã, entretanto, amanhã vão derrubá-lo o mais rápido, duro e brutalmente possível. E, quando terminarem, sobrará tão pouco que nem mesmo os corvos se darão ao trabalho de bicar os restos.

O juiz subiu no segundo palanque e o ritual começou, minha boca subitamente amarga enquanto eu assistia a uma cerimônia tão velha quanto as letras P e R: Onde e quando você nasceu? (Lynn, 1868.) Onde você estudou? (Escola Primária e Secundária de Lynn, Universidade Tufts, Escola de Direito de Harvard.) Quem o indicou para juiz? (O governador, não consigo me lembrar de seu nome; minha memória ainda está nebulosa.) Trinta e oito anos de idade não era muito novo para se tornar juiz? (A maioria das pessoas naquele tempo não vivia além dos cinquenta, então o progresso vinha cedo para homens promissores.) O que você acha do Projeto Lázaro e de ser despertado? (Sinto gratidão. A vida é o dom supremo.) O que você está mais interessado em fazer? (Recobrar minha energia e aprender sobre o mundo de hoje.) Do que você sente mais falta?

Ele fez uma pausa, nosso velho Frank. Olhou para os pés, brancos e patéticos. Todos nós também olhamos. Assentiu, e então ergueu os olhos brilhantes.

— Minha família. — Ele engoliu, fazendo um barulho audível. — Minha esposa e minha filha.

Tenho certeza de que a dra. Kate agiu por reflexo. Afinal, como não sentir pena do cara? Mas, quando ela se esticou e apertou a mão dele, e ele lhe lançou um olhar em resposta, cada câmera fotográfica da sala emitiu seu alegre som.

— É o suficiente por hoje — Carthage disse. — Como veem, o juiz Rice está bastante presente e vivo. Ofereceremos diversas oportunidades para futuras entrevistas conforme a recuperação progredir. Portanto, só mais uma última pergunta.

Levantei a mão. Muitos levantaram. E Wilson Steele também. Uma mão grande. Carthage observou a sala como se tentasse escolher, conduzindo algum tipo de avaliação com base no tamanho dos nossos braços ou algo do tipo, e então ergueu o queixo na minha direção.

— Sim?

— Minha pergunta é para o juiz Rice.

O velho Frank sorriu para mim.

— Sim? Como posso ajudá-lo?

Ah, eu estava pronto. E ninguém havia pensado nesse ângulo da situação a não ser eu. Meu momento de estar acima daqueles caras descolados e experientes, superiores demais para dizer um olá. É preciso um sujeito cujos pais morreram cedo, e bem na frente dele, para saber quais seis palavras causariam mais alvoroço.

— Como foi a sensação de morrer?

A sala emitiu o som de um soco no estômago. Mas Jeremiah não hesitou. Em vez disso, ele deu um passo à frente.

— Como ser espremido, para ser honesto. Como ser esmagado até ficar achatado.

Ele deu a volta no palanque até ficar diante dele. A dra. Kate observava, ainda pronta para entrar em ação, mas sua cabeça pendeu para o lado, como uma adolescente apaixonada. O juiz deixou um dos braços solto ao lado do corpo, os dedos relaxados como um homem em férias, e colocou o outro sobre a barriga como Napoleão dirigindo-se às tropas. Na hora eu soube que ele havia se preparado para o momento. Ele estivera pensando sobre isso, sobre o momento em que teria que contar essa história. Agora o momento havia chegado. De certo modo, isso devia ser um alívio para ele. E eu havia tornado isso possível. Era como se estivéssemos conectados, duas partes da mesma máquina. Eu tinha ligado o motor, e agora ele a conduziria.

— Estávamos aproximadamente na região da ilha de Ellesmere — ele começou. — O objetivo da viagem era repetir nas águas do norte, se possível, as descobertas de Charles Darwin na região sul. Meu papel era servir como testemunha imparcial, um auditor da ciência. Estávamos no mar havia cinco meses, e a pesquisa progredia de modo esplêndido. Para qualquer direção que olhávamos se revelava a seleção natural, na variedade da natureza, na brutalidade da cadeia alimentar, na fecundidade das espécies. Pensem em uma piscina na encosta que se enche ou esvazia conforme a maré. Às vezes é terra seca, às vezes parte do oceano, e mesmo em uma região que fica congelada durante oito meses do ano, essa piscina está cheia de criaturas alegremente adaptadas àquelas condições inóspitas. Passamos a acreditar que a evolução é o maquinismo de animação do planeta. A evolução é a luta da vida em direção a Deus.

Uma bronca era o que o juiz estava nos dando. Ele apoiou uma mão no palanque, e eu o imaginei de vestes negras, condenando um criminoso ou resolvendo algum litígio civil, com um discurso muito parecido com esse.

— Nossa inexperiência como marinheiros, entretanto, se tornou mais evidente conforme o inverno se aproximava. Certa manhã acordamos e descobrimos que a baía onde estávamos havia congelado completamente. Nós quase nos aprisionamos por todo o inverno. E morreríamos de inanição. Várias horas de navegação complicada e ruidosos arranhões depois, conseguimos voltar ao mar aberto. Naquela noite nos reunimos no convés e deliberamos se voltaríamos a Boston. Ironicamente, eu me opus à ideia. A chamada ao lar de fato era melodiosa, mas ainda não tão alta que me fizesse ignorar o canto da sereia de ir além na exploração. Porém, apesar da total deferência ao capitão a respeito dos assuntos náuticos, o navio era uma democracia nas questões da expedição. Nós votamos, fui fortemente vencido e assim seguimos para o sul.

Conforme ele continuava, a sala permanecia em silêncio, um silêncio maravilhosamente poético. Os jornalistas e céticos não podiam estar mais em transe, nem se ele os tivesse drogado. Ali estava um homem que havia voltado do além, falando com a plateia de modo tão simples como uma folha de papel. Eles escreviam, e ouviam, e absorviam cada palavra.

O juiz balançou a cabeça.

— Estou divagando. Em nossa nona noite a caminho de casa, navegamos diretamente para as garras de uma tempestade. A gravidade do vendaval era tanta que superou toda experiência. Em pouco tempo, não havia qualquer lugar do navio onde se esconder, nem qualquer lugar confiável onde apoiar os pés. O frio era ainda infinitamente pior. Imaginem suas mãos... — Ele ergueu as dele como se pertencessem a outra pessoa. — Imaginem suas mãos ensopadas pela água salgada do Ártico, frias como gelo, tentando puxar uma corda áspera em torno de uma manivela. Não havia mais uma exploração divertida. Em vez disso, ossos frios, sofrimento moral e o coração aquecido apenas pelo medo. Os céus enviaram uma rajada furiosa e nosso mastro quebrou. Estilhaçou-se. Começamos a afundar, mesmo com as velas levantadas. O capitão ordenou que todas as mãos ajudassem a dominar o equipamento quebrado, já balançando com violência. Eu estava entre aqueles aptos para tal tarefa.

Nosso Frank hesitou.

— Podemos fazer uma pausa, senhoras e senhores, em homenagem a meus companheiros de tripulação? Eram todos homens decentes, dedicados à expansão do conhecimento humano, e não consigo imaginar que eles tenham sobrevivido àquela noite. — O juiz ergueu o olhar na direção do teto. — Podemos oferecer a eles um momento de oração?

E fechou os olhos.

Eu me recostei e esquadrinhei o saguão como um periscópio. Não é todo dia que alguém interrompe uma coletiva de imprensa para rezar, não é? Os jornalistas se sentiam obviamente desconfortáveis. Alguns reliam suas anotações, outros examinavam os cantos do salão, vi um dos cinegrafistas enfiando o dedo no nariz. Wilson Steele porém... Ele abaixou a cabeça. Eu podia imaginar por que aquele canalha estava rezando. Pena que ele não sabia sobre meu acordo a respeito do livro. Pena que minha oração já havia sido atendida.

— Agradeço — Jeremiah disse. — Continuando, eu era terrivelmente inexperiente em situações de tempestade. Então, na pressa para fixar as velas, eu me esqueci de me amarrar ao anteparo. Uma imensa onda se quebrou sobre a proa, derramando sua tonelagem de espuma no convés e arrancando meus pés debaixo de mim. Um rio salgado me ergueu na direção da popa, que era só lixo e destroços. Tentei me agarrar a qualquer coisa, cordas e suportes, mas não alcancei nada. O ímpeto da água avançou sobre mim, e em uma golfada indiferente fui arrastado por cima do flanco.

Novamente ele fez uma pausa. O salão ainda estava em silêncio. *Impressionante*, pensei. Ele os manipulava com uma história de marinheiro à moda antiga, e eles caíam nela com toda sua glória.

— Ah, aquela água. — Ele sacudiu a cabeça. — Minha experiência final nesta terra foi um frio tão intenso que me inspirou assombro. Em resposta à sua pergunta, senhor... — ele gesticulou para mim — eu não senti dor, por mais estranho que pareça, mas uma pressão. De todas as direções de uma só vez, como se eu estivesse sendo espremido em algum tipo de torno térmico. Eu engoli a água salgada e tossi. Foi agonizante, como se raspassem com uma escova de aço minhas partes interiores mais sensíveis. Então afundei, subindo e descendo com as ondas enquanto o navio se distanciava. Sentia meu corpo enrijecendo, meus dedos inchando, como se a água dentro deles se tornasse gelo. Era como se a natureza se apressasse para acabar logo comigo, afogando-me ou congelando-me. Mais do que a dor física havia o terror, o medo de deixar de existir. Contra o peso das roupas encharcadas, eu me esforcei para voltar à superfície, vislumbrei as estrelas, inspirei uma magnífica lufada de ar puro e então não soube de mais nada.

Nosso velho Frank fungou. Seus olhos percorreram todos que estavam no salão. Eu tenho que dizer que admirei sua atitude. Esse nosso juiz não era um tolo. Ele tinha um objetivo em mente com sua história. *Tá certo*, eu pensei, *vamos ouvi-la, senhor.*

— Como é estar morto? Isso é tudo o que posso dizer. Houve um momento de turbulência, lá no Atlântico, e então um momento de calma. Houve o medo de que eu estivesse morrendo, e então a aceitação. Eu ia para o negro ou para o branco, minha mente muda constantemente de opinião sobre esse detalhe. E depois? Nada, nem o céu, nem o inferno, não que eu me lembre. E se de fato eu entrei em alguma linhagem divina, a perda dessa lembrança foi o preço que paguei pelo retorno a este mundo. Não, apenas me lembro da tosse, e das pontadas de dor em meu peito enquanto tossia. Alguém colocando uma mão quente em meu braço, gesto reconfortante o suficiente para que eu abrisse os olhos. E encontrei-me olhando para o seu mundo, o seu tempo, neste lugar que vocês fizeram.

Ele abriu bem os braços.

— Agora estou entre vocês. Os jornais me chamam de milagre. Minha conclusão é oposta. Sou a mera personificação da vontade coletiva, um sinal do desejo da nossa espécie de continuar, uma manifestação de determinação ao longo de um século. Jeremiah Rice é o acidental, involuntário e imensamente grato beneficiário de todos os esforços da humanidade.

Meu Deus, era perfeito. Perfeito pra cacete. O desejo da nossa espécie de continuar? O velho Frank matou a pau. Carthage anunciou que não haveria mais perguntas. Os jornalistas conversavam enquanto juntavam suas coisas. Gerber segurou a porta lateral aberta, saudando de modo engraçado conforme a equipe se retirava. Dra. Kate foi junto, deliciosa como sempre. Jeremiah hesitou um pouco, olhando para a multidão. Nesse momento, um último repórter viu a oportunidade.

— Há algum parente seu vivo?

Aquilo interrompeu o juiz como uma bala. Ele se virou para o salão instantânea e silenciosamente.

— Perdão?

Era Wilson Steele, parado ali com sua beleza.

— Há algum parente seu vivo?

Bem. Estava claro no rosto do juiz que, nos dias em que ficara acordado, sua mente anuviada ainda não tinha vagado para esse lugar em particular. Sua expressão mudou de tons, da curiosidade para a dor, para a dúvida e então para a dor novamente.

— Eu não tenho ideia. — E então ele murchou como um pneu furado. — Perdoe-me — ele disse, erguendo a mão à testa. — Subitamente me sinto muito cansado.

Se a dra. Kate não o segurasse, acredito que ele teria ido ao chão. Mas ela o tirou apressada do salão, o que iniciou outro burburinho, parecido com uma serra de fita. O jornalista ao meu lado, já ao celular, gritou, conforme imaginei, para sua redação do outro lado:

— Genealogia! — ele berrou. — Descubra imediatamente se esse filho da puta ainda tem família.

A multidão, há poucos segundos tão calma, se atropelava em direção à porta, pior do que um alarme de incêndio em uma escola infantil. Carthage ficou de lado, observando a confusão com olhos gelados. E então ele saiu depois de todos.

Era hora de eu correr também, não sem antes contar as palavras da pergunta de Steele. Sim. O canalha havia conseguido com apenas cinco palavras.

16
A HISTÓRIA DA AVIAÇÃO
(KATE PHILO)

A primeira "chamada de sangue" veio logo depois do jornal das seis. Eu havia acabado de chegar para meu turno, e não tirara sequer meu casaco. O telefone da recepção estava tocando, então digitei o código de transferência para atender em minha mesa. O homem começou a falar antes de eu dizer alô:

— Oi, meu nome é Henry Ray e sou o neto de Jeremiah Rice. Moro em Chatham e posso dirigir até aí amanhã se ele quiser me encontrar, aí podemos conversar sobre a nossa família e dizer oi. Dá para falar com ele agora?

— Neto dele? — perguntei. — Uau. Aguarde um momento, tudo bem?

Coloquei-o na espera e então procurei ajuda. Gerber estava em seu terminal com a música vazando dos fones de ouvido, abrigado sob sua juba louca. Com as costas retas, concentrava-se na tela como se planejasse o próximo movimento no xadrez. Para mim parecia um gráfico simples, três linhas paralelas, mas obviamente Gerber via algo mais. Suas mãos subiram até a altura do queixo em sinal de ok, balançando de um lado para o outro. Será possível, quando uma pessoa é implacavelmente estranha, ficar irritada com ela e ao mesmo tempo sentir afeição? Olhei ao redor da sala de controle, mas todos já haviam ido embora.

— David? — chamei. — Gerber?

— Aaahhh. — Ele continuou balançando as mãos, mas agora os dedos estavam abertos e esticados. — *No no no no.*

— Olha, me desculpe...

— Quê? — Ele relaxou na cadeira, puxou os fones de ouvido até o pescoço. Seus cabelos se avolumaram como uma esponja recém-libertada. — O que é? Quê?

— Sinto muito te interromper, mas há uma ligação...

— Eles estavam fazendo a transição de "Not Fade Away" para "Going Down the Road Feeling Bad". E eu estava quase, *quase* à beira de entender o que esses números infernalmente similares representam. — Gerber cutucou a tela, e vi que as unhas dele precisavam urgentemente ser cortadas. — O que é? O prédio está pegando fogo? Estamos sob ataque?

— Desculpe, não é tão dramático. — Sorri para ele. — Tem um homem no telefone dizendo que é neto de Jeremiah Rice.

— Ah, uma chamada de sangue. — Gerber girou a cadeira para a esquerda e para a direita. — Não demorou muito.

— Chamada de sangue?

Ele sorriu.

— Apenas fale com ele por um minuto. Você vai ver.

— O que eu digo?

— Você é esperta, Kate. — Gerber se recostou. — Sonde o cara.

Eu pendurei meu casaco na cadeira e peguei o telefone.

— Obrigada por esperar. Meu nome é...

— Ah, não tem o menor problema. Olha, o lance é que eu planejo estar em Boston amanhã de manhã de qualquer jeito, então posso passar pelo laboratório sem problema, sabe, e encontrar com ele e tal. Jeremiah Rice, quer dizer.

— Entendo. Bem, isso certamente é bastante conveniente, senhor. E é animador ter notícias suas. Entretanto, estamos tentando ser cuidadosos com o tempo do juiz Rice. Tenho certeza de que ele ficará ansioso para encontrar o senhor, mas ainda tem problemas de energia muito limitada.

— Ah. Certo, com certeza. Faz sentido. Só que..., hum, só que eu já ia estar na cidade. E é tipo uma hora e meia de carro, sabe?

— Bem, senhor, vamos pensar na melhor maneira de resolver isso. Preciso consultar nosso diretor executivo. — Gerber ouvia apenas meu lado da conversa, mesmo assim girou o dedo em volta da orelha. Eu cobri o bocal. — Isso não é engraçado.

— Sangue, eu te disse. — Ele colocou seus tênis imundos sobre minha mesa.

— Perdoe-me, senhor, desculpe, mas não lembro seu nome.

— Henry Ray. Neto de Jeremiah Rice. Descendente direto. Sim, direto.

— Sr. Ray. — Peguei um bloco de notas e escrevi seu nome. — Nós realmente não estamos preparados para visitas, para ser sincera. Aliás, nem preparamos o juiz Rice. Existe um telefone no qual eu possa encontrá-lo?

— Ah, com certeza, sem problema. Só que, como eu disse, estarei aí amanhã e tal. Então por que eu não dou uma passada? E encontro com ele, sabe?

Então eu entendi. Olhei para Gerber, seu rosto com a expressão de alguém que está dois passos à minha frente e três à frente de quem estava ligando.

— Sr. Ray, por favor, desculpe a pergunta, mas qual é a sua relação com o juiz Rice?

— Qual? Você está me perguntando qual?

— Sim, senhor.

Gerber agora assentia enfaticamente para mim.

— Bom, todo mundo por aqui soube quando a foto dele apareceu nos jornais. Ele é igualzinho a mim. Quero dizer, exatamente igual. Mesmo queixo, mesmo nariz, mesmo queixo. Todo mundo que vê a foto diz a mesma coisa. E meu avô também era um pescador, que desapareceu em Gloucester em 1906, naquela famosa tempestade.

— Por favor, qual é a sua relação? Você disse direta.

— Bom, aí é que está. O filho de Jeremiah era meu pai. Timothy. Tem que ser. Seu Timmy era o meu velho.

— Compreendo. — Lancei um olhar para Gerber. Ele fingiu que masturbava um pênis invisível e desviei o olhar. — Sr. Ray, acho que houve alguma confusão por aqui.

— O que você quer dizer? Tipo... eu ir até aí outro dia? Porque uma hora e meia não é tão ruim, não tem problema, se quiser que eu vá outro dia.

Finalmente me dei conta de como estava sendo ingênua.

— O que eu quero dizer, senhor...

Por que hesitei? Gerber obviamente não teria papas na língua. Por que tive o impulso de destruir a autoilusão do homem suavemente? Acho que nunca vou saber. Mas é algo interessante de notar, em função do que veio em seguida. Havia uma tendência, nesse momento inicial, de ser gentil com as pessoas que queriam se aproveitar do juiz Rice. Inocência de minha parte. Minha atitude logo iria mudar, mas não ainda.

— Eu quero dizer, senhor, que o navio do juiz Rice não zarpou de Gloucester. Zarpou de Nauset.

— Não estou compreendendo.

— E ele também não teve nenhum filho. Sinto muito, mas...

— Você está me chamando de impostor? Está dizendo que sou uma fraude?

— Mas, veja bem, não estou negando que possa haver uma forte semelhança física...

— Escuta aqui, vadia. Me escuta. Não vem com essa merda pra cima de mim. Sou o neto do cara, tá me ouvindo? Tenho o queixo e tal...

145

— Senhor, eu realmente acho que não há motivo para esse tipo de linguagem.

— Ah, foda-se. Seus merdas, vocês são todos iguais. Querem só ganhar dinheiro em cima dele e manter o homem longe da família. Vocês são doentes, juro por Deus. Sou o neto dele! Vocês são doentes.

Ele desligou na minha cara. Coloquei o telefone no gancho.

— Uau.

O sorriso cínico de Gerber se alargou.

— Está todo mundo bem?

— Foi uma experiência e tanto. Caramba. De todo modo, agora eu te entendo. Você diz que é uma chamada de sangue porque ele afirmava que tinha relação sanguínea com Jeremiah.

— Não. — Gerber tirou os pés da minha mesa, inclinando-se para frente como se fosse me dar más notícias. — Eu digo que é uma chamada de sangue porque o mundo está cheio de vampiros.

Do outro lado do laboratório, na mesa da recepção, o telefone tocou de novo.

* * *

Por volta das duas horas da manhã, cento e catorze pessoas já haviam afirmado ter algum parentesco com Jeremiah. Configurei os telefones para as chamadas caírem direto na caixa postal, assim conseguiria trabalhar. Porém logo o quadro de distribuição começou a apitar, significando que a caixa postal estava cheia, e o som era alto demais para ignorar.

Quando chegou de uma de suas caminhadas noturnas de contemplação, Gerber correu para minha mesa.

— Eu diria que tem uma ligação para você.

Ele se largou em sua cadeira, enfiou os fones de ouvido e apertou os olhos em direção à tela. O moleque.

Eu me rendi, colocando-me à mesa da recepção, ouvindo as mensagens, anotando nomes e números de telefone em um bloco enquanto mais ligações entravam. Eram vozes jovens e velhas, masculinas e femininas, apenas parecidas no tom de carência. Alguns nem deixavam informação para contato. E, daqueles que o faziam, eu anotava os dados diligentemente, deixando a outros a avaliação de quem estava ligando, se tinha algum mérito ou sanidade. Que Carthage resolva isso. Todos acreditavam que o juiz Rice era seu pai, avô, tio há muito desaparecido. Será que realmente podem existir tantos ancestrais perdidos? Ou tanta gente desesperada para ter alguma ligação com esse homem reanimado?

Comecei a me preocupar que caíssemos em algum poço de celebridade, o que considero o oposto da ciência. Pressa em vez de cuidado, superfície em vez de substância, o flash brilhante de uma câmera em vez da monotonia geral do laboratório. Algo havia despertado a raiva do primeiro que ligou, algum desejo ou expectativa, algo que ele achou que merecia. Essa era a primeira peça de um quebra-cabeça que eu levaria meses para resolver.

Quando a caixa postal finalmente esvaziou, fiz uma pausa, caminhando para ver a última *Perv du Jour* de Gerber. Até agora estava sendo hilário, alguns esquisitos demais para acreditar. A parcela daquela noite era obscena.

O site que Gerber havia encontrado era homemcongeladosexy.com. O pessoal havia tirado imagens de Jeremiah de nosso site, adulterando-as para um contexto completamente sexual. Uma delas mostrava a cabeça dele enfiada entre dois enormes seios. Em outra, alguém tatuara uma sereia vermelha na bochecha de Jeremiah, novamente com seios enormes. Uma terceira anexara o rosto dele a um torso malhado, deram-lhe um pênis de gigante e colaram um homem magro como uma tábua ajoelhado diante dele. Outra ainda mostrava o traseiro nu de uma mulher, com a cabeça do juiz Rice enfiada embaixo, como se ele estivesse fazendo sexo oral nela. Que mundo. A montagem de que Gerber mais gostou era uma alteração digital do rosto do juiz, as costeletas aumentadas para lhe dar um aspecto animal, o sorriso distorcido em uma expressão de êxtase.

Então, pela primeira vez, senti o frio na barriga. Eu andava tão ocupada protegendo o juiz Rice que esqueci a experiência de colocá-lo na cadeira de rodas naquela noite. Olhei para Gerber, que já sacudia a cabeça acompanhando seja lá qual música estivesse tocando no fone, e então olhei novamente para a foto.

E confesso: estava imaginando coisas nas quais nunca teria pensado algumas semanas antes. Como era a sexualidade há cem anos? Mostrava-se o desejo tão abertamente? Somos diferentes agora, com certeza. Sabemos mais, estamos mais expostos. Eu me lembrei de Dana, meu namorado durante dois anos na faculdade, um verdadeiro astro das pistas de atletismo, e do laboratório sexual que fomos um para o outro. Tornei-me tão boa em colocar o diafragma que ele dizia que era meu frisbee. Será que o juiz Rice tinha uma familiaridade similar com sua esposa? Claro que sim, embora devesse ser diferente; devia ser. E então houve o anestesista, meu namorado durante a pós-graduação, que não achava nada mais erótico do que nós dois tomando banho juntos até que a água quente terminasse. Será que na casa do juiz havia água corrente? Agora também há a internet, em que cada gosto tem um endereço, acesso fácil, total anonimato. Como um homem de tempos mais recatados poderia embarcar neste mundo moderno?

Gerber surgiu embaixo do meu cotovelo.

— Estão ficando cada vez mais esquisitos, não estão?

— Isso tudo é tão completamente errado.

Ele riu.

— E normal.

— Dá para imaginar como o juiz Rice ficaria horrorizado se visse isso?

— As pessoas provavelmente também tinham a mente poluída nos velhos tempos.

— Acho que agora sei por que você chama isso de *Perv du Jour.*

— É apenas uma forma de perversidade. Mas haverá muitas outras, você vai ver. O povo fez do juiz o filé-mignon do momento. Alguns compram as revistas, alguns assistem às notícias. Mas neste momento muitos deles estão online sendo perversos diante de nosso lindo herói. Esta noite é puro tesão. Mas quaisquer sites que eu encontrar, qualquer que seja a maneira que as pessoas encontrem de satisfazer suas fantasias acerca desse homem e projetar suas necessidades nele, garanto que o conteúdo será perverso.

O telefone da recepção tocou novamente, mas ignorei.

— Pessoalmente, espero que as pessoas sigam suas vidas, para que possamos priorizar a pesquisa novamente e ajudar o juiz Rice a se reintegrar à sociedade moderna.

Gerber riu.

— Pessoalmente, eu queria que aquela mulher ali tivesse uma bunda mais bonita.

— Desculpe, mas o que essas linhas significam?

Era o juiz Rice. De algum modo ele havia acordado e apontava para o computador de Gerber, no geral aquelas linhas paralelas eram exibidas novamente. Ele ainda usava roupa de hospital.

Num piscar de olhos, escondi o boletim da perversão.

— Juiz Rice, que surpresa. — Fiz uma bola com o papel amassado. O contador digital mostrava que já haviam se passado dezesseis horas do décimo sétimo dia, mas o relógio comum dizia 3h19. — Vê-lo acordado a essa hora. Bom dia. Está tudo bem?

— Estou com energia demais para dormir — ele respondeu. — Bom dia, dra. Philo.

— Elas são você — Gerber respondeu, indo na direção do juiz. — Nos últimos seis dias. Essa é sua frequência cardíaca, essa outra é sua frequência respiratória, e a de cima é a pressão sanguínea.

Ele assentiu.

— Elas são paralelas, senhor.

— E aumentam um pouquinho a cada dia.

— E o que isso lhe diz, senhor?

— Acho que seu sistema corporal ainda está despertando. — Gerber esfregou o nariz. — O esquisito é que elas estão todas na mesma frequência. É um mistério metabólico. Mas eu não sou "senhor". — Ele estendeu a mão. — Sou Gerber.

Eles se cumprimentaram. Corri para jogar o papel na lata de lixo mais distante, aliviando-me por proteger o juiz Rice da *Perv du Jour* e divertindo-me ao ver aquelas duas figuras apertando as mãos. Isso é que é abrangência de um século: um advogado deliberativo do passado e um erudito excêntrico do presente, avaliando um ao outro como dois macacos da floresta que inesperadamente encontraram um ser da mesma espécie.

— Um prazer conhecê-lo, sr. Gerber. Meu nome é...

— Ah, eu sei quem você é, juiz Rice. Estive aqui o tempo todo. Até estava no navio quando te encontraram. E, sem querer ser chato, mas na verdade é *doutor* Gerber.

— Entendo. Obrigado, doutor. — Ele apontou para os fones de ouvido de Gerber. — Posso perguntar o que são esses tapa-ouvidos? Já notei que está sempre os usando.

— Bem, eles são para ouvir. Hoje em dia conseguimos capturar música tocada uma vez em um lugar e repeti-la onde quisermos, sem parar. E para mim pessoalmente... — Gerber tirou os fones e riu. — Acho que ajuda a manter a concentração da minha mente maluca. Mantém meus pensamentos longe de lugares selvagens demais para que eu possa lidar com eles.

— Incomoda-se se eu experimentar?

Subitamente me senti como uma antropóloga. Observei do outro lado da sala de controle enquanto Gerber puxava uma cadeira para perto de sua mesa, colocava os fones de ouvido no juiz Rice com um cuidado inesperado, ajustava-os e pressionava algumas teclas para iniciar a música. E ali estava o primeiro contato do juiz com a modernidade.

Eu estava próxima e ouvi vagamente que uma música havia começado. Os olhos do juiz Rice se arregalaram.

— Ah. Meu Deus — ele disse bem alto, como se nós também estivéssemos usando fones.

— Essa é a "Lady with a Fan" — Gerber explicou. — Uma das minhas favoritas. Do álbum *Terrapin Station*. A música em 1977 era assim. Bem legal, hein?

— Tanta coisa acontecendo ao mesmo tempo — ele berrou. E então, pela primeira vez, testemunhei o juiz Rice sorrindo.

E logo Gerber. Eu sempre imaginei que seria eu quem apresentaria o juiz Rice ao mundo moderno. Achei que eu seria sua professora. Sei que iniciei o processo aquela noite no telhado. Mesmo assim, enquanto aquela música tocava, não me senti possessiva. De um modo estranho, quem seria melhor do que Gerber? Brilhante apesar de toda sua excentricidade; um homem sem malícia.

— Aliás, o que é esse dispositivo lançador de luz? — o juiz Rice perguntou, tirando os fones e tocando na tela do computador. — Vocês se sentam aqui por horas, embora me pareça incomparavelmente enfadonho. O que pode haver de tão interessante nisso?

— Bem, você tem razão sobre ser enfadonho. — Gerber coçou a cabeça repleta de cabelos. — Mas essa é só metade da história. Isso se chama computador. Pense em um telefone que você pode usar para ligar para qualquer pessoa no mundo.

— Telefone?

Gerber se virou para mim buscando ajuda. Eu levantei as mãos abertas.

— Ah, não, essa é com você.

— Obrigado um milhão de vezes. — Ele fez uma careta e então se virou para o juiz Rice. — Tá bom, você sabe o que é telégrafo, né?

— Já enviei e recebi telegramas, sim.

— Bem, hoje, em vez de pontos e traços sendo enviados por fios, enviamos a voz de uma pessoa. O que essa máquina faz é conectar quase todos os fios da Terra, conectando assim todas as vozes. E também armazena as palavras que escrevemos, as fotos que tiramos — ele tocou no fone de ouvido — e até as músicas que cantamos.

— Quando minha amiga ali — o juiz Rice apontou para mim — diz que vocês estão registrando tudo o que faço, o que isso quer dizer?

— Aqui, veja isso. — As mãos de Gerber voaram pelo teclado e um vídeo começou a passar na tela. O juiz Rice colocava uma das mãos sobre o palanque.

— *A gravidade do vendaval era tanta que superou toda experiência. Em pouco tempo, não havia qualquer lugar do navio onde se esconder, nem qualquer lugar confiável onde apoiar os pés...*

— Ah. — O juiz Rice tocou o queixo com a ponta do dedo indicador. — "Que obra-prima, o homem! Quão nobre pela razão! Quão infinito pelas faculdades."

— Certo. É isso aí.

— É de *Hamlet*.

Gerber riu, se fazendo de bobo.

150

— Suponho que, como joguei Grateful Dead em você, é justo que responda jogando Shakespeare em mim.

— Você se dá conta de como essa invenção poderia mudar os procedimentos judiciais? Se o mundo todo pudesse agir como testemunha ocular?

— Espere um segundo, Romeu. Você foi juiz por tempo suficiente para duvidar das evidências, certo? Veja isto. — Ele martelou algumas teclas e deslizou o mouse para editar as imagens. — Ah, você ajuda se continuar quietinha. — Gerber pressionou o enter, a máquina demorou dez segundos enquanto uma barra de status se preenchia, e então um vídeo começou a passar na tela.

— *O navio era confiável, havia lugar onde apoiar os pés. Superou toda experiência.*

O juiz Rice soltou uma gargalhada.

— Mas é claro, é claro. Se a humanidade pode encontrar novas maneiras de descobrir a verdade, também pode produzir novas mentiras.

— Você aprende rápido, irmão. — Ele tocou a tela. — Se você observar sua mão esquerda aqui, vai ver que ela salta levemente, e esse detalhe entrega que eu editei o vídeo. Se você prestar atenção.

— No entanto, é uma ferramenta impressionante. Há mapas nela?

— Tem de tudo, praticamente. Você pode ver o mundo todo ou só sua rua.

— Como ela teria sido útil em nossa expedição — disse o juiz Rice, batendo com o punho na coxa.

— Bem, agora — Gerber inclinou a cadeira para trás — nós já ouvimos a parte ruim, mas deve ter acontecido *algo* bom. Qual foi sua parte favorita daquela viagem?

— Foram muitas. — Ele pensou um momento. — Um exemplo, se me permite.

— Por favor.

Segurei a língua, curtindo o momento que se desenrolava na minha frente.

— Estávamos há nove dias navegando depois que partimos de Thule, na Groenlândia, a meio caminho do Círculo Ártico e do polo. Nosso panorama eram águas cinzentas, céu cinzento, espuma branca na superfície e nada mais. Quando chegamos à costa, não havia presença humana, apenas uma paisagem cruel e austera. Então notamos um posto avançado tão desolado quanto o desespero, uns aglomerados de cabanas habitadas por almas de pele dura e linguagem bruta. Mesmo assim eles nos receberam como se fôssemos da família, nos alimentaram como se fôssemos realeza, peixe e outras comidas das quais éramos inteiramente ignorantes, e com seu humor vulgar passamos a noite rindo, como crianças vendo um palhaço. Ao içar âncora na manhã seguinte, o céu estava cor-de-rosa e o mar uma pérola, e vimos tudo com novos olhos.

151

— Viram o que, Vossa Excelência?

— A beleza de tudo aquilo. A exploração se tornou secundária à experiência da beleza.

— Sim — sussurrei. — Exatamente.

Ficamos em silêncio, até mesmo Gerber, como se o mundo houvesse feito uma pausa. O ímpeto que senti de ir até ele naquele momento foi algo como a Lua influenciando as marés. Eu não admitia a mim mesma o que estava sentindo. Mesmo assim devo ter ficado encarando-o.

— O que foi? — perguntou o juiz Rice, tocando a bochecha. — Tem alguma coisa no meu rosto?

— Só o bigode — eu disse, me afastando. — Só o bigode.

— Perigo, perigo, perigo — Gerber comentou com uma voz robótica.

— O que quer dizer?

— Bigode. — Gerber girou a cadeira como um pião. — Bigode, bigode.

— Cala a boca. — Eu dei um tapa no braço dele.

— Bigodes *perigosos*.

— Não entendo — disse o juiz Rice.

— Nosso amigo aqui é macaco velho — expliquei. — Não dê atenção.

— Um macaco de bigode — Gerber exclamou, ainda girando.

O juiz o estudou por um momento, então ergueu um dedo.

— Sobre essas máquinas — ele disse. — Se me permite insistir.

Gerber parou abruptamente, um pé enganchado na perna da mesa.

— Certamente.

— Por que você iria querer falar com qualquer pessoa no mundo? E mais, por que elas iriam querer falar com você?

— Um milhão de razões. — Gerber olhou para seu computador, clicando em várias janelas. — Para aprender, para compartilhar conhecimento, fofocar. As pessoas até se apaixonam através dessas máquinas. E olha. — Ele deslizou a tela, mostrando vários e-mails. — Isto são cartas, de todos os lugares do mundo, de pessoas que estão curiosas sobre você. Mais do que tudo, porém, essas caixas comportam a maior biblioteca jamais imaginada.

— Como isso é possível? Parecem tão pequenas.

— É mais fácil mostrar do que explicar. Me diga um assunto sobre o qual você gostaria de saber. Algo em que era interessado, antigamente.

— Bem simples — disse o juiz Rice. — Aviação.

Gerber deu as costas para a tela.

— Como é?

— Em 1903, dois irmãos fizeram uma aeronave voar sobre as dunas da Carolina do Norte. Desde então, tem sido minha fascinação. A humanidade comportando-se como um pássaro, o que pode ser mais inventivo? "Tentar, perseguir, encontrar e não desistir." Ah, e eu me lembro daquela noite — ele olhou para mim — quando você me levou para o telhado. Testemunhei uma enorme máquina voadora, possivelmente a coisa que emitia o ruído mais alto que já ouvi. Pronto. Eu estaria interessado em ver o progresso que o mundo tem feito na aviação.

— Escolha perfeita — Gerber disse, esfregando as mãos. — Uma história da aviação. Mas eu tenho que avisá-lo...

— Sim, dr. Gerber?

— Você ficará espantado com o fato de criaturas tão espertas como os seres humanos serem também tão implacavelmente idiotas.

— Ei, Gerber — eu disse. — Eu sei aonde você quer chegar. Existem dois lados...

— Sem conversinha — ele interrompeu. — Você disse que era comigo, lembra?

— Só não deixe a beleza de fora.

— Nem pensar. — Ele deu um tapinha no joelho do juiz Rice. — É exatamente aí que eu pretendia começar. E no ano em que você saiu pelo mar.

Gerber, quando se tratava de pesquisas online, era rápido como uma doninha. Em segundos ele tinha informações sobre 1906. Naquele ano, os alemães inventaram os zepelins, e os franceses, os hidroaviões. Em 4 de julho um americano voou em um avião por quase um quilômetro e meio. Ele também atingiu um novo recorde de velocidade: setenta e cinco quilômetros por hora.

— Incrível — disse o juiz Rice, balançando a cabeça. — É como um relâmpago.

Gerber buscou ano por ano: quando o correio aéreo começou, o piloto levava sacos de cartas entre as pernas, jogando-as lá de cima enquanto passava voando por seu destino. Orville Wright derrubou o avião, mas sobreviveu; seu passageiro foi a primeira pessoa a morrer em um acidente de avião motorizado. Os engenheiros então moveram as hélices de trás para a frente das asas.

— Bem, sonhador ensolarado, eis um achado — Gerber disse — de 1912.

Ele clicou para iniciar um vídeo histórico, granulado e cinzento. Um biplano flutuante alçando voo em meio a blocos de gelo em um porto nublado. Em seguida uma câmera armada no avião revelou vislumbres de uma costa industrial e várias ilhas desfocadas. E então, em relevo, um gigantesco símbolo de cobre tremeluziu na tela.

— Oh, meu Deus — o juiz Rice exclamou. — A Estátua da Liberdade.

— Bingo.

— Eu havia me esquecido.

— Ela ainda está lá — Gerber falou. — Mas agora chegamos ao verão de 1914, e voar se tornou um negócio diferente. Os idiotas assumiram. — Ele mostrou vídeos de combates aéreos, imagens dos primeiros bombardeiros, retratos de ases do ar com lenços brancos tremulando por sobre os ombros. — Estes são da Primeira Guerra Mundial.

— Realmente, o mundo inteiro em guerra?

— Provavelmente a sensação era essa. Mas, olha, eles eram burros o suficiente para ser otimistas. Chamaram de "a guerra para acabar com todas as guerras".

— E acabou?

Gerber riu, martelando as teclas.

— O que você acha?

— Com licença — eu disse. Estava começando a pensar na aviação nos próximos trinta anos, e o que o juiz logo descobriria. A antiga professora que existia em mim não conseguiu ficar calada. — Acho que devemos equilibrar as coisas aqui, sabe, Gerber?

— Equilibrar a estupidez da natureza humana? Com o quê?

— Talvez algumas das coisas boas?

— Não é uma luta justa, a estupidez vence de longe. Mas, ei... — ele apontou para a mesa ao lado —, aquele computador ainda está ligado, Kate. Divirta-se.

Eu me inclinei para o juiz Rice.

— Há um século inteiro de coisas para você aprender. Algumas delas podem ser duras de se ver.

— Eu aprecio seu espírito protecionista, dra. Philo. — Ele respirou fundo e soltou o ar devagar. — Entretanto, permita-nos completar uma linha de pensamento. — E se virou para Gerber. — Quantas pessoas morreram nessa guerra que falhou em acabar com todas as guerras?

— Não sei ao certo. — Gerber sorveu seu café. — Vinte, vinte e cinco milhões?

O juiz Rice piscou.

— Não pode estar certo. Vinte e cinco milhões de seres humanos?

— Por aí. Espere — Gerber voltou a digitar. — Só os pilotos, já que é o nosso tema no momento, vamos ver. — Ele pesquisou e um segundo depois chegou à resposta. — Aqui está. Vinte mil pilotos morreram.

Fiquei tão espantada quanto o juiz parecia estar.

— Isso não depõe a favor de nossa raça — ele disse. — Nós inventamos essa máquina, concebida idealmente para aventuras, descobertas e fins econômicos, porém usada para propósitos opostos.

— Bem, uma hora a guerra acabou — Gerber disse. — A inovação não. Olhe aqui: o primeiro voo comercial, em 1919, onze passageiros pagantes, de Paris a Londres. Sem armas, sem bombas. E, em 1921, o primeiro piloto afro-americano.

— Afro-americano?

— Isso significa que é um homem negro.

— Um de cor?

— Sim — eu disse. — Mas hoje usamos palavras respeitosas. Não queremos ofender ninguém. Provavelmente é melhor que você se refira às pessoas negras como afro-americanas.

— E nós não queremos ofender as pessoas negras? — O juiz Rice esfregou o queixo. — Humm. Excelente.

— Você acha? — Gerber perguntou.

Ele assentiu.

— Meu pai lutou na guerra entre os estados. E, em meu tempo, qualquer tolo podia ver a injustiça no trabalho e nos salários. E esse tipo de problema também aparecia em meu tribunal, é claro, quase que diariamente.

— Ah. — Gerber coçava a cabeça. — Bem, as pessoas têm sentimentos mais fortes a respeito disso nos dias de hoje. Mas vamos continuar com a história. Aqui o primeiro paraquedas, para que as pessoas pudessem pular dos aviões sem ser esmagadas como um inseto... eeee aqui um dos primeiros pulverizadores.

— O que é isso que está caindo do avião?

— Produtos químicos para matar pragas em plantas, mosquitos e coisas do tipo.

— Eu prefiro ouvir mais sobre esses usos pacíficos da aviação. Mas suponho que você possa jogar veneno em seus inimigos do mesmo jeito.

— Você não tem ideia de como fomos inventivos nesse departamento — Gerber comentou. — Nós, humanos idiotas? Jogamos coisas nos inimigos como se não fosse problema de ninguém.

— Mas essa não é a história completa — eu disse.

Gerber fungou.

— Está trazendo à tona aquela coisa boba de equilíbrio de novo?

— Só um segundo. — Então me enfiei na mesa ao lado dele, fazendo minha própria pesquisa. — Juiz Rice, vê essa foto? Esse é Robert Goddard, ao lado do primeiro foguete movido a combustível líquido. Vai direto para o céu, capaz de alcançar quilômetros. — Teclei mais algumas coisas. — Isso foi em 1926, no mesmo ano em que um novo recorde de velocidade, de mais de quatrocentos quilômetros por hora, foi alcançado.

— Quatrocentos?

— Daqui até a Estátua da Liberdade em menos de uma hora.

— Maravilhoso. — O juiz Rice sorriu. — No meu tempo, essa viagem levaria uma boa semana no lombo de um cavalo.

— Bem... — digitei outra busca — dois anos depois alguém chegou a mais de quinhentos quilômetros por hora. Enquanto isso um homem sozinho atravessou voando o Atlântico.

— Em uma viagem?

Gerber sorriu.

— Não há exatamente muitos lugares onde pousar para reabastecer ao longo do caminho.

— Mas tal distância...

— Sim — eu disse. — Desde que conseguimos ir mais rápido e mais longe, alguém tinha que chegar mais alto. Aqui está um homem em 1930, um balonista, que alcançou mais de treze mil metros de altura. No ano seguinte, outro homem chegou a quinze mil metros. Ah, olha só, este é bom. Bem no meio do período da Grande Depressão... vamos ver... foi um período de calamidade econômica, bancos faliram, ações despencaram, tempestades de areia destruíram fazendas, milhões de pessoas ficaram desempregadas...

— Você está fazendo um ótimo trabalho em levantar o astral disso aí — Gerber disse.

— Tudo bem — admiti. — Talvez o juiz Rice fique feliz por saber que escapou dessa época. Mas, no meio de todos esses problemas, Wiley Post fez muita coisa para levantar o moral das pessoas, e ele fez isso voando. Era um homem pitoresco, está vendo ele aqui com um tapa-olho? De qualquer modo, em 1933 ele foi a primeira pessoa a dar a volta ao mundo voando, sozinho. Mais de vinte e cinco mil quilômetros.

— Em 1933, você disse. — Juiz Rice baixou as pálpebras, fazendo uma conta de cabeça. — Se não fosse pela expedição, eu ainda poderia estar vivo.

— Bem... — começou Gerber. — Mesmo assim, nem sempre você se sentiria feliz com a realidade. Ainda nem chegamos à Segunda Guerra Mundial.

— Houve outra guerra?

— Houve guerra durante quase todo o tempo que você não esteve aqui.

— Mas essas invenções não foram capazes de nos unir? Criar um terreno comum?

— Elas criaram — eu interrompi. — Milhões de pessoas estão conectadas ao redor do mundo agora. Nós continuamos a expandir nosso conhecimento e a valorizar pessoas que vivem de modo diferente do nosso.

— Ou isso — Gerber riu —, ou matamos todas elas.

Juiz Rice suspirou.

— Estou cansado. Antes de descansar, entretanto, e colocar minha mente em ação para entender tudo isso, eu gostaria de ver o limite, se é possível. O mais extremo que a humanidade já fez com a aviação até hoje.

Gerber olhou para mim.

— Tudo bem?

— Você está pedindo minha opinião? — perguntei. — Então não, eu preferiria que você não mostrasse.

— A história é tão terrível assim? — perguntou o juiz Rice.

— Ele vai descobrir de todo jeito uma hora — Gerber retrucou. Nada respondi, o que ele interpretou como aceitação. — Certo, juiz, eu mostro. Mas não é bonito. — Ele digitou em seu teclado. — Acho que vou pular o *Hindenburg* e começar com isso. — Ele iniciou um vídeo do Vietnã, um jato de alguma coisa, uma explosão de napalm, a floresta sendo devorada pelas enormes labaredas. — Não estamos exatamente exterminando mosquitos, estamos? Agora, para o seu deleite, nós temos o drone, uma bomba voadora controlada por alguém que está muito longe. — Um míssil voou baixo e fazendo muito barulho na direção de um vilarejo no meio do deserto. No chão, homens de turbantes se protegem, apontando e gritando. — Em seguida, temos um avião sendo usado como arma,

— Eu sabia o que Gerber mostraria, e dito e feito: o pássaro de prata atravessando um céu sem nuvens naquela manhã de setembro e lançando-se contra uma torre de aço e vidro. Eu já tinha visto aquela imagem milhares de vezes, e ainda me magoava.

— Ah, meu Deus — o juiz Rice disse. — Ah, Senhor.

— Este já foi o maior edifício do mundo — Gerber comentou, enquanto a torre desabava. E continuou digitando sem misericórdia. — Eis o lance real, Excelentíssimo, o limite máximo. O Armagedon resumindo. — Ele deu play em uma compilação de explosões nucleares: sóis instantâneos no deserto e no oceano, carros sendo arremessados e prédios destroçados, uma nuvem em formato de cogumelo depois de outra. — A boa notícia é que você só está vendo testes aqui. Somente duas dessas coisas malvadas foram usadas como armas. Porém cada uma delas exterminou uma cidade inteira.

Eu tirei os olhos da tela e os lancei sobre o juiz Rice, que estava com as duas mãos sobre a boca. Então coloquei a mão no ombro dele.

— Você está bem?

— A violência disso — ele disse. — Tal ambição louvável, tal coragem e inventividade, tudo pervertido para métodos de assassinato.

— Não é tão simples. — Gerber pegou sua caneca de café e fez uma pausa antes de beber. — Pense na guerra em que seu pai lutou. Você o mandaria para a batalha com uma arma inferior? Ou, de alguma forma, a arma se justificaria se ele alcançasse a vitória?

— Mas uma cidade inteira, com uma bomba? E aquele edifício, usando uma aeronave como se fosse uma bala gigante? Transformamos a genialidade em sofrimento.

— Hora de eu me meter — comecei. — Precisamos de perspectiva.

— Vamos lá, Kate — Gerber disse. — Não queira dourar a pílula...

— Juiz Rice, não estou dizendo que qualquer das coisas que você viu hoje é falsa. Mas há coisas que equilibram. Há outro lado.

— Na verdade — ele disse em um tom de voz mais baixo —, é o que espero.

— Posso não ser tão rápida nas pesquisas online como meu amigo aqui, mas olhe para isto. — Digitei na busca e então exibi um vídeo com caixas de madeira flutuando pelo céu sob paraquedas brancos. — É doação de comida. Para uma cidade costeira que foi inundada por conta de um terremoto no meio do mar. As estradas estavam destruídas, as pessoas isoladas. Usando aviões, nós conseguimos levar comida a eles, remédios e material para construírem abrigos.

— Ah, devo começar a tocar os violinos? — Gerber disse.

Fechei a cara até que vi que ele estava sorrindo. Ele arregalou os olhos, virando-os de um lado para o outro. Eu sorri de volta.

— E há beleza. Algumas pessoas transformaram o ato de voar em arte.

Encontrei um vídeo de um homem numa asa-delta. Ele decolava da lateral de uma montanha nevada, navegando pelo ar. Hábil com sua pipa gigante, virava uma das asas e, em seguida, mergulhava até quase chegar ao chão, só para levantar voo novamente, pairando até enfim sair de cena. Uma dança aérea.

— Não somos somente matadores — comentei, digitando a próxima busca. — Temos qualidades que nos redimem.

O juiz Rice não respondeu. O clipe seguinte mostrou um piloto acrobático, um rastro de fumaça deixado pela ponta de cada asa enquanto ele voava para cima, virava de ponta-cabeça, girava o avião à medida que mergulhava em direção ao solo e então arremetia novamente em espiral.

— Ah, meu Deus.

— Finalmente, vou lhe mostrar o que pode acontecer quando não se está sendo "idiota" e o trabalho visa a uma causa mais elevada.

Gerber se ajeitou na cadeira, as mãos atrás da cabeça.

— Eu espero que seja o que estou pensando.

O vídeo foi fácil de achar. Um homem de roupa branca com uma mochila quadrada descendo uma escada, plantando a bota em uma terra cinzenta e superficial.

— *É um pequeno passo para um homem...* — a voz declarava entre a estática do rádio — *e um salto gigantesco para a humanidade.*

O vídeo cortava para dois homens erguendo uma bandeira americana, uma brilhante luz solar atrás deles. Um deles saltava de uma perna para a outra, quicando uma hora para fora do quadro.

— Onde essas pessoas se localizam, por favor?

— Este é Neil Armstrong, juiz — Gerber disse. — O humano mais burro que já existiu. E o lugar completamente idiota onde ele está? — Gerber assentiu para mim com um sorriso brilhante. — É a Lua.

— A Lua. — O juiz Rice despencou na cadeira, perdendo todo o ar. Ele esfregou os dois olhos com os dedos. — Dra. Philo?

— Bem aqui.

— Humm. Poderia, por gentileza, me ajudar a ir até meu quarto agora? Estou exausto.

Lembrei-me de quando Chloe teve dois dentes arrancados antes de colocar aparelho, e de seus olhos enevoados pelo efeito da anestesia. O olhar do juiz Rice parecia igualmente pesado, e o efeito foi instantâneo. Eu o levantei no estilo enfermeira, seus braços em volta do meu pescoço. Ficamos colados por um segundo, a fadiga de seu corpo repousando na prontidão do meu. Gerber assistia, sem se importar. Nós seguimos desviando das mesas.

— A Lua — disse o juiz Rice. — Eles estavam sobre a Lua.

— Sim, Vossa Excelência.

Enquanto eu o levava para sua câmara, o homem do passado me apertou para junto de si, como se eu fosse a única coisa que o impedia de desabar da face da Terra.

17
AQUELE QUE PERMANECEU
(ERASTUS CARTHAGE)

— É SIMPLES — VOCÊ DIZ A ELE. — OU VOCÊ CONTRIBUI PARA AS DEScobertas feitas aqui, ou o projeto não pode bancar sua permanência.

Billings assente ponderadamente. Você olha para ele por sobre os óculos. Ele está com a aparência terrível, pálido e cansado. Mas e daí? Ele é britânico, e a experiência assegura a você que aquela nação inteira parece precisar de alguns dias de refeições quentes e cochilos sob o sol.

Quando ele fala, no entanto, seu tom de voz é inesperadamente firme:

— Dr. Carthage, seria um prazer lhe descrever, em qualquer nível de detalhe que desejar, o escopo implacável das descobertas que realizei, enquanto todas as outras pessoas nesta organização estão distraídas com Jeremiah Rice.

— Se você se refere ao Sujeito Um como distração, falha no entendimento da importância de todo este projeto.

— Assim diz o homem que não sabe metade do que acontece em seu laboratório.

Touché. Afinal, você foi surpreendido pela negligência na sala de controle. Da mesma forma que não tinha conhecimento de que a dra. Philo havia violado o protocolo e visitava o Sujeito Um com os monitores desligados.

Mesmo assim você sorri. Há algo nesta terra mais divertido, realmente, do que um inglês? Desde os dias em que tinham colônias na Índia e Hong Kong, eles são possuídos por um estranho senso de superioridade, que acreditam ser um tipo de honra cavalheiresca, mas você reconhece como tolice. Nobreza para eles; vaidade para você. Por que um norueguês venceu um britânico na corrida ao polo Sul? Porque Scott, o inglês, se recusou a usar cães para puxar seu trenó. Não era apropriado a um cavalheiro confiar em animais para tal aventura, ele escreveu em seu diário, como se estivesse puxando uma cadeira para se juntar à Távola Redonda. E assim Amundsen não só chegou ao polo primeiro e voltou inteiro, como o diário de Scott acabou sendo retirado de seu cadáver.

Fim do sorriso, você coloca a mão espalmada sobre a mesa.

— Fico satisfeito que você esteja empregando bem o seu tempo, dr. Billings. Você me daria a honra de me atualizar de seu progresso? Eu tremo de antecipação.

Billings marca o tom que você usa dando uma boa e forte fungada britânica. Mas ele não se esquiva, apenas demonstra o notório nariz empinado e abre suas anotações.

— O gigante iceberg que nos trouxe o juiz Rice também nos ofereceu novecentas e catorze amostras menores. Divididas em onze espécies. Conduzimos experiências em dez por cento de cada uma. Dentro das noventa e duas amostras testadas, em todas as espécies os resultados são consistentes.

— Emocionante — você diz, porque não consegue resistir a uma pequena graça. — Quem não almeja a consistência?

Billings fecha o caderno de anotações sobre o colo.

— Devo parar por aqui? Talvez haja outra pessoa por aí com quem você pode ser condescendente.

— A não ser que você pense em deixar esse caderno de anotações aqui como propriedade do projeto e abandone todas as suas pesquisas, eu o aconselho a me deixar de bom humor.

— Deixar você de bom humor, doutor? E eu já não o fiz, muito além do que devia? Quem tentou impedir a dra. Philo de remover o juiz Rice da câmara? E quem, na primeira hora do dia, o informou sobre o que aconteceu?

— O que eu deduzo desse incidente é que você falhou em persuadir sua colega. E, enquanto dou garantia de que acho a dra. Philo um dos seres humanos mais irritantes da terra, por outro lado admiro a coragem dela. Ao passo que, por razões que literalmente remetem a minha descendência, sempre odiei um dedo duro. — Aquilo o incomoda. Billings fica sem resposta. Você continua: — Dr. Billings, você supõe que eu não li seus relatórios semanais. Está supondo errado. Na realidade eu o venho aguentando há todos esses meses, desde que a expedição voltou do norte, esperando em vão que você forneça uma única ideia digna de publicação. Enquanto isso, o restante do projeto está sento "distraído" ao redefinir a mortalidade humana. Se não me engano, agora é a hora de você me ajudar a mudar de ideia.

— Frequências metabólicas — ele diz. — Todo aquele movimento nos últimos períodos de reanimação. Não é loucura, não é medo. Todas as criaturas começam com um metabolismo extremamente lento. Lembra quando o dr. Borden comparou o juiz Rice a um urso dormindo? A hibernação é uma analogia justa dos primeiros períodos da reanimação. Mas então, e essa é a parte fascinante — ele se lança para frente em seu assento —, as criaturas têm sua energia e seu movimento aumentados na mesma frequência, porque o metabolismo delas também está aumentando. Camarão, lagosta, krill ou bacalhau, todos eles começam lentamente e depois aceleram.

Você ajeita uma folha de papel em sua escrivaninha.

— E quais seriam as implicações?

— Falta de fôlego, se não houvesse um sujeito humano envolvido. Estaríamos publicando artigos às dúzias. A tese partilhada seria a de que a taxa de aceleração é previsível. Varia apenas dependendo do tamanho da espécie: maior, mais lento. Mas o desafio fundamental para a sobrevivência pós-animação é metabólico.

Ele havia confirmado as descobertas de Borden, e até mesmo as ampliado. E, por ser Billings, sua documentação será de alto nível. Mas ele teria descoberto algo mais substancial do que a retenção do sal? O relógio digital diz que o décimo oitavo dia do Sujeito Um vai começar em breve.

— Você resolveu o problema da extensão de vida do Sujeito Um?

— Ainda não. Eu tenho duas hipóteses. Minimizar sua ingestão de sal pode funcionar temporariamente. Mas suspeito de que conseguiríamos um resultado mais duradouro saturando sua câmara com oxigênio...

Uma batida na porta impede Billings de continuar. Thomas entra, avançando dois passos.

— Desculpe-me interromper...

— Essa parece ser sua função principal nestes dias, Thomas.

— Peço desculpas, dr. Carthage. — Ele aponta para a janela. — Mas acho que o senhor se interessaria em ver o que está acontecendo lá fora.

Você suspira.

— Estou muito ocupado para dar atenção aos manifestantes agora, obrigado. Eu sei que eles encontraram um líder...

— Melhor do que isso, senhor.

— Um momento. — Você ergue um dedo para ele e se vira para Billings. — Suas pequenas criaturas. Já encontrou pelo menos uma maneira de mantê-las vivas por mais tempo?

Billings murcha como um balão de ar.

— Ainda não.

— Senhor — Thomas insiste, uma mão esticada na direção da janela —, peço-lhe que me dê apenas um minuto.

— Bem agora? Será que devo? — Você desliza sua cadeira, levanta-se sem pressa e caminha até a janela. — O que pode ser tão urgente?

Imediatamente surge a resposta. Lá embaixo, há um espetáculo: centenas de pessoas paradas e amontoadas ao redor da porta frontal. A ameba de corpos se espalha pela calçada nas duas direções, e mais pessoas ainda se agrupam na rua. Os manifestantes habituais se afastaram, intimidados pela multidão barulhenta, você aposta. O grupo na porta parece incontrolável, possivelmente um tumulto.

Uma mulher se destaca. Ela usa boina branca e transmite algo de apreensivo. Um certo objetivo, uma certa paciência. Mas você volta a atenção para a ralé, com as pessoas se empurrando e abrindo caminho.

— Por Deus. Quem são essas pessoas, Thomas?

Ele se apressa e se posiciona ao seu lado.

— A descendência, senhor.

— Como é?

— Pelo menos é o que alegam. Netos, netas, primos, sobrinhas e sobrinhos. Todos dizem que são parentes de Jeremiah Rice.

— Isso não faz sentido — diz Billings, olhando para baixo de outra janela. — Tem quase mil pessoas lá embaixo. O juiz Rice teria de ser o homem mais prolífico desde Matusalém.

— Dr. Billings, por que sempre temos que explicar o óbvio para você?

— Perdão?

Seu suspiro é audível. Cada uma das pessoas que você contratou para esse projeto é um estúpido?

— Nenhuma dessas pessoas é descendente do Sujeito Um. Nenhuma. Nem mesmo são golpistas ou idiotas. Elas acreditam profundamente em algo, mesmo que seja ficção. E estão expressando a vontade do público de se conectar ao Sujeito Um e ao trabalho deste projeto. Você não percebe? Eu não quero descartar suas descobertas metabólicas, Billings. Em outro tempo talvez as achasse atraentes, especialmente se você tivesse resultados a respeito da longevidade. Mas hoje algo de outra ordem está acontecendo. Vemos evidências disso em todos os lugares. São dados empíricos claros, bem aqui na nossa porta. Você entende?

— Mais três meses — ele responde. — Noventa dias e eu lhe trarei respostas sobre sobrevivência a longo prazo. Estou incrivelmente perto de descobrir.

— Vou ceder — você diz. — Mas desista dos relatórios, por Deus. Eles enchem minha mente e também minha escrivaninha. Thomas, agende o dr. Billings para daqui a dez semanas.

— Sim, senhor.

— Dez semanas? Bem... farei o possível. Obrigado, dr. Carthage — Billings se afasta ainda de frente para você. — Obrigado.

Por que as pessoas que se desmancham em gratidão sempre fazem com que você deseje uma balinha de menta? Que gosto desagradável é esse? Afinal, você deu a ele setenta dias para produzir algo que qualquer cientista realista sabe que levaria anos. Billings recolhe suas anotações e sai apressado. Mas essa pressa, quando a demonstração humana a seus pés é infinitamente mais interessante, mina sua confiança de que ele descobrirá alguma coisa. Depois de tantos anos com um olho enfiado no microscópio, o homem simplesmente não sabe para onde olhar.

— Thomas, chame a polícia e faça essas pessoas serem removidas.

— Sim, senhor.

— Alerte a mídia também. Eu quero essa multidão no noticiário da noite. O planeta precisa saber que existe essa fome do público. E também devemos informar ao mundo que o Projeto Lázaro não é uma espécie de clube popular, onde qualquer proletariado é convidado a entrar.

— Não, senhor.

E assim você permanece ali até que a polícia chega; as câmeras de TV aparecem só alguns minutos depois. Umas cem pessoas se mantêm afastadas, e você imagina que elas não querem a própria insensatez transmitida para todo o mundo. O resto insiste em ser ouvido, encontrar Jeremiah, receber permissão para entrar. Um dos policiais encarregados sobe em um banco e lê algo numa altura suficiente para que você possa discernir seu tom através do vidro. Não está sendo amigável nem paciente.

A multidão se dispersa, primeiro pelas beiradas, depois ao longo da calçada. As poucas pessoas que deram duro para se aproximar da entrada parecem relutantes em abrir mão dessa vantagem, mesmo quando fica claro que ninguém entrará no edifício. Um homem empurra um policial, mas imediatamente é atirado ao chão, de bruços, enquanto é algemado. Um cinegrafista se aproxima tanto que poderia ele mesmo travar as algemas. Você abre um pequeno sorriso, sabendo que essas imagens certamente estarão na TV à noite.

O restante da multidão não precisa de mais incentivo para ir embora. Você atende a uma ligação, você dita uma carta para um financiador, você volta para sua posição elevada. Foi apenas, pelo que parece, a força gravitacional. A plebe se foi, a polícia e a mídia também, os manifestantes se mantêm quietos pelo resto do dia. Você limpa as mãos com uma boa dose de desinfetante, esfregando-as uma na outra como se as aquecesse.

Só então você nota que a mulher de boina branca continuou no local durante todo esse tempo, parada sobre o gramado do outro lado da rua. Sem se mover. Agora ela tira o chapéu, liberando a cascata de cachos. Lança o olhar sobre a fachada do edifício, como se procurasse algo em uma das janelas. O exame que ela faz se alonga bastante, muitos minutos. Finalmente ela joga os cachos para trás e coloca a boina firme no lugar. Faz mais uma varredura no prédio, a expressão inquestionavelmente alterada, e então se afasta de cabeça baixa.

E você chama:

— Thomas?

Ele surge na porta.

— Senhor?

— A emoção da descoberta nos desviou um pouco do caminho. Nosso zelo por cálculo e publicidade tem eclipsado outro conhecimento que pode servir a este projeto. Por favor, diga à dra. Philo que, além de seus deveres atuais, ela agora deve pesquisar o legado do Sujeito Um. Filhos, imóveis, investimentos, obras.

— Sim, senhor. Aliás, notei que agora já entramos no dia dezoito.

— E qual é o ponto?

— Apenas mais três dias até que vejamos os métodos do dr. Borden confirmados. Estamos quase fora de perigo.

— É isso ou a ruína.

— Sim, senhor. E há algo em particular que gostaria que a dra. Philo pesquisasse?

— Tudo — você responde. — Ela decifrou a bota do Sujeito Um, e isso foi antes de sabermos o nome ou o emprego dele. Agora quero que ela descubra tudo.

18
SETE TIPOS DE MAÇÃS

Meu nome é Jeremiah Rice, e começo a entender.

Eles não esperavam ser bem-sucedidos, a única explicação plausível para a incapacidade deles de antecipar o despertar de um ser humano com personalidade, com atitudes e atributos, com desejos. Eles não criaram nenhuma adaptação, porque estavam totalmente despreparados para tal coisa. Eles não tinham nenhum plano além da ambição.

Talvez um macaco aceite o aprisionamento em um zoológico por conta de ser um animal ignorante, mas um homem sabe o que vai em sua alma quando não é livre. A passagem de um século não eclipsa minha percepção de nenhuma de minhas realidades atuais: estou sob constante observação. Não tenho nem roupas apropriadas, nem dinheiro. Passo meus dias e durmo as noites em uma câmara que se parece mais um laboratório do que um aposento. Há uma combinação eletrônica para entrar e sair de meu quarto, e ainda não me confiaram o número. As pessoas do aqui e agora não querem meu mal, acredito, mas nem o dono da mula o quer para a mula. Sou um homem livre, por lei e Constituição, e não tenho liberdade para falar disso. Até minha devastadora experiência sobre o progresso da aviação com o dr. Gerber e a dra. Philo, ninguém se preocupou muito em me familiarizar com a natureza brilhante e violenta do tempo em que vivo novamente.

A exceção, e isso é bem claro, está na dra. Philo. Ela atende gentilmente as minhas necessidades a todo momento. Foi ela que disse onde estou, e em qual mês e ano. Em raros momentos ela me faz lembrar minha irmã mais velha, cujos anos de ensino em uma escola lhe renderam paciência e jeito para ensinar. Os esforços da dra. Philo para facilitar minha transição e introdução ao aqui e agora são compassivos. Enquanto ela responde a muitos nesta empresa, suponho por minhas observações que, no entanto, ninguém responde a ela. Normalmente eu não precisaria de um embaixador, mas esses tempos estão longe do normal. Eu poderia advogar mais efetivamente em minha própria causa, se tivesse energia. Em vez disso, frequentemente não consigo suportar uma fadiga tão severa quanto súbita. Continuo otimista, no entanto; a cada dia a exaustão me aflige menos.

Lembro-me de quando Joan ficou confinada com o inchaço e o cansaço que se tornaram Agnes. Pelas manhãs, eu levava chá para ela em nosso quarto, acompanhado de um pedaço de pão e queijo. Embora fosse contraditório aos hábitos de Joan de saltar da cama ao nascer do dia, cheia de energia, espantando os gatos que se enfiavam embaixo dos móveis e me dando ordens, ela descobriu que comer antes de se levantar era um efetivo profilático contra a náusea. E também eu descobri certo prazer em fazer isso por ela, quando antes me apressava para o tribunal e meu dia de pequenas e grandes disputas.

Joan reclamou que eu a mimava. Hoje, neste local deslocado do tempo, espero que sim. Quem deixa este mundo conhecendo amor demais? Quem parte desta vida recebendo excesso de bondade?

Além do mais, ela sentia-se constantemente cansada naqueles meses. Se eu voltasse para a refeição do meio-dia em casa, descobriria que Joan estava no quarto, cochilando. Às noites ela se recolhia cedo, e eu com frequência saboreava meu cálice de Porto sozinho perto da lareira, imaginando se a solidão se tornaria a atmosfera principal de minha vida de pai. Hum. Penso agora naquelas horas tranquilas e aprecio melhor a inexpressiva riqueza que havia nelas: uma verdadeira e leal esposa, criando nossa filha dentro de si.

Joan se recobrou da exaustão minutos após trazer Agnes a este mundo, o que lembro com otimismo cada vez que experimento um episódio de lapso de vigor. Sendo assim, aos poucos retornou a intimidade entre nós, com ternura inigualável, com Agnes mamando ou murmurando no berço ao lado de nossa cama. Quando faço uma pausa em meus esforços para entender o aqui e agora e contemplo a ruptura daquela bondade, daquela misericórdia, a dor é tão aguda que chego a pensar que verei algum ponto em mim sangrando.

A magnitude do que perdi eclipsa meu assombro por estar vivo novamente. Eu estive separado de Joan por mais de cem anos, e mesmo assim meu coração confuso sente apenas a passagem de semanas, desde que nosso navio zarpou para o norte. E esse é o motivo, por mais que eu deseje visitar Lynn, de me sentir relutante: seria como voltar da nossa grande viagem, mas a realidade da ausência de Joan me incapacitaria. Sempre que minha mente se volta para essa possibilidade, meu corpo estremece.

E, além disso, tenho de me perguntar, enquanto luto com a angústia e a fadiga, e também com minha ânsia pela liberdade, de que ideia estranha agora eu estou grávido. Que nova perspectiva minha existência significa?

A resposta até agora parece distante, na direção oposta. Quer dizer, o mundo aparentemente deseja nascer para mim. Recebo convites para entrevistas e apresentações às centenas. A dra. Philo diligentemente me mostra os pedidos, priorizando-os, avaliando o valor de cada um, para mim e para o projeto. Assim selecionamos uma incomum primeira incursão na vida pública, minha iniciação no mundo de hoje. Lembrando-me dos prazeres sociais dos dias de compras em Lynn, manifestei interesse em testemunhar um local de comércio popular. Depois de algumas conversas, estabelecemos um local onde a dra. Philo garantiu meu anonimato, proporcionando-me ampla oportunidade de participar do comércio contemporâneo. Ela disse que o lugar se chama supermercado.

Ah, a experiência se provou tão estimulante como um carnaval. Começou com o momento em que pisamos fora do prédio do laboratório. Uma aglomeração de pessoas estava ali, mostrando cartazes em um semicírculo em volta de estranhos dispositivos sobre estacas na altura da cintura.

— Droga — disse a dra. Philo. — Quem diria que íamos nos meter no meio de uma coletiva de imprensa.

— O que está acontecendo aqui? — perguntei.

— Estão fazendo um showzinho para as câmeras de TV — ela explicou. — Vamos sair daqui, antes que alguém...

— Lá está ele — um homem gritou do meio da multidão. Todos se viraram, todos os cinquenta, como se fossem um. As câmeras seguiram os olhares. Uma lembrança cômica me veio à mente de um momento da minha mocidade em Lynn, jogando a ponta de um pão em um lago raso, só para ver dúzias de patos subitamente nadando na minha direção.

— É ele. Espere.

— Droga — a dra. Philo disse novamente e então me puxou pelo cotovelo para o fim do quarteirão. O mundo parecia um borrão de ruídos e fumaça. Automóveis passando rápido, destemidos e resolutos. Ela levantou o braço e um dos veículos estancou à beira da calçada.

— Perfeito — ela falou, abrindo a porta. — Entre rápido, por favor.

Eu obedeci, apesar de estar apreensivo, e a doutora veio atrás de mim. Sem fôlego, ela deu um endereço para o motorista e se recostou.

— O que foi aquilo? — perguntei. — Quem são aquelas pessoas?

A dra. Philo começou a responder, mas confesso que não prestei atenção, porque o veículo se lançou ao tráfego e eu caí por cima dela. Minhas mãos não encontraram apoio e meu rosto inegavelmente caiu sobre os seios dela. E então o carro fez uma curva na direção oposta, o que me livrou da situação embaraçosa, mas me atirou contra a porta.

— Dá para ir mais devagar? — a dra. Philo falou, olhando para frente. O motorista respondeu em um idioma estrangeiro. Encontrei os apoios na porta e me segurei neles.

Seguimos o comboio em direção à cidade, meu estômago contraindo-se quando acelerávamos e lançado para frente quando os carros adiante nos faziam diminuir a velocidade. Eu queria olhar pela janela, perguntando-me se reconheceria alguma coisa, enquanto tentava prestar atenção nas explicações da dra. Philo acerca daquela multidão. Sinceramente, a viagem estava sendo um tobogã numa colina gelada. Concentrei-me principalmente em não vomitar o mingau aguado que havia sido meu café da manhã.

Enfim chegamos a uma área mais calma da cidade, e o motorista parou tão abruptamente quanto todo o resto que fazia. Ele anunciou o preço da viagem, e foi uma quantia assustadora. Minha Joan teria preparado uma refeição para um exército com esse valor. Mas a dra. Philo pagou sem hesitar, sem nem mesmo barganhar. Tive de segurar a língua dentro da boca.

— Aqui estamos — disse a dra. Philo. Ela segurou a porta enquanto eu saía. Estávamos em um lugar do tamanho de uma pequena plantação de milho, mas era pavimentado como as estradas. Ela abriu os braços como se enquadrasse a construção. — O lugar básico de compras americano. Tá dá!

Do lado de fora do mercado havia uma fileira de jaulas de metal com rodas, todas enfiadas umas nas outras. A dra. Philo puxou a que estava no fim da cadeia, o que fez um enorme barulho. Eu olhei em volta, mas ninguém deu atenção à nossa algazarra. Ela pilotou o carrinho em direção às portas do supermercado, as quais se abriram quando nos aproximamos, embora não houvesse nenhum porteiro à vista. Eu dei um pulo para trás, é claro, enquanto ela passava pela porta sem mim.

E então a dra. Philo notou minha ausência, virou-se e ergueu a mão na minha direção.

— Está tudo bem — ela disse. — Pode vir.

Dentro, o lugar era claro como uma sala de cirurgia, e parecia do tamanho do quarteirão de alguma cidade. Ela me guiou por prateleiras e prateleiras de mercadorias, de tantos tamanhos e tantas variedades que imaginei se alguém era capaz de saber o bastante para comprar a coisa certa. Três tipos de ovos, disponíveis em casca branca ou parda. É possível que houvesse cerca de quarenta tipos de pão, enfileirados nas prateleiras e embrulhados em um material parecido com vidro mole, transparente, mas de algum modo flexível. Eu imaginei todo o comércio de um século atrás reunido em um salão gigante, e ainda assim essa loja venceria. Finalmente chegamos à farinha, que, aliás, eu conheço um pouco. Exímia nos bolos e nas tortas, Joan sempre me pedia para comprar farinha quando eu voltava do tribunal. Havia nove tipos no mercado, disponíveis em três tamanhos diferentes.

— Essa não serve — eu disse à dra. Philo, segurando um pacote de dois quilos e meio em cada mão.

— Não? Por quê?

— Como devo escolher qual comprar se não posso nem ver se está bichada ou estragada?

— Bichada? — Ela sorria para mim.

— Estou falando muito sério. Além do mais, como vou saber se nestes pacotes há o peso certo? Você acredita nestes dois quilos e meio? Conheci muito quitandeiro que colocava o dedo discretamente na balança.

Ela riu, uma bela melodia, sem qualquer tom de zombaria, apenas de deleite. E então a dra. Philo embarcou em uma explicação sobre o governo obrigando acertos padrões de qualidade na comida, assim como pesos e medidas uniformes. Ela me lembrou de meu professor da escola de direito que ensinava contratos, aquele da gravata-borboleta, e sua confiança nos documentos escritos como base para transações legítimas. A dra. Philo igualmente acreditava no que estava dizendo, e evidenciava que não havia imprudência naquilo. No fim, concluí que as pessoas do aqui e agora simplesmente confiam nos vendedores. O peso do pacote será o correto, e traças de farinha são coisa do passado.

Isso significa que meu ceticismo como consumidor também deve ser algo do passado. Humm. Que estranha maneira de conduzir o comércio.

A dra. Philo deixou a revelação mais impressionante do mercado para o final: as frutas e os legumes. Lembro-me do Natal quando eu tinha seis anos e, além das luvas que minha avó havia tricotado com lã grossa de carneiro e das botas que meu pai havia comprado na Hanover Street, minha mãe me presenteara com algo sem precedentes: uma laranja. Uma laranja inteirinha só para mim.

E aqui havia laranjas em sacos, brilhantes e sem manchas, assim como limões, toranjas e tangerinas. Vi morangos enormes e perfeitos, embora não fosse época, frutas maduras a meses de distância da temporada. Havia cachos de bananas empilhados, sacos de batatas empoleirados, cenouras longas de cor laranja bem vívida, pimentas e pepinos, tomates em maio, uma maravilha depois de outra. Dei-me conta também de que ansiava por aquela comida, e imaginei quando os sabores do mundo voltariam, quando eu experimentaria coisas além do mingau do laboratório e a memória do sal arranhando a garganta.

Havia também pirâmides de maçãs: contei sete variedades diferentes, brilhando sob as luzes. A abundância chegara a esta terra, e era exibida como um altar.

E inexplicavelmente as pessoas empurravam seus carrinhos, indiferentes em meio a toda essa fartura, escolhendo e pegando os produtos como se fossem lenha da mais comum.

Tomado pela ousadia, agarrei uma laranja.

— Posso?

— Suponho que podemos nos arriscar a estragar os experimentos calóricos do dr. Borden sem que o mundo acabe — disse a dra. Philo. — Gostaria de um saco delas?

Eu vi o preço. Era de tirar o fôlego.

— Não, obrigado. Uma é o bastante.

Ela colocou minha laranja no carrinho ao lado da aveia, das uvas-passas e do sabão que ela já havia escolhido. Eu a segui até uma fila de pessoas paradas ao lado de carrinhos como o nosso. A maioria deles estava cheia de outros objetos, quase todos embrulhados naquele material de vidro mole. Conforme avançávamos, prateleiras com mercadorias pequenas nos conduziam a um corredor que me lembrava do gado indo para o abate. Eu vi o dinheiro mudando de mãos, e então me dei conta: aqui é onde pagamos. Enquanto esperávamos, vi pessoas folheando revistas, mexendo em aparelhos que pareciam versões em miniatura do aparelho de computar que o dr. Gerber havia demonstrado para mim, brincando com seus filhos ou com o olhar fixo no ar.

Logo, porém, minha atenção se voltou para a jovem encarregada de nossa fila. Ela operava um dispositivo parecido com uma caixa registradora, embora, em vez de mostrar o custo, ela apitasse e produzisse uma folha fina de papel impresso. Apesar do rosto que não fazia esforço para esconder o profundo tédio, ela trabalhava em uma velocidade impressionante. Um sujeito atarracado ficava atrás dela, empacotando as coisas em sacos, embora ele não fosse tão veloz. Mais do que pela competência da moça, porém, fiquei fascinado pelas argolas que ela usava no nariz, como se fosse algum tipo de pigmeu. Havia outra enfiada no osso da sobrancelha direita. Hum. Eu não poderia imaginar nada mais doloroso, mas ela não evidenciava desconforto. Quando chegou a nossa vez na máquina, eu vi que havia mais três argolas em cada orelha também. Assim que ela abriu a boca para anunciar o custo total à dra. Philo e a mim, não pude decidir o que era mais espantoso: o preço de nossa pequena sacola de mantimentos ou o fato de que aquela moça havia de alguma forma empalado uma barra de metal no centro da língua. Eu não conseguia me lembrar da última vez que testemunhei algo ao mesmo tempo tão nojento e tão fascinante. Quando a transação se concluiu e ela disse "Tenha um bom dia", ouvi o metal batendo em seus dentes da frente.

— Você também — disse a dra. Philo, afastando-se.

— Tenha um bom dia — ecoei, demorando-me para dar mais uma olhada. Ela se virou para frente, entediada como sempre, e começou a contabilizar o próximo cliente.

Fiz tudo o que pude para me conter até que chegássemos lá fora. Novamente as portas se abriram à nossa frente, mas eu estava preocupado demais para recuar. Assim que elas se fecharam, perguntei:

— De que nação é aquela mulher?

A dra. Philo esquadrinhou a rua procurando outro carro para parar.

— O que você quer dizer?

— Ela tinha mais furos que um pirata.

Novamente ela deu aquela risada melódica, os dentes brilhando e nem um pingo de desprezo.

— É apenas algo que a garotada faz hoje em dia. Você verá muitas tatuagens também.

— A América se tornou um lugar tribal?

— Boa pergunta. — Ela enfiou o saco de compras embaixo de um dos braços e agitou a mão do outro. Um carro do outro lado da praça buzinou, acenando por entre as outras carruagens motorizadas, vindo em nossa direção. — É complicado, juiz Rice. Se virou, não é do jeito que você está pensando.

Ela abriu a porta e fez sinal para que eu entrasse primeiro. Balancei a cabeça em negativa, curvando-me, não dessa vez, e ela entrou primeiro. Após nos ajeitarmos e ela dar ao motorista o endereço do laboratório, segurei firme nos apoios. Gradualmente me dei conta de que esse motorista não iria nos jogar de um lado para o outro. Soltei o apoio e a dra. Philo sorriu.

— Devemos ser incrivelmente estranhos aos seus olhos.

— Não estranhos, particularmente. Prósperos.

Ela se virou no lugar.

— Você acha? Aquele mercado não era nada chique.

— Sete tipos de maçãs.

— É verdade — ela assentiu. — Eu terei que descobrir como explicar tudo isso para você. Tanta coisa mudou.

Ponderei sobre aquela ideia enquanto prosseguíamos pela cidade. Tudo era novo, é claro, mas tudo que era velho permanecia na minha memória também. Eu teria adorado levar Joan àquele mercado. As macieiras em nosso quintal produziam frutos tão modestos que ela teria achado as frutas do aqui e agora milagrosas.

Do lado de fora da janela do carro, os edifícios passavam em borrões. As luzes piscavam, pessoas caminhavam apressadas nas calçadas com fones na cabeça. Enquanto virávamos uma esquina, uma mulher puxou a coleira de seu cão e o animal se sentou obedientemente ao lado dela. Era o menor cão que eu já vira. Algo naquela imagem, algo em ver aquela criatura de dar pena presa em uma corrente, me deu uma coragem momentânea.

— Antes você poderia fazer algo por mim, dra. Philo? No laboratório?

— Certamente posso tentar. O que é?

— Hesito em pedir. Francamente, hesito em fazer qualquer pedido, dado o que o seu projeto já tem feito por mim. Mas sou um homem feito, trinta e oito anos de idade, se você não contar as décadas que se passaram.

— Do que você precisa, juiz Rice?

— De uma cama apropriada. Em um quarto apropriado, com um pouco de privacidade. Humm. Não espero nada que se aproxime da casa que uma vez tive. Mas talvez uma janela? Uma poltrona, uma luminária? Possivelmente alguns livros? Somente alguns: Shakespeare, Tolstói, Dickens talvez. Eu já não possuo amigos neste mundo, mas ainda posso aproveitar um modesto conforto.

Ela não respondeu. Será que cometi um erro? Ultrapassei os limites? A dra. Philo apenas manteve o olhar fixo na janela. Eu podia ver os músculos de seu maxilar trabalhando, mas ela não falou.

— Não importa — eu disse rápido. — Desculpe, perdoe meu erro. Por favor. É só que, neste novo mundo, eu não sei o meu lugar.

Ela se virou e fiquei chocado: seus olhos brilhavam de lágrimas.

— Nem por um segundo você cometeu um erro. Isso só mostra...

Esperei. Ela passou a dobra de um dedo no rosto, mas não falou.

— Isso mostra... — incitei.

— Isso mostra que aquele maldito Carthage não faz ideia do que você está passando. Isso mostra que este projeto tem a cabeça enfiada no próprio umbigo.

Ela nunca havia falado de modo tão exaltado diante de mim.

— Peço seu...

— E também mostra como tenho sido fraca no que diz respeito aos seus cuidados. Mas a resposta não está em Carthage. Aquele cara não deixa escapar dez centavos sem tirar seis para ele. A resposta está no mundo. — Ela assentiu para si mesma. — Ah, sim, todo mundo quer ser amigo do juiz Rice.

— Não tenho certeza se estou entendendo.

— Você quer alguns confortos? Eles estarão a caminho. Você quer amigos? Conseguirá aos milhares.

Quando voltamos ao projeto, os manifestantes estavam prontos. Eles formavam um triângulo, o comandante na ponta. Como um pastor ele falava, e eles repetiam em seguida. Aos meus ouvidos o som parecia caótico, mas a dra. Philo conseguia entendê-los.

— Mais loucos a cada dia — ela disse. — Por aqui, juiz Rice.

Ela me levou, sem que nos notassem, pela lateral do edifício até os fundos. Ali a sensação era menos de laboratório e mais de escritório ou fábrica, com um local para descarga e armazenamento de mercadorias, estacionamento e nenhuma multidão. A dra. Philo passou um cartão por um dispositivo na parede e pude ouvir a porta destrancando.

Mal havíamos pisado lá dentro quando uma onda de exaustão se abateu sobre mim. Eu desabei contra a parede, mas a dra. Philo me segurou na mesma hora. Ela se colocou sob meu braço e me ergueu até que fiquei em pé, e então me ajudou a continuar. Apesar do saco de compras em sua mão livre, senti sua firmeza ao me apoiar. Ela sussurrou palavras de encorajamento, para continuar caminhando, estamos quase lá e coisas do tipo. Eu mal ouvia as palavras, mas conseguia discernir o elemento mais importante: o tom de preocupação e carinho. Enquanto mancávamos, passamos pelo segurança, e percebi que a doutora era uma pessoa em quem eu poderia confiar genuinamente. Então minha mão, que estava solta no ar, pousou sobre o ombro da dra. Philo e a fez se aproximar.

A única reação dela foi parar de falar. Entretanto, não era um silêncio constrangedor. E o melhor, enquanto esperávamos o elevador, eu me senti confortável naquele nosso abraço.

As portas se abriram e lá estava o dr. Gerber. Seu rosto se iluminou ao nos ver, apesar de a dra. Philo rapidamente se afastar de mim. Firmei as pernas como se estivesse no mar.

— Ah! Sejam bem-vindos, intrépidos viajantes — ele gritou. — Mas preciso avisá-los que Carthage está em pé de guerra. Algo que Billings fez ou não fez, e o chefe estava se pavoneando por aí, gritando a respeito, enquanto eu tentava trabalhar. De qualquer modo, foi minha deixa para sair e dar minha caminhada vespertina, e encorajo vocês dois a serem discretos também.

— Obrigada.

Passamos por ele, e a dra. Philo apertou o botão que nos levaria para cima. Antes que as portas se fechassem, o dr. Gerber as segurou com uma das mãos.

— Lembrem-se, crianças, não façam nada que eu não faria.

— Dá um tempo, Gerber — a dra. Philo disse. E então as portas se fecharam.

— Eu não entendo — comentei.

— Ele está me provocando — ela explicou. — É complicado.

Lá em cima, encontrei energia para chegar à câmara por conta própria. No caminho notei um contador de algum tipo, com números em vermelho brilhante: 21:07:41. Havia um perto da câmara, um na sala de controle, e agora me lembrava de ter visto um no saguão lá embaixo.

— O que aquele aparelho está contando?

— O número de dias que se passaram desde que você foi reanimado — ela respondeu.

— De algum modo, isso é significativo?

A dra. Philo pressionou a combinação de botões para abrir a porta da câmara.

— Não que tenham me dito.

Fui direto para a cama, mas me lembrei das boas maneiras e me sentei em vez de deitar de bruços imediatamente, como costumava fazer. Primeiro agradeci à dra. Philo a viagem ao supermercado, dizendo que a considerei como uma expedição ao aqui e agora.

— E também sou grato pela velocidade com que você me segura todas as vezes que minha energia acaba. Aprecio a confiança que existe nos momentos em que caminhamos juntos.

Ela franziu os lábios ao ouvir isso, sem dizer nada, e novamente me perguntei se, de algum modo, havia dito algo errado. A dra. Philo balançou a cabeça, como se houvesse uma mosca zumbindo por perto, e então enfiou a mão na sacola de compras e colocou minha laranja sobre a mesa.

— Eu venho dar uma olhada em você depois que o furacão Carthage passar — ela disse, pressionando os números de segurança novamente. — Tenha um bom descanso.

E então se foi. O lugar imediatamente se tornou mecânico e cinzento. Não havia nada mais a fazer a não ser içar meus ossos cansados, atravessar a sala e pegar a singular laranja, mais brilhante que qualquer uma que eu já vira em meu tempo. O cheiro era maravilhosamente familiar, remetendo a associações que alcançavam desde aquele presente de Natal até a receita de presunto frutado de Joan. A casca era mais grossa, assim pude enfiar o dedão nela e abri-la com facilidade. O fruto estava perfeito; separei os lados e... mistério dos mistérios... não havia sementes. Como era possível? Como uma fruta podia perdurar neste mundo sem reprodução?

Retirei uma seção. Minha boca se encheu de água diante daquela perfeição, o ideal platônico. Pausei, ciente de que o desejo pode ser sua própria recompensa, e me lembrei de qual era a sensação de comer uma daquelas, refrescante, suculenta e azeda. Aproximei aquele pedaço do nariz. Que aroma bom, mais suave do que eu me lembrava, mas meu desejo não reduziu nem um pouco.

Ah, eu me sentia um tolo por cultivar tal sensualidade em torno de uma fruta, no entanto era uma bela espécie, e mordi o pedaço até a metade.

Quase sem sabor. Aguada, sim, e com um leve amargor. Mas o rico banho de sensações de que eu me lembrava de alguma forma não existia mais. Dei outra mordida, e o gosto foi o mesmo. Para ser honesto, insosso. Sem graça. Comi mais, cada pedaço, separando com os dedos sem esforço, como era de esperar, mas a parte comestível do fruto cada vez tinha menos gosto de, bem, laranja.

Lá pela metade, parei. Seriam minhas recordações tão mais intensas que a verdade? Ou será que nas laranjas do aqui e agora de algum modo havia menos sabor do que em suas ancestrais imperfeitas? Achei difícil de entender. Os especialistas em agricultura que cultivaram essa fruta, chegando à perfeição visual, não poderiam ter esquecido o elemento mais importante, não é? Não é possível, não em uma raça tão competente e avançada. Então cheguei a uma explicação bem simples: de algum modo durante o século em que estive inanimado, minha língua perdera a sensibilidade.

Sim, devia ser essa a razão. Coloquei a fruta de lado, concluindo que a culpa não estava na laranja, mas em mim. Devia ser eu.

19
NOITE ADORÁVEL
(DANIEL DIXON)

O prazo final é meu amigo. Com certeza, há pressão, e concessões quando você está ficando sem tempo. Mas, acredite neste que vos fala, se não houvesse prazos, nada de importante seria feito.

Naquela noite em particular meu editor estava atrás de mim como um touro solto nas ruas de Pamplona, para que eu escrevesse uma atualização para o site da *Intrepid*. Eu o enrolei pelo máximo de tempo que pude. Normalmente escrevo algo do tipo até dormindo: um título brincalhão, uma citação sedutora, o gancho na quarta frase, os riscos no quinto parágrafo, três fontes, estrutura de pirâmide invertida, um bom final, fácil como tomar uma cerveja.

Mas, com todo esse vaivém com Carthage, incluindo sua briga com Billings naquele dia, eu andava distraído como um adolescente responsável por levar água para os jogadores durante o treino das líderes de torcida. Sem mencionar que eu tinha de investigar todas essas pessoas que se diziam descendentes do bom juiz, uma caça ao tesouro de primeira classe que poderia me levar a um colossal nada. Que tipo de carente desesperado finge ser parente de alguém apenas pela possível fama? Além disso, eu precisava entrevistar os figurões para meu livro: por favor contem, senhor e senhora, o que o Projeto Lázaro significa para nossa sociedade em desintegração e tudo o mais. Odeio dizer, mas meu trabalho principal estava começando a ficar lá pelo quarto lugar. Porém, sejamos honestos, que revista demitiria um jornalista comprometido com uma história tão rica e rara como essa?

Havia também as questões cósmicas, como eu as chamava. Por exemplo, o que é a vida, agora que ela se estende além das regras que entendemos por todo o tempo da existência da humanidade? Nada jamais trará meus pais de volta, é claro. Mas, se Carthage havia vencido a morte por congelamento, quais outros truques poderíamos realizar no futuro? Se vencemos o gelo, poderemos um dia vencer o fogo?

Por hábito, verifiquei o contador de dias despertos do velho Frank. Catorze horas e quarenta e um minutos do dia vinte e um. Oh, hum. O cara ressonava em sua cabana de vidro como um milionário em férias. O verdadeiro aperto seria às nove da manhã, quando minha história tinha de ser enviada.

O lado positivo era o relógio normal mostrar que ainda era 1h15 da manhã, o que significava a iminente chegada da deliciosa dra. Kate. A vida estava prestes a melhorar. Ei, talvez ela pudesse ser o lead da matéria. Eu a entrevistara outro dia, quarenta e cinco minutos em sua companhia, tão agradável quanto uma manhã de junho, falando sobre apresentar o juiz ao mundo moderno. Ela descreveu a viagem que fizeram ao supermercado, como nossa vida cotidiana pode ser opressiva em comparação com a vida de um século atrás.

Desenterrei de minha mochila aquele caderno de anotações, virando as páginas até os comentários da doutora, e voltei a golpear as teclas. Mas novas distrações sempre chegam na hora certa, e nesse momento de súbito surgiu Gerber, parecendo tão arejado quanto uma bola de praia.

— O cientista louco voltou — anunciei. — Que crimes você cometeu desta vez?

Gerber mal me notou.

— Estive passeando nesta noite adorável — ele disse monotonamente, e então vagou até sua mesa. Sentou-se, farejou ao redor por um momento, pegou os fones de ouvido. — Noite adorável, noite adorável.

Eu estava do outro lado do curral, mas podia jurar que o homem cheirava a fumaça. Este lugar, ah, irmão, que zoológico.

— Passeando pela noite adorável. — Gerber soltou os fones de ouvido, que se ajustaram no lugar com um estalo, depois começou a mexer no mouse sobre a mesa. A tela de seu computador atualizou instantaneamente, mostrando uma página cheia de caracteres chineses.

20
DIA VINTE E DOIS
(KATE PHILO)

Ninguém me disse nada. Se eu soubesse o que o relógio de reanimação significava, o que eles estavam contando, duvido que tivesse desperdiçado o tempo do juiz Rice passeando pela seção de frutas de um supermercado. Meses depois, quando as pessoas relessem o artigo de Dixon sobre a viagem ao supermercado, em que nosso passeio parecia esbanjar o limitado e precioso tempo do juiz, elas diriam que isso evidenciava duas coisas: ou que o projeto era uma farsa, ou que eu não tinha nenhuma espécie de sentimento. De qualquer modo, eu seria a vilã.

A verdade é que eu não estava cem por cento acordada. Eu planejara trabalhar em meu turno habitual, da uma e meia da madrugada até o meio da manhã, quando o restante das cadeiras da sala de controle já estaria ocupado. Só então eu poderia cruzar os braços sobre minha mesa e cochilar um pouco. Por volta do meio-dia eu já estaria renovada o suficiente para um dia de trabalho produtivo, iria para casa jantar e voltaria depois da meia-noite. Parecia pior do que realmente era: desde que me mudara para Boston, depois de encontrarmos o juiz, eu não tive tempo de fazer um amigo. Não havia nenhum outro lugar onde eu queria estar.

O juiz Rice começava a se revirar na cama por volta das quatro da manhã, despertando completamente um pouco antes das cinco. Àquela altura, Dixon já havia ido embora, para meu alívio. Então eu abria a porta da câmara. O juiz Rice me seguia até a sala de controle, puxava uma cadeira e iniciávamos mais uma sessão à frente do computador. Dessa vez Gerber estava concentrado em sua tela, então, sem uma voz me contradizendo, mostrei ao juiz as grandes construções ao redor do mundo, malabaristas hilariantes, clipes de Jogos Olímpicos. E também, em razão de sua insistência, vídeos e mais vídeos do homem andando na Lua. O juiz Rice tinha um jeito de lidar com as coisas, fazendo um ruído — humm — como se estivesse no tribunal, ouvindo as evidências. Acho que podia ser também um tipo de proteção, para impedir que fosse sobrecarregado. Por mais bizarro que nosso mundo pudesse parecer para ele, cada nova descoberta despertava o mesmo "humm". Anotado. Prossiga.

Mesmo assim, estava claro que o cérebro dele processava tudo. Ele afastava a cadeira, pedindo uma pausa. Dava uma volta ou duas pela sala de controle, coçando as costeletas arrepiadas, e então me pedia para continuar.

Comecei a me sentir sua professora. Ah, não era a rica experiência de uma sala de aula, com muitas mentes, diferentes tipos de energia no dia a dia. Mas a oportunidade de instruir esse homem incomparável nos caminhos do hoje representou o maior privilégio.

Quando a equipe de técnicos da manhã começou a chegar, o juiz Rice se levantou, curvou-se para agradecer e voltou para a cama. Eu me peguei observando-o, em passos lentos, até que a porta de segurança se fechou com um silvo. Seu cansaço me fez lembrar as filhas de minha irmã Chloe, que brincavam o dia todo e então ficavam sem gás em segundos, sempre precisando ser carregadas para a cama.

Voltei para minha mesa no momento em que o juiz começou a desabotoar a camisa. Eu ainda precisava completar gráficos, havia sistemas para fazer backup. Seria uma longa manhã, mas terminei tudo por volta das dez e meia. Eu estava me ajeitando quando Carthage surgiu casualmente na sala de controle, com Borden em seu encalço.

Ou talvez eu deva dizer de maneira *aparentemente* casual, já que a descontração era tão visivelmente falsa que todos os técnicos trataram de parecer ocupados. Como eu havia passado a noite ali, podia me afundar na cadeira sem pedir desculpas, mas até mesmo Gerber se endireitou, ajustando os fones de ouvido como se fossem uma gravata.

Borden se esgueirou em volta da sala, pausando para observar a última *Perv du Jour* antes de continuar se enfiando atrás das mesas. Seus maneirismos — puxar a ponta da barba, passar a língua por sobre os lábios — faziam-no parecer um pouco com um brinquedo de corda. Carthage se inclinou diante de um computador sem uso para ver seus e-mails, como se houvesse algum novo desde que ele saíra da sua sala, minutos antes. Depois de um intervalo cuja duração tenho certeza de que ele calculou, dirigiu-se a Gerber e deu um tapinha no ombro dele.

Puxando para cima um dos fones, Gerber falou como um mordomo:

– Siiiimmmm?

— Todos os sinais vitais estão bons esta manhã?

Gerber fungou.

— Está tudo normal, a não ser pelas estranhas horas de sono na noite passada. Ele passou umas boas três horas aqui fora, aprendendo sobre o mundo via internet. Mas agora o bom juiz já está dormindo novamente.

— Alguém religou os monitores quando o Sujeito Um voltou para a cama?

— Não que eu me lembre.

— O que significa... — Carthage limpou a garganta — que ele pode estar morto e ninguém saberia.

— Se ele estiver — Gerber disse, com uma expressão de penitência no rosto —, acho que não seria bom. — E começou a rir, cobrindo novamente a orelha.

Naquele momento, Borden já havia chegado ao relógio de reanimação. Eu o observava. Os segundos fizeram os minutos virar, então horas, e começou o dia vinte e dois do juiz Rice.

— Dra. Philo? — Carthage chamou.

Endireitei-me na cadeira.

— Eu.

— Vá acordar o Sujeito Um.

— Perdão?

— Acorde-o — disse Borden. — Rapidinho.

— Suas instruções sempre foram para deixá-lo...

— Acorde-o agora, doutora — ordenou Carthage. — Imediatamente.

— Tudo bem. — Enfiei os pés nos sapatos novamente, levantei-me e passei pela porta de segurança.

— Se algo estiver errado, não toque no Sujeito Um nem altere nada — Borden disse.

Parei enquanto digitava a senha.

— Por que algo estaria errado?

Claro que não responderam. Eu já esperava. Só não contava, porém, com o sentimento de intrusão quando entrei na câmara. As paredes e o chão ainda tinham aquela cor cinzenta institucional, uma luz fria vazava da sala de controle. Mas ali também havia o cheiro do juiz Rice, aquele odor de couro que notei logo no começo de tudo. Suas roupas estavam dobradas sobre a cadeira de rodas ao lado da cama. Era o espaço de um homem, e eu era uma mulher que não havia sido convidada a entrar. Quando foi a última vez que estive parada ao lado da cama onde um homem dormia?

O corpo imóvel, cobertores tão amarrotados que era impossível dizer se o juiz Rice respirava. Eu me aproximei, parando para verificar a longa janela da sala de controle. Carthage e Borden estavam do outro lado, olhando-me fixamente. Senti como se eu e o juiz estivéssemos em um aquário. Ou em uma jaula. Notei que Billings também estava presente, pairando entre a minha mesa e a de Gerber. Só então comecei a suspeitar de algo. O que eles tramavam lá fora?

Carthage moveu as mãos, apressando-me. Estiquei o braço até a cama do juiz Rice, que dormia de bruços, sem camisa, o lençol abaixado revelando os ombros nus. Olhei novamente para a janela. Carthage apoiou as mãos na cintura em sinal de impaciência.

Coloquei a palma da mão sobre as costas de Jeremiah, abaixo da escápula, logo acima do coração. Sua pele era macia e quente.

— Juiz Rice? — Eu o sacudi um pouco, minha mão involuntariamente transformando o gesto em carícia. Alguém podia ver? E o sacudi mais uma vez. — Juiz Rice?

Ele apertou um dos olhos enquanto abria o outro.

— Sim? Bom dia. O que foi?

— Dra. Philo — Carthage trovejou pelo sistema de som. — É só isso por enquanto.

Do outro lado do vidro, Carthage estava radiante. Borden pulava como alguém que houvesse marcado um gol. Billings estava com a mão sobre a boca, enquanto Gerber tirava os fones de ouvido com uma expressão intrigada.

— Está tudo bem? — perguntou o juiz Rice.

Percebi que minha mão ainda estava na pele dele.

— Está tudo bem — respondi, endireitando-me. — Perfeitamente bem. Me dê licença por um momento, por favor.

— É claro. Devo levantar e me vestir?

— Me perdoe a interrupção. — Puxei o lençol. — Pode voltar a dormir.

Quando cheguei à sala de controle, Gerber estava com as mãos nos quadris, parado a dois passos de Carthage.

— Estou pedindo que se explique, agora.

— Conseguimos — disse Borden, pulando de um pé para o outro. — Nós conseguimos mesmo.

— Conseguiram o quê?

— Não é da sua alçada — Carthage disse, baixando o fone que usou para se comunicar com a câmara. Ele tentava simular que não estava se esquivando de Gerber. — O dr. Borden e eu completamos um experimento hoje. E foi bem-sucedido. Isso é tudo.

Gerber fungou.

— Vocês dois estão fazendo testes e não me avisaram?

— Ou a mim? — eu disse.

— O assunto era sigiloso — Carthage explicou.

— E vocês não tinham necessidade de saber — Borden acrescentou.

Gerber coçou a cabeça, o que tomei como uma abertura.

— Se eu não precisava saber, por que foi necessária minha ida lá?

Carthage respondeu olhando-me de cima:

— Não é da sua conta.

— Você seria necessária caso o Sujeito Um estivesse perto da morte — Billings disse. — Ele responderia a você primeiro.

Gerber congelou, os dedos curvados.

— Do que vocês estão falando?

Carthage lançou um olhar feio para Billings, que mesmo assim continuou:

— Vinte e um dias, Kate. Esse é o tempo que esperávamos que nosso estimado advogado continuasse vivo após a reanimação.

Billings começou a descrever os cálculos de massa corporal, a estratégia do sal de Borden, as chances de que o juiz Rice não acordasse ao meu toque.

— Na verdade, amada — ele disse para mim —, nós meio que esperávamos que você o encontrasse gelado.

— Esperem aí. — Gerber abriu a palma das mãos e as pressionou para baixo, como se fosse um policial de trânsito pedindo a alguém que diminuísse a velocidade. — Vocês tinham uma situação de vida ou morte, mas não se incomodaram em compartilhar isso com sua equipe de pesquisadores sênior? — Ele riu. — Isso é hilário.

Carthage cruzou os braços. Eu fiquei ali parada, fumegando de raiva. *Estes canalhas e seus segredinhos.*

— Pelo menos *eu* disse a você — Billings falou, olhando para mim. — Ele não queria explicar nem mesmo agora. Talvez isso faça com que eu recupere seu respeito?

— Este lugar é inacreditável — comentei. — Billings, você se sente um herói por me contar depois de tudo ter acontecido, quando Gerber e eu podíamos ter ajudado a resolver o problema. E vocês dois. — Virei-me para Borden e Carthage. — Vocês podem saber tudo sobre ciência, mas não sabem nada a respeito do valor que a vida do homem lá dentro tem. Isso aqui não é um zoológico.

Carthage só esboçou um estranho sorriso enviesado.

— É aí que você se engana — ele disse. — É precisamente isso que este lugar é. Um zoológico. O que você não percebe é que o dr. Borden e eu somos os tratadores.

21
VESTIDO PARA CONHECER O MUNDO

Meu nome é Jeremiah Rice, e começo a acordar.

Comecei de verdade no vigésimo segundo dia, quando a dra. Philo veio até mim, tirando-me de um sono tão pesado que me senti como se fosse descongelado novamente. Foi a segunda vez que ela colocou a mão diretamente em mim. Embora minha mente não tenha consciência do século que passei inanimado, minha pele sabe de cada segundo que passou sem contato humano. Quando a mão dela se ergueu naquela manhã, eu me senti imediatamente ressecado.

Com um suspiro profundo, sentei-me bem ereto. Estava ocorrendo alguma discussão na sala de controle. Eu observava como a dra. Philo protestava e o dr. Gerber ria, o dr. Carthage e o dr. Borden impassíveis como gárgulas, enquanto o dr. Billings quicava de uma dupla para outra como uma bola de beisebol entre quatro lançadores. Perguntei-me se eu seria o agente desta disputa, se meu pedido por privacidade e outras comodidades havia criado um conflito. Por fim, os dois que estavam no controle saíram da sala como o general e seu tenente, o rei e seu criado, com Billings em seu encalço, enquanto meus amigos voltavam para suas mesas, conversando energicamente conforme atravessavam a sala.

Levantei-me para vestir novamente a mesma roupa dos dias anteriores, e notei que o tecido estava rasgando. A barra das calças começava a esfiapar. O botão da gola da camisa continuava no lugar, mas restava apenas uma fina linha segurando-o. Entretanto, dificilmente eu pediria uma troca de roupas, pelo menos até saber que a discussão a respeito de meu último pedido fora resolvida.

Coloquei o mingau do dr. Borden na caixa envidraçada que aquecia comida mais rápido que qualquer fogão imaginável, apertei o botão para iniciar o zumbido e ligar o prato que gira lá dentro, e em minutos estava engolindo minha ração de sopa de aveia. Um raso prazer, certamente. Sempre pensava que a colher tinha mais sabor que a comida. Colocando a tigela de lado, escutei a porta de contenção chiando. A dra. Philo, de mangas arregaçadas, entrou subitamente.

— Vai ser um grande dia hoje, juiz Rice. Grande dia.

— Quais novos prazeres e aventuras planejou, dra. Philo?

— O que eu prometi ontem, ou seja, encontrar milhares de amigos para você. — Ela pegou minha laranja comida pela metade. — Terminou isto?

— Peço desculpas. Eu simplesmente...

— Sem problema, Excelência. — Ela jogou o restante na lata de lixo sem mais comentários. — Estou feliz que já esteja vestido. Temos um bom caminho a percorrer.

Levantei-me, esfregando as mãos como se tentasse me aquecer.

— Mostre o caminho, doutora.

* * *

Do lado de fora os manifestantes latiam como cachorros, liderados por um que assumia a dianteira do grupo, segurando um aparelho que lhe ampliava a voz de tal maneira que ecoava nos edifícios. Entre gritos de encorajamento, ele lhes ensinava algum tipo de exercício: um deles seria voluntário para ficar um pouco de lado, e, ao sinal do líder, o restante correria para formar um círculo em volta dele. Então outro também seria voluntário, e o grupo correria para cercá-lo. Eles corriam de um ponto a outro, fazendo-me lembrar um gato que deixa o rato escapar várias vezes antes de matá-lo. Eu ouvi o líder chamar o exercício de "enxame", o que me sugeria coerção, aprisionamento. Para meu alívio, dessa vez passamos pelo parque sem atrair a atenção do homem. Independentemente do nome daquele jogo, eu não queria participar.

A dra. Philo me levou, como se tivesse lido meus pensamentos naquela manhã, a um camiseiro. Ela chamava de outra coisa, e o nome da loja era Garb. Mas, logo que entramos, reconheci o tipo de estabelecimento.

Um vendedor nos abordou:

— Você é aquele homem que foi reanimado, não é? — perguntou, atravessando rápido o carpete.

— Este é Jeremiah Rice — disse a dra. Philo.

— Honrado em conhecê-lo, senhor. — O vendedor apertou minha mão vigorosamente. — Meu nome é Franklin. E hoje estamos procurando...?

— Eu não sei — respondi, virando-me para ela. — Um terno cinza?

— Tudo — ela disse a Franklin. — É hora de atualizar o homem.

— Excelente. Maravilha. Eu sabia que hoje seria um dia especial. Marcy? Ô, Marcy?

Uma garota sardenta surgiu de uma sala nos fundos, uma argola de metal presa no nariz — as estranhezas do aqui e agora eram aparentemente ilimitadas —, dobrando uma camisa enquanto se aproximava. Franklin disse-lhe onde encontrar o telefone dele e explicou para mim que no aparelho também havia uma câmera. Minha experiência com fotografia consistiu em manter uma posição por um longo tempo ao lado do capitão e dos tripulantes antes da partida da expedição. A câmera era maior do que uma caixa de pães, ficava em pé sobre três pernas e tinha um pedaço de pano preto preso na parte de trás. Eu não conseguia imaginar como uma duende franzina como Marcy poderia carregar tanto peso. Quando ela voltou com um aparelho menor que um maço de cartas de baralho, fiquei ainda mais perplexo. Mas Marcy prontamente apontou a coisa para mim, com minhas roupas gastas, e exibiu a fotografia um segundo depois, meu rosto barbudo, meus olhos surpresos.

Franklin correu até ela.

— Vai ser muito divertido.

Não posso dizer que a hora subsequente se encaixa exatamente nessa descrição, mas houve uma certa vertigem divertida em experimentar tantas roupas. A loja ostentava uma rica variedade de opções. A dra. Philo saiu para comprar um café, enquanto eu experimentava cada uma das camisas de uma pilha. Quando ela voltou, puxou Franklin de lado e conversaram por um momento. Ele assentiu, olhando para mim pensativo.

— Que tipo de conspiração vocês dois estão tramando? — perguntei.

Franklin veio rápido em minha direção.

— Vamos experimentar alguns sapatos.

E assim se passou a manhã: camisas, meias, calças, paletós. Marcy fotografava tudo. Quando vesti uma calça azul-marinho, Franklin avaliou minha aparência e então chamou a dra. Philo.

— Isso vai ser melhor do que ganhar na loteria.

Por fim vieram as roupas de baixo, que eu experimentei sozinho em um provador. O tecido era macio como um gato, e confortável. Finalmente Franklin me vestiu com o figurino completo e me levou até um espelho. Um homem do aqui e agora olhou para mim: lapelas finas, sem colete, uma camisa macia com o colarinho já anexado a ela.

— Maravilha — Franklin disse. — Agora só falta uma coisa.

Eu me virei para ele.

— Sim?

Ele ergueu um dedo, instruindo-me a olhar para o espelho novamente, e então levantou uma mão até cada lado de meu rosto, as palmas sobre as costeletas.

— Isso.

— Mas eu as tenho desde...

— Não tem opção. Elas simplesmente têm que sumir.

— Mesmo?

— Nós não lhe daremos toda essa mercadoria de graça se você for andar por aí com essa aparência.

— Perdão? Você disse que está me dando todas essas roupas?

— Sim, em troca das fotos para nossos anúncios. Foi o que a sua amiga negociou. Agora, espere bem aqui.

Em um momento Franklin voltou com um aparelho ligado a um fio e com uma das pontas em formato de tosquiador. Após plugado na parede e ligado, ele zumbiu como uma abelha na janela.

— Fique parado — disse Franklin, e eu me inclinei um pouco para frente, enquanto Marcy segurava um cesto de lixo embaixo. Em dois golpes ele arrancou metade do meu bigode. Em mais meio minuto de trabalho minhas bochechas ficaram lisas. Simples assim.

Marcy tirou mais fotos enquanto Franklin dava um passo para trás para admirar seu trabalho.

— Maravilha. Acredite em mim, você me agradecerá. Agora vá mostrar seu novo eu à sua amiga.

Passei a mão sobre meu rosto liso e me pareceu a pele de um estranho, então desdobrei as mangas da camisa e marchei para a área de venda. A dra. Philo estava perto da janela, tomando seu café. Limpei a garganta. Ela se virou e levou a mão à boca.

— Ah, meu Deus — ela disse. — Você, você está...

— Franklin insistiu em tirar as costeletas. O que você acha?

— O que eu acho? Meu bom Deus. — Ela se arrastou até a cadeira mais próxima, claramente sem perceber que estava me encarando. E então, na mesma hora, seu rosto ficou sem expressão, calmo como uma lagoa. — Você está bem, juiz Rice. Muito bem.

— Ele está fantástico — Franklin anunciou. — Agora a última coisa, vamos achar uma gravata.

Eu o segui até a prateleira e ele selecionou diversas, de várias cores vivas. Marcy fotografava enquanto em me colocava diante do espelho, segurando cada uma em frente ao meu pescoço: azul, verde, roxa com estampas que você nunca veria nas lojas para cavalheiros de Lynn.

E então senti novamente a mão da dra. Philo, no meio de minhas costas, como de manhã. Eu me mantive imóvel. Ela passou uma gravata amarela em volta de meu pescoço.

— Esse é um tom excelente — Franklin disse. — Bonito e brilhante.

Subindo as mãos, ela começou a enfiar o tecido por dentro do colarinho e então a amarrou com uma habilidade surpreendente.

— Eu costumava fazer isso o tempo todo para o meu pai — ela explicou, finalizando o belo nó, e então o puxando até meu pescoço.

— Aí está — Franklin declarou.

— Agradeço muito, senhor.

— Ah, não — ele disse. — Sou eu quem agradeço. E agora você está lindo. — Franklin se voltou para a dra. Philo. — Ele não está lindo?

Ela fez o ajuste final em minha gravata e a ajeitou sobre meu peito, sem dizer uma única palavra. Apenas se colocou ao meu lado e me levou em direção à porta.

E assim se deu minha introdução à humanidade contemporânea.

22
O BANDIDO
(KATE PHILO)

Anos atrás, quando meu pai morreu, em vez de pegar um voo para Ohio, decidi ir dirigindo. Minha mãe faleceu quando eu tinha doze anos, então não havia pressa em oferecer ou receber consolo. De qualquer maneira, Chloe estava lá, competente como um robô. Em vez de voar desconexa lá no alto, eu queria sentir a distância. E então tive tempo de relembrar, tempo de chorar. Ele estava em um estado decadente havia quase dois anos, meu amado e gordo papai, e portanto eu já me sentia preparada para o fato em si, o fim definitivo, a chegada da morte.

Eu dirigi em direção ao norte, saindo de New Haven, atravessando o centro de Nova York até chegar à Pensilvânia, e então direto para casa. Mantive o celular desligado, apenas verificando as mensagens quando parava para abastecer ou comer. A cada vez, as atualizações de Chloe mostravam que ela mantinha tudo sob controle: o caixão escolhido, as músicas para o funeral, os parentes avisados. Como advogada de litígios de uma companhia de seguros, minha irmã tinha habilidade para lidar com os detalhes, e cuidava dessas tarefas com a eficiência costumeira.

Quando cheguei, descobri que a eficiência havia se multiplicado por dez. Desci do carro diante da porta da garagem aberta. Lá dentro havia caixas, cadeiras, equipamentos de cozinha, pinturas, uma cama desmontada. *Mas que diabos?* Entrei na cozinha, onde um estranho encaixotava os talheres usados no dia a dia. Ele ergueu o olhar, disse oi e voltou ao trabalho.

Encontrei Chloe no andar de cima, em nosso quarto, nosso quarto de infância, separando livros em duas caixas enormes. Parei na porta, estupefata.

— Olá?

— Oi, Katie-bug — ela disse, abraçando-me de modo tão rápido e leve que se pensaria que ela era metade beija-flor. Apesar disso, havia algo estranho no olhar dela, como se tivesse sido flagrada fazendo alguma coisa errada. E então ela voltou aos seus afazeres, inclinando-se como um urubu. — Espero que você não se importe com toda esta bagunça, mas, já que estamos as duas na cidade, imaginei que devíamos começar a dividir toda esta porcaria.

— Sério? Se você quer...

Eu não tinha o menor interesse em participar daquilo. A única coisa que eu queria era um cardigã de tricô que meu pai comprara havia muito tempo, em uma viagem à Irlanda. Ele o usava constantemente no inverno em que fiz dezessete anos. E acabei encontrando-o no armário, os cotovelos já gastos, alguns botões faltando, mas ainda com o cheiro do papai. Com exceção do funeral, o usei durante todo o tempo em que fiquei em casa: bebendo vinho com um amigo do colégio no balanço enferrujado do quintal, pela manhã na cozinha, esperando a água ferver, durante caminhadas em silêncio pela vizinhança de minha infância, as casas agora parecendo menores, mas as árvores gigantescas. Enquanto isso, minha irmã trabalhava como uma escrava no primeiro andar ou no porão, reencenando sua parte nos antigos papéis de predador e presa.

Após a névoa do funeral, voltando para casa em uma limusine que eu achava desnecessária, mas que Chloe insistira que demonstraria o decoro apropriado, ela tossiu, removeu os óculos escuros e segurou meu cotovelo.

— Não posso ficar mais um segundo em silêncio, Katie-bug. Eu tenho que dizer, neste momento, que estou preocupada com você. Extremamente preocupada com seu futuro.

— Não fique — falei. — Vou defender a minha tese daqui a três semanas e começar um excelente trabalho de pós-doutorado na Hopkins em julho. Estou encaminhada, Chloe.

Ela balançou a cabeça.

— Você não tem mais ele para puxar o seu saco. É hora de encarar a realidade.

— Puxar o meu saco? Do que você está falando?

— Nós duas sabemos do que estou falando. Apenas tente, Katie-bug, por favor. De agora em diante, faça o possível para não ser insignificante.

Enquanto eu engolia em seco, sem acreditar no que ouvia, minha irmã recolocava os óculos escuros; seu trabalho estava feito.

Imagino que eu devia ter ficado furiosa. Em vez disso, senti pena dela. Então não a recriminei. Não expliquei que meu pai não estava puxando meu saco, mas apenas demonstrando amor. Não destruí a visão que Chloe tinha de si mesma, se imaginando como a testamenteira responsável pela herança de meu pai, quando seu comportamento parecia mais o de uma ladra.

É esta a função da filha mais nova? Morder a língua por dó? Possivelmente. Enquanto isso, era eu que agia como uma criminosa, escondendo aquela blusa no meu carro na noite em que voltaria para Connecticut, quando sabia que Chloe estava dormindo.

Defendi minha tese, aterrissei no próximo trabalho, e então no próximo, e depois no Projeto Lázaro. Cada progresso servia, em minha mente, como uma repreensão ao discurso reprovador disfarçado de preocupação de minha irmã. Em meu mundo nerd, nem por um segundo eu fui insignificante.

Passaram-se uns bons anos, e acabei me esquecendo dessas coisas. Chloe tem seu marido, suas duas meninas. E ela é toda a família que me sobrou. Essa realidade evidentemente me leva a perdoar o desprezo dela, seus insultos e até mesmo sua decisão de não dividir de maneira justa a herança do meu pai.

— Eu sei que você precisava mais do dinheiro — ela declarou, quando descobri, cinco anos depois.

Verdade. Mesmo assim espumei de raiva, bati o pé, e deixei tudo por isso mesmo. Mas ainda assim a situação toda não me deixava em paz.

Eu estava caminhando por Cambridge com o juiz Rice. Era uma noite de junho sem vento, a iluminação pública filtrada pelas folhas das árvores. Naquele ponto já andávamos de braços dados sempre que tínhamos privacidade. Eu me deliciava em ser sua professora. Ele se maravilhava com tudo: o semáforo era brilhante, o parquímetro, uma revelação. Eu o encorajei a contar sobre seus dias no tribunal. A memória do juiz Rice ainda estava fraca nessa área, portanto eram raras as ocasiões em que um caso lhe voltava em detalhes. E os favoritos eram aqueles cujos dois lados estavam parcialmente certos. Ele chamava aqueles casos de "concorrência legítima de interesses".

Então ouvimos um estouro vindo de uma lixeira alguns metros adiante, uma tampa de metal arremessada na calçada. Assustada, soltei um grito e pulei para o lado. A lata caiu, fazendo ainda mais barulho, e o lixo se esparramou pela calçada.

E de repente a cabeça de um velho e gordo guaxinim surgiu de dentro da lata, o rosto mascarado como um bandido. Ele não se esforçou para se esconder ou fugir, apenas rosnou para nós.

O juiz Rice riu.

— Criatura ousada, não é?

— Mas me assustou.

O guaxinim voltou a atenção para uma lata vazia de sopa, presa entre suas pequenas patas negras, e levantou o olhar para nós enquanto lambia os lábios.

O juiz Rice me ofereceu o braço novamente.

— Parece que este rapaz sabe o que quer.

— Certamente sabe — retruquei. — Sorte dele que eu já comi.

Continuamos caminhando devagar, recobrando a calma. Mas duas coisas permaneceram em minha mente. A primeira: diga o que quiser sobre características humanas em animais, mas o rosto do guaxinim ecoava a expressão de Chloe quando foi flagrada por mim dividindo os livros. Eu reconheci. Os despojos.

A segunda coisa foi que, no momento em que saltei para trás, assustada, o juiz Rice saltou para frente para me proteger.

23
"MEU PRÓXIMO TRUQUE"

M̲e̲u̲ ̲n̲o̲m̲e̲ ̲é̲ ̲J̲e̲r̲e̲m̲i̲a̲h̲ ̲R̲i̲c̲e̲,̲ ̲e̲ ̲c̲o̲m̲e̲ç̲o̲ ̲a̲ ̲r̲e̲c̲e̲b̲e̲r̲ ̲a̲s̲ ̲b̲o̲a̲s̲-̲v̲i̲n̲d̲a̲s̲.
    A cada dia, a dra. Philo me levava a um lugar diferente de Boston, de um canto a outro da cidade. Entrevistas para jornais, reuniões de negócios, longas caminhadas pelas ruas. Em todos os lugares as pessoas me cumprimentavam, apertavam minha mão e me ofereciam qualquer mercadoria que meu coração desejasse ou que apenas sentissem ser benéfica às minhas necessidades. E em nenhum lugar aceitavam pagamento.
    Os donos de restaurantes seguravam as portas para entrarmos, e, quando hesitávamos por conta da dieta que o dr. Borden havia criado para mim, eles nos extraíam a promessa de que voltaríamos. Eu conheci professores, advogados, sacerdotes, *sacerdotisas*, por Deus, além de advogadas, doutoras e mais. A população da cidade vem de todas as nações e raças, japoneses, russos, brasileiros e afro-americanos, e todos os tipos de misturas.
    Todo mundo sabia meu nome. Eles me cumprimentavam na avenida, chamavam-me dos carros, saudavam-me quando eu passava por outros veículos no trânsito. Enquanto eu andava por uma travessa, uma janela de um andar lá no alto se abriu, uma mulher enorme meteu a cabeça para fora e acenou com o braço carnudo:
    — Oieeee, Jerrr-oo-maaa-iiiiaaaahh.
    — Olá e bom dia — gritei em resposta.
    Ela riu.
    — Bom dia pra você também, seu loco fodido.
    — Hum... — eu disse, recuando.
    — Na verdade — Kate se aproximou —, é meio que um elogio.
    — Obrigado — acenei, despedindo-me da mulher, e então murmurei para minha acompanhante: — Seu mundo é maluco.

Mas, ah, as vozes, ouvir tantas vozes novamente. No meu tempo, eu reprovava o sotaque típico de Boston, que relacionava com bravata, ignorância e bebedeira. E no aqui e agora o mesmo sotaque soava melódico, expressivo, sincero na melhor e mais terrena maneira. Ah. Era semelhante a entrar em uma casa e sentir o cheiro de sua comida favorita no forno.

E as multidões, as aglomerações eram maiores até mesmo do que nas semanas antes de a expedição içar velas. Conheci policiais que ficavam eretos e de peito estufado. Segurei bebês, emocionado com sua vivacidade pura mesmo quando meu coração se apertava diante da lembrança da pequena Agnes. Joguei xadrez em um parque com idosos que me derrotaram sem misericórdia, coisa que eu lhes agradecia.

A cidade abriu os braços para mim. Eu assisti a um filme, tão forte, frenético e barulhento que me fez suar. Visitei a torre de controle do Aeroporto Internacional Logan, vendo as aeronaves gigantes indo e vindo em um pandemônio tão assustador quanto sublime. Visitei a igreja Old North, símbolo da história do início da liberdade americana. Andei em um ônibus que virou um barco e logo voltou a ser ônibus novamente, enquanto fazíamos um tour pelo porto e pela alfândega. Caminhei pelos gramados da Universidade de Harvard, fui aplaudido na Assembleia Legislativa, andei de elevador no Skywalk do Prudential Center, a cidade aos meus pés de um lado, e do outro o Atlântico infinito.

Devo dizer uma palavra a respeito do contato físico. Em meu tempo, ser reservado era digno de elogios. Os homens apenas se apertavam as mãos, as mulheres apenas se tocavam nos braços, casais de qualquer posição só podiam estabelecer contato visual em público. Aqui e agora parece o oposto, com demonstrações de intimidade em todas as direções. Casais se afundam nos braços uns dos outros em plena luz do dia. Homens se abraçam, e vejo isso repetidamente. Mulheres andam de braços dados. Viajantes se apertam em carros e trens, como se fossem ovelhas no curral.

Esse contato, apresso-me a acrescentar, se estendia a mim. Eu era abraçado, tocado, davam-me tapinhas, espremido como algum tipo de fruta sendo apalpada para saber se está madura. Humm. No começo, foi preciso que eu me acostumasse, resistisse ao impulso de me afastar, mas aos pouco comecei a gostar. Corpos eram tratados como amigos. Eu me sentia querido.

Um dia, a dra. Philo quebrou o salto do sapato em uma calçada, e paramos em uma loja para que o consertassem. A mulher no balcão, encarquilhada, tinha três pelos eriçados no queixo. O marido trabalhava nos fundos. Ela levou o sapato até ele e então voltou para o balcão. Na ausência de outros clientes no momento, ela me olhava, e eu me perguntava se talvez me reconhecesse. Depois que o sapateiro reapareceu passando pelas cortinas, ela recebeu o valor cobrado e deu o troco à dra. Philo. Enquanto saíamos, a mulher deu a volta correndo no balcão e me puxou em um abraço com tanta força que me surpreendeu. E mais, ela plantou um beijo em meu pescoço e me agradeceu por mostrar ao mundo que Boston era uma cidade inteligente. *Inteligenti* foi como ela disse.

De volta à rua, a dra. Philo me cutucou com o cotovelo.

— Todas as mulheres adoram o juiz Rice — ela provocou.

— Nunca mais vou lavar o pescoço — respondi.

Nem todo mundo ficava feliz com minha presença. A dra. Philo me levou à catedral de Holy Cross, que eu já havia visitado há muito tempo, entre a morte de meu pai e seu funeral. Eu me sentei lá em silêncio por toda uma tarde. A perda de meu pai, depois de minha mãe, representou o fim definitivo, sem misericórdia. E, mais ainda, sinalizava que não havia mais nenhuma barreira entre mim e a mortalidade. Minha geração seria a próxima. Portanto, no aqui e agora, quando me coloquei ao lado da dra. Philo para abrir as pesadas portas, o peso delas foi sobrecarregado pelo fardo de minha história pessoal. Enquanto ainda estávamos no vestíbulo, uma senhora se aproximou com o rosário levantado.

— Vade retro, Satanás — ela sussurrou.

— Perdão?

— Lembre-te de que és pó, e ao pó retornarás.

— Por que está me abordando?

— Recebemos apenas uma vida nesta Terra — ela disse por entre os dentes amarelos. — E então há a vida eterna. — Ela apontou um dedo ossudo para mim. — Você é uma blasfêmia ambulante. Sua existência é um pecado.

— Enquanto você — a dra. Philo gritou por sobre o ombro, afastando-me dela — é uma velha coroca.

— Vade retro — a mulher disse mais alto.

A dra. Philo me levou pela nave central, onde o eco causado pelas pedras nos compelia ao silêncio. Imediatamente meus olhos viram a beleza do lugar como se fosse a primeira vez. Os vitrais lançavam luzes multicoloridas sobre os bancos. Os arcos elevados atraíam nossos olhares em direção a Deus.

A raiva da mulher permanecia em minha mente, como é natural, mas não a dominava. Havia muita competição. Eu era um estudante do presente, e todos os dias me traziam um dilúvio de novidades: um emaranhado de linhas coloridas em um mapa que correspondia às rotas do sistema de transporte público; luzes de rua que brilhavam quando o sol se punha, sem necessidade de se acender uma por uma; placas ao lado das ruas mostrando a direção para um fluxo incessante de veículos, que pareciam abelhas na colmeia.

Frequentemente eu me lembrava de que nossa espécie não havia se tornado mais inteligente com o passar dos anos, nem desenvolvido mais moral do que é de sua natureza, e o que eu testemunhava meramente representava o conjunto de esforços de um século.

É possível que o ritmo de mudanças e descobertas tenha sido maior quando eu era jovem, e a combinação da energia gerada pelo vapor e pelo carvão tenha multiplicado por mil a força que um homem exerce ao levantar a mão — desde que essa mão esteja manejando uma alavanca mecânica. Possivelmente nenhuma dessas épocas chegou perto da coragem e do senso de aventura das décadas em que as pessoas arrancaram a monarquia de suas costas e suportaram os fardos da democracia. Talvez esses tempos encolham diante dos dias em que o homem navegou em direção ao limite do globo e descobriu um novo mundo. E esses dias possivelmente seriam eclipsados pela aurora do método científico. E este, por sua vez, deve se curvar à invenção do arado. E assim em retrocesso até o início da era humana.

Mas então eu encontrava outra ferramenta ou brinquedo do presente e me rendia novamente. Por exemplo, havia um dispositivo através do qual imagens de um tempo e lugar são enviadas para outro, com incontáveis opções, uma torrente de informações, uma vida de narrativas de valor acontecendo ao mesmo tempo: a televisão. Entretanto, não demorou muito e acabei achando-a previsível e capaz de embotar os sentidos. Só havia dois assuntos, morte e dinheiro, ambos levados aos mais violentos excessos. A única exceção era meu velho divertimento, o beisebol, um jogo pelo menos imprevisível, com momentos de surpresa e velocidade. O computador do dr. Gerber era mais interessante, até que inadvertidamente avistei aquele jornalista, Dixon, saboreando uma tela repleta de seios balançantes.

No entanto, ele dificilmente podia ser considerado o rei da lascívia; eu ouvia obscenidades em toda parte, como se o mundo fosse totalmente povoado por estivadores. Motoristas, pedestres, lojistas, profissionais, todos exercitavam seu vocabulário mais baixo sem reserva ou desculpa. Ninguém lhes disse que a grosseria não é muito digna?

Certa tarde, a dra. Philo e eu nos sentamos em um ônibus que estava prestes a partir, e duas garotas com uniforme de escola subiram apressadas no último segundo: tranças, saias xadrez, frescas como maçãs. Afundaram nos assentos, os olhos de ambas se encontraram e simultaneamente pronunciaram uma única palavra suja que nenhuma dama da minha época jamais teria dito.

Eu me assustava facilmente: quando o escapamento de um carro estourava, ou um carro de polícia passava estridente, ou alguém gritava. As imagens violentas da televisão me tornaram sugestionável. Uma porta se abria de repente, e eu esperava ver alguém surgir armado. Um avião passava, e eu tinha que resistir à vontade de me abrigar no edifício mais próximo. Um carro buzinava, e eu pulava.

Outra observação desconcertante: a memória valia menos que um figo. Você poderia me levar diante de um juiz vestido de negro, e, com a mão sobre o livro sagrado, eu teria jurado diante dele, de Deus e de tudo mais que conhecia cada um dos edifícios da Newbury Street, os nomes de cada cruzamento, o lugar mais próximo onde poderíamos dar água aos cavalos. Mas, quando a dra. Philo e eu caminhamos por aquele local numa tarde de sol, olhando vitrines e parando para apreciar algumas azaleias florescendo, descobri que a ordem dos cruzamentos havia mudado. Na minha recordação, eles vinham do leste para o oeste, na ordem alfabética reversa: Fairfield, Exeter, Dartmouth, Clarendon. Entretanto, naquele dia, quando passamos Dartmouth e a dra. Philo saiu do caminho para comprar um café, eu segui adiante esperando ver Clarendon na próxima esquina. A placa dizia Exeter.

— Um momento — eu disse a ela. — Apresse-se um pouco comigo, por favor.

Ela segurava o café com o braço esticado enquanto me acompanhava, e eu tinha certeza de que o próximo quarteirão seria Clarendon. Mesmo assim a placa dizia Fairfield. Então parei, completamente perplexo.

— Algo errado? — a dra. Philo perguntou.

— Presumo que ninguém no último século mudou a ordem das ruas.

— Imagino que não.

— Fascinante — eu disse. No entanto, fiquei um pouco assustado. Em quais outros campos eu estava desinformado? Poderia estar errado quanto à rua onde vivia; poderia estar enganado a respeito da lei. Minhas referências literárias pareciam corretas, mas ninguém ao meu redor é letrado o suficiente para corrigir qualquer erro. Minha ligação com o passado parecia frágil.

Graças a Deus uma região permanecia certa, tão certa quanto os ossos em meu corpo, e nela havia duas pessoas: minha Joan, de mente firme, temperamento sagaz, generosa em sua ternura, e minha Agnes, um gnomo de alegria descalço. A terra do desconhecido é muito desconcertante. Mas, enquanto aquela única região estiver segura, nada mais importa. O coração conhece verdades que não podem ser alteradas pela sequência das ruas.

Por onde passávamos, havia câmeras. E às vezes algum jornalista. Até mesmo Daniel Dixon, que em alguns dias seguia a mim e a dra. Philo a distância, mas que não conseguíamos convencer a se juntar a nós. Geralmente a câmera pertencia a alguém que me reconhecia e carregava um telefone no bolso ou na bolsa. Posei para uma foto com os jogadores de xadrez. Posei com bebês. Posei sorridente com um piloto. Posei ao lado de um cirurgião, depois de assistir perplexo à remoção do tumor de um homem doente, o qual foi jogado numa panela como se fosse carne rançosa. Posei para uma foto com o braço, conforme solicitado, em volta dos ombros de uma adorável vendedora, que não tinha mais de dezesseis anos, com arames por toda a boca por conta de algum propósito terapêutico que me senti intimidado demais para perguntar, e meu desconforto no momento foi superado pela alegria dela.

Certa tarde, em uma praça em Harvard, encontramos malabaristas de habilidade impressionante, inclusive um sujeito que jogava bastões de fogo ao seu parceiro enquanto os dois se equilibravam em monociclos que subiam e desciam pequenas rampas. Enquanto isso a cidade continuava em ritmo acelerado.

— Meu próximo truque — disse o ciclista de cartola — requer uma nota de vinte dólares. Quem tem vintinho?

Um homem ergueu a mão, o rapaz pedalou até ele, agradeceu ao voluntário, pegou o dinheiro e o enfiou no bolso de trás.

— Pronto, desapareceu. — E então saiu pedalando enquanto a multidão ria.

Mais tarde ele devolveu o dinheiro, e no fim da apresentação passou pela multidão com a cartola na mão. As pessoas colocavam ali notas e mais notas. Eu fiquei surpreso, e senti como se tivesse ido a um circo improvisado.

Em outra noite, o dr· Gerber nos levou, apesar dos protestos da dra. Philo, que logo concordou de má vontade, ao que ele chamava de clube noturno. Eu não tinha dinheiro, portanto sentia-me como alguém que monta de carona em um cavalo: sem estribos, sem rédeas. Na entrada, um homem musculoso, vestido completamente de preto, me analisou, sorriu cinicamente e então acenou para entrarmos.

O som era ensurdecedor, as luzes brilhando e girando. As músicas, apesar de menos melódicas que aquelas nos fones do dr. Gerber, tinham uma ênfase mais pesada nas batidas. Homens e mulheres se misturavam em um ambiente apertado. Eu testemunhava um tipo de animalismo público, gestos de flerte e roupas insinuantes que seriam inimagináveis na minha época.

A dra. Philo bebia água, mas o dr. Gerber nos trouxe duas combinações alcoólicas, claras como água e com uma azeitona dentro. Ele me entregou uma, e então despejou metade da outra na boca. Tomei um gole e lembrei-me do fluido que meu pai usava como combustível para nossa velha lamparina.

O dr. Gerber seguiu sozinho para a pista de dança, balançando os quadris, sacudindo os ombros, inclinando a cabeça de um lado para o outro. Seu cabelo acompanhava os movimentos do corpo, mas demorando um pouco mais, e, sem querer ofender, achei aquilo um tanto cômico. A batida da música era tão alta que fazia meu peito parecer um tambor. Uma onda de náusea passou por mim, mas lutei contra ela. Eu não queria estragar a noite.

Animava-me ver pessoas de todos os tipos e cores socializando. Eu as observava movendo-se, dançando ou tentando abrir caminho para chegar ao bar.

— A multidão é composta por todas as raças humanas — gritei para a dra. Philo.

— O quê? — ela perguntou. — Não consigo ouvir.

Inclinei-me para repetir e notei minha boca pousada sobre a curva da orelha dela. Seu cabelo tocou meu rosto. As palavras não saíram, e eu me endireitei novamente. Ela simplesmente sorriu e se virou para olhar a pista de dança.

Um tipo diferente de luz, extremamente luminosa, começou a piscar na música seguinte, cegando por uma fração de segundo. Os dançarinos pareciam máquinas, movendo-se bruscamente como as engrenagens de um relógio. Meu estômago se contraiu e fechei os olhos até que a música acabasse.

Gradualmente tomei cerca de metade da minha bebida. Parecia mais forte que o vinho do Porto a que eu estava habituado, mas tinha outras propriedades, uma agressividade talvez, um vigor. Por convite mútuo, meus acompanhantes foram dançar uma música, embora não possa dizer que dançaram juntos. Além disso, eles mal notavam a presença um do outro, virando-se e contorcendo-se segundo seus próprios impulsos.

Minha experiência com dança se limitava a algumas poucas festas na juventude e à ocasional valsa com Joan, que naqueles tempos se movia como um copo d'água cheio até a borda, toda elegante e nobre. De vez em quando as luzes mudavam, as pessoas se rodeavam e ninguém se tocava. Era o oposto do contato corporal fácil que eu via nas ruas, e imaginei qual deles era uma impostura.

Quando a música terminou, uma sorridente dra. Philo voltou para o balcão e deu um longo gole em sua água. Eu tinha a intenção de perguntar se poderíamos voltar para o laboratório. Estava ficando cansado, e o pulsar incessante da música havia incomodado meu estômago. Como as pessoas podiam aguentar aquilo por uma noite inteira?

Subitamente um homem se colocou entre nós, fazendo um pedido para o rapaz atrás do balcão. Em seguida ele se inclinou e gritou algo para a dra. Philo, que lhe lançou uma expressão intrigada, por mim interpretada como se ela não o tivesse compreendido. O homem, de ombros largos e um forte cheiro de canela e limão, puxou uma caneta e começou a rabiscar em um guardanapo: um triângulo abaixo, um triângulo acima, uma linha conectando os dois. Enquanto ele escurecia a área de cima, vi que era idêntico à bebida com azeitona que o dr. Gerber havia me trazido. Por fim o homem fez um ponto de interrogação e olhou para ela.

A dra. Philo piscou, entendendo o pedido, e, mexendo a boca sem deixar a voz sair, disse "não, obrigada". Então deu a volta para ficar ao meu lado, pegou meu braço com ambas as mãos e pousou a cabeça em meu peito. Eu prendi a respiração. Deixe durar, deixe durar.

O estranho se ergueu de uma maneira que o fazia parecer mais alto. Sua bebida chegou, ele pagou e se afastou. A dra. Philo soltou meu braço e terminou de beber sua água; em seguida, inclinando o copo, mordeu as últimas lascas de gelo. Eu me virei para o espaço vazio que havia entre mim e o bar e vomitei meu jantar.

• • •

Consequentemente, meu primeiro visitante na manhã seguinte foi o dr. Borden. Ele se colocou sobre um pequeno banco ao lado da mesa de exame, apertando uma bomba ligada a uma borracha presa em meu braço.

— Estou achando que é uma soma de fatores externos — ele disse.

— É bem possível. A música era ensurdecedora, e a bebida...

Ele levantou um dedo para me silenciar. Escutou o estetoscópio, enquanto soltava a borracha que apertava meu braço. Eu me perguntei o que ele estaria ouvindo. Algum dia precisaria ouvir por aquele aparelho.

O dr. Borden tirou o aparelho dos ouvidos, abaixou-se e escreveu algo em sua prancheta.

— Você está em muito boa forma, considerando o que houve.

— Fico feliz de ouvir isso — eu disse, com a voz forte. — Mas o fato me lembra de algo que eu gostaria de perguntar.

Ele desceu do banco e cruzou os braços.

— Manda.

— Doutor, eu sugiro que você e sua equipe não meçam mais minha saúde.

Ele enfiou a parte de ouvir do estetoscópio no bolso, enganchando a outra ponta em volta do pescoço.

— Como assim?

— Meu coração não mostrou indicação de que vai parar, nem minha pressão sanguínea de que vai desaparecer. Mesmo assim você insiste nesses exames e em outros que invadem minha privacidade. Estou bem. E melhor a cada dia, e aqui estamos — verifiquei o relógio numérico na sala de controle —, no dia sessenta e nove.

Dr. Borden tirou de seu estojo um cilindro de metal com uma ponta negra em forma de cone, e me virei para que ele pudesse inseri-lo em meu ouvido direito.

— Por favor, continue.

— E não deve ter escapado de sua atenção, apesar do incidente da noite passada, que meu apetite voltou.

— Sim, estou ciente disso. — Ele mudou para o outro ouvido. — Continue.

— Meus hábitos de sono são consistentes. Assim também os níveis de atividade diária. Meu humor é leve. E leio e converso com bastante rapidez.

Ele guardou o aparelho e retirou outro, similar, mas com uma luz na ponta. Então o levantou na altura de meu olho direito.

— Vá direto ao ponto.

Humm. Eu esperava que pudesse dialogar. Devia saber bem, já tendo conhecido advogados do mesmo tipo com certa frequência. Ele moveu a luz para meu olho esquerdo, e então a alternou entre eles.

— O ponto, doutor, é que estou completamente restabelecido e, como você diz, em boa forma. Não está na hora de eu recobrar alguma liberdade para ser examinado quando quiser? Minhas dejeções têm de continuar a ser pesadas? Poderíamos nos arriscar a dar a este quarto uma cortina, e a mim um pouco de privacidade? Podemos parar de acordar este homem para testes de pressão sanguínea durante a noite?

Dr. Borden suspirou e se afastou. Ele se encostou contra uma parede próxima e contemplou o chão. Puxou a ponta da barba. E finalmente, parecendo julgar nossa conversa mais importante que seus sapatos, levantou o rosto.

— Você se lembra de quando eu falei durante a coletiva de imprensa?

— Eu não estava presente durante suas considerações.

— É verdade — ele estalou os dedos. — Esqueci. Bem, naquele dia me referi às pessoas que se opõem ao nosso trabalho como "ignorantes". A palavra escapou num momento em que baixei a guarda, e revelou o peso de nossa arrogância. Agora há um subgrupo entre os manifestantes que se autodenomina "Os Ignorantes". Seus cartazes dizem coisas como "Eu não tenho importância" e "Eu não sei nada".

— Você esperava que os dissidentes perdessem o interesse.

— Em vez disso, eles crescem em tamanho e raiva a cada dia. — Ele balançou a ferramenta de examinar o olho para mim. — Seu encontro com o vice-presidente atiçou os oponentes políticos dele, e eu alimentei a chama. Agora cada novidade, cada cartaz, cada grito que ouço no caminho para o trabalho confirma que não são eles os ignorantes.

— Não consigo ver como a responsabilidade pelos manifestantes cai sobre você. Somos uma sociedade livre, livre para nos juntarmos e falarmos. Além disso, eu não entendo como tal fato se relaciona com seu escrutínio médico para comigo.

— Há uma explicação para ambas as coisas — ele disse.

Segurei a língua, esperando. O dr. Borden mudou o peso de uma perna para outra. Ligou e desligou o aparelho, a luz projetando-se em sua outra mão. Mantive o rosto com a expressão calma de alguém que ouve uma evidência duvidosa.

— Qual é a sua relutância? — perguntei, finalmente.

Ele apontou com o aparelho para o teto, onde havia um microfone pendurado. Eu assenti.

— Na Groenlândia, o segundo oficial Milliken machucou o pulso, depois que um barril caiu sobre ele. Uma semana depois ele não quis remover o curativo. Mesmo assim podíamos sentir o cheiro da ferida, e ele sabia o que estava acontecendo. Finalmente o capitão ordenou que o fizéssemos. Nós o seguramos e tiramos a gaze. O fedor era insuportável. Nós sabíamos, todos nós, que ele iria perder o braço. Nos afastamos, mas ele não pôde sequer chorar sozinho. Não havia privacidade no navio. E aqui é exatamente igual.

O dr. Borden desencostou da parede.

— Ei, pessoal da técnica? — ele gritou para o teto. — Ei, Andrew? — Um dos técnicos da sala de controle, um homem negro bonito, ergueu o olhar de sua mesa. — Poderia pausar a saída de áudio por um minuto? — O dr. Borden apontou para mim. — Confidencialidade médico-paciente.

— Entendido — o técnico disse, pressionando alguns botões. — Tudo morto deste lado, doutor. Apenas faça um sinal quando eu puder reiniciar, ok?

O dr. Borden guardou a ferramenta e então fechou a maleta.

— Sabe, Carthage é realmente brilhante quando se trata de células. Sua descoberta do potencial de vida latente? Aquilo foi genial, a verdadeira genialidade. E então ele provou sua estranha teoria do gelo maciço, algo completamente fora de sua disciplina, encontrando exemplos que ocorreram naturalmente? Excepcional. Além da compreensão. Uma célula, entretanto, não é de maneira nenhuma tão complexa quanto um ser humano. — Ele apontou para meu peito. — Preciso verificar sua respiração.

Desabotoei a camisa, deixando-a cair de meus ombros. Ele colocou um pé sobre o banco e pressionou o estetoscópio frio contra minha pele.

— Respire fundo. — Ele verificou alto, baixo, esquerda, direita, e então se moveu para minhas costas. — Fundo novamente, por favor. Agora tussa.

Fiz como foi pedido, até que ele deu a volta, indicando que eu podia reabotoar.

— É impressionante como você se curou completamente. Ninguém nunca saberia que seus pulmões estavam cheios de água salgada e ficaram congelados por um século.

— Você estava explicando as forças e fraquezas do dr. Carthage.

— Sim. — Ele dobrou e guardou o estetoscópio, abrindo em seguida um sorriso pálido. — A verdade é que você superou qualquer expectativa nossa a respeito de sua sobrevivência. Minha ignorância, e acredite, sou eu o ignorante aqui, foi presumir que você morreria em alguns dias.

Ele se aproximou da janela, vigiando a sala de controle.

— E aí está você, a personalidade. Não sabíamos nem se você seria capaz de abrir os olhos. Isso é muito distante de você vagando pela cidade, sendo inteligente, sendo popular.

O doutor me encarou de novo e tirou os óculos, os olhos parecendo afundados e pequenos. Ele esfregou a ponte do nariz.

— Carthage fica excitado demais com controvérsia e atenção. Ele insiste em reunir dados e em manter você aqui porque não consegue admitir que estamos despreparados. — Ele colocou as lentes novamente no rosto. — Ele não tem mais ideia do que fazer.

— Doutor. — Era minha vez de falar francamente. — Não sou uma célula. Sou um ser consciente. Você poderia ter me perguntado.

— Bem... — O rosto do dr. Borden se iluminou, como se nunca lhe houvesse ocorrido tal ideia. — Diga-me, Excelentíssimo, o que posso fazer para deixá-lo mais confortável aqui, até que possamos dar um jeito nesta situação?

Eu não estava preparado para a pergunta, apesar de minha retórica. Analisei o quarto, cada canto dele confirmando as restrições de minhas liberdades.

— Eu gostaria de uma cortina. Que retirassem o monitoramento e parassem de me filmar. E gostaria de uma cadeira, uma luminária para leitura e alguns livros.

— Isso eu posso fazer.

— E gostaria de variedade em minhas refeições.

O dr. Borden puxou a barba novamente.

— Vamos deixar isso de lado por enquanto, tudo bem? Aquele mingau já deve estar bem enjoativo. Mas existem razões científicas para mantermos sua dieta tão simples.

— Eu gostaria da liberdade de ir e vir quando bem entender.

Ele riu.

— Acho que Carthage é o único aqui com esse privilégio.

— Não é um assunto engraçado.

— Verdade. Mas também não está dentro das minhas atribuições lhe dar essa liberdade. Eu não tenho autoridade para isso.

Humm. Havia mais para ser dito.

— Vamos estipular que trataremos desse assunto assim como vamos tratar de minha dieta. Ou seja, como itens que já foram requisitados e deverão ser reconsiderados.

O dr. Borden assentiu.

— É justo.

— Por último, eu gostaria de ser útil. Há muito que aproveitar e aprender no aqui e agora, mas estou acostumado a uma existência menos ornamental.

— O que você quer dizer com isso?

— Eu gostaria de ser mais do que uma curiosidade. Esta segunda vida me trouxe uma oportunidade, e talvez um imperativo, de servir a um propósito maior.

Ele me olhou fixamente, mantendo-se imóvel, antes de assentir lentamente.

— Você está correto, é claro. Há um papel para você interpretar além da celebridade. Deixe-me levar isso até Carthage. Muito bem.

O doutor colocou a prancheta ao lado da maleta, arrumando as coisas para que ficassem alinhadas. Antes de sair, ele se virou para mim.

— Vou resolver a questão das cortinas, e de seu propósito maior, caso você se mantenha longe dos clubes noturnos.

— Um acordo justo.

Enquanto observava seus caminhar contido pela sala de controle, ouvi a porta de segurança abrindo-se novamente. Tive tanta certeza de quem era que não desviei o olhar da janela imediatamente.

— Bom dia, dra. Philo.

Ela riu sua risada melodiosa.

— Bom dia, juiz Rice.

204

24
NA LINHA DE FRENTE
(DANIEL DIXON)

Eu o encontrei, e não foi difícil, já que ele é tão bonito que seu rosto deveria estar em uma moeda. Ele podia passar seus dias discutindo gritos de guerra, organizando marchas e criando tipos de cantos coletivos, nosso coordenador dos manifestantes, mas o rosto do cara era como um cruzamento entre um surfista e um oficial da guarda montada canadense. Este que vos fala apenas se sentou com as fotos do serviço de vigilância de grandes manifestações, com a certeza de que ele se abriria como pipoca na panela quente.

Há uma pequena excitação que nunca desaparece, quando eu escavo algo para uma história. Uma vez convenci um perito a me passar o tipo sanguíneo encontrado em uma vítima de assassinato, o qual combinava com o do filho da mulher morta. Macabro, mas para mim uma pequena joia.

Então a primeira coisa era caçar o nome desse líder dos manifestantes. Isso precisou de uma boa escavação e ainda de parte de uma tarde. Finalmente encontrei uma foto no *The Washington Post*, tirada nos degraus do Supremo Tribunal: quatro advogados, todos ostentando sua melhor credibilidade, e ao lado, enfiado em um chapéu de caubói gigantesco, nosso garoto: Wade, T.J. Wade.

Desde o começo, esse agitador já tinha me causado arrepios. E, quando comecei a ler a história de seu passado, soube o motivo: um profissional, um orador do Kansas, Wade era um evangélico extremista a dois passos do Klan. Ele se especializara em táticas sórdidas. Por exemplo, usava uma câmera escondida para encurralar políticos liberais e obrigá-los a dizer algo extremamente estúpido — um trabalho, devo dizer, que parecia bastante fácil para ele. Mas havia coisas piores: fazer barulho do lado de fora do funeral de um soldado para protestar contara a política de gastos federal; convocar uma coletiva de imprensa para culpar os homossexuais pelo tempo ruim.

Eu podia adivinhar o que o T.J. significava. Talvez as iniciais do terceiro presidente?

Por duas vezes, Wade teve de se apresentar diante do Supremo Tribunal para manifestar os limites da liberdade de expressão, e em nenhuma das vezes ele chegou perto de ser razoável. Alguém com uma carteira gorda gostava de mantê-lo no jogo barulhento, suponho. Afinal, os advogados que argumentavam em frente ao Supremo não custavam pouco.

Wade tinha habilidades em organização, preciso dar o braço a torcer. Ele havia unido os manifestantes, aumentando o número deles um pouco a cada dia, trabalhado em calendários para que todos ainda pudessem manter seus empregos, e apesar de tudo, aumentou a ira do grupo cerca de quatro vezes. Mas eram os lanches que mais me impressionavam: todas aquelas pessoas sentadas no gramado, comendo silenciosamente entre suas explosões agendadas. Wade começou a marcar as demonstrações para que desse tempo de entrarem nos ciclos de notícia, um movimento sujo, exatamente igual ao que fazíamos com a liberação dos vídeos.

Ele tinha um truque que eu nunca vira antes: todas as manhãs fazia uma coletiva de imprensa para revisar a cobertura do dia anterior. O título da manchete foi justo? Os apoiadores do projeto têm mais espaço nos jornais do que este grupo? Um dia Wade leu citações feitas pelos jornalistas acerca da coletiva de imprensa do dia anterior, e comparou-as com o que ele realmente havia dito, e o fez no ato com um gravador. Claro que a maioria dos jornalistas havia errado, aqui e ali. É difícil registrar cada palavra quando você está anotando a toda velocidade. Mas Wade não era chegado em desculpas. Quem, ele exigia — fazendo uma careta como se estivesse ferido, enquanto olhava para as câmeras de TV, que nunca se cansavam da cara bonita dele —, quem nessa imprensa de má qualidade teria a coragem de publicar correções e retratações? Quem entre eles teria a integridade de contar a história sobre como seu inocente grupo de manifestantes, cidadãos, amantes da vida, havia sido prejudicado pela mídia injusta e ímpia?

Bem, uma estrelinha dourada para você, sr. T.J. Wade, por fazer tal espetáculo por conta de detalhes tão pequenos e provocar a reação esperada. É por isso que todos os jornalistas — e provavelmente todos os malditos editores de todas as malditas salas de redação — são tão cautelosos com as citações e os títulos das matérias, certificando-se de que as palavras usadas nas histórias sejam extremamente ponderadas. Foi uma obra de mestre: só faltava o cara ficar olhando por cima do ombro das pessoas enquanto elas escreviam.

Por alguma razão ele me deixou de fora disso, simplesmente me deu uma folga. Eu sabia bem o motivo para não pensar que ele achava que eu estava sendo justo. Olha, se alguém bate na cabeça de uma velhinha com um taco de beisebol, tenho que sair e ponderar as citações referentes ao presidente da Sociedade dos Agressores de Velhinhas com Tacos de Beisebol? Inferno, não! Ser justo é para mariquinhas, que temem tomar uma posição. Do mesmo modo que eu não tinha intenção de dar uma folga a essa fraude, sendo ele bonito ou não. Por isso eu estava intrigado com o motivo pelo qual ele havia me deixado de fora do ataque à imprensa. Será que ele pensava que este que vos fala não era assim tão importante? Bem, para mim tanto faz. Mas ele se arrependeria.

Além disso, não era por conta de suas políticas que eu não gostava de Wade. Já tinha visto todos os tipos em minha vida. A verdadeira razão estava na postura calculista dele. A cada manhã, ele discursava pedindo aos manifestantes que trouxessem mais alguém no dia seguinte. No meio do dia, enquanto ele entregava os lanches, dizia ao grupo que estavam sendo ignorados, que não estavam fazendo a diferença, e perguntava-lhes o que fariam a respeito disso.

— Lembrem-se do impacto de Martin Luther King — ele pedia. — E o que ele disse a respeito da urgência feroz do agora.

É isso aí, Wade estava invocando um líder dos direitos civis em nome de suas intenções contrárias ao projeto. E a cada fim de tarde, antes do protesto das dezoito horas, ele contava as cabeças, franzindo a testa de desapontamento. E então ficava de lado mastigando a própria bochecha, como se estivesse pensando e se torturando ao mesmo tempo.

Eu tinha uma sensação ruim de que Wade estava apenas ganhando tempo, mantendo a multidão frustrada enquanto sonhava com alguma nova manobra para ganhar as manchetes e deixar as coisas mais sórdidas. O cara é uma confusão ambulante, apenas esperando a oportunidade de se fazer acontecer.

E, quando tudo acontecesse, eu queria estar sentado na primeira fileira.

25
DIA DA INDEPENDÊNCIA

Meu nome é Jeremiah Rice, e o mundo começa a se oferecer para mim.

Escadas rolantes me levavam para as entranhas dos edifícios sem que eu desse um único passo. Música, ainda que terrivelmente monótona, tocava nos elevadores, nas salas de espera, até mesmo no banheiro de um hotel. As pessoas eram gordas, a carne gelatinosa escapando das roupas, ou então malhadas como um cavalo de corrida, ou ainda tão magras que me dava vontade de sentá-las em algum lugar e lhes pagar uma boa refeição. No aquário vi uma tartaruga do tamanho de uma mesa, tubarões com expressões que misturavam malícia e estupidez. Alimentei pinguins que fediam. No Museu de Ciências, fiquei hipnotizado por uma escultura motorizada.

E a movimentação? Por todo lugar havia gente correndo, caminhando rápido, andando em cadeiras mecânicas com motor na parte de trás. A dra. Philo e eu paramos em uma ponte sobre o Charles e observamos as equipes de remo cortando o rio, enquanto carros buzinavam, caminhões berravam e aviões rosnavam lá em cima.

Certa tarde, visitamos um zoológico com multidões de crianças. Uma menininha soltou acidentalmente seu balão, e, enquanto ela chorava em desespero, ele subia como um sinalizador vermelho, diminuindo irremediavelmente a cada segundo. Naquela noite, na privacidade do chuveiro do laboratório, pensei em Agnes, que pai balão eu havia provado ser, e chorei.

Felizmente, o mundo oferece uma fonte infinita de distrações. Na manhã seguinte entramos em uma loja para que a dra. Philo comprasse café. Uma fila de pessoas esperava sua vez, cada qual gastando quase vinte segundos para fazer seu pedido. Havia tantas opções, tantas preferências, que fiquei estupefato. Imaginei quanto tempo gastavam experimentando os vários tipos de sabores e tamanhos antes de encontrar algum de que gostassem. A dra. Philo pediu um espresso duplo mocha latte com leite desnatado em copo alto. Ela riu quando eu a fiz repetir tudo, como se eu estivesse aprendendo a dizer olá em uma língua estrangeira. Não havia compensação para a falta de Agnes, não existia tal coisa, mas aquela risada sem dúvida deixou meu coração mais leve.

Eu ganhava presentes. O pessoal da segurança do Projeto Lázaro abria a maioria deles, por questões de segurança, e guardava uma boa parte no porão. Carthage me proibiu de escrever bilhetes de agradecimento, dizendo que isso só agravaria o culto a minha pessoa.

— O que ele quer dizer com isso? — perguntei à dra. Philo.

— Que ele tem a mente fechada — ela respondeu. — Ignore-o.

Havia roupas, livros, lembranças, bonecos, pratos de lançar, óculos escuros, uma coberta de lã e assim por diante. Um dia abri uma caixa e encontrei um cone afunilado de material duro. Era amarelo brilhante, com um espaço na parte inferior da largura de uma cabeça.

— Vá em frente — disse a dra. Philo. — Experimente.

E eu o fiz, o estranho chapéu encaixando-se de modo esquisito, o cone projetando-se na frente de meu rosto.

— Pelo menos combina com a minha gravata.

— Ah, meu Deus, isso é espetacular — disse o dr. Gerber, levantando-se de sua mesa e aproximando-se.

— Me sinto como um pato — retruquei. — Afinal, o que é este objeto?

Os olhos do dr. Gerber se arregalaram.

— É um capacete de ciclista, e é uma beleza.

— Está brincando? — a dra. Philo riu. — É grotesco. Além de espalhafatoso. Ele balançou a cabeça.

— Eu amei.

— Então pode ficar com ele — eu disse, tirando o chapéu.

— Sem chance — ele comentou. — Ninguém dá nada ao Gerber.

— Pode ser. Mas estou dando isso a você.

O dr. Gerber pegou o capacete reverenciando-o, pelo menos foi o que me pareceu. Ele o virou e o colocou na cabeça. O cone ficava para trás, agora eu via como afunilava nessa parte.

— Obrigado, juiz Rice. Muito obrigado.

O jornalista robusto sorriu atrás de seu teclado.

— Você parece um alien.

— Sabe, Dixon — o dr. Gerber declarou —, não sou palhaço.

E então, com a dignidade consumada, ele e sua coroa marcharam de volta para a mesa.

Muitas vezes o presente vinha com um pedido: será que eu poderia tirar uma foto minha com o objeto e enviar? Eu sabia aonde isso chegaria. Já havia visto o que Franklin fizera ao colocar nos jornais as minhas fotos experimentando roupas naquela loja.

Nem todos os presentes vinham de estranhos. Certa tarde, o dr. Gerber pagou o capacete presenteando-me com um objeto de metal do tamanho de uma caixa de fósforos. Um cordão na lateral se estendia até se dividir em dois pequenos gomos, que ele me instruiu a colocar nos ouvidos. E então pressionou um botão e a música começou, soando quase como se estivesse dentro da minha cabeça, clara, parecendo que os músicos estavam na sala conosco.

— Só dá para colocar duzentas músicas, então eu escolhi as essenciais. — Ele contou nos dedos. — "Jack Straw", do disco *Europe '72*, "Friend of the Devil", do *American Beauty*, "Wharf Rat", do *Skull and Roses*. As básicas.

O outro presente pessoal chegou no Dia da Independência. Prometendo uma noite especial, a dra. Philo me levou a um hotel ao lado do Cais de Rowes. A essa altura, o cheiro de sal já não queimava minha garganta como antes. Parecia um lugar fino, requintado. Subimos de elevador até o terraço, onde havia mesas espalhadas, como em uma praça. A dra. Philo conversou com um homem que estava em um tablado perto da porta e ele nos levou até uma mesa próxima do terraço. A brisa estava quente, o sol se punha, a cidade abaixo continuava com seus ruídos. Um garçom se apresentou com a lista de opções.

Até aquele momento, minha alimentação permanecera nos preceitos dietéticos decretados pelo dr. Borden, ou seja, o mingau do laboratório responsável pela nutrição do meu corpo, mas não do meu paladar. Entretanto, minhas más digestões frequentes me convenceram de que a dieta havia sido prudente.

— Não estou certo se posso comer tais coisas.

A dra. Philo balançou a cabeça.

— Foi por isso que escolhi este restaurante, com alimentos naturais, de preparação simples, totalmente orgânicos. Esta é a comida mais natural que encontrei com uma vista dessas em toda a cidade. E você pode pedir o que quiser do cardápio.

— Qualquer coisa?

— Absolutamente.

Pedi uma porção de pão. E também um prato de tomates. Alguns pedaços de queijo. A dra. Philo sorriu, encorajando-me a ser mais aventureiro. Mas eu tinha minhas dúvidas. Depois que os primeiros pratos chegaram, dei uma mordida e tive de fechar os olhos por um momento, em uma experiência sublime: um pedaço da luz do sol, o malte da terra. Quando um homem passa um século sem sentir nenhum sabor, expliquei a ela, uma simples fatia de tomate temperada com sal transforma-se em uma obra de arte.

Ela me lançou um olhar melancólico.

— Nosso tempo e nossa cultura assumem muitas coisas como certas.

Em vez de responder, parti uma fatia de pão e dei-lhe uma bela mordida. Ela riu. Eu queria que ela risse.

Conforme a noite caía, a única luz era a da vela em nossa mesa. Havia ruído dos estouros vindos da rua, que eu imaginava serem de garotos de escola brincando com traques, mas em nossa mesa reinava o silêncio. Pela primeira vez, a primeira desde que despertei, nos faltava o que dizer. Os talheres tilintavam, o gelo em nossos copos tinia; a conversa, entretanto, estagnara. Nunca antes houvera um período de calmaria.

Brinquei com a vela. Ela observava enquanto tomava água. Enormes navios repousavam ancorados no porto, altos mastros e a tripulação puxando os cordames para o alto.

Subitamente houve uma explosão parecida com a de um canhão. Dei um pulo, mas a dra. Philo colocou a mão sobre a minha.

— Está tudo bem. Você vai ter uma boa surpresa.

Que eufemismo. Eu já havia visto fogos de artifício nos meus dias passados, bastõezinhos vermelhos ligados por um cordão que chamávamos de dedos de moça, ou um cata-vento cheio de pólvora em cima de um poste. Em Lynn, também, usávamos qualquer desculpa para uma fogueira na vizinhança. Agnes cavalgava em meus ombros como se eu fosse um pônei, enquanto Joan segurava meu braço e fazia pedidos para a chama que se erguia. Aqui e agora, naquela noite, eu vivia maravilhas de uma ordem diferente: grandes crisântemos coloridos, assobiadores, gotejadores, bombas cujos fragmentos explodiam em uma nova propagação de luzes, esferas coloridas como anéis de Saturno, e a minha favorita, a luz branca que explodia e um momento depois se ouvia o grande estrondo. No fim havia um caos de foguetes e barulhos, dúzias de detonações em questão de segundos. Nós comemorávamos e aplaudíamos.

Mais tarde, nas ruas, carrinhos vendiam balões, bandeiras e pequenos animais de pano. Havíamos acabado de passar por um carrinho cheio de bugigangas quando a dra. Philo retornou a ele. Eu me aproximei e notei que ela comprara algo, e o vendedor estava lhe dando o troco.

— Para você — ela disse. — Uma lembrança de nossas tantas caminhadas por esta cidade.

Ela me entregou um guaxinim. Os mesmos olhos mascarados, como o nosso amigo na lata de lixo, mas feito de tecido macio e com olhos de vidro. Eu o coloquei em pé na palma da mão.

— Obrigado, doutora. Não sei o que dizer. Obrigado.

Subitamente a dra. Philo o tomou de mim e o segurou contra a barriga.

— Qual é o problema? — eu disse. — Fiz algo errado?

Ela balançou a cabeça.

— Sou tão boba. Aqui estamos nós, eu e um distinto juiz da corte, e dou a ele um bicho de pelúcia. O que eu estava pensando?

— Fiquei emocionado.

— Foi uma idiotice. Peço desculpas.

— Não foi idiotice — retruquei. E, para provar meu ponto, peguei de volta o guaxinim e o encostei à bochecha. Coloquei a cabeça dele ao lado da minha. — Está vendo? Ele se parece comigo.

Ela se iluminou.

— Você está ridículo. Vocês dois.

* * *

No dia seguinte, senti uma estranha agitação. Em parte por conta da má digestão, mas também por certa estimulação do espírito. Via de regra, minha natureza não é do tipo inquieta, mas, naquela manhã, mal aguentei esperar na câmara até que a dra. Philo viesse me buscar.

A única pessoa trabalhando na sala de controle era o dr. Gerber. Como sempre, imerso no mundo de seu computador, com os fones de ouvido que o fechavam para o mundo, e aquele capacete de ciclista protegendo-o de seja lá o que sua imaginação pensava que poderia pegá-lo desprevenido. Eu bati no vidro, mas foi como se estivesse batendo na porta da minha velha casa em Lynn. Ele não fez mais do que virar a cabeça.

Coloquei no ouvido os gomos que o dr. Gerber havia me dado e escutei a primeira música que tocou, uma canção doce, calma, quase de ninar.

> *There is a road, no simple highway*
> *Between the dawn and the dark of night.*
> *And if you go, no one may follow.*
> *That path is for your steps alone.*

De repente senti saudade de Joan no fundo de meu coração. De sua impaciência comigo, de seu humor, de suas mãos fortes. O que era essa paixão tola pelo aqui e agora, comparada com a lealdade e a profunda amizade de minha esposa?

E que tipo de homem eu era, já desperto por tanto tempo e pensando tão pouco nela? Minha esposa tinha quarenta e quatro anos quando zarpei, e eu não deixei reservas nem bens para ela. Como Joan se sustentou? Como conseguiu se manter em nossa casa? Se Agnes algum dia se casou, quem a acompanhou até o altar? Qual de meus amigos cumpriu tal dever? Como pude ter sido tão tolo para abandoná-las mesmo por um só minuto? O que aconteceu com minha consciência? Como ousei arriscar tanto?

Durante a expedição no Ártico, eu sentia falta de Joan e Agnes constantemente, desejando compartilhar cada detalhe da aventura com minha esposa, ansiando por sentir o abraço forte de minha filha. Mas meus desejos haviam sido suavizados pela compreensão de que eu as veria alguns meses depois. Agora, faltava-me tal consolo. Agora eu sofria. Considerava pedir à dra. Philo que me levasse a Lynn, para visitar minha antiga casa. Porém também temia que tal visão machucasse ainda mais meu coração.

Ah, meus amores. Interrompi a música, lutando com as lágrimas de vergonha, arrependimento e perda. Sentei-me na cama naquela câmara, sentindo pontadas que se pareciam com punhaladas.

E, de um modo assim banal, o chamado da natureza me ajudou, pois por causa dele o dr. Gerber se levantou e se dirigiu ao banheiro. Pelo canto dos olhos, notei que o capacete idiota continuava na cabeça dele. Esperei perto da janela, secando, com a manga da roupa, as lágrimas que escorriam por meu rosto. Quando ele voltou, bati no vidro com as duas mãos. O doutor me olhou surpreso e então se aproximou.

— Por favor — eu disse, apontando para a porta de segurança. — Eu imploro.

Ele marchou até a porta e martelou a combinação de números. Eu esperava que ele entrasse, como todos os outros. Em vez disso, o dr. Gerber deu um passo para trás e ergueu as mãos.

— E aí? Você vem?

Pela primeira vez, passei pela porta de segurança sem acompanhante.

— Obrigado, doutor.

— Até que demorou. — Ele já seguia para sua mesa. — Estava me perguntando quando você se questionaria a respeito de toda essa coisa de câmara de segurança.

— Qual é a combinação?

Isso puxou suas rédeas. Ele parou, enfiando o dedo sob o capacete para coçar a cabeça.

— Está aí uma pergunta que pode colocar um homem em apuros.

— Eu tenho sido paciente — respondi.

— Paciente demais. Regras foram feitas para ser quebradas.

— Essa não é uma máxima que um juiz normalmente endossaria.

O dr. Gerber sorriu.

— É 2667. Você pressiona o botão que parece um jogo da velha vazio e depois 2667. E prometa nunca revelar quem te contou.

— Você é um anjo, senhor.

— Nem um por cento. Mas lembre-se: você não ficou sabendo por mim.

— Sabendo o quê?

Ele riu, sacudindo os dedos das duas mãos. Só então notei o som, um canto, quase como uma distante máquina de debulhar.

— Que barulho é esse?

— Esse? — O dr. Gerber fez sinal para que eu o seguisse. — Nossos maiores fãs. E agora tem mais do que nunca.

Chegamos ao elevador, ele passou um cartão por um tipo de aparelho na parede, e as portas abriram.

— Apenas aperte o L e verá por si mesmo.

— Nossos fãs? — Segui sozinho para a pequena sala, vi o L que ele descreveu e o apertei. As portas se fecharam. Enquanto eu descia, o canto aumentava.

Devia haver uns quatrocentos, todos de camiseta vermelha, todos bravos. O rapaz bonito que segurava o amplificador de som portátil estava de um lado, liderando, levantando a bola. Eu fiquei no saguão, a alguns metros de distância, impressionado.

Até aquele momento eles não tinham me notado; aquele furor era gerado por eles. Do outro lado do vidro, nas queixas do líder havia certa musicalidade, um ritmo para as palavras, e ele concluía cada frase sucessivamente em uma nota um pouco mais alta. Quando parava, eles comemoravam. Quando fazia uma pergunta, eles gritavam respostas. Quando baixava a cabeça em oração, eles erguiam as mãos em um sagrado fervor. Havia um tipo de ardor na devoção deles, uma paixão, e isso me assustou.

Em contraste lá estavam os seguranças, três diante da porta principal, os rostos impassíveis como rochas. Da mesma forma, os carros da polícia bloqueavam a rua à esquerda, os policiais em pé com os braços cruzados. As câmeras de televisão se agrupavam do outro lado, observando como corvos sem nem mesmo piscar. Atrás delas, caminhões apontavam gigantescos pratos para o céu. Fiz uma nota mental para mais tarde me lembrar de pedir ao dr. Gerber que me explicasse aqueles caminhões.

De repente alguém me notou, uma mulher na frente. Ela gritou e apontou, e toda a companhia seguiu a direção do dedo dela. Avançaram em massa. O rapaz bonito lhes pedia, aos gritos, que recuassem, mas era como uma cabra diante de uma locomotiva. Os seguranças sacaram cassetetes, a polícia se aproximou, e eu senti a mão de alguém me tocando nas costas.

Reconheci o toque imediatamente.

— Dra. Philo.

— Você não deveria estar aqui. Sua presença está atiçando a multidão.

— Eu vim apenas para observar.

Agora a polícia e os seguranças estavam ombro a ombro. O líder pulava na frente da multidão, sacudindo os braços. Um fotógrafo disparou pelo espaço entre a turba e o edifício, tirando fotos nas duas direções enquanto passava correndo.

— Você não é invisível, juiz Rice. Venha comigo agora. — A dra. Philo puxou meu braço e eu a segui. Ela passou o cartão pelo aparelho, como o dr. Gerber havia feito, as portas do elevador deslizaram para os lados e ela me apressou para dentro. — Você não tem ideia do perigo que estava correndo — explicou enquanto a pequena sala se erguia até nosso andar. — O que estava fazendo lá embaixo?

— Eu não suportava ficar nem mais um minuto naquela câmara, esperando minha vida recomeçar. Eu os ouvi e precisava vê-los. Por que eles me odeiam?

— Não é ódio. É mais um tipo de medo do que você representa. Sua existência desafia a fé deles. — As portas se abriram e entramos no corredor do laboratório. — Eu realmente sinto pena de muitas daquelas pessoas — ela continuou —, porque a realidade está desorganizando as crenças delas. Isso deve ser doloroso.

— Eu tenho um significado maior para elas?

— O mundo está mudando e eles não gostam de como isso ocorre. Você é um exemplo vivo da mudança.

Eu assenti.

— É precisamente sobre isso que ando ponderando.

— Verdade?

— Em minhas discussões com o dr. Borden, sim. Até agora todo mundo tem tratado minha reanimação como um feito científico, sem me dar nenhuma responsabilidade a não ser a de absorver este mundo e ser educado. Se eu tenho um significado maior, devo me igualar a esse papel. Devo fazer melhor uso desta minha segunda vida.

Chegamos à porta da sala de controle. A dra. Philo colocou a mão em meu braço, interrompendo-me. Para mim, seu toque dizia tudo.

— Você sabe o que fará?

— Ainda não. Tenho andado fascinado em saber mais sobre este mundo. Mas estou certo de que não posso desperdiçar esta oportunidade.

— Talvez seja um bom primeiro passo...

— O inferno sobre a Terra — berrou Dixon enquanto saía apressado de outro elevador. — Está acontecendo um maldito tumulto lá embaixo. — E arrastou-se pesadamente, sacudindo seu caderno de anotações. — Olá, dra. Kate. E eles certamente têm umas boas palavras para trocar com você, velho Frank.

— Por que você me chama assim?

Ele abriu rapidamente a porta da sala de controle.

— Isso só eu sei. Por ora, tenho que pensar em alguma matéria sobre aquela turma lá fora. Fora de controle!

Ficamos por um momento parados no corredor, em seguida me virei para a dra. Philo.

— O que devo fazer agora?

— Agora? — Ela sorriu. — Que tal visitar os pacientes de um hospital infantil?

* * *

Esse era o jeito dela, imperturbável, e esse seu modo de ser ganhou tanto minha admiração quanto minha curiosidade. Diante de qualquer coisa que desse errado, desde a alimentação mal preparada no laboratório até um museu fechado, um estranho excessivamente agressivo ou uma chuva inesperada, qualquer outra pessoa revelaria irritação ou se sentiria aborrecida. A dra. Philo era o oposto. Em uma lombada ela passava suavemente, diante de uma dificuldade ela revelava calma, e no meio de uma calamidade continuava serena como um lago. O juiz em mim, de temperamento treinado e experiente em mascarar opiniões, respeitava a capacidade de contenção da doutora. O marido e o pai em mim, educados pelo afeto, imaginavam onde se escondiam as emoções dela. Para qual recanto de seu interior elas corriam?

Certa noite vi o autocontrole da dra. Philo se superar, e a lembrança me faz sorrir. Estávamos passeando pelo North End, onde há restaurantes italianos um ao lado do outro. Minha digestão havia se queixado dias seguidos depois daquele restaurante no terraço, convencendo-me a voltar para o seguro mingau de aveia do laboratório. Mas meus sentidos permaneciam revividos, sem diminuir meu apetite por cheiros e gostos. Assim, na hora certa e em doses minúsculas, comecei a complementar o mingau do dr. Borden. Se seu monitoramento original continuasse, meus supervisores certamente teriam notado que o consumo do alimento diminuíra. Em vez disso, eu aproveitava um pouco de liberdade na dieta, mergulhando nos alimentos com modéstia e uma sensualidade de prazer que teria me envergonhado em minha vida anterior. Naquela noite em particular, a dra. Philo me apresentou a diversas delícias estrangeiras: os ricos sabores do presunto de Parma e o picante e salgado queijo pecorino toscano. Depois disso fomos caminhar lentamente, com a mão da doutora aninhada na dobra de meu braço.

De repente um homem com uma barriga imensa se colocou diante de nós: a barba malfeita, uma gravata borboleta no pescoço e, em torno da cintura, um avental manchado de vermelho.

— *Amores* — ele disse, segurando as mãos sobre o coração. — *Va bene.*

— Não — disse a dra. Philo. — Não somos amantes.

— *Si, si* — disse o homem. Ele abriu as mãos e as movimentou em volta de nossos corpos, indicando que estavam próximos.

— A dra. Philo é minha amiga — expliquei.

— Guia — ela interpôs com um sorriso.

— Acompanhante — acrescentei, também sorrindo.

— Guarda-costas — a dra. Philo disse, erguendo a mão livre com seu pequeno punho fechado.

O homem de avental sorriu mais ainda.

— *Lei pretende* — ele fingiu que sussurrava. — Vocês fingem. — E então ele nos empurrou para que ficássemos mais perto e pareceu se preparar.

— Não entendo — eu disse.

A dra. Philo se aproximou.

— Shhh.

O homem de avental começou a cantar. Mas "cantar" é uma palavra lamentavelmente insuficiente para descrever o que ele fez, o que nos ofereceu. Ah. Confesso que não sou conhecedor da arte de óperas. Elas me parecem muito ritualizadas, muito formais. Mas ali, em uma calçada do North End, em Boston, encontramos um tenor de habilidade e instrumento incomparáveis. Ele começou com registros baixos, palavras lentas e notas longas com vibrato. Mas o recital ganhou força, acelerou, cresceu em volume e afinação. Em menos de dois minutos ele estava no ápice de sua voz, alta, clara e apaixonada. A música era vigorosa e ele não forçava. Senti que eu ficava vermelho, mas no rosto do homem não havia embaraço; ele apenas fechou os olhos, concentrando-se e entregando-se. Na frase final, usou todo o seu fôlego e aumentou o volume, com uma das mãos aberta no ar, como se suplicasse aos céus. Quando finalizou, abriu os olhos, sorrindo, enquanto as pessoas ao longo da rua o aplaudiam, assobiavam e gritavam "Bravo". O homem apenas fez uma reverência modesta.

E então ele se inclinou em nossa direção e sussurrou:

— *Amore, signori. Amore.*

Virei-me para a dra. Philo, permitindo-lhe a primeira oportunidade de protestar. Mas minha guarda-costas havia sido desarmada. Uma mão pousada sobre o peito e o rosto corado. Ela estava radiante. E me peguei apenas balbuciando.

O flash de uma câmera disparou. A dra. Philo piscou, agradecendo ao homem de avental e apressando-me rua abaixo. Tive a sensação de que fugíamos. Porém eu não tinha razão para fugir.

• • •

Naquela noite, quando vi a dra. Philo parada perto da porta de segurança, gesticulei para que entrasse. Eu já estava deitado. Ela parou antes de entrar completamente.

— Você está gostando de tudo isso?

— É um mundo bom e maravilhoso este em que você vive.

— Você vive nele também.

— Sim, vivo. E que aventura é. Gosto do aqui e agora. Sinto necessidade de me apressar, de experimentar tudo.

— Temos todo o tempo do mundo. — Ela puxou o canto do meu cobertor, que sobrava aos pés da cama. — Aliás, amanhã será um grande dia.

— Não estrague a surpresa — eu disse. — Mas, por favor, lembre-se de que desejo mais do que apenas ser entretido.

— Prometo que sua participação amanhã será extremamente importante para o projeto. Nesse meio-tempo, tente dormir um pouco.

— Certamente — e bem nesse momento bocejei, como uma criança depois de suas orações. Tolo como isso possa soar, eu permanecia ainda desacostumado com a existência; aquele bocejo me trouxe um prazer impecável. Que coisa maravilhosa esse reflexo de sugar o ar, o relaxamento que dele resulta, essa coisa de se ter um corpo. Tão numerosos são os gestos e as sensações que nem sequer percebemos, enquanto esta criatura, esta máquina viva, é nossa única amiga em toda vida, companheira de viagem no primeiro e no último passos, testemunha da primeira respiração depois do útero e do último arfar antes do eterno descansar. Mexi os pés de um lado para o outro embaixo das cobertas e dei graças à leal companhia de meu eu animal.

Enquanto isso ela seguiu na ponta dos pés até a porta e parou, encostando-se em uma das paredes como se fosse uma criança cansada. Eu a chamei:

— Dra. Philo?

— Juiz Rice?

— O sentimento que cresce em mim é o de que você é uma advogada defendendo uma causa em meu tribunal. Porém sua apelação a mim parece cada vez menos competente. Por gentileza, você consideraria daqui por diante dirigir-se a mim como Jeremiah?

Ela riu, uma canção de três notas.

— Se você parar de me chamar de dra. Philo.

— Entretanto não posso fazer isso. Minha educação...

— O que é bom para o ganso, juiz Rice...

— Não sei o que isso quer dizer.

— Quer dizer que somos iguais. Se vou me dirigir a você como um amigo faz, então você deve fazer o mesmo comigo.

— Entendo. — Deitei-me. O teto estava branco. — Humm.

— A informalidade significa tanto hoje em dia quanto a formalidade em sua época.

Apoiei-me no cotovelo.

— Bem, então... acho que fechamos negócio, não é? Kate.

Ela sorriu. Eu já vira aquela expressão antes, sim, embora ela segurasse uma máscara cirúrgica sobre o rosto.

— Boa noite, Jeremiah — ela respondeu. — Bons sonhos.

Kate desligou o restante das luzes. Eu estiquei o braço até a mesa de cabeceira, peguei o guaxinim e o enfiei embaixo do travesseiro. As portas de segurança se fecharam e fiquei sozinho com meus pensamentos. Eles piscaram e se ergueram como chamas em uma vela.

PARTE 4
PLATÔ

26
ENXAME
(ERASTUS CARTHAGE)

Thomas bate duas vezes e aparece na porta entreaberta do seu escritório.

— Ela já está esperando há vinte minutos, senhor.

— Excelente. Faça-a entrar.

— Primeiro, posso ler uma frase da matéria que saiu hoje?

— Por favor.

— "Este é o trabalho de Erastus Carthage, o conquistador dos mistérios das células."

— Dixon escreveu isso? "O conquistador"?

— Escreveu, senhor.

— Caramba. Se ele ajudasse mais o projeto, iam começar a suspeitar.

— Achei mesmo que ficaria feliz, senhor.

Thomas sai rapidamente, seu humor perfeitamente pronto. Esta conversa será delicada, mas o objetivo está claro. Raros são os dias em que você falha em cumprir seus objetivos.

A dra. Philo entra com os ombros retos, um lutador de boxe entrando no ringue. Isso já era esperado, claro. Desarmá-la é o primeiro passo.

— Por favor. — Você aponta para uma cadeira. — Fique à vontade.

— Obrigada. — Ela se senta na ponta da cadeira.

— Café? Chá?

— Já tomei café da manhã, obrigada.

— Certo. Bem, dra. Philo, tenho acompanhado a vida pública do Sujeito Um com interesse considerável. Eu quis que nos encontrássemos hoje para que eu pudesse parabenizá-la.

— Como?

— Não houve incidentes desagradáveis. A publicidade tem sido uniformemente positiva. Ele continua saudável. Em suma, temos motivos para otimismo a longo prazo. — Embora o perturbe ter que elogiar alguém, ainda mais essa pedra em seu caminho, você faz a menor reverência possível, algo mais para um aceno de cabeça. — Meus parabéns.

— Ah. — Ela vira a cabeça, os olhos estreitados. — Bem. Obrigada.

— Por exemplo, precisamente o que você tem agendado hoje para o Sujeito Um?

Enfim ela se recosta na cadeira.

— Na verdade, isso será interessante. Em uma hora ele terá sua primeira aparição na tevê.

— Local ou nacional?

— Produção local, mas transmissão nacional.

— Gravado ou ao vivo?

— Ao vivo. Por quê?

Você arruma a lista de afazeres em sua escrivaninha.

— Quero você na cabine. Caso ele inadvertidamente traga qualquer problema para si mesmo ou para o projeto, você deve interromper.

— Qual é a sua preocupação?

— O risco de uma pegadinha é alto. Mesmo pessoas acostumadas com a mídia podem ser ludibriadas.

— Estarei em alerta. Mas sinto que há algo maior por trás de suas perguntas.

— Sente? — Em seguida, você se afasta da mesa, vai até a estante e despeja desinfetante nas mãos. — Você está ciente de que o Sujeito Um expressou interesse em usar a reanimação para um propósito maior?

Ela assente.

— Ele diz que quer ser mais do que um mero turista do tempo.

— Exato. — Você está em pé atrás de sua cadeira. — Coincidentemente, agora existem entidades que expressaram interesse em aumentar o trabalho do Projeto Lázaro.

— O que isso significa?

— No momento, ainda é incerto. Nossa tecnologia pode ter muitas aplicações. O ponto é que não poderia haver ajuda visual maior, para estas discussões em andamento, do que a presença viva e construtiva do Sujeito Um. Esta é minha esperança, e eis o que desejo comunicar a você hoje: que a conduta dele continue a refletir bem sobre a nossa organização e o nosso grande potencial.

— Entendo. Mas é claro que nós dois sabemos que ele não é seu funcionário.

— É claro. — Você sente o sangue subir e se contém com um sorriso forçado. — Só quero dizer que devemos alinhar os interesses dele com os nossos.

— Entendo — ela diz novamente e junta as mãos como se fosse rezar.

— Devo lembrar que venho repetidamente lhe pedindo um dossiê completo da história dele, para verificar se há alguma suscetibilidade da qual devamos estar cientes.

— Você deve ter notado que ando bem ocupada em mostrar o mundo ao juiz Rice.

— Seu prazo final é sexta-feira de manhã, quando eu chegar à minha mesa. Nem um minuto a mais. — Quando ela fecha a cara, você acrescenta: — Não tenho sido paciente?

A dra. Philo esfria um grau.

— Você tem. Desculpe.

— Então, sexta-feira de manhã. Primeira coisa.

Para deixar o momento mais leve, você anda até seu ponto favorito da janela. Os manifestantes, agora uns bons quatrocentos e todos usando vermelho, geralmente estão inativos a esta hora da manhã. Mas hoje se agruparam em volta de uma limusine que parou no portão da frente. E a cercam por todos os lados.

— Venha ver isso — você a chama. — Eles têm as mais engenhosas técnicas de dominação. É como se formassem um curral humano.

Ela se aproxima no exato momento em que o motorista sai do carro. Em segundos um enxame se forma, cercando-o e afastando-o. Ele tenta chegar até a entrada, mas eles frustram a tentativa com um agrupamento de corpos. Cercado, ele permanece imóvel enquanto eles cantam de todas as direções.

— Eu adoro esse pessoal.

— Droga — ela diz. — O estúdio ia enviar um carro para pegar Jeremiah. Aposto que é esse aí.

— Ele não vai levar ninguém a lugar nenhum esta manhã. — Você se vira para ela. — E agora é Jeremiah?

— Com licença, mas preciso bolar um plano B. Se não, vamos nos atrasar.

— Espere. — Você ergue a mão. — Thomas?

Ele instantaneamente surge na porta.

— Senhor?

— Por favor, chame um táxi imediatamente para a dra. Philo e o Sujeito Um.

— Sim, senhor.

— Diga ao motorista para usar a entrada dos fundos.

— Pode deixar, senhor.

Há uma leve animação bem neste momento, o prazer de um mínimo sinal de dívida entrando na conta desta mulher. Agora ela deve algo a você. E seu objetivo, de buscar a lealdade dela enquanto o projeto se torna aquilo que deve ser, foi concluído graças às circunstâncias favoráveis criadas pela turba lá embaixo.

— Dra. Philo. — Você junta as mãos como um pastor que acabou de ministrar um sermão. — Há mais alguma coisa que eu possa fazer por você?

27
O PRÍNCIPE
(KATE PHILO)

Eu podia prever que ele usaria a gravata amarela. Eu o fizera comprar pelo menos uma vermelha, uma azul, uma verde, mas sempre usava a amarela.

— Vamos ter que nos apressar, Jeremiah. — Fechei as cortinas para que a sala de controle não espiasse a câmara vazia. — Problemas com o carro.

— Estou perfeitamente pronto. — Ele seguiu até a porta de segurança, ergueu a mão na direção do teclado. E então parou, colocando-se de lado. — Vá na frente — falou.

Teclei o código de segurança, imaginando que tipo de jogo o juiz estaria fazendo. Mas estava estressada demais para falar daquilo naquele momento. O comportamento estranho de Carthage havia me balançado, um tipo de cordialidade inesperada que levantou minhas suspeitas. No corredor, Dixon quis nos parar e fazer algumas perguntas, mas eu o afastei, explicando que estávamos atrasados. Apertei o botão para chamar o elevador, sentindo o olhar dele me fuzilar enquanto esperávamos.

Quando chegamos à mesa da segurança, Gerber estava lá, largado como um palhaço triste.

— Esqueci meu crachá — ele me disse. — Por favor, diga a este bravo protetor da nossa segurança que eu trabalho aqui.

— Ele trabalha aqui — afirmei, escrevendo meu nome e o de Jeremiah no caderno de registro.

— Ei, juiz Rice, pergunta rápida — Gerber disse. — Sei que estamos de acordo a respeito de não monitorá-lo mais e lhe dar privacidade. Mas eu estava imaginando se você se importaria caso eu conectasse apenas um diodo, apenas uma coisinha eletrônica, quando você estiver dormindo, durante a noite. — Ele esticou o dedão e o indicador com um centímetro de distância entre eles. — Você mal vai notar. E nós aprenderemos uma tonelada de coisas. Seria uma contribuição para a ciência.

— É mesmo? — Jeremiah perguntou. — Então a resposta é sim.

— Podemos conversar sobre isso mais tarde? — perguntei. — Estamos atrasados.

— Um momento — o segurança falou. — Se este cavalheiro trabalha aqui, preciso que assine uma garantia.

— Por favor, vá na frente. — Acenei para Jeremiah. — É melhor que nossos amigos de camiseta vermelha não o vejam novamente. O carro deve estar esperando nos fundos.

Ele atravessou o saguão enquanto eu me inclinava sobre o caderno.

— Até assino, mas é realmente necessário?

— Estamos apenas seguindo as regras do dr. Carthage.

Gerber riu.

— Aparentemente sou o tipo de pessoa da qual eu mesmo devo ser protegido.

Quando Jeremiah estava fora de alcance, virei-me para Gerber.

— Que negócio é esse de monitoramento noturno?

Ele encolheu os ombros.

— Nada. Talvez não seja nada.

— Talvez?

— Te conto depois. Vai logo. Obrigado por me deixar trabalhar hoje.

Eu atravessei o saguão apressada.

— Me envie um e-mail a respeito do que você está fazendo.

Gerber mexeu os dedos na minha direção.

— Vai, vai, vai.

Jeremiah estava parado ao lado do carro, ainda sem ter entrado. Em vez disso, ele conversava com uma mulher magra de boina branca. Ela estava parada entre ele e a porta aberta, e instantaneamente senti minha preocupação crescer.

— Com licença — gritei, começando a correr. — Com licença, há algo que eu posso fazer por você?

A mulher se voltou para mim na mais completa calma. Mas meu autocontrole habitual começava a escapar.

— Não, obrigada.

E então ela voltou a olhar para Jeremiah, segurando a mão dele, os olhos de ambos fixos um no outro.

228

Ele parecia uma estátua.

— Eu a conheço?

— Não — ela disse. — Mas somos parte um do outro.

— Como isso é possível?

Ela balançou a cabeça.

— Não importa. Todo mundo quer algo de você, mas achei que seria importante você saber que eu não quero. Não quero nada.

— Quem é você? — perguntei. Aproximando-me, vi que ela era linda, a testa alta, os olhos azuis brilhantes. — O que você quer?

— Sou Hilary — ela respondeu, mantendo o olhar em Jeremiah. E então deu um passo para trás, soltando a mão dele. — Eu só queria isso. Apenas isso.

A doçura em sua voz nos deixou imóveis por um momento. E então eu quebrei o clima.

— Desculpe, mas temos uma entrevista agora.

— É claro. — Ela se afastou. — Sinto muito se os atrasei.

— Obrigado, Hilary — Jeremiah disse, quase sussurrando.

— De nada — ela respondeu, parando na beira da calçada. Entramos no carro em silêncio, e eu passei o endereço ao motorista. Ela ainda estava ali, parada, melancólica, digna, enquanto começávamos a nos afastar.

Encostei-me no banco.

— Quem era aquela mulher? — perguntei a Jeremiah. — Já a vimos antes?

— Hilary alguma coisa.

— O que foi tudo aquilo?

— Não sei. — Jeremiah voltou seu olhar para a janela. — Não tenho certeza.

* * *

A viagem me deu tempo de pensar no motivo pelo qual agi de modo tão protetor. Claramente ela não era uma das manifestantes, então não representava nenhum tipo de perigo. Além do mais, nós havíamos interagido com milhares de estranhos nas últimas semanas, sem que minhas defesas fossem acionadas.

Estaria eu com ciúmes? Definitivamente havia algum tipo de intimidade no momento que interrompi. Mas e daí? *Quem sou eu para me intrometer assim?* É claro que eu sentia algo por Jeremiah. Como pode alguém passar tanto tempo na presença de um homem inteligente, que também calhou de ser lindo, sem experimentar um arrepio ocasional? Mas eu não tinha ilusões. Sabia que ele não era meu de maneira nenhuma.

Mesmo assim, de vez em quando eu me questionava sobre as diferenças sexuais ao longo dos séculos. Depois dos homens sarcásticos dos últimos anos, os sujeitos que prometem hoje e somem amanhã, talvez fosse agradável conhecer alguém sexualmente menos sofisticado. As reações de Jeremiah aos outdoors, às capas de revistas femininas prometendo "vinte e duas maneiras de fazê-lo gritar esta noite", às roupas provocativas usadas pelas pessoas no clube noturno de Gerber, tudo isso revelava a discrição dele. Em contraste, eu tinha um disco rígido cheio de recordações de homens passando a mão em mim, usando-me para manifestar alguma fantasia, tentando me fazer participar de alguma cena que eu imaginava ter saído do pornô mais recente que haviam visto na internet. Provavelmente toda mulher se pergunta em algum ponto da vida: que porção do amor confessado em meus ouvidos era baseada em desejo, e qual era verdadeiramente para mim? Talvez, com um homem de uma época sexual mais simples, a resposta fosse mais fácil.

Jeremiah olhava fixamente pela janela, observando a cidade com os olhos brilhantes. Senti uma estranha inversão. Se nós algum dia fôssemos amantes, o que, sim, era impossível, talvez eu parecesse a sofisticada insensível para ele. Em termos relativos, poderia ser pior que o mais grosseiro dos imbecis que já passaram uma cantada em mim.

Ou seria Hilary um tipo diferente de ameaça? A conexão entre eles ficou visível desde quando pus os pés para fora. Mas não era bem sexual. Se fosse possível, pareceria um pouco espiritual. Talvez eu me sentisse ameaçada sem necessidade. Não havia ninguém a quem eu pudesse perguntar, ninguém com quem eu pudesse discutir essas coisas. Nem Chloe, Billings não mais, ninguém.

— Estou sendo descuidado — Jeremiah disse, virando-se abruptamente. — Eu me esqueci de perguntar qual o propósito da entrevista de hoje.

Abandonei meu devaneio como um galho a ser levado pela correnteza.

— Engraçado, eu estava agora mesmo falando com Carthage sobre isso.

— Sobre o encontro de hoje?

— Não, sobre seu interesse em servir a um propósito maior.

— Hoje é uma oportunidade de parar com a brincadeira e considerar o bem maior?

— Bem, ele certamente pensa que sim. Carthage tem pessoas interessadas em fazer do projeto algo maior. Ele quer que você ajude na arrecadação de dinheiro, suponho.

— Não foi isso que eu quis dizer. — Jeremiah deu um soco na coxa. — Esse Carthage. Ele me irrita como uma vespa.

— O quê? — Ajeitei-me no banco. — Eu não sabia que já havia formado uma opinião sobre ele.

— Aquele homem não se daria ao trabalho de respirar se isso não contribuísse para o seu autoengrandecimento. — Ele passou a mão no lugar que havia golpeado. — Eu tenho observado a conduta dele com os outros. — O volume de sua voz diminuiu. — Tenho notado como ele trata você.

— Mas todos vemos isso. Nós apenas toleramos porque permite que o projeto exista. Se não fosse por Carthage, eu não teria emprego, e muito menos... bom, muito menos você.

— Kate. — Jeremiah se colocou de lado em seu lugar, pegando minhas mãos. — Não posso imaginar por que eu, entre toda a humanidade, recebi o presente de uma segunda vida. Nem mesmo entendo muito bem por que as pessoas do aqui e agora se mostram tão fascinadas por mim. Mas não preciso me aprofundar nessas coisas para saber que se apresentam para mim como uma oportunidade tão, mas tão maior do que aquela que eu esperava antes da nossa modesta expedição ao norte. Se eu gastasse esta chance com algo tão pequeno quanto o dinheiro que Carthage deseja, seria o mesmo que desperdiçar esta segunda vida também.

— Então a hora de agarrar essa oportunidade é agora — eu disse. — Neste momento.

— Chegamos — o motorista informou, encostando o carro. Ele saltou, dando a volta para abrir a nossa porta.

Jeremiah olhou para nossas mãos, sorrindo.

— Parece que chegamos.

— É o que eu diria.

— Içar âncora, Kate. Aqui vamos nós. — Ele se levantou e saiu. Eu me apressei para acompanhá-lo.

— Vocês estão atrasados — disse uma mulher com rabo de cavalo. — Sigam-me. — Ela girou sobre os tênis de corrida e fizemos o que nos foi dito. Ela era jovem, nem trinta anos, carregava uma prancheta e usava um headset em volta do pescoço que ergueu até a boca para falar. — Eles estão aqui, vamos direto para a maquiagem. — Então explicou por sobre o ombro: — Vocês sabem que é um programa ao vivo, certo? O tempo é importante.

— Com licença, senhora — Jeremiah disse.

— Sim? — Ela não interrompeu o passo.

— Qual é seu nome?

— Ah. — Ela desacelerou. — Sou Alex.

— Olá, Alex. — Ele estendeu a mão. — Sou Jeremiah Rice.

— Oi. — Ela apertou sua mão. — Certo. — E novamente Alex começou a andar na frente.

É claro que Jeremiah seria a atração principal, e eu uma mera protetora e cuidadora. Eu o segui em silêncio enquanto o apressavam até a maquiagem, onde lhe aplicaram spray no cabelo, para deixá-lo no lugar, e então passaram para o figurino, onde um homem com um pequeno pincel limpava o paletó de Jeremiah, retirando fios invisíveis. Cada departamento tinha um nome para ele: "talento" em um, "nosso convidado" em outro. Em todos os lugares a que Alex nos levava, havia uma TV pendurada perto do teto, mostrando o programa em que Jeremiah apareceria dentro de alguns momentos. Era o *Tom and Molly Show*, metade noticiário, metade entrevista, dois apresentadores: uma loira alta com seios que eu poderia apostar que haviam sido turbinados fazia o papel de séria, a que lançava perguntas difíceis, ao lado de um homem baixo com um bronzeado perfeito, queixo quadrado como uma retroescavadeira e uma risada iac-iac parecida com a de um desenho animado.

Finalmente nos levaram até o estúdio. Em uma palavra: sujo. O chão era de cimento imundo, grudando por conta do café espirrado, cabos correndo por todo lugar, com uma pequena ilha de carpete e cadeiras embaixo das luzes brilhantes. Notei um cartaz em uma das paredes laterais, uma imagem gigante de Jeremiah apertando a mão do vice-presidente. Sobre a cabeça de Gerald T. Walker alguém havia colocado um balão de pensamento: "Estou usando você". E, sobre a de Jeremiah, havia a resposta: "Seu zíper está aberto".

Jeremiah tocou meu braço e apontou para o lado oposto do palco. Havia fotos de jogadores de beisebol em ação cobrindo toda uma parede: arremessando, saltando, correndo.

— Adorei isso — ele sussurrou.

— Será que a estação tem um camarote no Fenway?

— O que é Fenway?

— Shhh — disse Alex, silenciosa em seus tênis, apertando o passo.

Sob as luzes, uma mulher de avental estava ensinando Tom e Molly a baterem chantili do modo certo. Um dos membros da equipe se aproximou de Jeremiah com um microfone, enfiando o fio por dentro da manga. Outro homem parou ao lado de Jeremiah, apontando para uma câmera.

— Quando a luz vermelha estiver acesa, é ela que está filmando você. Olhe direto para ela durante a introdução e a despedida. Nos demais momentos, olhe para Molly e Tom quando eles falarem com você, certo?

— É como uma conversa — o homem do som disse.

— Só que falsa — o cinegrafista acrescentou.

— Obrigado, senhores. Poderiam dizer seus nomes, por favor? — Jeremiah estendeu a mão.

Eles disseram e apertaram sua mão, um de cada vez.

— Idiotas que só me fazem perder tempo — Alex falou, surgindo de repente. — Estamos quase cortando, aí vocês entram. Fique aqui. Você. — Ela apontou para mim. — Me siga.

— Boa sorte — desejei a Jeremiah.

— Farei minha parte — ele respondeu.

A cabine era um bando de controles e mixadores de som, bem atrás das câmeras. Dois homens usando fones de ouvido com microfones trabalhavam nos computadores, enquanto uma tela ao lado mostrava o que estava sendo transmitido. Um pouco além estava um homem que eu imaginei ser o diretor, porque ele controlava pelo fone qual câmera iria filmar em seguida. Quando ele disse "Corta para a quatro e dê zoom", um ângulo diferente apareceu na tela.

— E é assim — a convidada atual estava dizendo, distribuindo porções enquanto a câmera se aproximava de seu rosto — que se faz uma perfeita torta de morango.

— Corta para a um, ângulo fechado.

— Muito obrigada, Elise — Molly disse, sorrindo. A música tema do programa aumentou, cordas sobre uma banda de metais. — Faremos um rápido intervalo agora e logo estaremos de volta com a previsão do tempo. Fiquem ligados.

— Vamos ver se consigo limpar meu prato antes do fim do intervalo — comentou Tom, soltando seu iac-iac até que as luzes piscaram.

Os sorrisos sumiram tão rápido quanto as luzes. Tom saiu quase correndo, entregando seu prato a um subalterno fora do estúdio. Molly caminhou até uma mesa, onde pegou seu celular e começou a mexer na tela. A mulher de avental se sentou sozinha por um momento, e então se levantou.

— Por aqui, por favor — alguém avisou, e ela vagou em direção à escuridão. E então as luzes voltaram, claras como o dia. Eu permanecia imóvel, piscando. A sujeira parecia ainda pior.

De repente um pedaço do meu passado voltou, na forma das entrevistas que demos naquelas semanas depois que retornamos do Ártico. Todos os meios de comunicação nos queriam. Eu me lembrava do cheiro nas roupas, algo entre a excitação e o medo. Naquele tempo, tudo era especulação, ou esperança. Enquanto isso, na câmara, um corpo jazia envolto em gelo, que mais tarde se tornaria o homem que agora estava a cinco metros de mim, com uma gravata amarela que fui a primeira a amarrar em volta de seu pescoço.

Alex levou Jeremiah até o assento, e então voltou para ficar ao meu lado.

— Ele vai ficar bem — ela disse, observando o estúdio como se procurasse algo errado.

Um homem mais velho e desajeitado entrou gingando em uma área lateral, usando roupas de tweed, como se fosse um tipo distorcido de Sherlock Holmes. Ele leu suas anotações, enfiou-as no bolso do paletó, dobrou e guardou seus óculos. Então tirou um cachimbo curvado do outro bolso, mordendo o bocal, e olhou para o nada.

— Em seus lugares — avisou uma voz que vinha do alto. As luzes se apagaram. — Três, dois...

— Luzes — disse o diretor. — Me dá um zoom do Waldo na três.

As luzes inundaram a área lateral, onde o homem de tweed deu uma pitada imaginária em seu cachimbo e soprou ar limpo.

— A previsão do Waldo lhes dá boas-vindas com desejos ventosos de um excelente dia — ele disse. — E a pergunta de hoje: Como os meteorologistas conhecem o futuro? E por que suas previsões estão quase sempre incorretas? Elementar, meu caro Watson.

Ele continuou tagarelando, explicando a pressão barométrica, a direção predominante do vento para os diferentes tipos de frentes. Telas atrás dele exibiam uma série de gráficos simples, nuvens brancas, setas azuis representando o vento. Seu segmento durou cerca de três minutos. Jeremiah estava sentado no cenário principal, iluminado ainda pela luz fraca. Senti sua solidão. Quando Waldo começou a previsão do tempo, um mapa nacional com várias tempestades ou calmarias foi exibido, e Tom ressurgiu enquanto Molly colocava o celular na mesa. Eles tomaram seus lugares, arrumaram suas roupas. Tom inclinou a cabeça para os lados, alongando os músculos do pescoço. As luzes se acenderam.

No começo foi um jogo de frescobol: Como havia sido Lynn? As pessoas da Boston do século XIX eram amigáveis? E então Molly começou a ganhar velocidade.

— O que você acha da sociedade de hoje? Quais são os nossos defeitos?

Jeremiah respondeu imediatamente:

— Vocês são vulgares.

Tom riu alto.

— Você acha? Você acha mesmo?

— Ouço obscenidades em todos os lugares. Também acho a sexualidade desnecessariamente intensificada em todos os tipos de coisas, desde anúncios publicitários até como as pessoas se vestem em público.

— Uau. Mais alguma crítica?

— A cultura de hoje é violenta. Eu tenho visto diversões sangrentas, jogos de computador perversos. Não é surpresa acontecerem crimes violentos todos os dias.

— Resolver esses problemas não é responsabilidade de nossos políticos? — Molly perguntou. — E, sendo assim, o que diz de sua grande amizade com o vice-presidente?

— Eu não descreveria um simples encontro a pedido dele como amizade. Se fosse assim, eu poderia dizer que tenho uma ligação próxima com o presidente.

— Espere um segundo — Tom disse, fingindo coçar a cabeça como um caipira. — Você conheceu o presidente também?

— Não o atual, não, senhor. Mas em 1902 o presidente Roosevelt conduziu uma Turnê Progressista pela Nova Inglaterra, com uma parada para jantar em Lynn. Como juiz e líder cívico, passei três horas em sua companhia, muito mais do que com o vice-presidente Walker. — Ele se inclinou na direção de Molly com um sorrisinho de lado. — Você pode dizer que éramos grandes amigos.

Ela sorriu também, mas friamente. Algum tipo de jogo havia começado.

— Você diria que sua vida foi fascinante, juiz Rice? Quer dizer, cursou direito em Harvard, se tornou o mais jovem juiz do estado na época de sua nomeação, viveu grandes aventuras explorando os mares do norte...

— Você quer dizer, apesar de eu ter morrido? E de ter perdido tudo, amigos, meu lar e minha família?

Para mim, Jeremiah estava começando a parecer um rabugento. Mas entendi sua intenção, seu interesse de usar bem o momento sob as luzes.

— Bem — Molly insistiu. — Sua vida virou um grande espetáculo desde a reanimação, não é? Uma multidão atrás da outra?

— As pessoas têm sido incrivelmente generosas e gentis, razão pela qual sou grato. Embora, honestamente, já tenha encontrado multidões maiores em minha vida passada. A energia que desperdiçam nos dias de hoje com fofocas sobre celebridades era, em minha época, direcionada para exploração e aprendizado. Quando nosso grupo anunciou que iríamos navegar para o Círculo Ártico, as pessoas fizeram fila para nos ver. Atraímos milhares, que encheram igrejas e casas de ópera. Eu nunca bebi tanto champanhe.

— Agora sim — Tom brincou. — Bons tempos aqueles.

Molly estreitou os olhos, mas ele continuou, sem lhe dar atenção.

— Segura na três — o diretor disse. Notei que as câmeras não enquadraram o rosto dela, assim a audiência não teria noção de que estava irritada.

— Então me diga — Tom disse. — De que tipo de divertimento você gosta agora? Há algo bom na tevê?

— Muito pouco — Jeremiah respondeu. — Em sua maioria é superficial, falso e previsível.

235

— Você gosta de alguma coisa?

— Gosto. Duas vezes vi o Red Sox jogando naquela tela pequena. Acho tais jogos muito divertidos e cheios de surpresas. Um bom time de jogadores.

— Você pode afirmar isso de novo — Tom soltou seu iac-iac. — Sabia que esta emissora é dona de uma parte do Sox? Ei, quem sabe podemos ver algum jogo!

— Honestamente? No estádio? — Ele se empertigou. — Isso seria esplêndido.

Levei a mão à boca. Como é que Jeremiah havia assumido um tom antagônico com a inteligente, mas rapidamente fizera amizade com o que bancava o garotão? Ambos riram e fizeram planos de conversar depois sobre ir ao jogo. Finalmente Molly viu sua chance, voltando com tudo para a entrevista.

— O que você diria para as pessoas que insistem que você é uma farsa?

— Perdão?

— Um embuste, um blefe. Existem muitos, muitos céticos por aí.

— Humm. — Jeremiah desviou o olhar por um momento, pensativo, o silêncio durante a transmissão pesando toneladas. — Suponho que existam, sim.

— O que você diria às pessoas que pensam que você é pouco mais do que um golpe publicitário bem trabalhado?

Jeremiah se virou de modo que seus joelhos quase tocaram os dela.

— Sempre haverá pessoas para quem o cinismo é um reflexo. Talvez a descrença lhes dê segurança. De qualquer modo, há tão pouco a se ganhar insistindo que algo é como é, quando não se deseja acreditar. Em vez disso, devemos deixar nossos feitos serem nossos embaixadores. Nosso desafio é viver com toda a sinceridade que há em nosso coração, e esperar que aqueles que duvidam enxerguem a verdade.

— Tá bom — disse Tom, rindo. — Boa sorte com isso, amigão.

Nesse momento senti a emoção secreta de uma professora que vê seu aluno superando-a. Jeremiah não precisava mais de mim para navegar pelo mundo. Ele já estava pronto para moldá-lo à sua vontade.

— Isso é tudo que o tempo nos permite — Molly disse. — Obrigada por estar conosco, juiz Rice, o viajante do tempo de Boston. A seguir, as últimas notícias, e mais, os resultados de uma nova pesquisa: com que frequência um casal normal faz sexo? A resposta pode surpreender você.

— Oh-oh — Tom resmungou. — Será que minha esposa vai querer saber isso?

Molly exibiu um sorriso de boca aberta.

— Voltamos já.

A música tema começou a tocar novamente.

— Câmera dois — o diretor ordenou —, no rosto dele até cortarmos.

O rosto de Jeremiah dominava a tela. O homem do som à minha direita tirou o fone de ouvido.

— Olhem para ele, que príncipe!

Alex, parada do meu outro lado, perguntou:

— Príncipe do quê?

— Príncipe do mundo que vai comer ele vivo.

28
FAZENDO O JOGO
(DANIEL DIXON)

Não há dúvidas, meu primeiro erro está em usar shorts. Todos aqueles meses dentro das quatro paredes do projeto, sem uma folga para uma única expedição ao deserto ou um passeio pelos Everglades em um aerobarco, e minhas pernas estão brancas como pasta. Os cambitos de um morto, juro.

Mas eu não sei onde ficam nossos assentos. Se formos parar em alguma arquibancada, debaixo do sol por toda a tarde, eu não tenho a intenção de cozinhar de calças compridas.

Em parte ainda não consigo acreditar que estou a caminho. Como nosso velho Frank conseguiu aqueles três lugares num sábado à tarde, e para uma partida em casa contra os Yankees, ainda não compreendo inteiramente. Algo a respeito de concordar com um programa de TV o filmando durante o jogo e entrevistando-o depois, acho que foi isso, mas não prestei atenção nos detalhes. A chance de assistir aos Bronx Bombers detonando os Sox em casa era boa demais para passar em branco. Adoro os Yankees desde que aprendi a andar, e pouco me importa quem eles vão detonar.

Minha única decepção é que a dra. Kate tem de terminar alguma pesquisa para Carthage hoje. Eu já babava ao pensar que a veria de shorts. E então, de toda a equipe do laboratório, somente Gerber quis ver o jogo, o que prova o bando de nerds que trabalha lá, porém isso também deixou o terceiro lugar disponível para este que vos fala. *Ka-ching*.

Como resultado, não estou levando câmera, nem caderno de anotações, nem muito mais além de carteira e celular, quando chego ao escritório do projeto. Como qualquer jornalista com dez minutos de carreira sabe, é sempre assim quando as grandes notícias acontecem.

Depois de forçar passagem pelos escandalosos e excêntricos que ficam na frente da porta do laboratório, saio quicando em direção ao elevador, sentindo-me o próprio Senhor Me Leve Para o Jogo, quando uma fileira de homens de terno deixa a sala de reuniões a passos largos. Paro por um segundo. Carthage aperta a mão de cada um, agradecendo-lhes a presença no fim de semana. Ele sorri, mas os caras estão sisudos como coveiros. Todos carregam uma pasta verde embaixo do braço. Thomas passa seu cartão de segurança e chama o elevador para o grupo, um sinal da importância desses homens, tão óbvio quanto um alarme de incêndio.

Eu me escondo atrás de uma porta e saco meu celular. Apesar da câmera ruim, ela servirá. Os engravatados fazem anotações, em completo silêncio. Há tantos deles que alguns têm de esperar depois que o elevador lotou. *Sorriam, rapazes*, penso, tirando a foto. *Vocês pegam o próximo. Sem apresentações no momento.*

Depois que o segundo elevador lota e as portas se fecham com um sussurro, Carthage se vira para Thomas.

— Qual seu veredito?

— Seis interessados, três ansiosos. Uma pena que Bronsky não apareceu.

— Talvez quatro. Quantos vão romper o contrato de confidencialidade?

— Você viu como estavam dispostos a assinar, senhor. Acho que estamos seguros nesse departamento.

— Vamos fazer uma revisão completa e um resumo.

— Sim, senhor.

Eles marcham em direção ao escritório de Carthage. Engraçado, nunca tinha visto Carthage consultar ninguém antes, muito menos seu lacaio. De qualquer modo, não posso evitar dar uma bisbilhotada na sala de reuniões, e, sim, eles haviam deixado dois presentinhos para trás. Um é uma lista de nomes, que fotografo sem hesitar. O outro é uma das pastas verdes. Ponto para mim.

É claro que eu não tenho uma maleta ou qualquer lugar onde esconder a maldita coisa. Corro pelo corredor e passo meu crachá para entrar na sala de controle.

— Dixon.

É Thomas. Eu me viro, escondendo a pasta atrás de mim.

— E aí?

— O que o traz aqui em um sábado?

— O jogo, lembra?

— Certo. — Ele pensa por um segundo. — Quando você chegou?

— Sei lá. — Dou de ombros. — Quanto tempo leva para atravessar este corredor?

Thomas faz algum tipo de cálculo, então segue para a sala de reuniões.

— Divirta-se no jogo.

Abro a porta da sala de controle.

— Pode apostar.

Mas ele já havia se afastado. Na sala, espio através do vidro enquanto ele sai apressado com a lista de nomes, provavelmente esquecendo que havia uma pasta para o sr. Bronsky também.

Gerber está sacudindo a cabeça em sua mesa, fones enfiados nos ouvidos, um sorriso de alegria no rosto, e posso imaginar de onde vem. Olho ao redor procurando um lugar para esconder a pasta, mas todos parecem tão óbvios. E então eu vejo: a caixa do tipo cesta onde Gerber coloca a velha *Perv du Jour* depois que ele pendura a nova. Não há muita chance de alguém descobrir ali. Eu enfio a pasta embaixo da pilha, espalhando os papéis sobre ela para dar uma aparência de bagunça natural.

Gerber também está de shorts. E, se minhas pernas parecem estranhas, as dele são cômicas. Ele usa bermudas xadrez, algo saído de 1949, as pernas brancas como uma salamandra. Somos uns ratos de laboratório ali, juro. O zoológico do Projeto Lázaro.

Eu o cutuco com o dedão.

— Nosso herói já acordou?

— Sim — Gerber responde, tirando os fones e ajeitando-se na cadeira. — Já estava acordado quando cheguei aqui, às seis.

Observo as cortinas fechadas da câmara.

— Ele está tão ansioso assim para ver o jogo?

— Ou algo do tipo — Gerber comenta. Antes de perguntar o que ele quer dizer com isso, ele aponta para o relógio. — Temos que nos mexer, já que nos querem lá tão cedo.

— Nesse caso — digo, entrando no corredor —, qual é a senha mesmo?

— É 2667 — ele responde, sem pensar. Mas eu penso: *Bingo! Finalmente consegui.*

Jamais apreciei as partes trancadas deste lugar, como se alguém estivesse fazendo algo ilegal. Nosso velho Frank é, de algum modo, um prisioneiro. Teclando 2667, noto as letras acima de cada número, como em um telefone. E me dou conta: talvez a senha seja na verdade uma palavra. A porta se retrai e vejo o juiz sentado, lendo. Ele veste terno e gravata amarela brilhante. Você pensaria que estávamos indo a um baile de debutantes.

Isso mostra que esqueci como a vida vira um festival de aberrações sempre que o juiz está envolvido. Quer dizer, se Gerber e eu estávamos esquisitos, o velho Frank saía na liderança.

— E essa roupa?

— Preciso comprar um chapéu — ele diz. — Um alto que convenha à arquibancada. Você conhece algum bom lugar onde possamos parar no caminho?

Olha, eu sei melhor do que ninguém que não é preciso agradar o cara, não importa que todo mundo aqui tenha o hábito de beijar o traseiro de cento e quarenta anos. Mas o fato é que ele vai assar com essa roupa, sem falar em quanto um chapéu alto seria popular no apertado Fenway Park. Ele vai deixar as pessoas de trás putas. O pensamento me anima a deixar a coisa por isso mesmo, até que uma ideia melhor aparece e assobia uma canção feliz.

— Conheço o chapéu certo para você — digo. — E o lugar perfeito onde podemos conseguir um.

— Excelente — ele comenta, colocando o livro sobre a cama com tanto cuidado como se fosse a Bíblia. Eu espio e é *Grandes esperanças*. Lembro-me do colégio e da agonia de carregar aquele peso de porta, tedioso como um domingo de chuva. A única coisa que gostei foi de como a velha louca e rica fizera todo mundo pensar que ela deixaria uma grana para o garoto, mas o dinheiro acabou sendo de um criminoso que ele tinha ajudado. Isso eu não esperava.

Nosso Frank se levanta, ajeitando a roupa.

— Devemos ir?

Percebo que ultimamente ele está com um brilho diferente, e não só por conta do jogo de beisebol. Ele aprende as coisas mais rápido, responde às perguntas com mais agilidade e precisa cada vez menos de um cochilo. É como se ele, enfim, estivesse totalmente acordado.

— Sim, vamos pegar o Gerber e ir nessa. Você sabe que vai fazer o lançamento de abertura do jogo?

— O quê? Eu não sabia disso. Meu Deus, que honra.

— Bem, só garanta que a bola chegue até a base, hein? Não nos envergonhe.

— Não, claro que não.

— Vem. — Aponto o dedão para a porta. — Vamos picar a mula.

Ele assente, mas segue como um cãozinho na coleira.

• • •

Carthage pediu a Thomas que chamasse um carro, mas não há maneira de fazer com que este que vos fala chegue a um jogo de limusine. Os germes que se danem. Se os espirros, tosses e apertos de mãos de metade de Boston ainda não mataram o cara, uma viagem de metrô ao Fenway Park não será pior. Sem mencionar que nosso velho Frank vai ter uma bela ajuda da Boston verdadeira no jogo, então por que não mostrar a ele o transporte do homem comum? Saímos escondidos pela porta dos fundos enquanto a limusine estaciona na frente.

Durante toda a viagem de metrô o juiz tagarela sobre os jogos de beisebol dos velhos tempos. Aparentemente havia umas figuras locais que festejavam antecipadamente em um bar chamado Terceira Base, depois se sentavam nas arquibancadas sustentando uma faixa que dizia "Os Fãs Reais". E eram tão barulhentos que os jornalistas esportivos gastavam tanta tinta com eles quanto com os jogos.

— Aqueles trapalhões birutas e malucos — Gerber diz, piscando para mim.

O juiz não nota. Ele está apenas se aquecendo.

— Havia outros fãs, igualmente devotados, mas com um comportamento mais apropriado à minha posição. Juntava-me a eles sempre que a pressão aliviava e então corria para os campos da Walpole Street. Ah, e agora eu me lembro, depois eles começaram a jogar na Huntington Avenue. Lucy Swift, de New Bedford, por exemplo. Ela nunca perdia um jogo, sempre de vestido preto, e mantinha a contagem dos batedores e lançadores em seu próprio livro negro de pontos. Michael Regan também, ele dirigia uma proeminente empresa de mobília em Boston. Apesar de trabalhar duro, de alguma forma sempre encontrava tempo para assistir aos Pilgrims jogando.

Isso chama minha atenção.

— Pilgrims? Quem diabos eram eles?

— Um dos times que deram origem ao Red Sox, junto com os Red Stockings, de Cincinnati. Esta sempre foi a cidade principal do beisebol. Os ingressos custavam cinquenta centavos, enquanto os outros times cobravam vinte e cinco.

— O quê? — Gerber grita. — Cinquenta centavos? Você tem ideia de quanto custa um ingresso hoje em dia?

As pessoas no vagão olham para nós, e então cuidadosamente desviam o olhar. Uma das minhas coisas favoritas no transporte coletivo é como as pessoas fingem que não estão ouvindo. É igual nos metrôs de Nova York, no BART, em San Francisco, no metrô de Washington — por todo lugar os peritos estão bisbilhotando.

— Não consigo imaginar. Quatro dólares? Seis?

Eu apenas rio, sem conseguir evitar.

— Passou longe, Frank.

Gerber começa a rir também.

— Tente novecentos.

— Com mil perdões? Isso é impossível. Em meu tempo, os jogadores ganhavam uns três mil por temporada.

— Bem, cara, agora eles ganham mil vezes essa quantia — explico. — Ou mais.

Isso o anima novamente, agora falando sobre os jogadores especiais na grande temporada de 1903:

— Aquele foi o ano da primeira Série Mundial, a época de resolver a disputa entre as ligas Nacional e Americana. Pittsburgh ficou na frente do Red Sox por três jogos a um. O lançamento era maravilhoso, a velocidade alucinante, embora as ligas tivessem que mover montanhas alguns anos antes, porque ninguém conseguia rebater as jogadas de Amos Rusie. Ah, está tudo me voltando à memória agora.

— Dá para ver — resmungo. — Que maravilha para você.

Há um monte de idiotas por aqui que idolatram as histórias empoeiradas do beisebol, mas não eu. Claro, quando este que vos fala cobriu a legislatura, eu conhecia cada presidente de comissão e quais lobistas lhe pagavam mais bebidas. Porém, quando se trata de esportes, sou péssimo com números. Apenas me diga quem está em primeiro lugar, e, se não forem os Yankees, em que posição eles estão, e quanto falta para as eliminatórias. Quando começam a falar sobre o início do beisebol, sinto-me criando teias de aranha.

Chegamos à parada do Fenway e seguimos com a multidão na direção das escadas. A boca de Frank continua funcionando como um cortador de grama.

— Buck Freeman foi o primeiro jogador de base. Jimmy Collins, ah, ele era rápido; jogava na terceira posição e também era capitão da equipe. Mas a verdadeira força estava com Bill Dinneen, o lançador. É claro que também tínhamos Cy Young, o maior atirador que já existiu, mas naquela época ele já estava velho. E também havia o Iron Man McGinnity, que lançou em três rodadas duplas sozinho naquele mês de agosto. Rapidamente, os Red Sox saíram daquele três a um e venceram quatro jogos consecutivos, ganhando a primeira Série Mundial.

Um velho que está na nossa frente na escada se vira e diz:

— E foi o grande Bill Dinneen que lançou em três dos quatro jogos da vitória.

— O velho usa um boné tão antigo do Sox que parece uma segunda pele na cabeça dele.

— Correto — diz o juiz, como se fossem irmãos de imediato. — Extremamente correto.

Mais um segundo dessa tolice e eu vou estapear alguém. Faço a curva na Yawkey Way, a ruela ao lado do estádio. Sei que isso vai calá-lo.

Como esperado, os vendedores estão ali com seus carrinhos, vendendo camisetas e bonés. Barganho com um deles por meio minuto e volto alguns dólares mais pobre, mas com um belo e novo boné, azul, com um B vermelho na frente, e o coloco na cabeça do velho Frank.

— Agora você é um fã legítimo — afirmo.

Gerber aponta para ele.

— Olha só. Esse cara não é um Fã Real?

O juiz para, olhando para todas aquelas pessoas usando roupas normais, bonés e camisetas, sem qualquer cartola à vista. E então ele ajusta a aba e estufa o peito como um halterofilista à moda antiga.

— Sinto o cheiro de vitória.

— Nah — resmungo, puxando-o. — Acabou de sair uma leva de cachorros-quentes.

* * *

A equipe da TV está esperando, ao lado de um guia do estádio. Ganhamos um tour completo pelo local. Conhecemos o dono do time, um cara de cabelo branco com um bronzeado tão perfeito que faria um astro de cima desistir do protetor solar. O juiz aperta a mão de todo mundo, um grande e sincero olá, não importa se é um zelador com esfregão e balde. O cinegrafista se inclina constantemente para conseguir um bom ângulo. Frank e o dono parecem não prestar atenção em mais nada. Eu só tento me manter longe das luzes.

Finalmente um dos treinadores nos leva por um labirinto de corredores na direção do campo, parando no último trecho de sombra antes da porta de entrada, como querendo criar suspense. Grama e luz acenam adiante. Eu acho sentimental demais hesitar bem aqui, até que um segundo depois entramos no estádio de verdade. Não importa o time de que você gosta ou em que século você nasceu, sair da porta para o gramado gigante e o sol do verão e aquelas fileiras de assentos se erguendo ao redor de você, vou lhe dizer que é demais, é realmente demais.

— O que acha disto, velho Frank?

Ele roda em círculos lentos.

— Por que me chama por esse nome?

— Por nada — respondo. — É uma velha piada.

— Meu nome é Jeremiah Rice — ele comenta, ausente, tentando observar todo o cenário. — Nós podíamos ver dez mil pessoas comparecendo a um jogo em meu tempo. Hoje deve ser três ou quatro vezes esse número. — Ele continua girando. — Quanta gente.

As arquibancadas estão quase cheias, meninos com tacos e velhos fãs andam pelas áreas cobertas, pessoas de fora da cidade posam para fotos, a emoção habitual antes de cada jogo. Há ainda uma boa meia hora de preliminares, já que o beisebol é uma longa enrolação antes do lançamento, se entende o que quero dizer. E então o locutor chama um grupo a capella da Universidade Tufts, que vai cantar o hino nacional.

— Conheço essa universidade — o juiz diz. — Estudei lá.

Eu agito o ar com o dedo.

— Iupi.

Os garotos têm vozes decentes. Um cara alto, magro como um remo, canta incrivelmente baixo. Uma soprano com uma cabeleira vermelha tem um belo par de peitos. Boa garota.

Quando chegam ao "land of the free" e seguram a nota, nosso Frank afasta uma lágrima com o nó do dedo. Que diabos? Quando eles finalizam, a multidão aplaude e Gerber se inclina para ele.

— Você está bem?

Ele assente.

— Eu havia me esquecido.

Que bicho estranho, vou lhe contar. E então eles anunciam o convidado especial que fará o primeiro lançamento do dia. Ao nome "Jeremiah Rice", um grande aplauso se dá. Ele marcha até o ponto, com o árbitro e o dono do time ao seu lado. No entanto, antes de chegar lá, um coro de vaias surge de algum lugar também. Ali está, em um momento apreendemos a opinião do mundo sobre o juiz: bom, mas parcialmente nublado.

O árbitro entrega uma bola a Frank. Ele a pesa, sentindo a costura. E aí faz a coisa mais estranha: tira o paletó para dar mais liberdade aos braços. Enquanto olha ao redor, procurando um lugar para pendurá-lo, todo o estádio espera. É apenas o lance da abertura, camarada.

É neste momento que o dono do time faz um sinal de "vai nessa", erguendo o punho fechado, e diz:

— Manda ver, Jeremiah.

O juiz se vira, vê o braço do cara esticado e pendura nele o paletó. Metade do estádio cai na risada. O homem mantém um sorriso amigável. Afinal, talvez ele não esteja tão alheio à câmera.

O rosto de nosso Frank está sério, como se todo o destino de nossa raça dependesse daquele lançamento. Ele encara o apanhador, que segura a grossa luva como um menino de dez anos. Frank joga o braço para trás, levanta a perna alto, chicoteia e lança a bola de uma maneira que eu não imaginaria: uma linha direta até a base, zunindo para o alto e à esquerda, apenas para se curvar para a direita, perder velocidade nos últimos metros e cair como uma rocha, acertando a luva imóvel do apanhador com um estalo satisfatório.

O lugar vai à loucura. Frank pega de volta seu paletó, agradece ao dono e aperta a mão de todo mundo novamente. Os fãs gritam. Ele toca a aba de seu novo boné. Este é um excêntrico adaptável, devo admitir: de "eu preciso de uma cartola" para "bola curva na zona de ataque" em menos de noventa minutos.

• • •

Os lugares eram ridículos. Quarta fileira, bem ao lado da base, então tínhamos que olhar para baixo para ver a terceira base. Convenci Frank a tirar o paletó, mas, quando tentei tirar também a gravata, ele se esquivou.

— Ah, não — ele disse. — Certos padrões devem ser mantidos.

O cinegrafista se ajeitou abaixo de nós, e esquecemos que ele estava ali depois de umas duas cervejas. Gerber disse ao menino que trabalhava nas arquibancadas para ficar por perto e continuar mandando as geladas. A primeira desceu como água. A segunda tinha toda a refrescância para fazer um dia de sol deitar como um cão pedindo afago na barriga. Nosso Frank tomou a cerveja como um bom garoto, mas depois de um gole fez uma careta.

— Qual é o problema agora? — Limpei a espuma do lábio.

— Não tem sabor — ele disse. — Esta talvez seja a única sensação que meu corpo não recobrou. As coisas não têm um gosto forte.

— Talvez não seja você — Gerber disse.

— O que você quer dizer com isso?

— Talvez o negócio que tomamos hoje em dia seja realmente um mijo supervalorizado. — Ele sorriu e deu um grande gole. Frank olhou para a lateral do copo, pensativo, e então o colocou embaixo do banco.

Estava sendo um jogo de lançadores, rebatidas para fora e corridas de volta sem ninguém na base. Em outras palavras, um típico jogo de beisebol chato, uma das melhores coisas da Terra. Comprei um programa para o Frank, para que ele pudesse acompanhar os batedores. Ele tinha a teoria de que rebatidas duplas eram o indicador, que, desde Honus Wagner, os caras com a maioria de rebatidas duplas também tinham as melhores médias. Eu disse que ele estava falando merda, até que ele enfiou o programa na minha cara e provou, jogador por jogador da lista.

— O que você sabe? — eu disse e ergui o braço, fazendo sinal para o garoto que vendia cachorro-quente. Ele se aproximou e pedi quatro. — Frank, você precisa mastigar uma dessas delícias. Vai pensar que morreu e voltou à vida.

Gerber explodiu em risos.

— Dixon, você realmente tem o dom do tato, sabia?

— Relaxa — eu disse, passando os lanches. — Ele sabe o que eu quero dizer.

— Eu sei — o juiz retrucou. — E creio que vou experimentar um destes.

— Vai?

— Já estou cheio do mingau de aveia fortificado do dr. Borden.

— Rebelião — Gerber disse, com uma mão em concha sobre a boca, como se fosse um grito falso. — Insurreição.

— Aqui — falei. — Experimente desse jeito.

Espalhei ketchup e coloquei uma boa dose de mostarda por todo o sanduíche, e então fiz o mesmo com o meu.

Frank cheirou o resultado.

— Quando em Roma... — E deu uma bela e gorda mordida.

— Agora me diz se não é a melhor coisa que você já comeu em toda sua vida?

— Ah, meu Deus — ele disse com a boca cheia. — É só *sal*.

E olhou ao redor procurando algo para lavar a boca, então enfiou a mão sob o banco, pegou a cerveja e tomou muitos goles.

— Agora sim — comentei.

— Como vocês conseguem comer essas coisas? — Ele deu outro gole.

— Diligência — Gerber respondeu. — Prática, prática, prática.

Frank ficou calado nos minutos seguintes, sério como um jogador de xadrez. Porém conseguiu comer todo o cachorro-quente, um pedaço por vez, facilitando as coisas com muita cerveja.

Por um momento me diverti com a ideia de que levaríamos o cara de volta bêbado. Não sei dizer por que a ideia me atraía tanto, mas definitivamente atraía. Gerber devia achar a mesma coisa, porque, quando o segundo copo do juiz esvaziou, ele fez sinal para que o garoto trouxesse outra rodada. Assim que as geladas chegaram, nosso Frank repetiu o velho truque de colocá-la embaixo do banco. Bem, melhor para nós.

As entradas passaram, os Yankees subiram um ponto, o Sox tomou a dianteira, indo e voltando, todas jogadas curtas e jogo apertado. Nosso Frank estava tão concentrado que às vezes ficava de boca aberta. Mas o passo estava lento, a tarde se esticava como um gato tomando sol no sofá. Em determinado momento, ele se virou para mim.

— Poderia me explicar algo, por favor?

— Claro. Manda.

— Por que vocês usam isso? — ele apontou para meus óculos escuros.

— Para proteger nossos olhos do sol — Gerber respondeu.

— Ah. É por isso que nenhum de vocês está apertando os olhos. Nós certamente poderíamos ter usado algumas dessas lentes nos mares árticos.

— Ele está mentindo — eu disse. — Não é isso.

Gerber riu.

— Então por que é que você usa?

— Para olhar para as mulheres sem que elas notem.

— É claro — Gerber concordou. — A outra razão principal.

— Como nesse caso — cutuquei Frank. — Vê aquela loira ali? — Naquele momento, uma gostosinha se levantou para ajeitar os shorts: jeans extrema e maravilhosamente curto que devia ter deliciosamente se enfiado em seu lindo traseiro. Delícia, delícia, delícia.

— Ah, céus — o juiz disse. — Aquela vestimenta é permitida?

— É uma questão de gosto — Gerber respondeu. — Alguns de nós preferem um tipo diferente.

Ele apontou com o queixo para uma gata de coxas grossas, enfiada dentro de uma calça preta nove números abaixo do seu, os braços balançando, as pernas se esfregando uma na outra enquanto ela gingava pelo corredor entre as arquibancadas.

— Ah, céus — Frank surpreendeu-se novamente.

— A promotoria exibe a prova B — eu disse, apontando para um avião que vinha passando no espaço à nossa frente, cabelos longos presos no alto, camiseta cortada para mostrar a barriguinha linda, com o brilho de um piercing no umbigo.

— Ah, céus — o juiz disse, balançando a cabeça. — Minha esposa usava mais roupas de baixo que isso.

— Sim. — Eu devorei o resto do meu cachorro-quente. — Não é ótimo?

— A defesa humildemente requisita que todos verifiquem a prova C — Gerber disse, sorrindo como um homem que havia acabado de ganhar na loteria. Ele apontou para uma mulher na arquibancada ao lado, a barriga redonda como um barril, o peito tão grande que servia de plataforma para ela apoiar quantas sodas e cachorros-quentes quisesse. — Estou apaixonado.

— Ah, céus — Frank disse novamente, a mão sobre a boca.

— E agora vamos agradecer à prova D — eu disse. — Bem ali, de camiseta branca. — Na verdade a camiseta da moça, tão apertada quanto pele de salsicha, não deixava absolutamente nada para a imaginação a respeito da obra de arte que eram seus peitos. E em letras enormes na frente se podia ler: "Me Ame, Me Ortize".

— Ah, céus — Frank disse mais uma vez. — O que essas palavras significam?

— É uma piada com um dos jogadores — Gerber explicou. — E eu desisto. Me rendo a seu argumento e me lanço à mercê da corte. Qual é minha sentença?

— Pelo resto do dia — comecei, bancando o juiz —, o Frank vai usar seus óculos escuros. E vamos ver qual ele encara mais, a sua evidência ou a minha.

— É justo — Gerber disse, entregando os óculos a ele.

— Em vez de esconder minha malícia — o juiz falou, segurando-os diante de seu rosto —, que eles me protejam dos dois tipos de falta de pudor.

E foi por isso que, nos jornais do dia seguinte, qualquer foto que não mostrasse o lançamento monstro do Frank mostrava-o segurando uma cerveja e rindo por trás dos óculos escuros.

* * *

Uma coisa que esqueci sobre os fãs que vão ao Fenway é sua irritante tradição no intervalo da sétima entrada. Com qualquer outro time que se preze, o público sabe que as emissoras de TV estão colocando no ar um monte de propagandas de cerveja e picapes. Os fãs se levantam por alguns minutos, conversam com as pessoas em volta ou vão comprar mais uma bebida.

Não nos jogos do Sox, ah, não. Em vez disso, o sistema de som toca aquela música do Neil Diamond, "Sweet Caroline", e as pessoas cantam junto a todo volume. As vozes soavam tão terríveis quanto se poderia esperar de um coral de bêbados. O juiz olhou para a direita e para a esquerda, tentando seguir a letra. Eu só cobri os ouvidos.

O velho Neil chegou à frase "Hands... touching hands", e cada gordo chato e beberrão do lugar ergueu a mão livre de uma cerveja acima da cabeça. O juiz também o fez.

— Uau! — Gerber gritou. — Que viagem.

Eu me inclinei na direção dele.

— O quê?

— Já vi isso antes. — Ele apontou para a mão esticada de Frank. — Mas estava congelado.

Estranho e verdadeiro. Ali estava a imagem do vídeo no Ártico, a mesma mão fazendo o mesmo gesto. Percebi, então, a distância que percorremos. Que longo caminho desde o homem preso no gelo. Eu quis me concentrar nessa ideia por um minuto, mas a maldita música me distraía demais.

Olha, eu não tenho nada contra brincadeiras, ironias e todo o resto. Mas, depois que a música dizia "good times never felt so good", todos no estádio sorriam e berravam "so good, so good, so good".

Foi o suficiente. Cutuquei nosso velho Frank.

— Vamos. Preciso tirar água do joelho.

Ele me lançou aquele olhar esquisito que sempre lançava quando eu recorria a figuras de linguagem. Mesmo assim, sempre me entendia, então acabou me seguindo pela escadaria.

— Lembre-se, setor trinta e sete. — Apontei para a placa. — Caso a gente se separe.

Quando chegamos ao banheiro, ele estava em meu encalço. Porém bastou um olhar para a longa fileira de mictórios, todas com filas de caras esperando, e ele se afastou, colocando uma das mãos na parede.

— Não toque nisso — avisei. — Acho que não limpam essa coisa desde 1922. — O juiz deu um pulo, como se a parede estivesse eletrificada, e então baixou o olhar para sua mão, como se estivesse cheia de insetos. — Apenas faça o serviço rápido. Você pode lavar as mãos ali atrás. — Apontei para outra fila. — Te encontro lá fora.

Ele se foi, sem dizer uma palavra. Pobre coitado. Imagine ficar tão assustado por causa de algo tão normal quanto um banheiro público.

Tive que esperá-lo, e por mim tudo bem. Fenway não estava com escassez de rabos de primeira classe naquele dia, fornecendo um desfile de delícias. Eu me apoiei em um pilar e assim impedi que toda aquela beleza passasse despercebida.

Nosso velho Frank finalmente apareceu, com a aparência de quem passou uma semana no mar. Ele estava a meio caminho de mim quando uma mulher o interceptou, uma medusa de pernas curtas com um agasalho vermelho, carregando uma bolsa rosa grande o suficiente para comportar uma bola de boliche. Em dois segundos ela se jogou em cima dele. Eu me escondi atrás do pilar, me amaldiçoando por não ter trazido o caderno de anotações.

— Eu sabia que te encontraria uma hora ou outra — ela estava dizendo, o braço enroscado no dele como se ela fosse metade polvo. — Eu apenas sabia.

O juiz parou de andar, tentando soltar o braço, sem sorte. Ela não parecia oferecer nenhum risco, então decidi deixar a cena rolar.

— Como posso ajudá-la, madame?

— Você já ajudou. — Ela sorria como um tubarão. — Você me deu esperança.

— Fico muito feliz — ele disse, tirando uma das mãos dela que lhe subia por baixo da manga.

— É meu marido. Ele morreu de câncer pancreático nove anos atrás.

— Minhas condolências...

— Não, está tudo bem. Porque nós o congelamos criogenicamente, sabe? — ela disse com a voz modulada, como a soprano mais poderosa de um coral de igreja. E ainda puxava o cotovelo de Frank com força, até que ele se soltou. — Custou cinquenta mil dólares — ela continuou, fingindo sussurrar. — Nunca tive muita fé naquilo, mas ele insistiu. Nove anos atrás. — Ela bateu com o dedo no peito dele. — E aí apareceu você. Ah, agora tenho muita fé.

O juiz tirou os óculos de Gerber.

— Obrigado por compartilhar sua história comigo.

— Você não vai escapar assim fácil — ela balançou o dedo. — Quero te perguntar algo.

Os olhos do juiz me procuravam na multidão, mas não olharam para o pilar.

— É claro.

— Eu *sabia* — ela disse, tão alto como se estivesse contando para as pessoas que saíam do banheiro. — Eu sabia que você seria generoso.

O juiz assumiu uma postura mais digna, tribunalesca até.

— Como posso lhe servir?

— Não é óbvio? Eu quero que você os faça acordarem meu marido.

— Ah, entendo — ele disse. — Eu ficaria feliz em ajudar, mas temo que isso esteja além do meu...

— Não venha com humildade para cima de mim — ela falou, inclinando a cabeça de modo provocante, algo que talvez, eu disse *talvez* pudesse funcionar vinte anos atrás. Agora só fazia minhas tripas revirarem. — Tenho certeza de que você tem muita influência com os cientistas.

— Eu gostaria de ter — Frank disse. — Mas, independentemente disso, eles estão longe de tentar em outras pessoas a experiência que fizeram comigo.

A mulher deu um passo para trás com as mãos na cintura.

— Você está me dizendo "não"?

— Minha cara, estou dizendo que não tenho a influência nem a habilidade...

— Eu simplesmente não acredito nisso. — Ela olhou ao redor, procurando uma testemunha. — Mas você disse.

— Perdão?

— Você disse que nos ajudaria. A todos nós que estávamos assistindo, que trouxemos você para nossas salas, lhe dando nossa atenção.

— De onde você tirou essa ideia?

— "Devemos deixar nossos feitos serem nossos embaixadores." O que foi isso?

— Ei, juiz, juiz Rice. — Um cara magrelo surgiu do outro lado. Ele estava totalmente vestido com roupas do Red Sox, do boné às meias. — E aí, camarada? Você assinaria meu programa para mim?

O velho Frank pegou a caneta do rapaz e assinou, enquanto ainda falava com a mulher ao lado:

— De fato eu disse isso, madame. Mas não me referia às circunstâncias de seu marido. Eu me referia às pessoas que insistem que não sou real.

— Eu também! — pediu uma garota que foi empurrada por um trio de amigas adolescentes. — Me dá um autógrafo também?

O juiz Rice, ainda segurando a caneta do rapaz, olhou-a cuidadosamente.

— Minha cara, você não tem nada para eu assinar.

— Tenho sim — ela disse, levantando a camiseta e revelando uma barriga tão bonitinha e jovem que nem tenho permissão para pensar nisso. As amigas riram com a mão na boca.

O velho Frank hesitou, pode apostar.

— Não me sinto confortável...

— Não tem problema — ela disse. — Fique à vontade.

Um rapaz que passava assobiou, e a adolescente lhe lançou um sorriso que poderia derreter uma geleira. Foi quando a perua decidiu dar um golpe no braço do juiz com a bolsa.

— Eu acredito que você é real — ela disse. — Realmente egoísta. — Ela acenou com a cabeça para o grupo que começava a se juntar, incluindo-os na conversa. — Qual é a dificuldade de juntar o pessoal do Lázaro e o da criogenia na mesma sala? Hein? É tão difícil assim?

Ah, senhora, acho que acabou de me ajudar a entender o que estava acontecendo quando cheguei ao laboratório hoje, pensei. Um palpite sobre quem eram aqueles homens e o que havia na pasta verde.

E então três caras realmente bêbados chegaram cambaleando, os braços sobre os ombros uns dos outros, ainda cantando a irritante música do Neil Diamond.

— Ei, uau! — o da direita gritou, embora estivesse a alguns centímetros. — Puta merda, é o juiz Rice.

— Ei, cara, meu amigo aqui vai se casar na semana que vem — disse o cara da esquerda. — Alguma chance de você fazer o casamento? Tipo, você ainda tem permissão para fazer essas coisas?

Nesse momento a expressão no rosto do velho Frank beirava o pânico, como um peixe deve ficar quando percebe que está numa rede. Hilariante ver as pessoas puxando-o nas quatro direções ao mesmo tempo. A aglomeração havia crescido, e a equipe de cinegrafistas também surgiu ao pé da rampa. Mas eu me mantinha escondido. Não machucaria o cara aprender um pouco de humildade, sentir um gostinho do mundo sem a dra. Kate brincando de goleiro o tempo todo. Além do mais, era divertido de ver.

O bêbado que estava no meio, usando uma coroa de uma lanchonete fast--food e parecendo tão acabado que poderia ter aquele X dos desenhos animados nos olhos, levantou a cabeça como se ela pesasse cem quilos e conseguiu soltar três palavras arrastadas:

— Despedida de solteiro.

Os outros dois imediatamente começaram a fazer alguma dança louca de fraternidade.

— Despedida de solteiro, despedida de solteiro.

— Eu não terminei de falar — disse a mulher de agasalho, tentando novamente escalar o braço do juiz.

— Oi, amigo, dá para devolver minha caneta?

— Pode assinar a barriga da minha amiga também, por favor?

— Despedida de solteiro, despedida de solteiro.

Tudo bem, tudo bem. Estava começando a ficar feio, por isso me adiantei, pronto para o resgate. Mas um segurança chegou primeiro. Ele não era do tipo jovial-irlandês-de-Boston-estou-sempre-por-aqui. Era musculoso e andava cheio de ginga, com equipamento suficiente para um tanque.

— Está tudo bem aqui?

Ah, os garotos bêbados sumiram como fumaça. Foi engraçado como rapidamente ficaram sóbrios, ergueram o amigo do meio e seguiram na direção do banheiro. As adolescentes também foram quase tão rápidas, cobriram a barriga e se misturaram à multidão. Mas a senhorita bolsa rosa continuou grudada no juiz como uma craca, e ele voltou à sua rigidez habitual.

— Olá, oficial. Eu estava apenas explicando a esta gentil senhora...

— Você não é um homem bom — ela disse. — Nós lhe demos comida, atenção, roupas. Como pode se recusar a ajudar?

Ele se virou para ela.

— Vou tentar falar com o dr. Carthage...

— Ah, não vai. Só está dizendo isso para me calar.

— Senhora, por que não dá espaço para o homem?

Ela levantou os punhos.

— Talvez você seja mesmo uma farsa. Apenas uma grande farsa.

— Sim, é o que eu sou — gritou o velho Frank, finalmente se irritando. — Uma farsa. Você descobriu. Agora pode me deixar em paz?

— Vamos, senhora — o guarda disse, colocando-se entre eles, quase peitando a mulher. — Circulando, ou vamos ter que lhe mandar para casa.

Frank se inclinou na direção do guarda.

— Isso não será necessário...

— Vamos — eu disse, puxando o braço do juiz. — Vamos sair daqui.

O segurança falou por sobre o ombro:

— Pode ir, senhor, nós cuidamos disso.

— Falso e egoísta — a mulher berrou. — Falsidade completa.

Eu arrastei o velho Frank, que tentava olhar para trás. A aglomeração se dispersou assim que não houve mais nada para ver.

— Uau! — brinquei. — Você é o Elvis da reanimação.

Ele afastou minhas mãos e me encarou.

— Nós dois sabemos que você me abandonou ali. — Em seguida saiu andando, direto para o setor trinta e sete, Dixon abandonado e desertado.

Nossa, desculpa aí, sua alteza de merda.

• • •

Eu não imaginaria que Frank era do tipo que ficava emburrado, mas ele ficou, e profundamente. Colocou os óculos escuros de Gerber e se fechou. Sem aplaudir o time da casa, sem sorrir para a câmera, um maldito adolescente no paraíso. A equipe de TV ia amar a entrevista pós-jogo.

— O que aconteceu lá? — Gerber perguntou.

— Depois te conto — respondi.

— O século XX conheceu o XXI — o juiz disse, rastejando de volta para seu abatimento.

Para mim tanto fazia. Os Yankees venciam a nona entrada por três a dois, com duas bolas perdidas. Estávamos perto de celebrar. Mas o Sox se recuperou. Um cara rebateu para a direita e chegou à base, então o rebatedor seguinte acertou e acelerou, e bingo, dois homens dentro. O lugar foi à loucura, e nosso Frank não pôde evitar de se levantar e se juntar ao barulho. Gerber se colocou ao lado dele e começou a assobiar.

Nos velhos tempos, quando tudo estava certo com o beisebol, você podia contar que, num momento como este, o Red Sox ia engasgar feito uma cobra comendo um carro. Em vez disso, aquele tosco daquele dominicano subiu na base, balançou o taco no primeiro lance e acertou a bola com tanta força que imagino que ela ainda esteja em algum lugar lá no alto.

Foi um pandemônio. O Sox ganhou de cinco a três. O moleque correu pelas bases, a palma da mão espalmada contra as que o aguardavam enquanto ele cruzava a base, os fãs gritando até ficarem roucos.

— Fim de papo — o juiz gritou, sacudindo o boné no ar. — Fim de papo.

O pessoal em volta olhava para nós. Gerber me lançou um olhar que dizia "que diabos?". Eu encolhi os ombros. Ele riu, sacudindo a cabeça de ovelha e gritando "fim de papo" também.

Bem, é isso aí. Os ingressos foram de graça, eu havia mandado para dentro meia dúzia de cachorros-quentes e Gerber pagara as cervejas; o que importa quem ganhou? Fora o episódio com a louca, o juiz parecia ter vivido bons momentos também.

Começou no alto-falante a música "Tessie", que eu nunca ouvira antes, responsável pelo momento mais esquisito de todo o dia. Era um tipo de música da vitória. Eu só permaneci sentado enquanto todo mundo berrava a letra. E então aconteceu de eu notar que nosso velho Frank movia os lábios seguindo a letra também. Não cantando, mas acompanhando, sem voz.

Agora me diga: Quando diabos ele ouviu tanto essa música para sabê-la de cor? E me dei conta de que estava fazendo a mesma pergunta pela nonagésima sétima vez: Quem afinal é esse cara?

29
COMO A AVIAÇÃO

Meu nome é Jeremiah Rice, e começo a acelerar.

Notei primeiro pelas manhãs, porque comecei a acordar mais cedo. Em seguida percebi que estava acontecendo com os livros; eu lia rápido e terminava muito antes do previsto, mas aproveitava a leitura do mesmo jeito. Terminei *Madame Bovary* em uma única tarde. E o senti tão vivamente como se inalasse o perfume de um lenço sobre o rosto.

Subsequentemente, tornei-me mais ciente de minha mente, que havia se livrado das algas da letargia e recobrado a agudeza anterior, e então parecia se expandir. Eu entendia mais rapidamente, respondia mais prontamente, adaptava-me imediatamente. Mesmo assim não dava atenção a essas mudanças por conta da falsa ilusão de orgulho; a mente está sempre ansiosa para se elogiar.

Entretanto, o indicador final e persuasivo foi meu apetite, uma fome que nenhuma quantidade do mingau fortificado do dr. Borden podia amenizar. Eu fazia lanches durante o dia, beliscava qualquer coisa ao meu alcance, jantava alimentos que estavam fora das regras. E não era uma questão de desobediência nem de arbítrio. No jogo de beisebol, eu havia devorado um dos alimentos mais vis que já comi na vida, e mesmo assim quis mais. Na manhã seguinte, esperei a má digestão, mas em vez disso me peguei parado perto da janela da câmara, olhando pela cortina aberta, enquanto aquele jornalista devorava rosquinhas como um cavalo enfia o focinho no mingau, e me senti como um cão suplicando por comida embaixo da mesa.

Ouvi a porta se fechando.

— Bom dia, Kate. Senti sua falta.

— Desculpa, é só o Andrew — o técnico, um homem negro, hesitou.

— Ah, Andrew. Posso lhe fazer uma pergunta que tenho guardado há algum tempo?

— É claro.

— Qual é seu treinamento?

— Bem, sou formado em Princeton. E agora estou em Harvard, cursando biologia celular.

— Que nível?

— Doutorado. Estou escrevendo minha tese a seu respeito.

— Que estranho ouvir isso. Por favor, diga-me se eu puder ajudar.

— Já está ajudando. Estou estudando suas mitocôndrias, baseado no sangue que temos tirado de você.

— Fico aliviado em saber que todas essas picadas de agulhas têm um propósito. Mas posso lhe fazer mais uma pergunta, um tanto delicada?

— Qualquer coisa.

— Suas credenciais, você estar aqui. Isso é incomum para um sujeito negroide nos dias de hoje?

— Um pouco. — Ele exibiu um sorriso radiante. — Mas isso ocorre devido à competitividade nas universidades que frequento, e não por causa da minha raça. Muitos negros frequentam a universidade hoje, e um número cada vez maior chega a graus bem avançados.

— Fico feliz em saber.

— Se me permite, juiz Rice?

— Sim, o que é?

— Não somos mais chamados de negroides. Apenas negros. Ou melhor, afro--americanos.

— Sim, eu esqueci, o dr. Gerber já havia mencionado isso. Minhas desculpas. E obrigado por conversar comigo.

— Foi uma honra, senhor.

Andrew começou a seguir na direção da porta, e então parou.

— Quase me esqueci. A razão de eu estar aqui é que seu primeiro compromisso do dia já chegou. Na sala de reuniões particular.

— Obrigado. Você sabe onde a dra. Philo está nesta manhã?

Ele colocou uma cadeira segurando a porta, permitindo que eu saísse depois.

— Sinto muito, senhor, não sei.

Sozinho novamente, removi os eletrodos do dr. Gerber, colocando o emaranhado de cabos em uma mesa de canto. Na sala de controle, Dixon estava passando quando entrei.

— Perdão, você pode me dizer onde a dra. Philo está hoje?

— Sabe, faz um tempo que ela não decora o cenário por aqui — ele respondeu. — Acho que ela tinha alguma coisa para entregar para o Carthage, e um prazo apertado para isso. Desculpa.

Ele saiu apressado, evidentemente a caminho do banheiro, deixando sua caixa de rosquinhas desacompanhada.

* * *

— Ah — o entrevistador disse. — Não me dei conta de que não tinha terminado seu café da manhã.

— Só um momento, por favor — respondi, finalizando meu lanchinho roubado. — A pessoa que cuida da minha agenda teve um compromisso hoje, então não tomei conhecimento de que o senhor viria. Minhas desculpas.

— Não precisa me amaciar, juiz — o jornalista disse, retirando alguns papéis de uma valise. — Isso não vai influenciar o que vou escrever.

Prestei atenção no homem pela primeira vez. Alto, bem-vestido, mãos grandes, mas elegantes. Ele me deu seu nome, Steele, e nomeou a publicação para a qual trabalhava. Outro jornal, mas o jeito como ele declarou o nome foi desagradável.

— Nem eu tenho razões para bajulá-lo ou para proferir falsidades — falei.

Ele concordou sem dizer nada, organizando seus papéis. Então ligou uma pequena caixa, colocando-a entre nós, sobre a mesa.

— O que é este aparelho?

— O senhor honestamente não sabe?

Há muito tempo desenvolvi certo desgosto por pessoas que respondem uma pergunta com outra. Decidi usar a retórica de Steele contra ele mesmo.

— E por que mais eu perguntaria?

Ele franziu os lábios numa expressão paternalista.

— Ele registra nossa conversa, para que eu possa fazer a transcrição exata depois. O aparelho o protege contra qualquer interpretação equivocada, e me protege caso o senhor alegue que o interpretei mal.

— Aparentemente a exatidão é uma preocupação sua.

Se Steele ficou desconcertado com minha observação, não deu sinal. Tampouco embarcou em perguntas baseadas em notícias anteriores, como outros jornalistas haviam feito. Ele iniciou a conversa pegando uma cópia da minha tese de doutorado na Tufts. Olhei-a com uma espécie de vertigem, sentindo o abismo de tempo que havia se passado desde sua elaboração. O documento comparava os poderes de persuasão de Iago, em *Otelo*, àqueles de Satanás em *Paraíso perdido*. Houve um tempo em que eu me preocupava honestamente com tais coisas.

— Alguma recordação importante a respeito desse projeto hoje em dia? — Steele perguntou. — Alguma coisa significativa lhe vem à mente?

— Apenas que a capacidade humana de enganar, e de se autoenganar, permanece igual.

— Nada sobre o projeto em si? Sobre o que o senhor leu? Os estudiosos que citou?

Eu sorri, folheando as páginas.

— Eu tinha vinte anos. Embora deva confessar que sua pergunta acendeu minha vontade de reler Milton.

Em seguida o jornalista me mostrou um artigo que eu havia publicado durante o curso de direito, na revista da universidade. Era a respeito do comércio interestadual e uma disputa entre duas companhias ferroviárias em estados adjacentes.

— Algo digno de nota sobre esse caso que o senhor queira compartilhar?

— É estranho como me lembro pouco daquele tempo. Um artigo jurídico em uma revista era um feito admirável. Mesmo assim, é como se eu não houvesse publicado nada.

Depois o homem pegou um recorte do *Globe*, do dia em que fiz meu juramento de juiz. O modo como ele havia transferido aquele artigo para uma nova folha de papel me deixou perplexo.

— Há algo em seu juramento que seja digno de nota? Algo em particular de que se lembra?

Silenciei. Ver aquele artigo me fez lembrar Joan, minha confidente, meu lastro. Na manhã fria em que o texto foi publicado, ela usou sua tesoura boa de costura para recortar a notícia do jornal e então a colou em seu álbum, usando uma gota de cola marrom cujo cheiro chegava até mim do outro lado do cômodo. Outras mulheres pareciam ter mais tempo para tais coisas. Portanto os itens que mereciam ser incluídos no álbum de Joan eram classificados na mais alta ordem: o convite do nosso casamento, o anúncio do nascimento de Agnes, os obituários de nossos pais. Não a escritura de nossa casa, nem artigos sobre os casos controversos ou celebrados que julguei. Nenhum recorte de notícia, agora me dou conta, das dúzias que saíram a respeito de nossa expedição. Como ousei abandoná-la? Como fui brincar com o que me era mais precioso?

— Juiz Rice? Algum comentário?

— Perdoe meu devaneio — eu disse. — Não estava pensando no evento, mas na reação de minha esposa no dia seguinte.

— Como o senhor explica a falta de lembranças sobre eventos e trabalhos tão significativos?

Não o escutei, por ainda estar à deriva. Que graça tinha a vida sem as coisas que mais valorizamos? O desejo que senti de ouvir a voz de Joan, aguçada e inteligente, equivalia a sentir vontade de ar para respirar. Meu desejo pelos abraços apertados de Agnes, com seus pequenos e finos braços, eclipsou qualquer interesse no aqui e agora.

Recobrei o juízo. Um juiz sempre deve prestar atenção no que as pessoas diante dele estão dizendo; mesmo assim, confesso que precisei pedir ao jornalista que repetisse.

— Bem, vamos voltar a isso mais tarde. — Ele olhou as anotações. — Quais são seus casos favoritos, entre os que passaram por sua corte?

— O senhor espera um nível de recordações que está além de mim, senhor. A pressão naqueles casos era tão grande que eu já precisava me esforçar para relembrar um julgamento apenas duas semanas após sua conclusão. E ainda assim o senhor pergunta sobre eventos que ocorreram há mais de cem anos. Além disso, o resultado de um julgamento é de supremo interesse das partes envolvidas; minha preocupação consistia primariamente em lhes fornecer um processo justo.

— O senhor não se lembra de nenhum processo ou crime em particular que tenha passado por seu tribunal?

— Não em detalhes suficientes para discuti-los sem arriscar cometer erros graves.

— Que conveniente.

Pensei em tal comentário. O que ele estava sugerindo? O jornalista assentiu olhando para seu caderno de anotações, um hábito que aparentemente evitava que ele estabelecesse contato visual.

— Vamos mudar um pouco de assunto. O senhor se lembra de qualquer coisa a respeito de sua reputação como juiz?

— Eu seria a última pessoa apta a comentar sobre isso. Fiz o meu melhor.

— O senhor se lembra de ser controverso?

— Cada caso tinha um ganhador e um perdedor, e pelo menos um deles se sentia inclinado a encontrar falhas na jurisprudência.

— Mas o senhor viveu algo mais do que isso, não foi, juiz Rice?

— Vivi?

Finalmente Steele ergueu o rosto. Na verdade ele me encarou.

— O senhor não era conhecido por sua famosa leniência? Ou eu deveria dizer infame leniência? O senhor não liberou um beberrão sob fiança, apenas para que em seguida ele ateasse fogo em uma fábrica de sapatos, matando quatro pessoas?

— Como pode sugerir tais coisas? — gritei. — O senhor está inventando essa informação?

— Está tudo nos registros públicos. Sua expedição na verdade não foi um modo de escapar, de evitar um movimento que acabaria com a revogação de seu cargo?

Humm. Agora eu entendia. Não haveria ingressos para jogos de beisebol no fim dessa conversa. O interrogatório desse homem seguia outra linha, com intenção de me prejudicar. Por que Kate não me informou antes? Aliás, onde ela estava?

— Deixe-me explicar o melhor que puder — eu disse. — Posso me levantar?

— Fique à vontade.

Sim, minha energia estava vindo à tona. Apesar de todos aqueles anos cuidadosamente imóvel no tribunal, agora eu andava de um lado para o outro como um animal enjaulado.

— Em primeiro lugar, não. Eu não fui leniente, fui sensato. Minhas responsabilidades eram de apoiar a lei, salvaguardar a justiça e respeitar os precedentes. Se errei em fazer vigorar tais preceitos e isso resultou em algo terrível, pode estar certo de que minha consciência deu muita atenção ao fato, pelo menos para o bem de casos futuros. Estou certo de que a história provará que errei em algumas ocasiões; na verdade, por ser humano e pelos tribunais serem sistemas humanos, todos nós erramos. Se houve qualquer movimento para me retirar do cargo, eu felizmente desconheço. Lembro-me de um número significativo de incêndios em Lynn, alguns com consequências trágicas, mas nenhum ligado a um caso meu. Além do mais, sua preparação para este encontro não deve ter falhado em encontrar as muitas contribuições, até extrapolando meu papel, para o bem-estar da cidade, que a modéstia me impede de enumerar. Portanto suas perguntas indicam uma predisposição contra mim. Nós somos pessoas livres e, assim, pode publicar o que lhe aprouver, mas com sua tinta vem uma grave responsabilidade.

Parei diante dele, mas meu sangue estava tão agitado que não pude me manter no lugar.

— E, por último, o senhor está terrivelmente enganado se entendeu quaisquer outros motivos para que eu me juntasse à expedição a não ser a curiosidade científica. Eu estava animado, sim, é claro. Era uma época emocionante nesta terra, as descobertas estavam ao nosso redor. O conhecimento parecia estar sentado ali, simplesmente esperando que alguém chegasse e fosse curioso o bastante.

De muitos modos relutei em ir, avesso à ideia de deixar minha família, mesmo tendo certeza de meu retorno. Que de fato nunca aconteceu...

Minha voz me traiu, prendendo-se na garganta, e me senti desmoralizado pelas lágrimas que se derramaram de meus olhos. Virei-me de costas.

Meu entrevistador pausou um respeitoso minuto antes de fazer sua próxima pergunta:

— O senhor sabe quanto dinheiro eles gastaram para encontrá-lo e trazê-lo de volta à vida?

— Eu já fiz essa mesma pergunta. Ninguém quis me dizer.

— Carthage diz que este projeto já gastou mais de vinte e cinco milhões de dólares.

— Aprendi que o dinheiro é diferente agora. Não obstante, acredito ser uma quantia inconcebível. De tirar o fôlego.

— Sim. Seria possível alimentar cada criança faminta de Massachusetts por um ano. E forneceria um lar para cada desabrigado de Boston.

Eu o avaliei.

— Se compreendo suas implicações, minha resposta é que eu não escolhi morrer nem procurei ser reanimado. Sua contenda não é comigo.

Aquela resposta pareceu satisfazê-lo. Ele mordeu a ponta da caneta, como se decidisse o caminho a tomar em seguida.

— Não é uma contenda; foi mais uma observação. — Não respondi. Steele suspirou, então virou a folha e continuou: — Juiz Rice, o que o senhor sabe a respeito das circunstâncias de sua reanimação?

— Não entendo a pergunta.

— O senhor sabe como eles fizeram?

Olhei-o. Ele parecia completamente confortável, as mãos cruzadas sobre a mesa, a caneta ao lado do caderno. Mas a expressão era vazia, como se estivesse entediado.

— Veja — eu disse a ele —, não tenho a menor noção.

— Não fica curioso? Não chegou sequer a perguntar?

Perguntas brilhantes aquelas. Como pude ter ignorado uma investigação tão básica sobre mim mesmo?

— Não. Embora certamente o senhor tenha me inspirado a fazê-lo.

Steele fez uma pausa e então olhou para o relógio. Se sua intenção era demonstrar desrespeito, foi brilhantemente bem-sucedido. Senti nas raízes de meus cabelos.

— Juiz Rice — ele continuou —, perdoe-me, mas o senhor tem dito repetidamente que é uma pessoa motivada pelo desejo de aprender. E mesmo assim não fez nenhum esforço para entender sua própria experiência. Espera que eu acredite no senhor?

— O que o senhor acredita é indiferente para mim — zombei.

— Bem, e com isso chegamos à minha real pergunta: por que não escolher alguém melhor?

— Não entendo.

— Se vai encenar uma falsa reanimação, por que escolher um juiz fracassado como personagem? Por que não um melhor? Ou alguma outra profissão, uma que não deixe um longo rastro nos jornais? — Ele apontou para sua pilha de documentos. — Todos esses julgamentos e decisões pelos quais o senhor poderia ser questionado. Por que não construir sua farsa baseada em algo mais simples?

Agora eu entendia o que a entrevistadora da TV quis dizer quando descreveu os céticos. Mas, em sua animosidade descarada, Steele havia me trazido à mente uma velha sabedoria de tribunal: *Se um homem lhe chamar de "amigo", ele não é. Se declarar "confie em mim", não confie. Se ele disser "estou falando a verdade", esconda a carteira.*

E por isso eu sabia que era melhor não tentar convencer esse jornalista; cada palavra defendendo minha legitimidade apenas confirmaria sua descrença. Meus documentos acadêmicos eram mera simulação. Ele poderia ter escrito essa matéria antes de entrar na sala de reuniões.

Mas ele calculou mal. Ao desafiar diretamente minha credibilidade, o homem despertou minha dignidade, que não vinha do fato de eu ter sido juiz, mas da razão pela qual o governador me nomeou como um; não pelos anos que passei naquele tribunal, mas pelas credenciais que me qualificaram a ter uma cadeira ali.

— Meu bom senhor — eu disse, sentando-me na ponta da mesa. — Esta conversa terminou.

Eu me senti bem em agir como um juiz novamente, um homem em posse de seus próprios poderes. E apontei dois dedos para a porta.

— Desejo-lhe um excelente dia.

* * *

Se há no mundo uma pessoa mais confusa pelo tempo do que Jeremiah Rice, eu gostaria de cumprimentá-la e oferecer-lhe solidariedade. Afinal, qual minha idade? Quantos anos de minha existência não contam? O tempo, sempre ilusório, havia se tornado irreconhecível. Além disso, não tinha relógio em meu quarto. A única maneira de saber as horas era me levantar, parar em frente à janela e olhar o relógio na parede da sala de controle. Naquele dia, afligido pelo ousado repórter, não resisti ao impulso de exigir explicações imediatas de qualquer um. Com Kate ausente, apenas uma outra pessoa do projeto gozava de minha confiança. Uma oportunidade de falar sozinho com ele requeriria paciência. Ah, a fome de curiosidade é uma força poderosa. Havia me levado ao mar, disso eu tinha ciência, e às últimas consequências. Eu seria mais hábil em dominá-la agora.

O alvorecer se aproximava quando o último técnico começou a guardar suas coisas. Apressei-me até a porta. O técnico se sentou novamente, lembrando-se de alguma tarefa incompleta. Finalmente ele desligou seu computador e partiu. Pressionei 2667, o ar assobiou e a porta se abriu completamente. Pela primeira vez, marchei ao laboratório por minha própria vontade. Meu rosto endurecido tinha a cor doentia da luz gerada pelas telas de computador.

— Dr. Gerber?

— Uau. — Ele pulou da cadeira. — Nossa! — Ele retirou os fones de ouvido e recuperou o fôlego, com uma das mãos no peito. — Você quase me causou um ataque cardíaco.

— Desculpe-me — eu disse. — Não tive a intenção de assustar você.

— Tá tudo bem, cara. Tudo bem. — Ele riu. — Só me dê um segundo para colocar meu cérebro de volta no lugar. — Uma música baixa vinha dos fones apoiados nas pernas dele.

— Você se importaria se eu interrompesse seu trabalho por alguns minutos?

— Você não dorme muito mais, não é?

— Minha mente tem outras funções a realizar, ao que parece. Coisas que ela precisa entender. — Hesitei. — Coisas importantes.

O dr. Gerber fez uma careta, inescrutável no começo, e então ansiosa. Ele pressionou uma tecla e a música parou.

— Estamos prestes a ter uma conversa estranha, não estamos?

— Sendo bem franco, confio que você me contará a verdade a respeito de algumas coisas. Sinto que posso confiar em você para fazer isso de um modo que ninguém mais pode.

— Nem mesmo a Kate?

— Possivelmente.

Ele suspirou.

— Eu sabia que esse dia chegaria. Melhor eu do que alguns dos outros, certo? Ei, você deu sorte de me pegar numa noite em que não estou... bem, vamos apenas dizer que estou com a mente limpa, o que não é comum. — Ele colocou os fones de lado e pousou uma mão sobre cada joelho. — Manda bala.

Eu havia ensaiado minha pergunta o dia todo.

— Como foi que vocês me despertaram?

— Em vez de te contar, por que não te mostro?

— Você pode fazer isso?

— Claro. — Ele digitou várias teclas e um vídeo começou a rodar na tela. Lá estava a sala de controle. Havia pessoas trabalhando em cada uma das mesas, e eu reconhecia muitas delas. Carthage ouvia as várias opiniões de cada um. As vozes não eram claras, mas o clima claramente austero.

E então o dr. Gerber na tela falou:

— *Bem. Há uma coisa chamada profanação dos mortos.*

Kate concordou com um gesto de cabeça.

— *Já somos culpados disso.*

— *Superstição* — Carthage zombou e começou um longo discurso. — *Vocês não estão curiosos?* — concluiu. — *Esta é a única coisa que importa: não querem saber se é possível? Não estão morrendo de vontade de descobrir?*

E então o dr. Borden fez algo com seu equipamento, as pessoas reagiram assustadas e as luzes se acenderam. Houve um ruído geral de reclamação. Em seguida o computador mostrou uma imagem minha, meu corpo contorcendo-se, arqueando-se e esticando. Fumaça, fumaça de verdade, saía de minha pele. Só consegui ver aquilo por um instante e então, apesar de meu profundo interesse, fui obrigado a fechar os olhos.

* * *

— Tudo bem, como estamos indo até agora?

Eu pisquei de volta ao presente. O dr. Gerber havia puxado sua cadeira para mais perto, a sobrancelha enrugada de preocupação.

— Eu sei que não é bonito — ele disse —, mas funcionou. Aqui, espera um segundo. — Ele se afastou, voltando com um copo de água, do qual dei um bom gole. — Como está se sentindo, juiz?

— Aquilo era fumaça.

— Meu palpite é sublimação. O gelo do seu corpo se tornando vapor.

— Eu fui o primeiro?

Ele concordou.

— Eles procuraram em todos os lugares. Você foi a única pessoa que encontraram. Mas um ser humano teria de ser congelado instantaneamente, e então preservado por todo esse tempo, depois encontrado no meio de todo o gelo que existe no planeta. Imagine as chances.

— Houve outras espécieis?

— Toneladas. Na maioria coisas bem pequenas.

— Pode me mostrar algumas delas?

— Claro. — Ele foi até o teclado e começou a digitar. — Tudo isso começou há três anos, antes de eu entrar, então você precisaria de outra pessoa para lhe dar os detalhes. O Carthage não me fisgou até que começaram a procurar você. Ah, lá vamos nós.

A imagem era borrada, mas mostrava algum tipo de criatura, pequena e com uma cauda, totalmente imóvel. Um contador no canto inferior da tela girava a uma velocidade de tirar o fôlego.

— O que são esses números? — perguntei.

— Tempo. Medido em... humm... milésimos de segundo. — A criatura começou a se mover, lentamente, apenas a cauda.

— Um relógio como o meu?

— Só que muito mais curto. — O vigor do animal aumentou um pouco, e então parou abruptamente. — Esse foi o primeiro — disse o dr. Gerber. — Ele durou nove segundos.

— Você faria a gentileza de me mostrar os outros?

— Bem, juiz Rice, vou ser franco com você. — Ele apoiou o antebraço em cima da tela. — Não foi legal para você ver como nós o despertamos. Há outras coisas que podem não ser tão legais também. Você deve se perguntar quanto realmente quer saber. O que é importante e o que é apenas curiosidade.

— Aprecio sua preocupação. Mas esta informação é importante. Extremamente.

— Você é quem manda. — Ele riu e digitou novamente.

A imagem seguinte era de um krill, cuja reanimação seguia o mesmo movimento da primeira, devagar e depois rápida, por vinte e dois segundos.

— Continue, por favor — pedi. — Talvez uma compilação da história, como você fez com a aviação.

E ele atendeu ao meu pedido, uma espécie atrás da outra por mais de uma hora. O dr. Gerber explicou cada refinamento — aumentar a quantidade de sal na solução de imersão, fortalecer o campo magnético — e a resultante adição no tempo de vida da criatura despertada. Ele me mostrou uma espécie que reconheci, uma sardinha. O pequeno peixe durou um minuto inteiro, novamente se tornando frenético nos segundos finais. Em seguida veio um camarão, que se revirou bastante, mas viveu por dois minutos e vinte segundos. Depois daquele vídeo, o dr. Gerber não reproduziu mais nenhum. Ele apenas olhou fixamente para sua tela.

— Sim? — eu lhe perguntei.

— Você entendeu? Percebeu?

Naquele instante, entendi completamente. O aumento de apetite, o sono reduzido, a inabilidade de ficar parado. Eu era a sardinha; eu era o krill.

— Ninguém descobriu ainda como interromper o frenesi? — Ele balançou a cabeça sem me olhar. — Além de mim, há alguma outra criatura reanimada viva hoje?

O dr. Gerber não se moveu.

Ali estava. Um oceano de informação além do que eu esperava. Humm. Caminhei por entre o labirinto de mesas, carregando meu pavor como um peso. A energia em meu sangue era um truque, sinalizando não o retorno à vivacidade, mas o início da conclusão. Minha estrada estava clara: aceleração, e então a morte.

— Em todos os casos? — perguntei a ele.

O dr. Gerber concordou.

— Até agora. Olhe isto. — Ele abriu um gráfico em seu computador: linhas paralelas, erguendo-se e caindo, mas no geral subindo firmemente.

— Sou eu?

— Sim. — Ele tocou as linhas diferentes com o dedo. — É o coração, respiração, pressão sanguínea, duração do sono, calorias consumidas, tudo.

Eu me afastei novamente. As linhas confirmavam o que eu sentia na pele.

Foi diferente da primeira vez, no mar, quando em determinado momento eu soube que tudo estava acabado. Eu não voltaria para Lynn, não veria Joan ou Agnes novamente. Saber aquilo naquele momento foi muito mais doloroso do que a água gelada, mas convivi com a verdade apenas alguns segundos. Dessa vez eu tinha o mesmo conhecimento, mas uma duração mais longa da perda. E começando agora, percebi enquanto olhava para a sala, as quatro paredes nas entranhas de um prédio onde a maior parte de minha segunda vida se passou. Era isso? Isso era tudo?

Eu me senti injustiçado. Ainda era novo, estava me acostumando a novamente ter um corpo, uma vida. Peguei-me olhando fixamente para a janela de minha câmara. Ali havia pilhas de livros, algumas roupas, uma cama muito bem arrumada. E eu nunca a vira desse ponto de vista. Parecia bastante humilde. Na verdade, pequena como um homem.

Olhei para o relógio: 6h08 da manhã.

— Por quanto tempo as outras criaturas viveram?

— Dependia do tamanho delas. As maiores duravam mais. É uma questão de massa corporal.

— Você consegue prever por quanto tempo minha massa corporal resistirá?

— Essa é a parte esquisita. Você deveria ter apagado depois de vinte e um dias.

— Eu desafiei o padrão?

— Até agora, sim.

Coloquei a mão sobre o vidro frio.

— Eu gostaria de estar cansado. Eu adoraria estar cansado.

No começo ele não respondeu. E então sua voz saiu suave:

— Ei, juiz, eu sinto muito mesmo.

— Por que você sentiria, doutor? Como John Adams observou, "fatos são coisas teimosas". — Fui até a mesa mais próxima e toquei em um lápis que alguém havia deixado lá. Ele rolou até chegar à estante de livros e parou. Comecei a pensar além de minhas preocupações. — Muitas pessoas esperam um grande feito de mim. O vice-presidente Walker, Carthage, mesmo a infeliz mulher do jogo de beisebol. Ah, mas os manifestantes não ficarão felizes quando eu seguir o mesmo caminho daquele camarão?

— Sim, ficarão. E é exatamente por isso que essas pessoas me emputecem. Não importa o que elas defendem, qualquer um que sente prazer com o sofrimento de um estranho é o biscoito estragado do pacote.

Eu o escrutinei do outro lado da sala. Ele havia se inclinado para frente, o cabelo cobrindo-lhe o rosto.

— Dr. Gerber?

Ele lançou os cachos selvagens para trás.

— Juiz Rice?

— Seria bom fazer melhor uso do tempo que me resta. .

— Isso é algo que todo mundo deveria fazer — disse o dr. Gerber.

Olhei em volta da sala de controle, uma cadeira vazia em cada mesa, e senti um tipo de nudez.

— Você já disse para alguém?

Ele bufou.

— Tentei conseguir a atenção do Carthage, mas ele não é do tipo que sabe escutar. Além do mais — dr. Gerber riu —, ele está no negócio de fama e fortuna agora. O Thomas deixa tudo pior, incitando-o. O Carthage sucumbiu completamente à gula. O que significa, é claro, que ele está prestes a ser engolido.

— Outras pessoas estão cientes disso?

Ele se recostou.

— Devem suspeitar. Billings certamente, se é que ele já desviou os olhos de suas microamostras. Mas você já viu como Carthage prende todo mundo na coleira, feito cães. Eu sou praticamente o único que ele mantém livre para descobrir coisas como estas.

— A Kate não sabe?

— Não posso imaginar como saberia. Eu só me dei conta há algumas semanas. Além do mais, ela tem estado ocupada aproveitando a vida com você.

Senti o peso de meu afeto por ela, um sentimento que cresceu entre nós, mais um tijolo no fardo. Kate era adorável, confiável, atraente em um nível que fazia meus pensamentos me envergonharem. Mesmo assim minha conduta já havia prejudicado uma mulher. Minha consciência não me permitiria fazer a mesma coisa com outra.

— Ela não deve ser informada.

— Você acha?

— Não ganharemos nada preocupando as pessoas.

— Você é protetor — ele disse. — Isso é uma graça. Mas e se pudéssemos encontrar um modo de interromper o processo? É nisso que venho trabalhando.

— Correndo o risco de um eufemismo absurdo, sou indescritivelmente grato por seus esforços. Mesmo agora. — Voltei até ele a passos largos e coloquei a mão em seu ombro. — Agradeço por me contar a verdade. Ela me prepara para o que virá pela frente.

— É para isso que os excêntricos como eu vivem, amigo. Mesmo se a verdade for horrível.

— Amigo. Sim. Isso é algo que levarei um certo tempo para digerir. — Comecei a caminhar na direção de minha câmara, e então mais uma pergunta me ocorreu, uma tangente, mas algo que estava me incomodando. — Doutor, por que aquele jornalista me chama de Frank?

Ele fungou.

— Esqueça aquele verme.

— É um desrespeito deliberado. Ele sabe meu nome perfeitamente.

— Lembre-se do que eu disse antes sobre o que vale a pena saber. Será que o Dixon merece um minuto sequer do tempo que lhe resta? Ou ele é completamente insignificante?

Antes que eu respondesse, a porta do corredor se abriu com um estrondo e Kate irrompeu por ela. Ela estava uma bagunça, o rosto cansado, os cabelos desgrenhados, embora a fadiga também houvesse suavizado seus traços. No mesmo momento, senti que os limites de nosso tempo juntos diminuíam, e isso me trouxe uma onda de carinho. Ela se largou em uma cadeira como uma boneca de pano, baixando a cabeça sobre os braços cruzados.

— Um dia desses eu vou quebrar o pescoço do Carthage.

— O que o dr. Encantador fez hoje? — dr. Gerber perguntou. — E ainda mais tão cedo.

Ela ergueu a cabeça.

— Apenas me obrigou a passar a noite em claro preparando um relatório que ele só vai ler na semana que vem. Eu me sinto como uma estudante que estragou o semestre todo e agora tenta se salvar no exame final.

— Bem — ele começou —, e você se salvou?

Ela se deitou sobre os braços novamente.

— Estou exausta demais para me importar.

Dr. Gerber se virou para mim, as sobrancelhas erguidas.

— Ainda precisa saber?

— Completamente insignificante — eu disse. Ele assentiu, colocou os fones de volta sob os cabelos selvagens e se voltou para o computador. E eu fui até ela.

30
INDO PARA CASA
(KATE PHILO)

ELE ME TOCOU. FOI SIMPLES ASSIM. COLOCOU UMA MÃO CONSOLADORA em meu ombro. Os elétrons nas valências externas das moléculas de sua pele trocaram energia com meus elétrons em locais semelhantes, e meus nervos fizeram seu trabalho de transmitir aquela informação para o cérebro.

Já havíamos nos tocado muitas vezes antes, é claro, ao ajudá-lo a sair da cadeira de rodas e ao andar de braços dados com ele, mas em nenhuma dessas vezes eu vinha de três dias sentindo sua falta. *A vida sem Jeremiah Rice tinha gosto de baunilha.*

Imagine que está andando pela rua e passa por algo tão comum que você mal registra, um hidrante. Ele pergunta a você o que é aquilo e, conforme você explica, ele ouve com tanta atenção que você se pega falando com muito cuidado, com menos certeza, com mais humildade a respeito de coisas que você desconhece: mangueiras, pressão, escadas, incêndios, crianças refrescando-se nos dias mais quentes de verão. Ele fica agradecido e expressa isso. Quatro dias depois, durante uma visita a um quartel dos bombeiros, Jeremiah avista um velho sentado em uma cadeira, completamente solitário, e envolve o homem em uma animada discussão sobre esses estranhos dispositivos chamados hidrantes. Agora imagine que cada momento é assim, todos os dias. Com a curiosidade desse homem a meu lado, o mundo adquiriu um estado de novidade, de riqueza. Jeremiah Rice me devolveu o mundo.

Resisti a pensar, e muito menos a nomear, o que eu senti com nosso reencontro naquela manhã. Mas eu sabia que não era científico.

— Preciso sair daqui — eu disse.
— Espere um momento — ele pediu. — Por favor.

Eu observei, exausta, enquanto ele ia até a porta de segurança, teclava o código numérico e desaparecia lá dentro. Ora, ora, ora; alguém estava descobrindo coisas.

— O que anda acontecendo por aqui? — perguntei para Gerber.

Ele tirou os fones de ouvido, e pude ouvir o som de guitarras atravessando a sala.

— O que foi, bela princesa?

— Não importa — respondi. Normalmente eu gostava dessa maluquice, mas naquele momento não estava com paciência.

Jeremiah saiu apressado de sua câmara, enfiando um boné do Red Sox. Ele também usava a característica gravata amarela.

— Olhe só pra você — falei. — Quando foi que o juiz ficou tão bonitinho?

— Estou pronto — ele afirmou, enfiando os braços nas mangas do paletó. — Vamos.

— Desculpe, Jeremiah, mas estou cansada demais para uma de nossas excursões épicas hoje.

— Eu estava pensando em um lugar onde você pudesse descansar um pouco. — Seu rosto se iluminou. — Se você estiver disposta a dirigir.

— E onde seria isso?

— High Rock. Em Lynn.

Quanto esse homem sabia?

— Você tem ideia do motivo pelo qual passei a noite em claro por causa do Carthage?

— Nenhuma, e não me importo. Ele não vale minha consideração.

Isso também era novidade. Jeremiah deixando de lado a deferência. Endireitei-me.

— Você gostaria de ver aquele lugar novamente?

— Com você, eu gostaria — ele afirmou em uma voz diferente, como uma carícia.

Olhei ao redor. Gerber lia algo na tela do computador, o nariz colado no vidro. Se ele estava escutando a nossa conversa, disfarçava perfeitamente. Eu me levantei.

— Vamos cair fora.

* * *

Usamos a doca de descarga para evitar a segurança. Os manifestantes já estavam se reunindo no parque, juntando-se à dúzia que havia mantido vigília por toda a noite. Enquanto nos afastávamos, vislumbrei o que pensei ser a mulher de boina branca, Hilary, apoiada em uma porta. Mas então ela sumiu.

— Você viu isso?

— Desculpe-me, Kate. — Jeremiah se virou para trás em seu assento. — Vi o quê?

— Nada, não importa.

Seguimos pelas ruas calmas. A perna de Jeremiah subia e descia.

— No que está pensando? — perguntei.

Sua perna parou na mesma hora.

— Em muitas coisas. Muitas.

Eu sorri.

— Tudo bem, Sherlock, pode contar. Como descobriu aqueles números?

— Eu prometi não revelar essa informação — ele respondeu. — Aparentemente existem pessoas que preferem ver o Sujeito Um liberado.

Virei à esquerda e entramos na Interstate 93 rumo ao norte.

— Eles podem entrar na fila atrás de mim.

* * *

Uma vez que começamos a nos movimentar, meu cansaço pareceu se dissolver. Era uma manhã de verão estonteante, a cidade arborizada e calma. Comprei um copo de café, o que também deve ter ajudado. Nós dois estávamos mergulhados em nossos pensamentos. O meu se referia ao fato de algo estar se alongado além do possível, prestes a se quebrar. *Se Jeremiah fosse livre, eu poderia pedir demissão do projeto.*

A estrada ao norte de Boston não era bonita quando eu estava em pesquisa para Carthage, enquanto o juiz estava no jogo de beisebol. E parecia igual quando passei por ela novamente com Jeremiah. Redes de fast-food, postos de gasolina, terrenos cercados, depósitos de óleo com tanques gigantes, o clássico baixo-ventre interiorano da América. Passear com Jeremiah sempre afiava minha consciência a respeito de tais coisas. Conforme entramos na Route 1 para Lynn, fiz minha proposta:

— Digamos que a gente passe o dia todo aqui. Você gostaria de ver sua casa primeiro?

— Não — Jeremiah respondeu instantaneamente. — Ainda não.

— Sério? Estou surpresa.

— Lembra como o dr. Borden fez meu estômago voltar a funcionar? Dando-me pedaços bem pequenos de comida, em refeições curtas, até que minhas funções digestivas reiniciassem?

— Claro que lembro.

— É isso que prefiro fazer com minha família também. Para você, elas nunca existiram, a não ser talvez como abstrações da história. Para mim, elas morreram há pouco, se foram recentemente. Eu não posso simplesmente entrar caminhando pelo meu quintal. Não posso ficar alegre com isso.

Ponderei sobre aquilo por um minuto. O que eu sabia sobre aquele homem? Como eu poderia imaginar a vida dentro de sua mente, dentro de seu coração? Tudo que eu sabia era que, se eu pudesse, não gostaria de lhe causar mais sofrimento.

— Então me diga — falei —, que pequena porção de Lynn você quer comer primeiro?

— High Rock — Jeremiah respondeu. — Do terreno alto podemos ver a condição geral da cidade. E também a paisagem certamente animará nosso espírito.

— Devo avisá-lo. Estive aqui há pouco tempo, e essa visão pode não ser tão agradável.

— Lynn nunca foi. Além disso, este parece ser o dia certo para esse tipo de experiência.

— O que quer dizer?

Ele não respondeu. Eu não forcei.

A Sociedade Histórica de Lynn havia me dado um mapa em minha primeira visita, então o peguei no banco de trás, passando-o para Jeremiah. Sua cabeça parecia um periscópio, espreitando as ruas conforme passávamos.

— Esta cidade experimentou um crescimento explosivo em meu tempo — ele contou. — Quando estávamos construindo a biblioteca pública, descobrimos que o número de ruas subira de noventa, da época antes de meu nascimento, para mais de setecentas na virada do século. Tantos edifícios foram erguidos que era uma distração comum para as pessoas reunir as madeiras que sobravam e fazer fogueiras. As notícias corriam pela cidade, e era comum as pessoas virem do outro extremo para participar das festividades. Nós até posávamos para os fotógrafos. E então o calor do fogo nos forçava a alargar o círculo.

— Parece bom. Um tanto quanto inocente.

— Lynn nunca foi inocente. — Ele passou um dedo sobre o mapa. — Sempre foi uma cidade de beberrões e valentões, jamais calma como Marblehead ou Beverly. É por isso que os cidadãos de Lynn davam bons soldados. Eles tinham experiência em brigas, pelo menos nas brigas de punhos nus.

Como se para provar o que ele dizia, passamos por um longo muro de tijolos com arame farpado no topo e lixo no chão. O muro estava coberto de pichações:

obscenidades, um pênis de cinco metros, vários tipos de símbolos expressando coisas intraduzíveis.

Mesmo assim Jeremiah sorriu, alternando entre se inclinar sobre o mapa e observar as ruas. Eu o deixei divagar à vontade, contente por estar longe do projeto. A vivacidade em sua voz era o motivo exato pelo qual achei que esse passeio seria uma boa ideia.

— Tudo está muito menos atravancado — Jeremiah anunciou.

— Sério? Pensei que você acharia as coisas mais confusas.

— No meu tempo, entre os cabos dos bondes e os de eletricidade, havia verdadeiras teias sobre as ruas. Alguém finalmente deu um jeito em tudo aquilo.

— Eu não sabia que existia eletricidade aqui em 1900.

— Mais do que em Boston. Com a General Electric aqui, e o gênio de Edison criando tantas oportunidades, Lynn se tornou uma cidadezinha bem iluminada naqueles dias.

Passamos por um lava-rápido. Homens negros de capuz seguravam trapos para secar os carros. Quando um deles ergueu os olhos para nos ver passar, senti uma onda de intimidação. Então outro homem disse algo e o primeiro estalou o pano em resposta, todos riram, rostos brilhantes, dentes brilhantes.

— O que você acha desses caras?

Jeremiah permanecia sentado de lado em seu assento, olhando para eles.

— Acho fascinante que exista um negócio de limpeza de automóveis. Tal empreendimento não me ocorreria, embora pareça óbvio. E é extremamente lucrativo?

— O oposto. Aqueles homens provavelmente ganham o menor salário permitido por lei.

— Mesmo assim parecem bem-humorados no trabalho. Não tenho visto tal leveza no Projeto Lázaro. Espere, vá devagar, por favor.

Parei no acostamento.

— O que foi?

— Aqui, bem aqui. Era aqui que ficava o edifício Lennox. Eu conheço este lugar. Bem ali, um afiador de facas costumava montar sua roda de pedra. Você vinha numa terça-feira, e, enquanto observava as faíscas voando, por um centavo ele dava uma bela afiada em cada faca e tesoura que você tivesse em casa. E bem ali, ali perto daquela enorme caixa de papelão, era onde o sanfoneiro estacionava sua carroça. Ah, as crianças o adoravam. Sabe, uma vez eu trouxe Agnes aqui...

Eu esperei, mas ele havia parado.

— Agnes?

Ele ergueu a mão, e entendi que ele queria um tempo. Pude ver os músculos do maxilar dele trabalhando. Eu me senti como uma tola frívola. *Como pude deixar todo esse tempo passar, sem nunca ter entrado nesse assunto?* Lembrando-me de sua primeira entrevista coletiva, de como ele engasgou ao falar de sua família, novamente me senti tão insensível quanto um tijolo. A mão de Jeremiah ainda estava erguida. Segurei seus dedos, trazendo-os até meu colo.

— Está tudo bem — eu disse. — Você não tem que dizer nada.

— Podemos começar a nos mover novamente, por favor?

Apoiei o mapa no colo enquanto segurava a mão de Jeremiah, seguindo pelas ruas sinuosas até que chegamos à alameda que subia até High Rock. Pelas fotos históricas que eu havia visto, esperava um lugar maior. Em vez disso, havia apenas uma estrada estreita percorrendo uma colina, pequenos sobrados com escadas de incêndio cruzando-lhes a fachada, placas de "Cuidado com o cão" e uma rua sem saída.

Estacionamos atrás de uma minivan enferrujada, com um adesivo dos East Lynn Bulldogs no vidro traseiro. Saí do carro devagar, querendo lhe dar espaço.

— Aqui estamos — Jeremiah disse, subindo a passos rápidos a escadaria de concreto. Seu humor havia melhorado, pelo menos era o que eu esperava. Mais tarde eu perguntaria sobre Agnes.

Subi atrás dele. No topo, alguns poucos acres de gramado cercavam uma torre de pedra de talvez uns vinte metros, em cuja base se amontoavam latas de cerveja vazias. Estava fechada, e as placas de madeira compensada repletas de pichações. Mas pequenos pinheiros cresciam nas rochas ali perto. Sempre achei maravilhoso como as árvores podem viver em lugares onde aparentemente não há nada que as sustente. Circulei a torre e encontrei Jeremiah na cerca leste. A vista era extensa. Lynn se esparramava abaixo, ruas e casas, o oceano brilhando a distância, um jato passando acima de nós em direção a Logan.

— Tantas torres de igrejas — eu disse. — Esta deve ser uma cidade devota.

— Ou pecadora, e precisando de salvação. O que são todas aquelas hastes? — ele perguntou, apontando. Havia antenas por todos os lugares. De alguma forma, eu tinha olhado para além delas.

— Acho que torres de celular.

Jeremiah assentiu; olhando para baixo, ele viu o monte de pontas de cigarro a seus pés.

— Ugh — eu disse. — Odeio isso.

Ele tirou o boné do Red Sox, arrumou a copa e o enfiou de novo.

— Bem, Kate, já vimos como o tempo moldou este lugar. Podemos ir até algum outro, por favor?

Ele desceu a passos largos os degraus. E novamente me peguei seguindo-o, imaginando se nossa pequena aventura acabaria se revelando uma má ideia.

— Seu tribunal foi destruído após um incêndio anos atrás — contei a ele enquanto descíamos a colina. — Mas construíram um novo no mesmo lugar. Você gostaria de vê-lo?

Ele concordou.

— Muito, muito mesmo.

Mesmo com o mapa, foi difícil encontrá-lo. Passamos por um labirinto de ruas de mão única que de algum modo nos fizeram andar em círculos pela região, sem que conseguíssemos nos aproximar.

— Eu odeio pensar que isso pode ser uma metáfora — Jeremiah disse. — Que receber justiça é algo tão sinuoso quanto chegar ao tribunal propriamente dito.

Quando virei pela terceira vez em uma avenida que cruzava a cidade, parei. Dois homens estavam na calçada, um deles com o tênis pousado sobre um hidrante. Abaixei o vidro do lado de Jeremiah.

— Por que não pede informação a esses rapazes?

Ele se inclinou para fora em seu assento.

— Com licença? Com licença, senhores?

Assim que os homens pararam de conversar, percebi que havíamos cometido um erro. Um tinha tatuagens espalhadas por toda a testa e o pescoço, e o outro, piercings nas sobrancelhas, no nariz e nos lábios. Os olhares de ambos eram marcados pela raiva perpétua.

— Peço perdão por interromper a conversa, mas será que poderia incomodá-los para que me dessem algumas informações, por favor?

O da esquerda, o sr. Tattoo, ergueu o queixo.

— O quê?

— Essas ruas são bizantinas. Poderia nos explicar como chegar ao tribunal?

O sr. Tattoo deu um passo em nossa direção e tirou a mão da cintura.

— Quê?

— Não importa — eu disse a Jeremiah, mas ele se inclinou mais para a janela.

— O tribunal. O Tribunal do Condado de Essex, Distrito de Lynn. Fariam a gentileza de nos dizer como chegar até lá?

O sr. Tattoo trocou olhares com o amigo, que cuspiu na calçada. E então ele se virou para nós.

— Vai se foder, seu cuzão.

Acelerei o carro e nos afastamos. Jeremiah se recostou no banco, um olhar assustado no rosto. E então, sem poder evitar, explodi em risadas. Ele inclinou a cabeça para mim, começando a rir também.

— Vai se foder, seu cuzão — imitou, o que me fez rir mais ainda. O peso foi retirado, estávamos voltando a ser nós mesmos outra vez. Eu mantive a janela do lado de Jeremiah aberta e abri a minha, deixando o dia de verão entrar.

E também desisti do tribunal, virando na direção oposta. Em poucos minutos passamos por um edifício que fez Jeremiah gritar:

— É aqui, a biblioteca pública! Oito anos de trabalho para mim e muitos outros.

Estacionamos em um gramado central. A biblioteca erguia-se imponente, com pilares altos. As janelas mais baixas eram decoradas com flores feitas de papel, trabalho dos alunos da pré-escola. Subimos dois degraus e olhamos para trás. Bordos exuberantes lançavam sombras sobre o gramado.

— Está bem parecida com minhas lembranças daqui. Mas por que não há ninguém nos bancos? Por que não há ninguém caminhando por aqui?

— Eu não sei. Quer entrar?

— Aqui é o suficiente. — Ele cruzou os braços sobre o peito. — É bastante.

Ficamos ali parados, absorvendo o dia de verão, um lugar digno que ele ajudara a construir, um pedaço de verde. Eu resisti ao impulso, e então me rendi: enganchei o braço no de Jeremiah.

Ele colocou a mão sobre a minha.

— Obrigado por me trazer aqui.

— Eu queria que tivéssemos vindo antes.

— Eu queria que tudo tivesse vindo antes.

— O que isso significa?

Ele afagou minha mão

— Vamos até a praia.

Por todo o percurso ele expunha suas lembranças:

— Todo esse caminho — ele gesticulava enquanto passávamos por uma avenida — era cheio de pés de ferro, um atrás do outro.

— Pés de ferro?

— Sapateiros, é a ferramenta que usavam para pregar os sapatos. Mas as fábricas foram sua desgraça. O edifício Gáspea era o maior do mundo. Estava em construção enquanto nos preparávamos para a expedição.

— Gáspea?

— É a parte de cima, curvada, do sapato. O edifício tinha esse formato. Espere, aqui está ele. Não o reconheci.

Eu havia parado no semáforo. Estávamos ao lado de um dos edifícios restaurados da cidade, muito cuidado e bem pintado. Havia ali um restaurante chinês

278

e uma lavanderia a seco no subsolo, placas de um estúdio de ioga no segundo andar. As lojas da frente estavam desocupadas, mas o lugar tinha um aspecto de recuperado mais que de decadente.

— Você conhece este lugar?

— Meu amigo Ebenezer Cronin tinha um negócio aqui.

— Cronin Fine Boots.

— Ouviu falar deles?

— Você usava um par quando o encontramos.

— É mesmo? Aqueles sapatos eram magníficos. Cano alto, engraxados para resistir ao sal e à umidade. Ele foi um dos financiadores de nossa viagem também. O que foi feito daquele par, você sabe?

— Está em algum lugar no prédio do projeto, provavelmente. Posso procurar.

— Você faria isso, por favor?

— Não há mal em tentar.

* * *

A praia era surpreendentemente bonita, mas deserta. Passamos pelo paredão de concreto até um gramado onde âncoras gigantes pintadas com tinta preta acetinada jaziam em ângulos estranhos. A silhueta de Boston se erguia à nossa direita, mais próxima do que eu imaginava. Enquanto isso, petroleiros se escondiam além do horizonte, tão pequenos a distância, mas ao mesmo tempo dando ideia de como eram imensos. Após eu comprar sanduíches, sentamo-nos em um banco sob o calor do sol. A umidade se abatia sobre nós, mas eu me sentia tão distante de minha rotina que não me importei. Enquanto comíamos, Jeremiah começou a relembrar:

— Aquela ilha ao leste é Egg Rock. No meu tempo havia um farol ali. O raio de luz varria o céu em noites de tempestade, era algo adorável e solitário. Agora se foi.

Estreitei os olhos, auxiliada por minha mão erguida, para poder enxergar.

— Olhando daqui é difícil dizer.

— Aquele braço de terra é Nahant, para onde os brâmanes de Boston traziam suas famílias no verão.

Arregacei as pernas de minha calça, dei um gole na garrafa de chá gelado e senti a fadiga da noite em claro caindo sobre mim como um cobertor. Sob o céu parado, Jeremiah continuava contando a história de Lynn, a voz dele se tornando um murmúrio. Fiz o possível para escutar, mas a narração funcionava como uma história de ninar, embalando-me: a ponte flutuante em Glenmere Pond. A guerra com Cuba e como Lynn respondeu ao chamado. Uma fábrica de sabão com um produto tão forte que não apenas limpava a pele, mas também servia para limpar o chão. O incêndio de 1889, responsável pela destruição de quase quatrocentas edificações. As ruas com nomes algonquinos.

Wabaquin, Paquanum, Tontoquon. Wabaquin, Paquanum, Tontoquon. E afundei no sono.

* * *

Despertar é uma de minhas coisas favoritas. Sei que isso me torna incomum; a maioria das pessoas faz muito esforço para acordar todas as manhãs. Para mim, voltar à consciência é um prazer, se houver tempo de despertar com calma. Meu dia favorito para isso é o sábado, quando acordo segundo o desejo de meu corpo, mas não saio da cama por meia hora. Então posso ler ou fazer alguma ligação telefônica, mas em geral simplesmente fico deitada lá e deixo a mente vagar.

Naquele banco diante da água, mantive os olhos fechados para que Jeremiah não soubesse que eu estava acordada. Eu havia escorregado durante o sono, e minha cabeça agora estava no colo dele. Um tipo de intimidade que eu nunca teria ousado acordada. O sol havia secado minha boca, mas eu me mantive ali, imóvel, aproveitando. Quando ele mudou de posição, os músculos de sua coxa se flexionaram sob meu pescoço, fortes como um cavalo, completamente másculos. Senti minhas partes inferiores se agitando, um pequeno segredo sexual revelando-se para mim.

Enfim abri os olhos, para ver Jeremiah brincando com seus dedos. Era algo infantil, algo que eu não esperava. Ele segurava a mão na frente do rosto, bem perto, enquanto mexia os dedos, um por vez, incrivelmente rápido. Eu nunca tinha visto alguém mover os dedos tão rápido, como um pianista tocando "Flight of the Bumblebee". E então todos os seus dedos se agitaram ao mesmo tempo.

— Como você faz isso? — perguntei.

Ele se sobressaltou, enfiando a mão embaixo da perna.

— O que quer dizer?

— Essa brincadeira. Como você mexe os dedos tão rápido?

— Humm. É um velho truque de salão.

— Divertido. Você precisa me ensinar qualquer dia. — Sentindo-me pegajosa por causa da umidade, tomei mais um gole do chá gelado. Estava morno, mas dei um bom gole. — Por quanto tempo dormi?

— Desculpe, não tenho relógio. Mas já estamos no meio da tarde. Você se sente melhor?

— Você ficou sentado aqui todo esse tempo?

— E onde eu poderia ficar?

Ignorei o que aquela pergunta implicava, sua possível revelação.

— Esta é sua cidade. Deve haver milhões de coisas que você queira ver.

— Kate, eu imagino que pouquíssimas pessoas chegam ao fim da vida e se arrependem de ter passado tantas horas relaxando diante do mar.

— Verdade. Ainda bem que você não está no fim da vida.

— Sim. — Jeremiah fez uma careta. — Ainda bem.

Ficamos sentados em silêncio por um minuto ou mais. Pequenas ondas se lançavam contra a areia.

— Kate — ele disse —, se um médico lhe dissesse que você tem uma doença e viveria apenas mais um ano, ou seis meses, o que você faria com essa informação?

— Deixe-me pensar — respondi. A pergunta não me pareceu tão estranha, pois o homem já havia perdido a vida antes. O que eu faria? Eu me aconcheguei à perna de Jeremiah. — Quando eu estava fazendo meu doutorado — comecei —, paguei meu curso dando aulas de nível um para alunos de graduação.

— Nível um?

— Matérias básicas. É assim que a maioria dos candidatos a ph.D. consegue bancar todos os anos de estudos, ensinando nos cursos introdutórios, aliás, recebendo os salários de escravos que a universidade paga. De qualquer modo, todos os meus colegas odiavam preparar aulas, laboratórios. Eu não. Eu amava. Nenhuma ansiedade em publicar, nenhuma impaciência com o ritmo das experiências, zero preocupação com a carreira.

Eu me sentei, levantando o cabelo da nuca.

— É excitante trabalhar na vanguarda da ciência, sem dúvida. Este projeto com Carthage vai lançar meu trabalho a altitudes imensas. Mas, se eu tivesse apenas seis meses de vida, acho que gostaria de passá-los ensinando aos jovens quão belo e interessante o universo é.

Jeremiah assentiu lentamente.

— Uma bela resposta, Kate. Mas por que você não faz isso agora?

— É complicado. Acho que se pode dizer que quero fazer algo *significativo*.

— Humm — ele murmurou. — Minha intenção, quando me aposentasse do cargo de juiz, era me tornar professor de direito. Considero poucas coisas mais relevantes do que cativar as jovens mentes.

— Talvez você ainda possa fazer isso — sugeri. Ele ficou em silêncio. Sequei o rosto com as mãos e estiquei as pernas preguiçosamente. — Desculpe por ter cochilado por tanto tempo. O que mais você gostaria de ver enquanto estamos aqui?

Ele olhou para Egg Rock.

— Mais uma coisa.

— Sua casa, certo? — Eu já havia passado pelo lugar, é claro, fazendo minha lição de casa para Carthage. Era uma adorável casa de tijolos, construída num aclive, em uma parte da cidade que havia experimentado uma onda de renovação. Antigos postes de luz a gás colocados dos dois lados enfeitavam a porta principal.

Jeremiah soltou um suspiro profundo.

— Não, obrigado.

— Sério? Eu fiquei imaginando por um bom tempo quando você iria querer ir até lá.

— Minha disposição neste momento não é mergulhar no passado, mas contemplar a mortalidade futura que habita em mim.

Virei-me no banco para encará-lo.

— Não entendo.

— Senti o impulso de ver meu lar, sim, mas também o tremendo peso do que eu perdi. O tempo que me resta não deve ser inteiramente desperdiçado com lamento. Não se eu puder ser útil.

— Mas sua casa, onde sua família...

— Eu não poderia suportar isso. — Ele se levantou de repente. — Existem coisas a meu respeito, Kate, forças importantes em minha condição atual que você não sabe.

Eu quis perguntar o que ele queria dizer. Mas não ousei.

— Desculpe. Desculpe por ter forçado.

Ele alisou a calça.

— Não é lá que eu gostaria de ir. Não hoje.

— Então me diga, Jeremiah — falei suavemente —, o que você quer ver?

— O cemitério. — Ele ergueu o queixo, como se houvesse algo em seu rosto prestes a derramar. Então fechou os olhos com força, abrindo-os lentamente, como uma coruja. — Quero visitar meu túmulo.

Da primeira vez que fui até o cemitério de Pine Grove, pesquisando para Carthage, passei dirigindo por ele, um mapa dos túmulos fornecido pela prefeitura no banco do passageiro. Desta vez, Jeremiah me pediu que estacionasse na entrada para que pudéssemos seguir andando.

— Vamos nos aproximar por etapas — ele disse. — Por favor.

A entrada exibia uma construção gótica de pedra e uma placa com a tinta descascando na qual se lia "Administração". Espiamos pela janela. Papéis no chão, cadeiras viradas, era como se o lugar houvesse sido abandonado às pressas. Tudo o que restava do funcionalismo era uma placa detalhando as regras do cemitério.

282

— Não subir nos túmulos? — Jeremiah disse. — Que tipo de pessoa faz isso?

— Nem me pergunte.

Caminhamos pela colina de acesso, um passeio com muita sombra em meio a lindos pinheiros. Imaginei que eles não eram mais do que plantinhas de meio metro no passado. Jeremiah parou, pegando um monte de folhas caídas no chão. Observei enquanto ele as espalhava como cartas, experimentando com o dedão as pontas afiadas.

— Está tudo bem? — perguntei.

Ele olhou para mim como se voltasse de um lugar distante.

— Há tantas coisas que, por estar distraído demais, não vi. Pelo menos não vi direito. E quer saber? — Ele ergueu o monte de folhas de pinheiro. — Tudo é um milagre.

— Você é um ser humano incrível, Jeremiah Rice.

Ele gesticulou, recusando o elogio.

— Um homem com pensamentos confusos. Por favor, continue.

Confesso que não estava com pressa. Eu sabia o que encontraria à frente. Então tergiversei, caminhando lentamente, mas não consegui pensar em nada para protegê-lo. Assim, continuamos pelo longo caminho.

Seguindo uma curva da senda, chegamos a uma clareira com um canhão no cume. À beira da colina havia fileiras e mais fileiras de pequenas pedras cinza, cada uma com um suporte de metal para flores ou bandeiras. Jeremiah se abaixou diante de uma delas.

— Soldado, vigésima terceira infantaria, segunda divisão. Que lugar é este?

— Não havia túmulos militares na sua vida passada?

— Mas nem remotamente se aproximavam disso — ele lançou um olhar pelo longo arco de memoriais. — Talvez apenas no campo de batalha da guerra entre os estados. Mas não no cemitério de uma cidadezinha. De que incrível conflagração é tudo isto?

— Segunda Guerra Mundial — respondi. — Gerber lhe contou a respeito.

— Todos eles morreram em uma única guerra? Todos esses garotos, apenas de Lynn?

— Havia um grande mal no mundo, Jeremiah, um dos piores e mais fortes na história humana. Foi extremamente difícil derrotá-lo. Não consigo explicar melhor que isso.

Ele tirou o boné, indo em frente, parando a cada poucos túmulos. Aquele retardamento me deixou ansiosa pelo que viria a seguir. Jeremiah leu as categorias de cada soldado em voz alta, uma tumba depois da outra.

283

— Estou procurando nomes familiares.

Travei a mandíbula, mais preparada do que jamais estive.

— Você encontrará vários mais para frente.

Isso fez com que ele se endireitasse.

— Estou sendo mórbido. Vamos continuar.

Passamos por uma retroescavadeira, atrás da qual dois homens fumavam, cumprimentando-nos com um aceno silencioso, e seguimos para as partes mais antigas. Jeremiah começou a recitar:

— Kitchin, Newhall, Mudge, famílias que reconheço. John e Hannah Alley, eu os conhecia. Eram velhos. — Ele colocou as mãos na cintura. — Kate, onde é nosso destino?

Nem cinquenta metros adiante, um pequeno lote exibia o nome RICE. Eu apontei.

— Ali.

— Meu Deus do céu — Jeremiah sussurrou, rastejando para frente.

Eu o segurei pelo cotovelo, como se o firmasse. A lembrança daquela noite na cobertura do prédio voltou, quando ele teve de se apoiar com força em mim. Naquele dia desejei que este mundo não o oprimisse nem o machucasse, sem me dar conta das grandes porções de dor que ele encontraria dentro de si.

Jeremiah parou diante dos túmulos de seus pais com o peito curvado, como se atingido por um soco. Um carvalho, que havia crescido até chegar à maturidade dentro do terreno da família, serviu-lhe de apoio.

— *Lembre-se de que você é pó.*

— O quê?

— Está na Bíblia. — Ele se inclinou para frente e tocou o túmulo da mãe. — Verdade.

— Você está bem?

Ele olhou para mim.

— Eu mal me lembro deles, Kate. Mas me lembro de como foi perdê-los.

— Você viu seus pais, você sabe, nesse meio-tempo? Em todos esses anos em que esteve congelado? Teve alguma experiência com eles em algum sentido?

— Se eu tive, deixei a lembrança para trás quando revivi. — Ele retirou com a unha o líquen que se acumulara sobre o nome do pai. — Minha lembrança vai direto de cair na água gelada para abrir os olhos e ver você sentada ao meu lado. Lembro-me do seu sorriso.

Ficamos os dois parados ali, olhando as lápides.

— Bem, de qualquer forma — eu disse —, acredito que é isto aqui que você queria ver.

A árvore havia crescido por sobre a lápide seguinte, mas eu o guiei.

— Aqui. Quem vai rir por último agora?

"Jeremiah Rice" estava esculpido no topo, acima da data de nascimento e de um dia no início de 1907, que presumo ser a data em que a expedição retornou sem ele. Havia o desenho de um martelo esculpido na pedra, e um navio. Abaixo, a gravação dizia: "Homem de família devotado, juiz respeitável, amigo de todos".

— Gostei disso — eu disse. — Amigo de todos. Você era o mesmo homem extrovertido de agora. O tempo congelado não o mudou.

Jeremiah não respondeu por meio minuto.

— Registre este momento — ele afirmou finalmente. — Este é o momento mais estranho que vivi no aqui e agora.

Minha boca ficou seca, mas consegui falar:

— Está preparado para o mais difícil?

Sua resposta foi segurar minha mão. Mesmo na angústia do momento, senti o privilégio de estar com esse homem, de cuidar de seu coração quando podia, e de lhe proporcionar conforto quando não podia. Era um momento além de minha capacidade, eu sabia bem. Apertei sua mão e o guiei adiante.

A lápide do outro lado da árvore combinava com a dele no tamanho e nos letreiros. "Joan Rice, 15 de agosto de 1934." Um buquê de flores havia sido gravado sob seu nome. "Esposa e mãe devotada."

— Sinto muito, Jeremiah.

— Ela sobreviveu a mim por vinte e sete anos.

— Não posso imaginar quanto isso deve...

— Meu desejo é que ela tivesse se casado. Eu queria que minha Joan não tivesse ficado sozinha por todo esse tempo.

Busquei a coisa certa a dizer. Mas ele seguiu até a próxima lápide, seu corpo parecendo vazio. "Agnes Rice Halsey, 17 de outubro de 1926. Filha amada. Faleceu no parto." A gravação era a de um anjo com raios de luz saindo da cabeça.

— Joan também sofreu a perda de Agnes — ele disse. — Ela ficou oito anos sozinha.

— Mas no parto, Jeremiah, ela se foi no parto. Você deve ter descendentes. Vou lhe dizer uma coisa. Quando voltarmos, vou encontrar aquela lista e pesquisar informações de cada pessoa que apareceu, melhor do que Dixon fez. O sr. Halsey, marido dela, não foi enterrado aqui, e isso é uma grande pista. Nós encontraremos sua família, eu prometo.

Jeremiah ficou rígido, o rosto vazio como uma chapa metálica.

— Humm — ele murmurou.

— Sinto tanto — eu disse. — Isso é péssimo.

— Humm.

— Olha, Jeremiah — comecei —, podia não ser permitido em seu tempo, mas no mundo de hoje é normal que os homens demonstrem seus sentimentos. Especialmente dor. Totalmente permitido. Sobretudo este sofrimento enorme.

— Humm.

Reuni coragem, estendendo e pousando a mão sobre o antebraço dele. Jeremiah engasgou, enterrando a face em meu ombro, e explodiu em soluços. Uma de suas mãos flutuava no ar como um pássaro ferido. Eu a segurei contra o peito. Passei o outro braço em volta dele até onde consegui, abraçando-o com força, enquanto suas costas subiam e desciam como algum tipo de animal colidindo contra a gaiola.

31
A FOME
(DANIEL DIXON)

Quando meu celular indicou que a chamada vinha do escritório do Projeto Lázaro, imaginei que seria Carthage querendo dar um de seus ataques diários sobre os esquemas para enganar a imprensa. A última pessoa que esperava ouvir do outro lado da linha era Gerber.

— Talvez você queira vir para cá rapidinho — ele disse.

— O que está pegando?

— Nossos fãs no parque se superaram.

Ele não me deu muito mais, e isso garantiu que este que vos fala voltasse depressinha para Boston, na mesma hora. O que foi uma pena, porque eu estava tendo um daqueles dias em que, em vez de ser pago, eu deveria pagar a alguém. Como quando eu trabalhava para aquele jornal na Flórida, e em todas as férias de primavera eles enviavam um fotógrafo para as praias com a intenção de descobrir a última moda em roupas de banho. Ele voltava dizendo que estava lotado, quente, cheio de jovens bêbados e irritantes. E então nós íamos ver os rolos de fotografias, que revelavam praias cheias de biquínis, fios dentais, e até trajes de corrida de uma peça só. Coloque o corpo certo de vinte e poucos anos dentro de uma roupa daquelas e qualquer homem com sangue nas veias ficaria babando como um labrador no verão. A redação zombava do fotógrafo o resto da semana.

E isso mostra quanto eu me divertia em perseguir pessoas: ficar nas sombras, dirigindo a meio quarteirão de distância, abrindo um jornal bem esticado quando meu banco precisava se transformar num esconderijo instantâneo. Uma vez, anos atrás, o prefeito da cidade onde eu trabalhava tinha a reputação de beberrão. Eu o segui por três noites antes de flagrá-lo em um bar do centro. Foi fácil registrar o cara enquanto ele enxugava cinco martínis, mas mesmo assim ele saiu pela porta firme como um cirurgião. Eu corri para fora a tempo de vê-lo sentar-se atrás do volante e sair dirigindo. E lá estava um belo dilema, porque um jornalista supostamente não deve se tornar parte da história, mas, se eu permanecesse parado como uma múmia e ele atropelasse alguém, isso ficaria pesando na minha consciência. Antes que eu conseguisse decidir o que fazer, uma viatura passou zunindo, as luzes ligadas. Mais tarde se soube que a esposa do prefeito havia contratado um detetive particular para segui-lo, na esperança de, assustando-o, obrigá-lo a permanecer sóbrio. Tudo aquilo me matou de rir: aquele bêbado patético só queria tomar umas doses, e enquanto isso era seguido por duas pessoas.

Bem, meus perseguidos daquele dia já haviam me dado o suficiente. Eu tinha ideias de onde encontrá-los mais tarde, caso fosse necessário. E voltei voando para a cidade, passando por ruas laterais para evitar o tráfego e chegar ao projeto rápido como uma bala.

Eu podia dar um beijo em Gerber por ter me chamado. Quando estacionei, o lugar parecia a cena de um assassinato. Quatro ou cinco viaturas bloqueavam a rua, havia luzes, equipes de TV e pessoas gritando para lá e para cá. Eu me espremi atrás de uma van de TV, aproximei-me do primeiro policial que vi e disse:

— Que tipo de circo temos aqui?

— Principalmente muito barulho — ele respondeu. — Esses desocupados acharam que não estavam chamando atenção suficiente, então fizeram uma barricada humana no meio da rua. Tinha uns cinco deles bloqueando o tráfego, se reunindo sem licença nem nada do tipo. E agora eles não querem dar seus malditos nomes.

— O que você tá querendo dizer?

Ele apontou para os homens reunidos além da faixa amarela da polícia, todos de camiseta vermelha, sentados no meio-fio, parecendo ovelhinhas.

— Todos dizem que seu nome é Adão e que não têm sobrenome.

Eu ri.

— É melhor que Zé Ninguém.

— Elas. — Ele apontou para um grupo de mulheres, todas de vermelho, atrás da faixa do outro lado. — Todas as malditas se chamam Eva.

— Entendi.

— Enquanto isso, temos crimes de verdade com os quais nos preocupar, depois que esta festinha terminar.

— O que vão fazer com todos eles?

— Adão e Eva? Não sei. Arrumar uma serpente? Servir umas maçãs? — Ele riu. — Não, eles vão passar a noite na delegacia. Assim que o transporte chegar.

Então o chefe se aproximou, um tenente, e caí fora. Mas ainda o ouvi dizer ao policial que mantivesse a área livre de curiosos, referindo-se a mim. Eu planejava usar a porta dos fundos, mas Wade estava segurando os jornalistas na calçada. Não resisti.

— Eu disse a eles que não fizessem isso — ele dizia para o amontoado de microfones. — Eu disse a eles que esta não é a hora para desobediência civil. — Wade agia como se quisesse convencer o dono de um pitbull a soltar o cachorro na perna de um trombadinha. Saquei meu fiel caderno de anotações. — Temos sido pacientes — ele continuou. — Nós argumentamos contra esse projeto no tribunal. Imploramos à comunidade de Massachusetts que investigasse os feitos diabólicos desse grupo nefasto.

Eu ri, tentando imaginar quem dentro dos muros do laboratório caberia nessa descrição. Gerber, correndo atrás da mais recente gravação do Dead? Thomas, lambendo as botas de Carthage?

— Tudo em vão — Wade prosseguiu. — E então essas boas pessoas tomaram as rédeas do assunto nas próprias mãos. Vocês podem vê-las agora, sendo presas pelo que acreditam ser o correto. Elas vão para a cadeia por uma questão de consciência. Talvez elas se lembrem dos ensinamentos de Gandhi: "Primeiro eles te ignoram, depois riem de você, depois brigam, e então você vence". E aqui está a briga, meus amigos.

Antes ele citou King, e agora Gandhi. Esse cara não tinha vergonha nem medo de recorrer a quem estivesse à mão, e ele era determinado.

— Não somos nós que estamos redefinindo a mortalidade. Não somos nós que estamos fazendo uso de uma ciência antiética. Mas somos aqueles que irão sofrer, porque nossa consciência não consegue aceitar isso.

Eu anotei tudo aquilo, sem negar o gosto ruim na boca. Se o grupo dele era como o de Gandhi e King, então eu era a princesa Diana. O camburão chegou e os policiais começaram a enchê-lo de Adãos e Evas, e, quando achei que o show não podia ficar mais bizarro, alguns deles começaram a cantar "We Shall Overcome". Um dia venceriam, tá bom.

Aquilo doeu. Quer dizer, cite quem você quiser, não tô nem aí. Mas eu trabalhei por cinco anos em um jornal de Baltimore, e a última vez que ouvi aquela canção foi no funeral de um garoto de doze anos. Balas perdidas não se importam com onde podem parar. Não havia nada de direitos civis nesses manifestantes, apenas um cara calculista com uma tremenda habilidade de manter as câmeras gravando.

— Nossa responsabilidade é deixar as ruas desobstruídas — o porta-voz da polícia dizia ao mesmo tempo a um dos jornalistas, de lado. — Essas pessoas estão colocando os motoristas daqui em risco, e também a si mesmas. É simples assim.

O camburão estava calmo, ninguém resistia, então eu mostrei meu crachá e entrei no prédio. Poderia mandar um e-mail alertando meu editor e escrever algo sobre aquilo em minutos. O curral do laboratório lembrava uma redação na parte da manhã, antes de os repórteres chegarem. Algumas luzes acesas, nenhum telefone tocando. Billings inclinava-se sobre seu computador como um burocrata mal pago em uma fábrica de 1800. Gerber, com os pés na mesa, olhos fechados, curtia satisfeito seja lá qual viagem alucinógena tocava nos fones de ouvido.

Parei perto da cesta da *Perv du Jour*, pensando que era uma boa hora para desentocar aquela pasta verde. Mas antes verifiquei o quadro, e é claro que Gerber havia colocado coisa nova. Em se tratando de esquisitices, o cara era confiável como um metrônomo.

O achado daquela noite foi diferente, porque tinha origem altamente identificável: walkerparapresidente.com. Ali estava o sorriso dentuço que era marca registrada de Gerald T. Walker, com a mão estendida, enquanto era apresentado a Jeremiah Rice. A legenda abaixo dizia: "Ligado, por dentro e pronto para restaurar a liderança da América em ciência e tecnologia". Na beirada da foto, dava para ver o tornozelo fino e o pé da dra. Kate. Aquela mulher, minha nossa.

Gerber também colou uma captura de tela de Frank falando e o vice inclinando-se para entender cada palavra. A legenda: "Ouvindo a América, com orgulho da nossa nação".

Por fim havia uma imagem de Walker lançando o braço por cima do ombro de Frank. O juiz tinha uma expressão de dor, mas Walker sorria como se tivesse vencido duas semanas de prisão de ventre. Eu juro, os dentes dele eram tão inclinados para frente que ele parecia um cavalo prestes a espirrar. A legenda: "Reanimando a América. Walker para presidente".

— Dá ânsia de vômito, não é? — Gerber havia arrastado a cadeira para perto.

— O quê? — eu ri, tirando a mão da cesta onde estava a pasta. — Eu me senti emocionado e patriota.

Ele fungou.

— O pior caso de fome que já vi até agora.

— Do que você está falando?

— Você sabe do que estou falando. — Ele rodou até sua mesa e apertou um botão para limpar a tela. — Todas essas pessoas, a mesma fome. Me dá um pedaço, me dá, me dá.

— O que há de tão terrível nos caras usarem o velho Frank? Não há nada de novo nisso.

— Verdade. E tenho certeza de que o juiz pode lidar com isso. — Gerber pegou seus fones de ouvido. — Mas olhe para os sinais. Os sites, os blogueiros. O frenesi da mídia, como se ele fosse um astro de cinema. Esse exército de aberrações dizendo que descende dele. Essa peça do Walker. Vixe.

— A natureza humana, Gerber. — Apontei as folhas da *Perv*. — O habitual. Merda, um século atrás havia uma dúzia de mulheres afirmando ser a filha há muito perdida do czar russo.

— Se isso é a mesma coisa, então está ficando pior. É como se *todo mundo* fingisse ser aquela garota russa, o país inteiro. — Gerber ergueu a mão aberta. — Quando você acrescenta o cenário louco deste lugar, não me surpreende que todo mundo esteja se pervertendo pelo nosso juiz. — Ele esfregou a cabeça com o fone. — Eu não gosto disso.

Pensei em sacar meu caderninho. Essa era uma conversa que eu gostaria de citar algum dia? Ou era apenas o Gerber de tarde da noite, pego quando sua viagem precisava de uma nova dose?

— Na minha opinião — eu disse —, você deve se ater à ciência. Este é um caso claro de a mesma merda num dia diferente. Não há mal nenhum em nada disso.

— Não tenho certeza a respeito desses manifestantes. Eles me irritam muito.

— Definitivamente estão ficando mais irritantes. — Afinal saquei o caderninho, abrindo-o em uma folha limpa. Seguir os pombinhos o dia inteiro me deu horas para matar. Matei o tempo brincando com a combinação de letras que formava a senha da câmara: BOMS, CMNR. Talvez tivessem escolhido os números do nada, mas geralmente as pessoas definem senhas que significam algo para elas. BNOQ. Que segredos sobre Carthage as letras revelariam? E então eu descobri AMOS e soube que estava encontrando ouro. Seja lá o que significava, um dia eu descobriria. — Você devia ter ouvido eles lá fora esta noite.

— É essa mania de querer, querer, querer que todo mundo parece ter — Gerber continuou. — E com esse pessoal aí na nossa porta, você tem que acrescentar o perigo da religiosidade. Sempre que alguém fica muito virtuoso, isso me deixa nervoso.

Eu anotei o que ele disse, mas as palavras escritas pareciam apenas a paranoia básica de um drogado.

— Por que isso? — perguntei.

Gerber ignorou a pergunta.

— O pior foi aquele jornalista que veio aqui ontem. Deus do céu! Que filho da puta presunçoso.

— Do que você está falando? Eu sou o único jornalista que tem permissão para vir aqui.

— Eu não guardei o nome dele, você vai ter que checar na portaria. Só sei que ele tinha permissão do Carthage. Veio para fazer uma entrevista, mas chegou cheio de acusações sobre como Jeremiah aparentemente era um péssimo juiz. O Jeremiah deu um chega pra lá no cara, mas não antes de ser provocado. Quem aquele sujeito pensa que é? Provocando alguém a respeito de algo que ele fez ou não fez há mais de cem anos? O que ele está tentando provar?

— Carthage me prometeu acesso exclusivo ao Sujeito Um. E a mais ninguém.

Gerber revirou os olhos.

— Não me diga que você também tem a fome.

— Claro que não — eu disse. — É só mais uma história para mim, mais uma matéria. Mas Carthage e eu tínhamos um acordo. E acho que posso adivinhar quem era o jornalista de merda.

— Você não está entendendo o meu ponto.

Enfiei o caderno no bolso.

— Neste exato segundo, com todo respeito, eu não dou a mínima para o seu ponto. Me fizeram de otário de novo.

Gerber riu e me deu as costas.

— Bem, de repente você não é mais o Príncipe Encantado? — Ele pressionou uma tecla em seu computador e a tela brilhou. Um monte de gráficos apontou para cima.

Eu andei de um lado para o outro por meio minuto. Merecia uma explicação. Como Carthage já tinha ido embora, as únicas pessoas que tinham as respostas eram o bom juiz e a dra. Kate. E eu sabia exatamente onde poderia encontrá-los. Quer dizer, se eu fosse Frank, saberia para onde levá-la, para ficarmos a sós no mesmo minuto em que o sol sumisse. Sem mencionar que eu teria que retomar minha perseguição durante a noite.

— Tenho trabalho a fazer — eu disse para as costas de Gerber e me apressei pelo corredor.

— Divirta-se, tigrão — ele cantou, balançando os dedos no ar.

O maldito elevador levou um mês para chegar.

32
NA PONTA DOS PÉS
(KATE PHILO)

Seja lá qual tenha sido a calma que compartilhamos durante aquela tarde em Lynn, assim que entramos na rua dos escritórios do Projeto Lázaro, ela se estilhaçou feito vidro. Jeremiah já havia se recomposto, após uma longa e melancólica caminhada pelo cemitério, enquanto eu esperava na entrada. Eu me sentia tão reconfortante como um porco-espinho. Meu celular tocou várias vezes — o ramal de Gerber no escritório do projeto —, mas eu não estava com estômago para suas esquisitices naquele momento. Quando Jeremiah voltou, peguei sua mão e o conduzi de volta ao carro. Seguimos dali até Nahant, e ao longo da costa até Beverly, sem dizer uma palavra, e finalmente rumo a Boston.

Entramos direto no espetáculo. Carros de polícia bloqueavam a rua toda. Luzes brilhantes irradiavam dos caminhões de bombeiros e das ambulâncias. Eu abaixei minha janela e ouvi pessoas cantando enquanto a polícia as levava para o que pareciam enormes carros blindados.

Um homem de uniforme acenou sua lanterna.

— Vamos andando aí, por favor.

— Preciso deixar meu passageiro na área de carga, nos fundos.

— As ruas estão fechadas, senhora.

— Mas ele vive nesse prédio. Como ele vai chegar em casa?

— O que posso dizer, meu bem? Temos mais de cem pessoas bloqueando a rua e criando confusão. Vai levar umas duas horas para levarmos todas elas.

Não tinha o que fazer. Jeremiah se encolheu contra a janela, balançando a cabeça como se dissesse não para tudo aquilo, não para o mundo todo.

— O que devo fazer?

— Vá comer uma pizza grande, mas coma bem devagar, e volte lá pelas onze e meia.

— É *ele*. Ah, meu Deus, é ele. — Um fotógrafo atrás do policial nos avistou e saltou com a câmera em punho.

— Ei, amigo. — O policial puxou seu braço. Mas havia outros bem atrás dele, e em segundos fomos cercados pelos flashes.

Fechei a janela, engatei a marcha a ré e me afastei depressa. No cruzamento, fiz uma curva brusca para a esquerda e acelerei. Depois de um quarteirão, pude ver que o caminhão de uma emissora de TV ainda nos seguia, mas tomei um atalho por um beco na direção do parque e ele sumiu do retrovisor.

— Consegui despistá-lo.

Jeremiah já não estava mais sonolento.

— Deus do céu, o que foi aquilo?

— Acho que alguma manifestação contra o projeto.

— Refiro-me àquela onda de pessoas com câmeras. E àquele homem que nos perseguiu.

— Bem, nós os chamamos de paparazzi. Não sei o que a palavra significa, é italiana. São pessoas pagas para tirar fotos dos ricos e famosos.

— Por que você fugiria de alguém que quer tirar sua foto?

— Porque o apetite deles é infinito. Na verdade, eles podem ser bem perigosos, pois não acreditam em limites ou privacidade. Pessoas já morreram tentando escapar deles.

— Mas nós não somos ricos nem famosos.

— Ricos não. Mas você está ficando bem conhecido, senhor.

— Se esse é o resultado, seria bom que todo mundo quisesse ser anônimo.

— Faz sentido, se você vier de outro século.

Jeremiah brincou com a portinhola do porta-luvas e rapidamente se sentou sobre a mão.

— O que acontece agora? Vamos esperar até quase meia-noite?

— Não — respondi, pegando a Storrow Drive na direção de Cambridge. — Vamos para minha casa.

Ele não respondeu, o que entendi como confirmação. Dirigi rápido. Em retrospecto, eu não poderia ter sido tão imprudente nem se tivesse entrado em um racha.

• • •

Por milagre, encontrei uma vaga bem em frente ao bloco onde ficava meu apartamento. Descemos do carro e ele me ofereceu o braço. O toque pareceu diferente naquele momento, mais musculoso, mais prazeroso de segurar. Usei as duas mãos.

— É aqui que você vive — Jeremiah disse, estudando as árvores arqueadas.

— Eu vivo no projeto. Aqui é onde durmo e lavo as roupas.

— Vai lavar roupa esta noite?

Ele soou tão verdadeiro que o olhei de lado, mas seu rosto não sugeria nada. Aquilo de fato estava acontecendo? Caminhamos lentamente pela calçada, juntos, até chegarmos às escadas da frente.

— Jeremiah, me sinto péssima pelo que aconteceu no cemitério...

Ele pousou um dedo sobre meus lábios. Ali estávamos nós, um de frente para o outro, em silêncio, a luz da rua atravessando as árvores e pousando sobre o rosto dele, sobre esse homem incrível. Coloquei a mão atrás de seu pescoço, reuni toda a minha coragem, estiquei-me na ponta dos pés e o beijei.

Eu acredito, quero acreditar, espero sinceramente lembrar que ele retribuiu o gesto.

E então aconteceu a coisa mais estranha: pensei ter visto um flash. Olhei para a escuridão. Haveria alguém se escondendo ali? Será que eu não tinha despistado o caminhão?

— Olá? — gritei. — Quem está aí? — Não houve resposta. — Vamos entrar — falei. Jeremiah me seguiu de perto.

Entre um homem e uma mulher, tudo pode mudar por causa de um beijo. O toque, informações íntimas, a aceitação que cada pessoa anseia da outra. Alguns dizem que a relação sexual é a responsável por essa alteração, e isso é verdade, mas não há como negar que as barreiras caem depois de um beijo sincero.

Certo como a noite vem depois do dia, logo depois vieram as dúvidas. O que ele quer? Quais são as regras? Como os costumes sexuais de seu tempo se comparam com os de hoje? O que eu quero?

Para começar, não acendemos as luzes. Elas seriam claras demais para o que estava prestes a acontecer.

— Espere aqui — eu disse a Jeremiah no hall de entrada. E então joguei minha bolsa em uma cadeira e corri até a cozinha, onde devia haver uma vela.

Além do mais, eu precisava de um minuto sozinha. Eu não vivia esse tipo de intimidade desde Wyatt, o professor de direito. E mesmo assim havia acabado de beijar Jeremiah Rice na varanda. Aquilo era real. Eu precisava me acalmar e procurar no caos das minhas gavetas: pilhas, chaves sobressalentes, metade de uma vela vermelha. Agarrei uma garrafa de vinho já aberta no balcão, joguei o resto na pia e imaginei se aquilo não era algum tipo de metáfora. Vinho velho, história velha, velhos amantes, adeus.

Só que eu não tinha a menor noção do que Jeremiah estava pensando. E naquela bela noite de verão, com ele parado no meu hall de entrada, senti a mais

295

simples verdade. As experiências que eu tivera na vida me prepararam para a situação presente tanto quanto para pular de paraquedas.

Enfiei a vela na abertura da garrafa, usando uma das bocas do fogão para acendê-la. A chama era gentil, silenciosa. Coloquei a mão em concha sobre ela e aproveitei a doce sensação, como se eu protegesse algo frágil enquanto voltava para Jeremiah.

Ele havia dado alguns passos para dentro da sala.

— O lugar tem seu cheiro.

— Café e estresse?

— Lavanda — ele disse.

— Meu xampu? — Eu ri, colocando a vela na mesa. — Uso essa coisa extremamente floral desde a faculdade. Agora é meu cheiro característico?

— Eu gosto.

— Obrigada — eu disse, quase em um sussurro.

— Kate.

Era só o meu nome, mas em um tom que eu não tinha ouvido antes.

— Estou ouvindo.

Ele colocou os braços ao meu redor, e deitei a cabeça em seu peito. Jeremiah acariciou meu ombro, mas o toque se fez sentir em meu braço.

— Você está tremendo — falei.

— Nem um pouco.

Coloquei sua mão contra mim, seu pulso em meu peito, e o segurei até ele ficar imóvel. E eu também. A qualquer segundo agora, eu imaginei, ele poderia me pedir para fazermos amor. Como ele diria, eu não sabia. E não sabia como responderia. Descansei em seu peito, aproveitando o momento. Ele respirou fundo.

— É impossível enumerar todas as maneiras como você me ajudou nesse período inexplicável.

Tal vocabulário, em tal momento. Sorri em razão da formalidade.

— O prazer foi todo meu.

— Nem posso listar todas as experiências que vivi e que se tornaram melhores pela sua companhia. Sinto como se minha segunda vida tivesse sido iluminada por você.

— Sinto o mesmo, Jeremiah.

— Shhh. — Ele pousou o queixo no topo de minha cabeça. — Shhh.

Aninhei-me a ele, paciente. A chama da vela tremeluziu e então parou.

— Por favor, lembre-se de que eu disse essas coisas a você. Prometa-me, Kate, que daqui a meses, quando pensar neste momento, você se lembrará de quanto sou grato a você. Pode me prometer isso?

Eu assenti.

Ele começou a sussurrar:

— Apenas uma coisa tem mantido minha sanidade em meio a todo esse turbilhão do aqui e agora. E me é tão cara que quase me engasgo com as palavras. — Ele pausou, engolindo antes de continuar: — Quando minha mente estava lutando para entender, quando minhas recordações se provaram imprecisas, quando eu senti a solidão de haver um século de distância entre mim e o que conhecia e amava, apenas uma coisa me sustentou. E foi algo fixo, como o norte em uma bússola.

Eu aguardei, fechando dois dedos em volta da gravata amarela de Jeremiah.

— Minha família — ele disse. — Minha âncora, Joan, meu vaga-lume, Agnes, e o amor inatingível que eu ainda sinto por elas. Em toda a confusão do aqui e agora, minha devoção a elas, o arrependimento de tê-las abandonado, o desejo vão de estar com elas novamente, tudo isso tem sido a única coisa que eu conheço, verdadeira e inegavelmente. Como uma rocha.

Então me senti tão pequena, tão mesquinha. Não havia feito nada, e mesmo assim de algum modo me sentia egoísta. Sussurrei também:

— É isso que você quer que eu entenda?

— Estou falando com grande presunção, Kate, por isso peço que me desculpe. Mas ainda não me sinto pronto para os frutos que talvez nasçam entre nós como homem e mulher, apesar de saber como podem ser deliciosos. Minha ligação com o passado permanece muito forte.

— Isso não é adultério — sussurrei. — Você é viúvo.

— Além disso, preocupo-me com o efeito que isso causará em você quando chegar a hora... quando minha hora...

— Quando o quê? Hora do quê?

— Além do mais, a única mulher que conheci, quer dizer, *conhecia*, é Joan. Foi toda a intimidade do meu mundo: ela. E não estou além disso ainda. — Jeremiah ficou em silêncio, estreitando o abraço. E então relaxou e me soltou, reto como um silo, depois limpou a garganta. — Fora isso, você está exausta, enquanto minha energia está revigorada. Minha sugestão é que você se retire, depois de me dar um bom livro, e uma coberta talvez para quando a fadiga se abater sobre mim, e nos falamos pela manhã.

Eu me afastei, analisando seu rosto.

— Sério?

Ele assentiu.

— Honestamente. E eu lhe agradeço por este dia inesquecível.

— E aquele beijo? O que significou?

— Humm. — Ele encostou a testa na minha. — Foi maravilhoso.

— Então eu não sonhei com ele.

— "Somos feitos da mesma matéria que nossos sonhos."

— Ah. "E nossa vida pequenina é cercada pelo sono."

— Olhe só para você. — Ele exibiu um sorriso fino. — Muito bem.

— Você não é o único que já leu *A tempestade*, sabia?

E então nos separamos, nossas mãos se soltando por último. Mas apenas temporariamente. "Ainda não me sinto pronto" está a centenas de quilômetros de distância de um não. Eu apaguei a vela e acendi o lustre, piscando na luz clara do desapontamento. Entretanto, o querer fora revelado por nós dois. "Apesar de saber como os frutos podem ser deliciosos." Não, não havia como anular o que fora dito.

33
A FÚRIA DE UMA FORMIGA
(ERASTUS CARTHAGE)

O HOMEM CHEGA A SEU ESCRITÓRIO APENAS COM O CHAPÉU NA MÃO. Na verdade, ele não tem nada nas mãos, o que já explica tudo o que ele tem a dizer: sem documentos, sem resumos de ideias publicáveis. Nenhuma carta de demissão também. Com isso você decide que é hora de se divertir um pouco.

— Dr. Billings, finalmente.

— Carthage. — Ele toca a ponta de um chapéu imaginário.

Aparentemente ele também está jogando. Que Deus abençoe esses britânicos, mais hábeis nas diplomacias secundárias do que qualquer espécie do planeta. E por que não estaria? O esplendor daquela manhã de verão invade o escritório pelas janelas. O canto dos manifestantes lá embaixo empresta às horas certa musicalidade. E esse desgraçado, que falhou em suas pesquisas, vem suplicar. E com isso você encena um ritual, uma cerimônia cujo fim é bem conhecido por todas as partes. Você troca olhares com Thomas, que fica parado confortavelmente perto da parede de diplomas, e então você coloca as duas mãos esticadas em sua mesa.

— A que devo o prazer de sua companhia?

Isso parece desconcertá-lo. Ele gagueja e então recupera o controle.

— Você me instruiu, duvido que tenha esquecido, a voltar hoje com os resultados de meu trabalho com os espécimes menores.

— É claro, sim. Mas terminamos a conversa de forma desagradável, não foi?

Novamente você finge, novamente ele recua, se recompondo.

— Doutor, acredito que todas as nossas despedidas têm sido caracterizadas pela falta de cordialidade e de coleguismo.

Um contra-ataque justo. E que escolha de palavras, aquela "cordialidade". Você assente, pronto para deixar as preliminares para trás.

299

— De fato tem sido assim.

— Erastus Carthage é famoso por muitas coisas, mas simpatia não é uma delas.

— Tomo as duas metades dessa frase como elogios.

— Como quiser.

— Bem. — Você junta as mãos. — Ilumine-nos. O que o grande e sábio Graham Billings nos traz?

— Carthage, durante quantos anos você conduziu pesquisas biológicas?

— Não consigo sequer começar a pensar. Publiquei meu primeiro artigo aos dezesseis, como talvez você saiba, então foram décadas.

— E nesse vasto período de tentativa e erro, buscando e algumas vezes encontrando, já houve algum período restrito a dez semanas no qual você conseguiu desenvolver testes, executá-los e chegar a conclusões significativas? Em cinco quinzenas?

— Você está querendo dizer que eu o destinei ao fracasso? Ou que o prazo final estava muito próximo? Você honestamente acha que mais dez semanas se provariam reveladoras?

— Ficaria feliz em responder a suas perguntas, assim que você responder à minha.

Você olha para Thomas, e ele está sorrindo. Bom. Ele entende que há indulgência de sua parte, um cheque com a indenização já se encontra em um envelope sob sua mão direita. Esse gracejo não é sinal de que você está enfraquecendo, diminuído pela oposição pública e pelas finanças curtas. Não, existem razões para que você prefira que Billings se demita a demiti-lo: manter relações amigáveis com Oxford, evitar potenciais insultos a um britânico que é um dos potenciais investidores do projeto, e até respeitar a reputação de Billings, embora ele mal tenha conseguido realizar seus objetivos. Ainda assim, ele não é algum cãozinho inconsequente. Qualquer indignidade que ele sofrer deve ocorrer não no nível profissional, mas no pessoal. O sorriso de Thomas confirma que ele compreende essas nuances. Ele está progredindo bem.

— Não — você admite. — Nem uma vez em minha carreira. Dez semanas geralmente é um período de tempo insuficiente para adquirir equipamento apropriado, que dirá para realizar algo útil com ele.

— Então por que você me concedeu essas dez semanas?

— Para ensiná-lo, doutor. Você estava pedindo mais tempo, quando já sabia o que aconteceria. Você estava negando os dados convincentes. Isso é ciência preguiçosa, e você precisava aprender.

300

Billings abre a boca, mas se contém. Muito bom. Se alguém ousa acusá-lo de ser um cientista preguiçoso, você tem que ir atrás de uma pistola. Mas esse homem já apanhou demais; ele não vai se defender.

— Mas presumo — você diz, abrindo bem os braços — que eu possa estar errado. Outorgue a mim, por favor, os frutos de seu labor.

— Não há nada a outorgar, e você sabe muito bem disso.

— Nada mesmo?

— Nada de útil para você. Existem linhas de tendência nos dados metabólicos...

— Que tendências? — Isso pode ser interessante.

— Erráticas. Suspeito que haja um indicador, uma marca na qual podemos intervir para prolongar o tempo de vida dos espécimes. Mas essa marca ainda é inconsistente.

— Você quer mantê-las vivas.

Billings suspira.

— No intervalo que me foi dado, isso se provou irrealizável.

Você se levanta de sua cadeira. Billings está indo atrás da exata coisa de que você precisa, da coisa que seus investidores em potencial repetidamente requisitam: sobrevivência prolongada. Se um empresário tem um galpão cheio de corpos congelados, ele não dará um níquel a alguém capaz de acordá-los. Mas, para alguém que possa mantê-los acordados, ele sugará a última moeda do Fort Knox. E se Billings encontrou a resposta crucial e está escondendo...

— Preciso lembrá-lo, dr. Billings, que seu trabalho aqui é contratualmente propriedade do projeto? E de que a vida do Sujeito Um está em risco?

— Posso providenciar uma cópia do contrato — Thomas se intromete.

Você faz um aceno, dispensando a sugestão.

— Não será necessário.

— Não será. — Billings morde a isca. — Sei perfeitamente bem que cada registro e cada título em meu caderno de anotações pertencem a você.

— Não a mim — você diz —, mas a este grande empreendimento.

— Então tudo bem. — O maxilar dele se trava em uma mistura de ódio e derrota. — É o oxigênio. O metabolismo acelerado cria mais amônia do que o fígado pode processar sem ajuda. O número de casos foi pequeno demais para confirmar o método. Mas eu resgatei várias sardinhas em estágio de aceleração aplicando supersaturações de oxigênio.

— Droga — você diz. Toda aquela manipulação desperdiçada. — Você está enganado.

Ele funga com desdém.

— Perdão?

— Não é o oxigênio.

— Se se desse o trabalho de ler meus registros...

— Qualquer um pode superoxigenar um tanque de peixes e uma sardinha vai restar viva. Mas o corpo humano contém uma quantidade limitada de hemoglobina. Não importa o que você faça externamente, o sangue do Sujeito Um pode transportar uma quantidade finita de oxigênio.

Billings retrai o queixo, como se você o empurrasse.

— Porcaria. É um buraco imenso na minha teoria, não é?

— A resposta não é o oxigênio. — Você desfruta o prazer de informá-lo. — É o sal.

— O sal? Como assim?

Você pondera. Não há mal em compartilhar a descoberta de Borden.

— Ingestão zero de sal, dr. Billings, previne o problema da amônia desde o início.

— Indubitavelmente. Mas a utilidade dessa dieta vai diminuir com o tempo, porque o corpo intrinsecamente contém sal em seus tecidos. É um pré-requisito para a contração muscular.

Você suspira, olhando para a estante de livros, em cuja parte superior só há títulos seus.

— Billings, você não é um idiota no laboratório, mas estamos à sua frente nessa questão há tempos. Borden resolveu o problema da duração de vida com o sal há quase dois meses.

Você se vira, esperando vê-lo se curvar, abatido. Em vez disso, Billings se senta com a cabeça erguida, como uma socialite dos anos 20 com uma longa piteira na mão. Que homem estranho. Mas o que seria da ciência se não fossem suas esquisitices?

— Você diz apenas com sal? Brilhante.

Você se vira novamente.

— Doutor, precisamos dizer mais alguma coisa um para o outro?

— Eu gostaria de mais um dia, se concordar. Não precisa me pagar. Mas minha pressa com os estudos de oxigênio deixou o material desorganizado. Eu gostaria de organizar os dados em um formato coerente, de modo que algum dia possam ser úteis para alguém que percorra o mesmo caminho. E também quero me despedir apropriadamente dos técnicos que me deram assistência. Sei que não é do seu feitio, mas assim minha mãe me criou.

— Meu Deus do céu, livre-me de desafiar a educação materna — você diz, a mão erguida como se jurasse dizer a verdade, nada além da verdade. — Você terá seu dia extra, Billings, sem pagamento, como você disse e como é apropriado. Entregue seu crachá de segurança para Thomas amanhã à tarde. Estaremos com os documentos da rescisão prontos.

Billings assente, mas não apenas para si mesmo.

— Por toda minha carreira, passei de um laboratório a outro apenas respondendo a perguntas. Nunca perdi um trabalho antes.

— Você vai sobreviver. — Você volta para sua mesa e se senta.

— Acho que agora vou é viver, não é? — Billings se levanta. Você deseja que ele saia da sala para poder voltar aos seus negócios. Mas ele caminha com rigidez, um ar digno, e na velocidade de uma lesma. Então para na porta; haverá um discurso de despedida? — Devo dizer, Carthage, que trabalhar com você tem sido...

— Maldição, onde ele está?

Billings dá um pulo surpreso, já que ninguém menos que Dixon, o cãozinho das notícias, entra cambaleando pela porta. Ele tromba em Billings, mas não faz nada mais do que diminuir o passo. Dixon vem com tudo até a sua mesa e coloca as mãos na cintura.

— Você e eu temos que conversar — ele diz. — Exijo uma explicação. Agora.

Seria muito mais fácil respeitar esse homem se suas mãos não fossem tão gordas, com os punhos de um leitão.

— Você exige? Você está exigindo algo de mim?

— Como eu estava dizendo — Billings começa, tentando recobrar seu momento.

— Pode estar certo que sim — Dixon irrompe. — Eu tenho servido aos seus interesses por todos esses meses, artigo após artigo, e aí você vai e quebra sua palavra.

Momentos desse tipo podem desafiar alguns líderes, o ataque direto, mas para você representam uma oportunidade de demonstrar maestria.

— Acalme-se, sr. Dixon, sente-se, e em um minuto ouvirei o que tem a dizer.

— Não vou me sentar. E não vou esperar.

A audácia. A ingratidão. Você se inclina para olhar além dele.

— Dr. Billings, o que estava dizendo?

— Ele acabou de expressar melhor do que eu conseguiria. Boa sorte para toda essa sua imundície. — E sai da sala sorrindo.

O sorriso torto é um pouco perturbador, e você faz uma pausa para ponderar como ele conseguiu, apesar de suas intenções, arrancar bom humor da conversa. Dixon coloca as mãos na cintura novamente, cheio de pretensão e ignorância. Então uma fraqueza toma conta de você, uma fadiga causada pelo fardo que ele é.

— O que foi, sr. Dixon?

— Você e eu tínhamos um trato de que não haveria entrevistas exclusivas. Mas você deixou Wilson Steele entrevistar o juiz sem que eu estivesse presente.

Um pouco da sua insatisfação com o fim do encontro com Billings abrevia sua paciência para este que está acontecendo. E, por isso, quanto antes esta conversa chegar à sua previsível conclusão, melhor.

— Sim, eu deixei.

— Isso é uma quebra direta do nosso acordo.

— Sim, é.

— Bem, meu Deus. — Ele bate o punho na coxa. — O que diabos você estava pensando?

— Sr. Dixon, você honestamente quer saber a resposta a essa pergunta?

— Por que acha que eu perguntei?

— Muito bem. — Você posiciona a cadeira meio de lado para Dixon, exibindo a ele seu perfil. Essencialmente, você está se dirigindo a Thomas. — Reneguei nosso acordo porque Wilson Steele, dormindo, é cem vezes mais jornalista e escritor do que você em seus melhores dias. Ele tem uma plataforma nacional para seu trabalho, uma audiência massiva e um histórico de best-sellers. Você, você é um picareta que escreve para revistas de ciência, que é rápido em fazer analogias, mas precisa de um esforço gigantesco para juntar três frases inteligentes.

Dixon toma o assento que você lhe ofereceu um minuto atrás, afunda-se na cadeira como um boxeador derrotado que não sabe o momento certo de baixar o queixo. Já que o dano está feito, você continua:

— Você foi útil para a propaganda inicial do nosso trabalho, mas seu alcance limitado e suas habilidades rudimentares são insuficientes para a extensão e a audiência de que precisamos agora. — Você gira a cadeira, dando as costas para ele, e despeja um punhado de desinfetante nas mãos. — Eu dei aquela entrevista para Wilson Steele porque você não tem mais valor para mim. Pronto. Agora você está satisfeito com a resposta?

— Seu... — ele resmunga, sacudindo a cabeça. — Seu filho da puta presunçoso.

— Thomas — você exclama —, ouça o que ele diz. Um Shakespeare em nosso meio.

Dixon começa a fumegar, esfregando o rosto com uma das mãos. Você pode ouvir seus pensamentos, pequenas roldanas girando, as engrenagens de cognição soltas. Você está quase sem paciência, mas pelo menos Dixon está mostrando o espírito que Billings falhou em oferecer. Você o tolera um último minuto.

— No que está pensando, sr. Dixon?

— Eu estava elaborando algo aqui. Uma coisa que pensei e não fazia sentido. E, agora que estou chegando perto, você me tira do jogo. — Ele mastiga a unha. — É. Eu desconfio do projeto e você me corta. Humm. Meio que confirma minhas suspeitas.

— Do que você está falando?

— De você. — Ele desliza para a ponta da cadeira, um estranho sorriso no rosto. Quem são essas pessoas com sorrisos esquisitos? — Você acha que seu ego pode mantê-lo longe de problemas. Mas está muito errado.

— Que escoteiro você acabou se tornando, Daniel. Até me dá calafrios.

Ele aponta para você, rudemente.

— Vai se arrepender de me tratar assim.

Você não consegue evitar e ri.

— Está me ameaçando, sr. Dixon? Você realmente está ameaçando Erastus Carthage? Thomas, por favor, retire o crachá de segurança do nosso cãozinho. O trabalho dele aqui está finalizado.

Thomas se aproxima a passos largos e lhe desprende o cartão da lapela, o único acesso do jornalista aos laboratórios e escritórios do projeto. Você se permite um regozijo mínimo.

— Você honestamente acredita que o mundo encontraria qualquer coisa que Daniel Dixon escreva e que contradiga Erastus Carthage, qualquer coisa mesmo, e aceitaria a sua versão dos fatos? — Você esfrega as mãos minuciosamente, espremendo cada dedo com a outra mão, como se estivesse ordenhando uma vaca. — Eu não sabia que você era tão iludido.

— Eu realmente vou gostar, sabia?

Você troca as mãos.

— Do que você vai gostar?

— Do som que vai fazer quando eu te derrubar.

— Sr. Dixon, poderia me fazer o favor de parar de ser tão entediante?

— Acha que eu não consigo?

Você observa as cutículas.

— Não mais do que uma formiga pode derrubar um carvalho.

— Mas eu sei tudo sobre você, e você não é um carvalho.

— Estou aliviado de saber que sua capacidade de distinguir uma espécie da outra continua aguçada.

— Eu sei que você é uma fraude, e que este projeto é uma farsa. Você acabou de confirmar isso, neste momento. A única coisa que me impedia de escrever sobre isso era não ter descoberto quantas pessoas aqui sabiam do esquema. Você pode ter enganado o mundo, Carthage, mas eu estive prestando atenção durante todo esse tempo. Eu sei a verdade, e tenho provas.

— Novamente eu me lembro de uma formiga, deslumbrada com o banquete que acaba de encontrar, quando na verdade é só uma casca de pão.

— Logo vamos ver o que eu encontrei, não vamos? Seu pomposo de merda.

O que é a obscenidade, na verdade, a não ser o modo de uma pessoa mostrar que não tem educação? Você não se digna a responder, apenas prosseguindo a agradável limpeza de suas mãos. Dixon se levanta da cadeira e anda em direção à porta. Mas ele para na soleira. Você pensa: é neste momento que o derrotado tenta se levantar pela última vez, em vão.

— Uma última pergunta para você, dr. Carthage. Oficialmente.

— Você precisa ser tão incansavelmente maçante?

— Apenas uma, e então eu caio fora daqui.

Você joga as mãos para cima.

— Faça o seu pior.

— Quem é Amos?

Você engole em seco, surpreso.

— Perdão?

— Te peguei, não é? — Ele desliza de volta para dentro. — Por que você simplesmente não vomita tudo o que tem a dizer?

— Ah! Então você descobriu sobre Amos Cartwright. Parabéns. Eu nunca imaginei que você seria inteligente a esse ponto.

— Mais cedo ou mais tarde você vai ter que parar de me subestimar, colega.

— Provavelmente mais tarde. — Você se move atrás da sua mesa, lentamente empurra a cadeira para frente até que sua barriga encoste nas gavetas. — O que você sabe a respeito de Amos?

— Tudo. — Ele tira um caderno de anotações do bolso da calça. — Só preciso que você confirme os detalhes.

Ele está blefando. Não sabe nada. Migalhas, no máximo. Você arruma os papéis na mesa. Ali está o envelope de Billings, em cima de uma pilha de questões urgentes. As necessidades do dia estão exigindo mais de você do que merecem. Você empurra a cadeira para trás, decidindo novamente que precisa fazer a conversa andar o mais rápido possível.

— Então encontre você mesmo os detalhes, Daniel. Tudo o que posso dizer é o que existe nos registros públicos. — Ele não responde. Você coloca as mãos cruzadas sobre a mesa, os dedos entrelaçados. — Muito bem. Amos Cartwright era um campeão internacional de xadrez que perdeu sua posição e suas medalhas quando um fofoqueiro revelou que ele era um trapaceiro. Depois disso ele se enforcou.

Dixon segura a caneta agora, e faz uma pausa na anotação.

— Como é possível trapacear no xadrez?

— Não seja tolo. Não há fraude no jogo dos reis. Mas enganar a Federação Mundial de Xadrez é simples, se você usar o poder da razão. Imagine, por exemplo, que você conspire com a pessoa que compila os cronogramas do torneio para assegurar que sempre vai competir com o mais fácil, de modo que todos os desafios mais difíceis fiquem do outro lado. Eles vão se exaurir eliminando uns aos outros, enquanto você ganha facilmente de cada adversário. Uma hora um deles chegará às finais, cansado e intimidado porque você passou facilmente pelo outro lado. O último ainda pode derrotá-lo, mas no mínimo você ficará em segundo lugar. E muitas vezes sua vantagem se provará insuperável. E assim você acumula posições internacionais, tanto por derrotar os mais fracos quanto por ficar na vice-liderança dezenas de vezes.

— Incrível.

— E então um certo oficial da federação confessa, bem depois de se aposentar, devido à descoberta, já no leito de morte, de uma moral que ele aparentemente não teve durante sua carreira. E tal revelação leva o desacreditado Amos Cartwright a dar o nó na corda. E isso faz um barulho minúsculo na mídia.

— E o que um trapaceiro do xadrez tem a ver com o projeto?

Você olha para suas mãos como se segurasse ases.

— A resposta necessita de alguém com cem vezes a sua capacidade de relato para ser determinada.

Dixon fecha rapidamente seu caderno de anotações.

— O sinal de um homem estúpido é quando ele se sente livre demais com os insultos.

— Você está dizendo que Erastus Carthage é estúpido?

— Do tipo mais fácil: superconfiante. Mas é como eu disse antes.

— Sim?

— Vou gostar do som da sua queda.

Ele se vira e vai embora.

• • •

Você leva vários minutos para se recompor. Amos Cartwright não é um nome que você esperava ouvir daquele bufão. No entanto, não há como conectar Amos a você, de jeito nenhum. Você protegeu cada caminho em potencial. Tem sido um trabalho de décadas, sujeito a mais raciocínio e cuidado do que células, reanimação ou seu próprio respirar. Ele pode escrever coisas danosas ao projeto, mas não baseado nisso.

Thomas está parado ao seu lado.

— Senhor, qual é a nossa ligação com Amos Cartwright?

— Eu usei o nome dele em nossa senha de segurança, só isso.

— Por que escolheu tal pessoa?

— Porque, Thomas, somos diferentes dele, o máximo possível. Ele era um trapaceiro e nós temos integridade, ele desperdiçou seu intelecto e nós exercitamos o nosso diligentemente, ele mentiu a maior parte da vida e nós nunca mentimos, nunca.

Thomas faz uma reverência.

— Vejo que minha pergunta o irritou e peço desculpas. Além do mais, quanto Dixon pode nos prejudicar?

— Muito menos do que o bem que ele já fez.

— E quanto aos investidores? Esse pessoal da criogenia sempre esteve tão perto, e depois ficaram relutantes. Dixon pode ser uma ameaça?

— Thomas, vamos acrescentar um pouco de razão a essa situação. Não há nada que possamos fazer para controlar o sr. Dixon neste ponto. Portanto, recuso-me a perder mais um minuto sequer pensando nele. E, quanto aos nossos potenciais investidores, até um pescador novato sabe que uma truta não é inteligente, apenas cética.

— Não estou entendendo, senhor. Nossos investidores são como trutas?

Você empurra a cadeira para trás.

— Precisamos de algo que os desvie de suas suspeitas. Então precisamos de uma boa isca para fisgá-los. Mas o quê?

Você vai até a janela e olha para baixo. Os manifestantes terminaram o movimento em benefício das notícias do meio-dia. Eles vão descansar até a hora da performance das seis horas. As prisões da noite anterior trouxeram reforços. Deve haver cerca de mil deles lá embaixo agora, todos com absurdas camisetas vermelhas. Desde que aquele lunático do Kansas chegou, aquele com visual de super-herói, esse pessoal tem demonstrado mais organização e experiência com a mídia. De repente pode ser interessante conhecê-lo. Por enquanto, a maior parte do grupo está reunida no gramado do outro lado da rua, almoçando. Os membros mais devotos se ajoelham na calçada em frente às portas principais. Então lhe ocorre que essas pessoas estão rezando por você, ou pelo menos você está nas orações. É delicado da parte delas, realmente. E ali está sua resposta.

— Thomas, precisamos de um incentivo especial de nossos fãs.

— Esses manifestantes são nossos fãs, senhor?

— Veja como eles esbanjam devoção. Como o sr. Dixon, eles também nos trouxeram atenção considerável. A questão é como usá-los em seguida.

— Para agitar a corrente?

— Este é meu Thomas. Sim, e eu sei exatamente como. Eu gostaria de lhes fazer um convite amanhã. Simples, elegante, com a certeza de atiçá-los. Preciso da sua ajuda.

— Claro, senhor. E como incitá-los contra nós pode ajudar o projeto?

— Quanto mais fervorosamente seus inimigos o odiarem, mais confirmarão sua importância. Mas, primeiro, traga-me o Sujeito Um. Nosso vendedor mais convincente precisa começar a trabalhar. É hora de prepará-lo para conhecer nossos futuros investidores.

— O senhor quer dizer que é hora de usar nossa isca?

Você sacode um dedo para ele.

— Que garoto esperto.

Agora, quem ousa dizer que você é incapaz de um certo encanto administrativo? O rapaz sai da sala resplandecendo.

PARTE 5
FRENESI

34
COMPLETAMENTE ATRASADA
(KATE PHILO)

O BILHETE QUE ME ESPERA EM MINHA MESA FOI ESCRITO COM UMA LETRA tão impecável que deve ter vindo de Thomas, mas o verdadeiro autor era igualmente inconfundível: "Em meu escritório. AGORA".

Por estranho que pareça, não senti medo. Nem mesmo apreensão. Naquele momento, Jeremiah Rice estava na minha cozinha, lendo um volume envelhecido de *A ilha do tesouro* que eu nem sabia que tinha. Da última vez que o vi, estava sentado confortavelmente à mesa da cozinha, na cadeira que recebe a luz da manhã, com o estranho mas cativante hábito de se sentar em cima da mão sempre que não estava virando páginas como se fizesse leitura dinâmica. Em compensação, Erastus Carthage parecia cada vez menor. Thomas não havia apenas sublinhado a palavra *agora*; ele a havia escrito em letras maiúsculas. Eu deveria me sentir intimidada pela escrita? Honestamente.

Por toda a manhã pensei nas possibilidades. Na internet, encontrei um laboratório promissor nos arredores de Nova York. Especializado em projetos referentes a sangue, mas havia acabado de conseguir uma imensa doação para química de células, que precisaria ser administrada. E também havia cargos de pós-doutorado na universidade, no Missouri e em Iowa, os quais poderiam servir como emprego de transição. Eu podia ter enviado meu currículo por e-mail antes de sair do apartamento, com uma cópia para Tolliver, meu antigo mentor na academia, que então poderia começar a exercer uma sutil influência.

Porém eu não enviei. Em vez disso, enchi minha caneca de café, acariciei o ombro de Jeremiah e curti minha habitual caminhada até o trabalho. Estava uma manhã deslumbrante, a umidade dos dias anteriores já evaporada sob o céu limpo. O rio Charles cintilava e reluzia enquanto eu atravessava a ponte do MIT, usando um vestido de verão verde com pequenas flores brancas. Eu me sentia com dezoito anos.

Quando cheguei à entrada da plataforma de carga, decidi seguir a meada do Projeto Lázaro até o fim, independentemente da conclusão a que chegaríamos. O bilhete de Carthage apenas simplificou o assunto. Se ele me demitisse, tudo terminaria em uma hora. Eu iria para casa almoçar e enviaria os currículos a tempo de dirigir até Cape Cod com Jeremiah para jantarmos. Se Carthage não me demitisse, eu voltaria para minha mesa para ver o que precisava ser feito. Ali no corredor, me detive, me dando conta de que pela primeira vez eu não tinha uma lista de tarefas urgentes me esperando. Eu já começava a me desligar do projeto, o que, por sua vez, me ligava a Jeremiah.

Thomas não estava em seu lugar de sempre, sentado à mesa de fora, mas pude ouvi-lo rindo lá dentro. Bati, entrando e surpreendendo-me completamente. Thomas se acomodava no trono de Carthage, segurando um controle remoto, enquanto o chefe egocêntrico estava parado do outro lado da sala. E ambos riam para uma televisão de tela gigante. Foi o momento mais pessoal que já vi aqueles dois homens compartilharem, e comecei a recuar para fora da sala.

— Um bispo — Carthage gritou. — Acabamos de ser denunciados por um bispo.

Thomas riu.

— "Apenas Deus é o autor da vida" — disse com uma grossa voz falsa.

— Volto mais tarde — falei.

— Não, não, seu timing é perfeito — Carthage comentou. Ele secou o olho com a manga. — Assista, dra. Philo. — Contendo-se, ele apontou para a tela. — Assista e aprenda algo.

Thomas pressionou um botão no controle, e imagens de um noticiário retrocederam em velocidade rápida. Ele ainda ria sozinho.

— Eu nem sabia que você tinha uma TV aqui.

— O que você não sabe, dra. Philo, levaria uma vida para ser catalogado.

Mordi a língua.

— Aí — Thomas disse. — Essa é a melhor parte.

O vídeo começou, uma enorme multidão de camiseta vermelha se reunia em volta de um homem de preto com colarinho de clérigo.

— E essa pessoa seria...?

— O bispo de Massachusetts — Thomas disse. — Seu predecessor era um cardeal.

— Apenas ouça — Carthage pediu.

— ... *conflitos no decorrer da história entre ciência e religião, confrontos entre a razão e a fé. Então devemos retornar aos princípios básicos, ao ensinamento fundamental do Jardim do Éden, que é simplesmente o seguinte: apenas Deus é o autor da vida, e apenas o Todo-Poderoso decide quando a vida deve começar ou terminar.* — O bispo lambeu a ponta de um dedo e virou a página. — *Temos orado pelas pessoas engajadas nesse projeto porque reverenciamos o aprendizado. Nossa fé inclui a crença no poder da humanidade de se erguer a grandes alturas do conhecimento e da compreensão. Mas temos nos preocupado, também, com os objetivos desse projeto. Agora, com esse convite indecente...* — ele ergueu uma folha de papel — *vemos essas pessoas como elas realmente são: pecadores como todos nós, mas que, diferentemente de nós, têm a intenção de diminuir a vida humana, reduzindo-a a equações químicas, em vez de apoiar o dom sagrado de um Senhor que, com sua generosidade e amor, nos criou à Sua imagem divina.*

A multidão aplaudiu, mas o bispo ergueu a mão, interrompendo-a.

— *Temos sido pacientes. Temos recebido bem o homem que personifica suas realizações em nossa cidade, em nossas empresas e lares. Disseram-me que ele até visitou nossa catedral. E vamos continuar a aceitar os penitentes de braços abertos.*

— Eu adorei isso — Thomas disse. — Como se ele não tivesse...

— *Mas não podemos compactuar com o sacrilégio. Não podemos tolerar a banalização da vida, especialmente sob o disfarce de uma falsa imortalidade. Não podemos permitir que esse...* — ele sacudiu o papel novamente — *esse convite ao assassinato passe despercebido. Só nos resta um recurso.*

Ele ergueu uma mão, como se proclamasse uma bênção.

— Essa é a melhor parte — Thomas afirmou.

— *E agora convido o prefeito desta cidade, a câmara, o governador deste estado e até o vice-presidente dos Estados Unidos, que foi indevidamente apressado em seu endosso a esse empreendimento, convido cada um desses indivíduos, devido à solene responsabilidade que têm para com a confiança pública, a encerrar esse projeto.*

A multidão começou a gritar.

— *Fechem! Fechem!*

O líder bonitão dos manifestantes veio à frente, movimentando os braços como se conduzisse um coral.

— *Fechem! Fechem!*

Thomas colocou o som no mudo.

— "Convido cada um desses indivíduos" — ele disse, levantando-se da cadeira. — Dr. Carthage, aquele convite foi um golpe de mestre.

— Lembre-se, Thomas, que a ideia foi sua.

— Dificilmente esqueceria, senhor. Estou aqui se precisar de mim — ele afirmou, em seguida saindo da sala.

Carthage limpou a garganta, apertou um botão e a TV desligou. Um painel de madeira deslizou para baixo e a escondeu.

— Chega de frivolidades por hoje — ele disse.

— O que você fez para deixá-los tão bravos? O que havia naquele papel?

— Um blefe. — Ele se aproximou de sua mesa. — Um blefe extremamente bem-sucedido.

— Onde estava aquela multidão? Quando tudo isso aconteceu?

— Não faz nem uma hora e meia — Carthage respondeu. — Bem diante da nossa porta. Você teria caído diretamente no meio de tudo aquilo se tivesse chegado ao trabalho no horário.

— Eu não tinha nada urgente para fazer.

Carthage sentou-se, suspirando.

— Dra. Philo, não sei por onde começar. Há tanta coisa acontecendo com mais intensidade agora, tanta coisa mudou. Você parece alheia a tudo.

Sentei em uma das cadeiras viradas para a mesa dele.

— Me esclareça.

Ele ergueu uma sobrancelha, ponderando, empurrando alguns papéis para o lado.

— Bem. Nosso amigo sr. Dixon não é mais um amigo, e quer nos fazer mal.

— Pelo que eu vi nessa reportagem, estamos fazendo isso muito bem por conta própria.

— E também estamos quase sem fundos. Muitos investidores apareceram, ansiosos para aplicar nossa tecnologia nas pessoas que eles mantêm em estado criogênico. Eu pretendia oferecer a eles evidências conclusivas, com a ajuda do relato de nossa história de inegável sucesso, apresentando a eles o Sujeito Um...

— Essa pessoa não existe.

— ... apenas para descobrir, abracadabra: ele não está mais aqui.

Eu já esperava tais observações, então tentei meu próprio blefe.

— É mesmo, doutor?

— Não vamos fazer joguinhos, está bem? Quatro câmeras de segurança diferentes registraram que você e ele saíram escondidos do prédio...

— Não fomos a lugar nenhum escondidos, porque não estávamos fazendo nada errado.

— ... ontem de manhã, por volta das oito horas.

— Eram 8h21 — veio uma voz de fora da sala de Carthage.

— Obrigado, Thomas. — Carthage pegou um lápis novinho, que nem sequer havia sido apontado, e virou a borracha para mim. — Não tenho o menor interesse nas justificativas para sua conduta irresponsável, suas possíveis conquistas românticas...

— Isso não...

— Por favor, pare de falar, dra. Philo. Você está nadando em águas fundas, bem além da sua capacidade. O bispo é o menor dos nossos problemas. Enquanto você esteve vivendo aventuras de mãos dadas, o mundo não parou de girar. Quanto mais defensivo é o seu discurso, pior para você.

— Por favor, poupe-me da bronca. O que você vai fazer, me demitir?

— É isso que você teme?

— Nem um pouco.

— Porque ser demitida é o mínimo que vai acontecer se o Sujeito Um não estiver na minha sala às quatro da tarde. Você entende? Sem a supervisão alimentícia, as consequências para ele talvez sejam catastróficas, e os riscos para este projeto, monumentais. Se as coisas piorarem mais um pouco, o desemprego será o menor dos seus problemas.

— Minha irmã, Chloe, é advogada de litígios. Ela diz que existem dois tipos de pessoas: aquelas que ameaçam te processar e aquelas que processam. Qual é o seu tipo, dr. Carthage?

Ele pareceu se divertir com minha pergunta. Então colocou o lápis sobre a mesa.

— Não tenho me comportado, nesses catorze meses desde que a contratei, de maneira coerente?

— Na verdade, tem.

— E como você descreveria esse comportamento?

— Honestamente? Maquiavélico. Manipulador. Afetado.

— Nunca falso? Hesitante? Com medo de ofender, nem uma vez?

— Você sempre foi exatamente quem é.

— E isso, pelo léxico de sua irmã, é típico de quem ameaça ou de quem processa?

Olhei para meu colo. Eu ainda segurava o bilhete de Thomas dobrado. Meu vestido de verão parecia frívolo, ingênuo.

— De quem processa.

— E você tem alguma teoria que a convença de que eu me comportaria de modo diferente hoje?

Levantei a cabeça novamente.

317

— Nos outros dias, era você quem dava as cartas.

— E agora não é esse o caso?

— Não. Todo o baralho saiu comigo daqui ontem de manhã, às 8h21.

— Dra. Philo. — Ele segurou o lápis com as duas mãos, abaixando-o lentamente. Notei pelas juntas brancas dos dedos que ele estava lívido, sufocando com dificuldade uma raiva enorme. — Não vou tentar desviá-la de sua pretensa integridade, por mais errada que esteja. Nem persistir em apelar a razões que você parece incapaz de ouvir. Nem sucumbir à tentação de brincar com seu feminismo imprudente. Persuadir uma cientista novata a abandonar sua ignorância não é meu objetivo. A sobrevivência desse projeto é. Portanto, simplesmente repito, para que não haja ambiguidade: se às dezesseis horas de hoje o Sujeito Um não estiver na minha sala...

— Eu sei, eu sei, você vai me demitir.

— Dificilmente. — E então ele riu, virando-se com um sorriso doentio até que sua cadeira ficasse de lado, o rosto em perfil. — Srta. Metida, demissão não é nada. Eu já dispensei multidões ao longo dos anos. E despedi alguém há menos de uma hora, um colega seu.

— Ah, é? Que pessoa brilhante e dedicada você fez andar na prancha hoje?

Ignorando a pergunta, ele sacudiu o lápis como uma batuta de maestro.

— Demitir alguém apenas força a pessoa a atualizar seu currículo pateticamente exagerado, reclamar para algum antigo professor e encontrar algum laboratório de fundo de quintal para chamar de lar para o resto de sua vida inútil. Demitir alguém é tão insignificante que devia vir enrolado em um laço.

Ele deslizou para a ponta da cadeira.

— Você tem influência sobre ele, eu admito, e me arrependo de ter deixado isso acontecer. Mas minha paciência com sua influência acabou. Então serei claro: Jeremiah Rice chegará a este escritório às dezesseis horas, ou você estará arruinada.

— Arruinada? Que diabos isso quer dizer?

— Nem queira descobrir. Certamente você não terá mais carreira nem reputação. Mas será bem pior; usarei todo o poder que possuo, e não vou descansar até que você esteja falida e desamparada. — Ele jogou o lápis na mesa. — E vou fazer isso por esporte.

Carthage pressionou o frasco de desinfetante sobre sua mesa, uma gosma branca se espalhando em sua mão. Não fiquei para assistir à limpeza. Ele poderia se esfregar quanto quisesse que jamais ficaria limpo.

No almoxarifado, encontrei duas grandes caixas de mudança. Entrei com elas na sala de controle, onde Gerber empurrou sua cadeira na minha direção.

— Opa, espera aí, peregrina — ele disse. — Você parece estar com a fúria de Deus.

Coloquei as caixas sobre a mesa.

— Às vezes eu tenho vontade de rasgar Carthage ao meio.

— O homem realmente é uma obra de arte — Gerber balançou a cabeça concordando. — Então, ele está te enchendo porque você está pegando o bom juiz?

— Meu Deus, Gerber. Você fala como um Dixon piorado. — Segurei novamente as caixas, seguindo para a câmara de Jeremiah. — E não, para sua informação, não estou "pegando" ninguém.

— Ah. — Ele encolheu os ombros, empurrando a cadeira de volta à mesa. — Minhas condolências.

. . .

Que lugar. Eu mal podia esperar para me livrar dele. Então pressionei os números para entrar na câmara de Jeremiah. Limpá-la foi tão rápido que precisei de uma única caixa. Seus artigos de higiene pessoal, um punhado de livros, as poucas roupas que lhe haviam dado e que ele havia escolhido usar, tudo junto dava menos de uma caixa. Entre o ego de Carthage e toda a atenção da mídia, passei a ver nosso projeto como algo grande, o renascimento de Jeremiah como algo que poderia mudar o mundo. E ver tudo reduzido a tão poucos pertences era uma lição de humildade.

Eu estava de saída, dando uma última olhada pelo cômodo, quando senti o impulso de arrumá-lo. Os livros formavam uma fileira perfeitamente organizada na prateleira, os fones de ouvido em cima. Arrumando a cama, senti que havia algo sob o travesseiro. Enfiei a mão e peguei o guaxinim de pelúcia. Primeiro senti tristeza, uma pontada de derrota. Algum tipo de inocência havia se perdido e não voltaria. E então senti raiva, uma rajada de teimosia. Ele havia saltado para me proteger. Agora era a minha vez.

Joguei a caixa extra no meio do quarto, uma pista para qualquer um que se interessasse. Mas as gravações mostrariam tudo mesmo. Pressupondo que os monitores continuassem funcionando. Não há muito o que documentar se seu sujeito se foi.

Eu gostaria de ter me despedido de algumas pessoas, mas não havia motivo para desperdiçar minha vantagem. E também eu ainda não tinha terminado. Havia mais uma coisa que eu queria, e era para Jeremiah.

O porão estava claro, com tubos fluorescentes pendurados aos pares no teto. Canos se projetavam aqui e ali sobre minha cabeça. Eu já havia estado no depósito do projeto várias vezes, para guardar os presentes que Jeremiah recebera em nossos passeios pela cidade.

Havia uma nova placa na porta: "Propriedade do Projeto Lázaro. Apenas funcionários autorizados. Proibida a remoção de objetos sem aprovação por escrito de E.C."

Embora eu imaginasse como os presentes para Jeremiah haviam se tornado propriedade do projeto, tive certeza de que "E.C." não aprovaria meus planos de remoção. Passei meu crachá pelo leitor, mas a porta não destrancou. Tentei novamente, sem sorte. Teria Carthage já bloqueado meu acesso? Isso era um problema. Se eu voltasse lá para cima, quem me emprestaria o crachá, sabendo que os servidores do projeto registravam onde e quando cada crachá era usado?

— Ah, vamos lá — eu disse, mexendo na maçaneta da porta, sem sucesso.

— Me permite, por favor, amada?

Eu me virei e fui recebida pelo sorriso torto daquele que costumava ser meu único amigo no projeto, e que agora possivelmente voltaria a ser.

— Billings, você me salvou. Se importaria?

— Ele botou você na rua também?

— Ainda não. Então era você que Carthage se vangloriou de despedir?

— Quase isso. — Billings passou seu cartão pelo leitor, e nós dois ouvimos a trava eletrônica se abrir. — Meio que fui demitido e meio que pedi demissão.

Eu ri.

— Estamos no mesmo clube. Você só chegou lá algumas horas antes de mim.

— Embora aparentemente meu crachá ainda funcione. — Ele se inclinou – Depois de você

— Sempre um cavalheiro. — Fui em frente com a caixa de papelão.

— Pois sim, moça — ele disse com um sotaque falso. — Como mamãe ensinou.

Alguém havia organizado a sala desde minha última visita. Prateleiras enchiam as paredes, assim como as fileiras no meio, com caixas de plástico cinza sobre elas. Nas etiquetas havia uma letra inconfundível, perfeita.

— Então, por que você e Carthage romperam?

— Difícil dizer, Kate. Da parte dele, falta de glamour, aposto. De minha parte, descobri informações nos espécimes menores que eu não queria que um porco como ele possuísse. Então foi meramente uma questão de irritá-lo e fingir intimidação. — Billings caminhou resolutamente até a parede do outro lado e puxou uma caixa, revirando alguns documentos nela guardados. — Aqui está, de primeira. — Ele retirou um arquivo e empurrou a caixa para o lugar. — Ainda vou receber meu cheque de indenização, com o qual desejo me presentear com três semanas de decadência em Maui.

Andei pelos corredores, analisando os rótulos dos materiais associados a Jeremiah, indo dos mais recentes para trás.

— Parece que você tem um bom plano.

— Se eu pegar alguns documentos emprestados para o meu próximo projeto, sim. Estudos metabólicos das espécies reanimadas antes de encontrarmos o juiz. Podemos dizer que um paraquedas profissional.

Parei no fim do corredor. Em um rótulo pude ler: "Sujeito Um — Vestuário de chegada". Puxei a caixa e ela despencou.

— Deixe-me ajudá-la, amada. — Billings colocou de lado seus papéis, pegou a caixa e a pôs no chão. — O que está procurando, se me permite perguntar?

Na caixa selada com fita adesiva, Thomas havia anotado a data de nossa chegada a Boston com o corpo congelado de Jeremiah. Rompi o lacre, arranquei a tampa, vi os itens que estavam por cima: um par de botas marrom gastas e bem engraxadas. Peguei uma, passando o dedo pelo C ornamentado na sola.

— Isto.

Billings cruzou os braços.

— Estou com um sentimento estranho agora, como se eu tivesse saído para fumar no intervalo de uma peça e, ao voltar, notasse que perdi algumas cenas importantes.

— Estas são as botas dele. Ele as quer de volta.

— Eu não a impedirei, Kate. Eu mesmo sou um ladrão aqui.

Com as botas em mãos, eu me senti menos distraída.

— Sim, desculpe. Você disse que encontrou algo nas espécies menores, coisas que não quer compartilhar.

— De fato encontrei. Mas só entre nós?

— Claro.

— Bem, tem a ver com o metabolismo. — Ele sorriu. O sorriso de um nerd, do tipo que tenho visto por toda minha vida profissional, sempre que alguém à procura de algo difícil ou misterioso o encontra. Provavelmente eu mesma já tinha exibido um sorriso assim uma ou duas vezes.

Billings esfregou as mãos.

— Como foi que Borden disse, "como um urso hibernando"? Que frase mais propícia. Entende? Independente da espécie que você está reanimando, elas sempre reiniciam com uma taxa metabólica surpreendentemente baixa, processando comida e oxigênio quase que em velocidade reduzida. Muito bom, um começo suave para o estômago e os órgãos relacionados. O negócio é que, seja qual for o mecanismo que regula a taxa metabólica, ele aparentemente se estraga durante o período congelado, não é? E com o tempo ele deveria se estabilizar quando chega ao normal. Mas não, ele continua acelerando, cada vez mais, e as criaturas se movem cada vez mais rápido, e isso consome energia numa taxa que cresce exponencialmente, e a pobrezinha de repente se esgota.

— Eu já vi isso, esse percurso todo, com os camarões e tal. O que você está querendo dizer?

— Nosso homem, Carthage, pode ser um gênio em se tratando de reanimação, mas ele construiu um registro bem preguiçoso sobre *manter* as coisas reanimadas, não é?

E então a ficha caiu. Eu dei um passo para trás, colidindo com as prateleiras.

— Ah, não.

— E assim — Billings continuou —, ninguém tem estudado os motivos pelos quais as pobres criaturas perecem, muito menos como mantê-las vivas por mais tempo.

Eu mal podia olhar para ele.

— Com exceção de você.

— E veja aonde isso me levou. A um porão, roubando arquivos. Uma pena também, pois as pequenas criaturas vão morrer não importa o que façamos, isso é certo como o sol nasce, e bem rápido.

Eu larguei as botas. Senti como se pudesse cair também, então baixei até o chão.

— Quão rápido?

— É um logaritmo de aceleração, Kate. Eu posso lhe mostrar uns bons gráficos. — Billings estava perdido em suas descobertas, suas mãos voando pelo ar. — Uma vez que a curva ascende, ela o faz elegantemente, em ritmo crescente.

— Como você sabe quando começa?

— Extrapolação é arriscado, amada. Todos os meus dados vêm de minúsculas...

— Como eu posso saber, cacete?

Billings me lançou um olhar surpreso, que se fundiu em um olhar de carinho. Senti a completude de nossa história juntos. Noites no laboratório afinando as amostras que se recusavam a cooperar, mergulhos gelados nas águas polares, uísque no trem enquanto acompanhávamos Jeremiah de volta ao lar. Sem mencionar as infinitas reclamações sobre o inferno que era trabalhar para Carthage.

— Ora, ora. Posso ser lento, mas me dê umas marteladas certas e eu acordo para a vida. Estou aqui falando sem parar de gráficos, enquanto você... — Ele limpou a garganta. — Certo. Você e eu temos feito as coisas certas, não temos, Kate?

— Você acha?

— Eu estou sem trabalho. E você está em uma situação bem pior, não é?

— Eu não sei. Talvez. Provavelmente.

— Sinto muito. — Ele suspirou. — Suponho que seja tarde para sugerir que você mantenha a perspectiva científica e também distância profissional.

— Completamente. — Eu mexi em uma das botas. — Quem mais sabe sobre isso? Alguém já contou a Jeremiah?

— Sem chance. Carthage nem sequer tinha contado para mim, até que eu mesmo confirmei. Achei que tinha descoberto uma solução, mas se mostrou apenas bobagem. Carthage acha que tem uma resposta melhor, mas no laboratório já descobri onde o procedimento dele falha.

— Então como eu saberei, Billings?

— De fato. — Ele cobriu a tosse com o punho. — Muito bem. Se ele começar a tremer como uma senhora com Parkinson ou um bêbado em abstinência, você saberá que ele já está em algum lugar dessa triste curva.

Eu assenti. Minha garganta parecia se fechar, mas tive que perguntar:

— E se ele já estiver tremendo?

— Já começou? Bom, então... eu diria... bem, monitore outros sinais metabólicos. Você conhece o procedimento. Aumento de apetite, diminuição da necessidade de sono.

Comecei a chorar quase em silêncio.

— E depois?

— Odeio ver você desse jeito, amada. Depois de tudo que passamos. Não posso suportar.

— Me diga. Por favor.

— Ah, Kate. Não há como prever a taxa, apenas a maldita consequência.

Eu chorei por um minuto ou mais, deixando as lágrimas mancharem meu vestido. *Jeremiah. Vendo seus dedos se sacudirem naquele banco em Lynn. Lendo em minha casa e se sentando sobre as mãos. Abraçando-me no cemitério enquanto suas mãos se agitavam.*

Gradualmente me recompus. Uma das botas havia caído. Eu a segurei em meu colo, olhando para a abertura como se olhasse para uma boca de couro.

— Há algo que eu possa fazer?

Ele não respondeu. Quando ergui os olhos, vi que Graham Billings se fora.

35
GANHANDO NA LOTERIA
(DANIEL DIXON)

Aquele foi o dia em que tudo virou a meu favor. Depois daquela manhã, a vida se alinhou muito bem para este que vos fala. E se eu deveria agradecer a alguém, essa pessoa seria o bispo. Quer dizer, quando o dia raiou, eu ainda não tinha nenhum plano. Apenas uma frustração raivosa, como se estivesse preso em uma camisa de força.

O fato é que aquele canalha do Carthage tinha acabado comigo em dez segundos. Ele sabia bem onde me atingir. Sem o crachá de segurança, sem poder entrar lá, sem provas para mostrar ao mundo. Aquela pasta verde estava tão fácil de pegar como se estivesse na Lua. Eu havia falado com meu editor naquela noite. Ele disse que jamais publicaria nada contra o sr. Erastus Pé no Saco sem evidências concretas. Fotos, dados, documentos. Meu editor era um covarde. E por acaso ele estava certo. A palavra de Daniel Dixon contra a do dr. Candidato ao Nobel? Eu seria motivo de riso. O fato de que eu contava a verdade não valia um tostão furado.

Mas o bispo virou o jogo. Ou talvez ele tenha tornado o jogo mais visível para mim. Quer dizer, eu havia visto aquilo ganhar forma por meses, sempre achando que tudo girava em torno de Carthage, ou de Jeremiah Rice, ou era uma vitrine para a dra. Kate. Até que o bispo falou sobre o autor da vida e a multidão o aplaudiu como louca, e então percebi que toda essa saga na verdade dizia respeito a mim.

Olha, quando o Daniel Dixon de catorze anos tirou seus pais daquele incêndio, mortos pela inalação de fumaça antes que uma única chama pudesse atingi-los, sua relação com a mortalidade foi forjada permanentemente. Aquela noite terrível me mostrou de perto como o corpo persiste após a morte, como se precisasse tão somente de uma boa e livre respirada para se sentar novamente e me mandar terminar a lição de casa. Sem mencionar que me ensinou que, não importa quanto queiramos acreditar no contrário, a morte é a mais sólida e indiscutível coisa que existe.

Enquanto eu tossia tão forte que achava que meus pulmões iam sair pelo nariz, a cada respiração pesada eu me tornava o pateta perfeito para Carthage. Quem melhor do que um idiota que passa a vida desejando um modo de enganar a morte?

Porém todos esses anos como jornalista me ensinaram a ver as coisas como são. Uma situação pode ser nebulosa no começo, mas a realidade a queima até chegar à mais perfeita clareza. E é por isso que eu também era perfeito para descobrir que o projeto representava uma enganação da cabeça aos pés, da proa à popa, do começo ao fim.

A única coisa que eu ainda não tinha descoberto era o motivo. O que motivara Carthage a planejar toda essa empreitada? Ele nunca sofrera por falta de dinheiro, e seu prestígio profissional já ia muito além do próprio rabo, então por quê? Eu simplesmente não sabia, independentemente do que fosse. Eu me larguei em um banco na frente da entrada do projeto naquele manhã, tentando digerir um pouco a questão.

Claro que me sentei sozinho. Daniel Dixon sempre se senta sozinho. Não é autopiedade, apenas um fato. Quando você não se aproxima das pessoas sobre as quais vai escrever porque isso pode destruir sua objetividade, e quando você é um chato por natureza porque vê as falhas do mundo muito claramente, e, que inferno, quando você tem quarenta e cinco anos e é gordo desde a infância, você se torna um maldito perito em se sentar sozinho.

Pelo menos o entretenimento era de primeira linha. Eu assisti a Wade incitar os barulhentos camisas vermelhas, sacudindo aquele convite estúpido de Carthage como um pedaço de pano em frente a um touro, e fazendo a turma chegar ao máximo dos decibéis quando a limusine do bispo parou diante deles.

Mas o controle não era total. Quando Sua Excelência quis falar, Wade demorou uns bons minutos para acalmá-los. E, mesmo assim, eles continuavam interrompendo com gritos, cantos, uma energia maníaca que me deixava nervoso. Aquilo me incomodava, como uma panela de pressão prestes a estourar. Eu mudei para outro banco, para assistir a tudo do outro lado da rua.

Depois que o bispo foi embora, eles gritaram um pouco mais para as câmeras. "Fechem, fechem", nada brilhante ou cativante, mas direto. Enquanto as equipes de jornalismo arrumavam as coisas para partir, pensei naquela velha pergunta sobre a árvore na floresta: se não houvesse a mídia para cobrir um protesto, ele realmente aconteceria? O capitão Bonitão foi para algum lugar descansar; os que gritavam, entretanto, não se desfizeram como era habitual. Muito excitados, berravam com suas camisetas vermelhas como um bando de salmões tentando subir a correnteza.

Quem de repente se largou no banco ao meu lado, naquele exato momento, foi Gerber, parecendo um cara cuja reanimação tinha sido interrompida no meio do caminho.

— Que merda aconteceu com você?

— Como assim?

Eu ri.

— Parece que você mergulhou em um tonel de uísque há três dias e só se arrastou para fora há dez minutos.

— Que dia é hoje?

— Sexta. Deve ter sido uma farra daquelas.

Gerber enterrou o rosto nas mãos e soltou um longo grunhido enquanto o esfregava. Alguns dos manifestantes nos notaram e se viraram para fazer barulho em nossa direção. Entretanto permaneceram do outro lado da rua. A história de bloquear o tráfego já havia acabado. Além do mais, a polícia de Boston já havia detido mais de cem dos seus colegas, que estavam mofando nas celas porque o juiz se recusava a definir uma fiança até que eles apresentassem suas identidades reais. Em uma ensolarada manhã de verão, aquela calçada parecia bem mais convidativa.

— Não — Gerber disse por entre os dedos. — Não foi farra. Apenas quatro dias direto tentando resolver algo.

— Ei — eu comecei. — Você não precisa se preocupar com a minha opinião. Já percebi que você provavelmente não está envolvido.

Ele ergueu a cabeça, olhando-me com um dos olhos.

— Do que você está falando?

— Daquela linda fraude conhecida como Projeto Lázaro.

— Você está louco — ele disse. Então se recostou no banco, deixando o pescoço inclinar até que o rosto apontou para o céu.

— Sobre o que os idiotas estão gritando hoje?

— O de sempre. O projeto, Jeremiah, Deus.

Gerber endireitou a cabeça.

— Os cartazes deles estão ficando melhores.

Ele estava certo. Wade os havia orientado a ir das cartolinas pintadas com caneta hidrográfica para placas com letras profissionais, presas em hastes de madeira. Os slogans eram mais afiados também: "Inteligência ≠ Moral"; "Jesus amava o Lázaro real" e "Deus não é ignorante". Minha favorita era "Estou com o idiota", só que o T era um crucifixo.

Gerber soltou um longo suspiro.

— Estou enganado ou eles estão mais escandalosos que o habitual?

— Pode ser a ressaca.

— Você não está me ouvindo, Dixon. Eu não estava na farra. Estive trabalhando direto desde terça de manhã.

— Eu achei que você estava deixando esse tipo de esforço para a NASA. O que está rolando?

— Apenas a coisa mais difícil desde que reanimamos o coração do bom juiz.

— Qual é. O cara está passeando por aí com a dra. Kate.

— Achei que tínhamos uma confusão imensa nas mãos, mas talvez eu tenha encontrado uma solução. Eu sempre achei que o método do sal não adiantaria.

— Do que você está falando?

Ele continuou como se eu não estivesse ali:

— Então Billings deixou essas descobertas sobre a saturação do oxigênio na minha mesa, antes de cair fora. E elas eram simplesmente geniais, só que ele não tinha um mecanismo de entrega por causa do teto de hemoglobina.

Eu ri.

— Agora você está oficialmente falando grego.

Gerber riu também, mas tive a sensação de que não estávamos rindo da mesma coisa.

— E hoje de manhã um dos técnicos brincou, dizendo que estava tão cansado que queria um saco de café intravenoso, e aí a ficha caiu: transfusão. — Ele se virou para mim, os olhos esbugalhados. — Transfusão.

— Sim? — perguntei.

— Sim, sim. Só dê ao cara um pouco mais de sangue, não uma tonelada, um copo ou mais e pronto. Ali está a hemoglobina extra de que você precisa, o que significa mais oxigênio, o que significa menos amônia, o que significa menos kaput. Pronto.

Irrompi em risadas. Eu não ligava se era sono de menos ou maconha demais, o cara não falava nada com nada.

— Gerber, nunca vou saber como você chegou ao topo no seu campo de estudos.

— Você não prestou atenção? Não viu o que estava acontecendo?

— Gosto de pensar que sim.

327

— Então deixe eu lhe dar uma pista. — Gerber se recompôs e se endireitou no banco. — Às vezes eu esqueço que você é um jornalista, sabe? Você esteve por perto muito tempo.

— Não se preocupe. Qualquer coisa que você disser será uma mixaria comparado ao que estou escrevendo.

De alguma forma foi como se o vento parasse de impulsionar as velas de seu navio. Ele voltou a se largar no banco.

— Então vamos falar sobre isso. De todo modo, quem sabe se a minha ideia vai funcionar?

— Bem, suponho que posso lhe contar. Você não é chegado ao Carthage.

— Quem?

Eu ri de novo.

— Certo. Bom, decidi que chegou a hora de escancarar a coisa.

— Que coisa?

— A fraude, a charada toda.

Gerber coçou o rosto.

— E você diz que sou eu quem fala grego.

— Este projeto, Gerber. Estive observando o tempo todo, até descobrir que é completamente falso.

— O que você está me dizendo?

— Não houve um cara encontrado no gelo, ninguém foi trazido de volta da morte. É tudo besteira. Não se preocupe, descobri que poucas pessoas estão envolvidas nisso, Carthage, Thomas e a dra. Kate. O resto de vocês não está fingindo, mas realmente acredita nisso. De outra forma, como um cara com o seu pedigree ficaria ligado a um bando de impostores como eles?

— Estou começando a pensar que é você quem esteve bebendo.

— Eu tenho uma coleção de provas, sólidas como uma rocha. Aguarde; você verá quando for publicado.

Gerber esfregou o rosto novamente e então estreitou os olhos.

— Você está tentando me dizer que o Carthage lhe deu todo esse acesso irrestrito, por todos esses meses, e o resultado é que você vai se revelar como o homem mais idiota sobre a terra?

— Ou o mais esperto, acho

Ele se levantou.

— Sabe, Dixon, existem problemas verdadeiros acontecendo com Jeremiah, coisas dando errado que ninguém sabe como interromper. Este é o mundo real. Sua fantasia de conspiração é loucura. Você é tão doido quanto esses *malditos manifestantes fanáticos*.

As últimas três palavras ele gritou para o outro lado da rua. Eles definitivamente ouviram. E se juntaram mais ainda, passando a direcionar seus cantos para ele.

— Afinal, qual é o problema? — Gerber continuou. — Por que estão tão irritados hoje?

— Provavelmente por isso — eu disse e passei a ele um dos convites de Carthage. Thomas havia entregado na noite anterior. Estavam por toda a rua, como lixo.

PROCURAM-SE VOLUNTÁRIOS

O Projeto Lázaro está ampliando seus esforços para reviver e fortalecer a vida humana, e para isso está em busca de voluntários. Precisamos de pessoas que se ofereçam para a estabilização criogênica por seis meses, e após esse período o projeto irá reanimar os voluntários sem nenhum custo. Eis a sua oportunidade de promover o conhecimento científico, participando da maior realização de nosso tempo.

Gerber leu aquilo com os olhos arregalados.

— Mas que merda! O que é isso?

— Você leu com seus próprios olhos, cara. Deixe-nos matá-lo e depois o traremos de volta. Quem quer se alistar?

— Estabilização criogênica? Isso é besteira das grossas!

— Seu Jeremiah reanimado é besteira das grossas?

Ele me olhou de cara feia.

— Mas isso é ridículo. Por que Carthage os provocaria desse jeito? Ele mal sabe como encontrar gelo maciço, muito menos fazê-lo. E por que congelaríamos pessoas se... — Gerber sacudiu a cabeça. — Por que começar a seguir por esse caminho? Que diabos Carthage está tentando fazer?

— Quem sabe? Talvez colocar um pouco de lenha naquela fogueira. — Eu apontei para os manifestantes, todos olhando para nós, gritando o "Fechem" novamente. — O homem adora uma manchete.

Gerber amassou o papel, formando uma bola.

— Estou vivendo em um mundo de idiotas?

— Se você permitiu que Carthage o enganasse a ponto de emprestar sua credibilidade para essa aventura de araque, talvez você seja o idiota.

— Cala a boca — ele disse e jogou o papel no meu colo. E então atravessou a rua, gritando a mesma coisa para os manifestantes. — Calem a boca. *Calem a boca.*

Assim que Gerber saiu da calçada, eles entenderam o movimento como permissão para fazer o mesmo, e foi como assistir a um cão atacar um estouro de boiada. Só que esse cão era um nerd exausto, de cabelos desgrenhados, velho e magrelo, e a boiada, um bando de pessoas furiosas e frustradas que passaram meses lutando por uma causa apenas para constatar que suas preces e paixões nada mudariam. Eles correram para a rua como a maré invadindo a praia.

— Calem a porra da boca! — Gerber gritou, ganhando impulso.

— Fechem, fechem — a multidão entoava. E então entraram naquela formação de enxame, um círculo de corpos em camisetas vermelhas aprisionando Gerber e encurralando-o cada vez mais.

Wade surgiu na esquina nesse momento, o sorriso arrogante sumindo quando se deu conta da cena. Ele começou a correr, gritando para que todos se afastassem, liberassem a passagem. Tarde demais. Gerber trombou com um dos manifestantes, que o empurrou com mais força em resposta. E então Gerber agarrou a placa de outro cara, e o cara a puxou de volta com tanta força que ela se soltou e o atingiu com violência, diagonalmente, no meio da testa, fazendo o sangue jorrar. Houve uma pausa e então um rugido. E todos se lançaram contra ele.

Corri em direção à briga, mas parei com um pé na rua e outro na calçada. Eu não era parte do projeto. Além disso, se eu tentasse salvar Gerber, receberia o mesmo tratamento. Wade puxava as pessoas pelas mochilas, mas as que estavam na frente do enxame derrubaram Gerber, então o levantaram novamente para que pudessem continuar atacando-o com as placas que carregavam.

Então uma coisa veio voando sem direção. E caiu na rua menos de um segundo antes de eu reconhecer o que era. O bilhete de loteria premiado de Daniel Dixon, e de qualquer um que quisesse conhecer a verdade: o crachá de Gerber.

— Está um pandemônio lá fora — eu disse ao segurança na recepção, apontando. — Estão acabando com o dr. Gerber. É melhor você chamar ajuda.

O guarda deu uma olhada pela grande janela da frente e saltou de sua cadeira.

— Henry, temos uma briga aqui na frente — ele avisou em seu walkie-talkie. — Chame uma ambulância e a polícia, depois venha depressa para cá.

O guarda passou correndo por mim, retirando um cassetete do coldre preso à cintura. Esperei até que ele tivesse passado pela porta giratória e entrado na confusão, então passei correndo pela mesa da segurança em direção aos elevadores, praticamente batendo o crachá de Gerber pelo leitor eletrônico. Continuei olhando para trás até que ouvi o sinal da chegada do elevador e suas portas se abrindo.

O curral de mesas na sala de controle estava quase vazio, apenas dois técnicos em um canto murmurando sobre algum problema. Para enrolar um pouco, fui até a última *Perv du Jour*. O site do dia era mateohomemcongelado.com. Definitivamente as pessoas haviam ficado mais inventivas. Lá estavam as habituais fotos alteradas, dessa vez com o desenho de uma faca na garganta do juiz e uma banana de dinamite enfiada na boca dele. Mas também havia uma bola de futebol com um boné do Red Sox, e tesouras de poda bem afiadas dos lados. O auge da exposição de Gerber, a nata do dia, era um cara sorrindo com um rifle de assalto na mão. Ele estava parado em algum lugar ao lado de uma melancia que havia sido explodida, jorrando líquido vermelho por todo lado. E usando uma gravata amarela.

Um dos técnicos saiu da sala, o outro se sentou de costas para mim. Enfiei a mão na caixa da *Perv*, puxei a pasta verde, calmo como um jogador recolhendo o fruto de sua vitória, e então fui direto até a mesa de Gerber.

Continuava do jeito que eu esperava: computador ligado, arquivos abertos, fones ao lado do teclado, chiando. Eu os coloquei de lado e comecei a digitar.

Tudo estava na mais impecável ordem. Eu nunca imaginaria que Gerber era do tipo meticuloso, e encontrei tudo lá, nomes, datas, tipos de arquivos. Então criei uma nova pasta e a enchi de cópias: fotos de até um ano atrás, folhas com os sinais vitais diários, vídeos do navio, da sala de controle, das coletivas de imprensa e até da câmara do velho Frank.

Olhei na direção dela e vi o quarto deserto. Nenhum sinal do ocupante, nem mesmo uma camisa pendurada em uma cadeira. Apenas uma caixa de papelão vazia, caída de lado. E não era uma metáfora perfeita daquele golpe colossal? Uma caixa cheia de nada. E então uma ideia perfeitamente sacana me ocorreu, e eu peguei o telefone. Toby Shea, do *Globe*, havia feito um bom trabalho sobre o projeto, escrevendo as matérias secundárias que davam cor às minhas histórias. Era um material decente, mas lhe faltava meu acesso interno. Portanto, ele merecia a primeira ligação.

— Shea falando.

— Toby, aqui é Daniel Dixon, o cara cobrindo o Projeto Lázaro.

— Sério? E o que faz Daniel Dixon me ligar?

— Bem, tem muita coisa acontecendo no projeto hoje.

— É, eu vi o bispo no jornal do meio-dia.

— Tem mais, e vou escrever sobre elas. Mas existem algumas coisas que eu não vou ter tempo de abordar. Você fez um bom trabalho, acho que posso lhe atirar um osso.

— Obrigado, acho.

Olhei em volta da sala.

— Ah, você definitivamente vai me agradecer, Toby. Para começar, Jeremiah Rice se foi. Sumiu.

— Não brinca.

— Tem mais. Se você me der seu e-mail, amanhã na primeira hora eu te envio a localização de onde ele está escondido.

Ele me deu o endereço eletrônico letra por letra.

— Qual será seu ponto de vista nessa?

— Não posso dizer, Toby. Mas é real. Apenas ligue para o projeto, peça para falar com Jeremiah e ouça a enrolação e a gagueira.

— Está certo. Vou fazer isso agora. Obrigado.

— Sem custo. — E desliguei o telefone com gentileza, sentindo-me muito bem por finalmente colocar aquele lugar no caminho da verdade. Fazer o mundo dançar conforme o ritmo da minha música.

Decidi fazer mais duas ligações, uma para o *Herald* e outra para a emissora de TV que nos levou ao jogo do Red Sox. E então enfiei o endereço de e-mail do jornalista no bolso, para usá-lo na manhã seguinte, e peguei meu velho e confiável pen drive. Eu o conectei ao computador de Gerber, e com três cliques comecei a copiar aquela nova pasta para minha posse permanente.

O computador avisou que o processo levaria aproximadamente dois minutos. *Por que não?*, pensei. Peguei os fones e coloquei-os na cabeça. Uma canção estava terminando, o som desvanecendo aos poucos. Eu me recostei, coloquei os pés para cima e esperei em silêncio para ouvir o que viria em seguida.

36
O ÚLTIMO OVO
(KATE PHILO)

Quando saí do quarto naquela manhã, ele estava sentado no sofá, bem no lugar onde eu o havia deixado na noite anterior. Apenas trocara o livro para *Um conto de duas cidades*, com *Jane Eyre* na mesinha de centro.

— Bom dia, Jeremiah — eu disse, com a voz animada. — Dormiu bem?

— Muito bem, obrigado — ele respondeu, se levantando, um dedo marcando a página no livro.

Éramos dois mentirosos. Eu podia ver o cobertor dobrado da mesma maneira que eu havia deixado. O travesseiro na ponta do sofá não trazia a marca da cabeça de Jeremiah. Porém a mão dele parecia estável, mais calma que na noite anterior. Um bom sinal? Não havia como saber.

— Não quero te interromper — eu disse. — Só vou fazer um bule de café.

— Posso ajudar?

Pressionei a palma da mão no peito dele.

— Apenas leia, amigo. Eu já volto.

— Seu cabelo...

— Que tal agora? — perguntei, prendendo-o para trás.

— Não, não, deixe solto — ele gesticulou.

— Sério?

— Por favor. É um deleite de feminilidade.

Um o quê? Fiquei ali parada, muda, constrangida, até que ele se sentou novamente. Então segui até a cozinha nos fundos do apartamento. Daquele dia em diante, eu nunca mais prendi o cabelo. Diga o que quiser sobre a influência de Jeremiah sobre mim naqueles últimos dias, eu não tentarei me justificar. A cientista, a adulta confiável, abandonou a antiga aparência para sempre por causa do elogio dele.

Depois de um momento, espiei do corredor. Os dois pés dele tremiam como se tivesse tomado vinte xícaras de café. Estáveis, só as mãos.

Até o momento, eu acreditava que havia escondido muito bem o que Billings me contara. Jeremiah ficou satisfeito demais com suas botas para notar meu humor assim que voltei para o apartamento. Chorei pesadamente quando fui para a cama, mas não acho que ele me ouviu. E resolvi, enquanto escovava os dentes, usar o máximo de minha habilidade para esconder minhas emoções atrás de uma aparência calma. Então fui encher a cafeteira com água, moer grãos, cantarolando para mim mesma como se fosse apenas minha amiga Meg, de Baltimore, que estivesse na outra sala e planejássemos um passeio pelos museus.

O que faríamos naquele dia? Como deveríamos usar os dias que nos restavam? Eu deveria contar a Jeremiah o que estava acontecendo? Ah, ele logo saberia. O que é mais importante, quando o tempo está acabando?

A sensação física, ali na cozinha, era de que eu não tinha pés. A gravidade podia me manter no chão, mas de alguma forma o contato real não estava acontecendo. E então o café ficou pronto, eu me servi de uma caneca quente e abri a geladeira para pegar o leite. O que eu vi trouxe meu peso todo de volta à terra.

Apenas um ovo. O iogurte havia acabado, a alface, todas as frutas, o queijo, os restos de comida chinesa. Tudo sumira, com exceção de um ovo em uma tigela. Eu o peguei, balançando-o em minha mão.

— Peço desculpas, Kate.

Eu me assustei com a voz de Jeremiah, parado na porta com uma expressão melancólica.

— Eu estava faminto na noite passada. Durante toda a noite. É difícil explicar. Embaraçoso também; comi tudo o que havia. Desculpe.

— Não tem problema — retruquei, envolvendo o ovo com os dedos. — Eu já disse, você é bem-vindo para fazer o que quiser aqui.

— Mas eu acabei com tudo, Kate, cereais, pão, bolachas.

— Então vamos ao supermercado. Será divertido.

— Sinto fome o tempo todo agora.

— Você não precisa explicar nada para mim. — Eu podia ter lhe contado a verdade, talvez eu devesse. Mas apenas me virei, despejei o restinho do leite em meu café, sorvi um gole quente. *Eu não quero te perder.* — Vou te dizer uma coisa, Jeremiah. Por que não frita este último ovo e come agora?

— Não, Kate. Aprecio sua oferta, mas como vê eu deliberadamente dispensei este. Como já havia comido muito, guardei o ovo para você.

— Isso é besteira — eu disse.

— Não é. Quero que você fique com ele.

— Jeremiah, nós podemos comprar três dúzias de ovos assim que eu terminar este café.

— Tudo bem, muito generoso de sua parte, desde que coma este primeiro.

Olhei fixamente para minha caneca de café. Ele estava tentando ser generoso, sem a mínima ideia do que seu apetite significava. Tudo estava acontecendo como Billings dissera. Meu coração parecia um rabisco preto.

— Por que não fazemos um acordo? — eu disse. — Eu cozinho o ovo e nós o dividimos.

— Kate, quando eu estive em posição de lhe dar algo? Honestamente, prefiro que você o coma inteiro. Por favor.

Eu ri, apesar dos meus sentimentos.

— Escute aqui, Jeremiah Rice...

Houve uma batida alta na porta da frente.

— Um momento — gritei, colocando o ovo no balcão. Apressei-me até a entrada. Eu havia alugado aquele lugar há quase um ano, mas passara quase todas as horas em que estava acordada no projeto. Aquela era a primeira vez que alguém batia em minha porta. — Quem é, por favor?

— Toby Shea, *Boston Globe*. Eu gostaria de falar com Jeremiah Rice.

O pânico me invadiu. Eu havia imaginado nosso sofrimento como um assunto particular, algo para nós dois vivenciarmos juntos e calmamente. No mesmo momento, todo o sentimento de segurança virou vapor.

— Me dê um minuto — eu disse. — Não estou vestida.

Corri até o quarto, espiei pela janela. Não podia ver a porta da frente, mas o caminhão de uma emissora de TV estava parando em uma vaga do outro lado da rua. Enquanto isso, uma mulher com um bloco de anotações em mãos seguia pela calçada na direção contrária. Um fotógrafo equilibrava seus equipamentos enquanto tentava alcançá-la.

De volta à cozinha, Jeremiah estava parado onde eu o havia deixado.

— Você parece assustada. Qual é o problema?

— Temos que sair daqui. Pegue agora tudo de que precisa. Voltamos depois para pegar o resto. — Joguei algumas coisas em uma mochila, enfiei os pés em um tênis e corri de volta ao hall.

— Dra. Philo? — houve outra batida. — Eu gostaria de entrar agora, por favor.

— Só mais um segundo — gritei.

Jeremiah havia calçado as botas de cano alto. Segurei-o pelo braço, puxando-o até a janela da cozinha.

335

— Já vou! — berrei.

Ele me lançou um olhar intrigado.

— Por que você não abre a porta?

— Você se lembra daqueles paparazzi que descrevi?

— São eles? — Jeremiah parecia tão aberto, ouvindo, confiando. Fiz tudo o que pude para não jogar os braços em volta dele.

— Na verdade, não. Mas existem outras pessoas que também podem se intrometer na nossa vida.

— Não entendo. Posso dar outra entrevista. Não fizemos nada de errado.

— Isso não importa. Nada os fará parar. Eles perseguiram uma princesa até que o carro bateu e ela morreu. Agora estão atrás de nós. Por favor, confie em mim. Vamos.

Abrindo a janela, saí para a escada de incêndio. O beco atrás de meu apartamento era estreito: latas de lixo, bicicletas com travas de segurança, os fundos das casas da rua de trás. Era outro dia de sol quente, sem nuvens à vista. E também não havia nenhum jornalista. Jeremiah veio atrás de mim.

— Não diga nada — sussurrei. — Até chegarmos ao meu carro.

Ele assentiu. E na ponta dos pés desci os degraus de metal, sentindo o peso dele atrás de mim. Começava a perseguição, o momento em que nos separaríamos do mundo.

Apenas depois que atravessamos dois quarteirões foi que me dei conta. Havíamos deixado o último ovo para trás.

37
TODO O RESTO
(DANIEL DIXON)

Imagine um cirurgião deitado numa mesa de operação. Um professor curvado em uma diminuta mesa de estudante. Um motorista sentado no banco de trás. Um chef de cozinha à mesa, esperando sua comida.

É assim que este que vos fala se sentia, em uma manhã ensolarada, quando meus dias de redator chegaram ao fim. Em vez de cobrir as notícias, eu estava fazendo parte delas. Em vez de ser um espectador, eu era o espetáculo. Os primeiros repórteres chegaram de mansinho à sala da entrevista coletiva naquele hotel, e eu decidi não agir como Carthage, vendo tudo dos bastidores. Eu desci entre as cadeiras.

— Sobre o que é tudo isto, Dixon? — um deles perguntou.

— Você não vai acreditar — respondi. — Você simplesmente não vai acreditar.

Eu havia testemunhado a mesma cena centenas de vezes, os jornalistas se instalando, as pessoas da TV agindo como donas do maldito lugar, os fotógrafos ignorando as fileiras de assentos enquanto buscavam um ângulo interessante. Um editor que eu reconheci como sendo do *Herald* acenou para mim. Ele havia trazido alguns estagiários, jovens como pintinhos, embora entre eles houvesse uma morena cujas pernas me fariam feliz em levá-la até alguma sala dos fundos para tratá-la como adulta. Delícia, delícia, delícia. Então sou um porco, me processe. Até o *Phoenix* enviou alguém, de cabelos curtos e vestido de camponesa, como se espera de um semanal dedicado às artes. Assim que tudo isso terminasse, ela ia colher batatas. De qualquer modo, ela deve jogar no outro time, se é que você me entende.

A multidão não era tão grande quanto eu esperava, mas havia bastante gente. Eu estava aliviado por não ver ninguém acenando a bandeira do Projeto Lázaro.

Isso significava que não haveria a contradição com a qual eu estava me preocupando. Preferia contar toda a história e deixar que eles a negassem e explicassem.

Os primeiros sinais foram bons. Toby Shea não estava lá, nem os outros a quem eu havia mandado e-mail naquela manhã. Só podia imaginar que estivessem interrompendo alguma coisa no pequeno ninho de amor do outro lado da cidade. E, mais ainda, se os pombinhos escapulissem, um falso reencarnado fugindo com uma mulher atraente, os tabloides iriam à loucura. Melhor que a cueca de um congressista, porque daria à mídia lunática a coisa de que ela mais gosta: uma perseguição.

Seis minutos depois da hora marcada — o atraso preferido de Carthage para o início dessas coisas —, caminhei até a frente e disse olá. Os jornalistas murmuraram uma resposta, como a plateia de um teatro. Peguei o controle remoto do projetor. Ah, que nervosismo. Eu sempre estava com o povão, gigantes e picaretas sem distinção, anotando qualquer coisa que o idiota com o microfone falasse. Agora eu era quem segurava o microfone, esperando não fazer papel de idiota. Procurei a morena para me acalmar, mas não a avistei. Eu me sentia como se fosse saltar de um penhasco, olhando por sobre a borda para a água lá embaixo. E então saltei.

— Obrigado por virem, senhoras e senhores. Eu sei que vocês estão aqui por causa do seu trabalho, mas acho que também vão se divertir. Porém, para começar, preciso me desculpar. Todos nós nos orgulhamos, nessa área das notícias, de ser céticos, certo? Desconfiados, difíceis de enganar, independentes em nossas ideias. Mesmo assim, às vezes somos ludibriados. Eu pedi a todos vocês que viessem aqui hoje porque fui ludibriado. E acho que tenho alguma responsabilidade no fato de vocês também terem sido. Nos últimos onze meses, escrevi mais de duzentas matérias sobre o Projeto Lázaro. Vocês pegaram essas histórias e as adaptaram para seus leitores e o público em geral, publicaram as fotos, exibiram os vídeos. E, por todo esse tempo, nós enganamos coletivamente o público para que acreditasse em algo que não existe.

Uma mão rapidamente se ergueu.

— O que não existe? Pode esclarecer, por favor?

— Relaxa, você vai ter a história completa. Ou o mais próximo possível da verdade neste ponto. Preparei quatro provas e vou entregá-las a vocês agora.

A mão se ergueu de novo.

— Provas do quê?

— Caramba, colega, você esqueceu de mijar antes de entrar? — Todos riram, e pude sentir o nó em meu estômago desatando. — Calma, tá bom? Eu vou dar a vocês as provas de que o Projeto Lázaro é falso. Uma farsa. Uma enganação total.

Senti a respiração acelerando. Vi os olhos da plateia se arregalando, todos endireitando as costas na cadeira.

— Agora o ceticismo de vocês está a todo vapor. Vocês não vão acreditar em mim, porque já acreditam neles. E no que eu escrevi antes. Tudo bem. Apenas me deixem começar e façam seu próprio julgamento.

Fiz um sinal com a cabeça para o rapaz do hotel nos fundos da sala, que diminuiu as luzes. Quando pressionei um botão no controle, a primeira foto surgiu na tela. Senti como se uma vida houvesse se passado desde que a tirara, na ponte de comando daquele navio de pesquisa incrustado no gelo: o capitão Kulak e a dra. Kate parados na janela da frente, olhando para uma parede branca iluminada.

— Esta é a noite em que encontramos o iceberg onde supostamente estava Jeremiah Rice. Quando tirei essa foto, tínhamos nos aproximado do iceberg há uns vinte minutos. O que vocês percebem na dra. Kate Philo nesta foto?

Lembrei-me da primeira vez em que olhei essa foto. Gostei de ver o doce traseiro da doutora naquela roupa justa de mergulho. Mas agora eu só via a roupa de mergulho.

— O que vocês veem aqui é uma pesquisadora, que supostamente acabou de ser acordada no meio da noite. E este é um dos lugares mais gelados da Terra. Ninguém quer mergulhar ali a não ser que seja total e absolutamente necessário. Você pode morrer em um instante. Então faço uma pergunta: com que frequência vocês saem da cama e colocam roupas específicas? Alguém aqui desligou o despertador hoje de manhã e colocou ombreiras de futebol americano? Alguém aqui colocou um colete à prova de balas enquanto escovava os dentes? Portanto, por que uma cientista começaria seu dia usando equipamento de mergulho, a não ser que ela já soubesse que iria entrar na água?

— O que você está dizendo, Dixon?

— Estou dizendo que eles cometeram erros, que deixaram rastros.

— Sim, mas rastros do quê?

— Decidam vocês mesmos. E vou esclarecer, logo de cara, que não acredito que todos eles estejam nessa. — Eu me movia um pouco enquanto falava, o que parecia acalmar minha energia nervosa. — Algumas pessoas no Projeto Lázaro estão fazendo um trabalho honesto, baseado no que foram levados a acreditar. Mas a equipe central é apenas um grupo de atores.

— Você se dá conta de como é difamatória essa acusação? — o mesmo jornalista persistiu.

— Calma, tigrão. — Sacudi o dedo para ele. — Quatro provas. Segura aí.

A primeira prova continuou sem interrupção. Eu lhes mostrei o vídeo da escavação no gelo, que terminava com a revelação da mão de Jeremiah. Eles já haviam visto antes, mas não em câmera lenta. Agora todos puderam ver como a imagem piscava, como, no instante em que a mão deveria ficar visível, havia uma confusão de mergulhadores, a tela se enchendo de bolhas, e acontecia um corte minúsculo na fita, para só então vermos a mão.

— Vou mostrar novamente. — Pausei no segundo antes do corte, a luva da dra. Kate à direita e, um segundo depois, sua mão mais alta. — Agora, sério, o mergulhador poderia ter acidentalmente desligado a câmera por um segundo, por causa dos atropelos, e aí ligado imediatamente. É possível. Mas a mim parece que o vídeo foi adulterado.

Ouvi enquanto eles se remexiam nas cadeiras, então acelerei até o dia da reanimação, no exato momento em que o dr. Borden descarregou em Jeremiah a carga máxima do painel elétrico. As luzes apagaram. Billings gritou. As luzes voltaram e lá estava Jeremiah, respirando. Novamente a edição é clara. E o apagão é um recurso tão básico que parece amador.

— Como estamos indo? — perguntei ao público em silêncio. Ninguém respondeu. — Tudo bem, prova dois. Um homem de 1906 não deveria conhecer coisas dos dias de hoje. Mas e se ele conhecer? Estou mostrando aqui coisas pequenas, admito. Mas essas pessoas são brilhantes, e a enganação, bem envernizada. Mesmo assim, gênios também cometem erros. Detalhes se destacam. Vamos ver um pouco de beisebol.

Mostrei-lhes o lançamento de Jeremiah, a bola atingindo a luva do apanhador.

— Perceberam? O erro é que ele é bom demais. Em teoria, naquele momento o homem estava descongelado há apenas dois meses. Qual é? Ele deve ter jogado na faculdade. Caso contrário, não estamos vendo uma jogada irreal para um cara que não joga há cento e dez anos?

Algumas pessoas riram. Eu estava com tudo.

— Agora vejam isto.

Apertei o play e lá estava a gravação feita por alguma emissora de TV do Fenway Park, todos de pé, felizes pela derrota dos Yankees. Cantando "Tessie" com animação. E então a câmera foca em Jeremiah, que está cantarolando junto a canção.

— Que truque, hein? Como um cara nascido em 1868 sabe a letra de uma música que os fãs começaram a cantar em 2006?

— Jesus — disse a hippie da *Phoenix*.

— Pois é, né? — comentei. — Agora vamos ouvir o próprio Jeremiah Rice, ou seja lá qual for seu nome verdadeiro. — E então eu mostrei o que o pessoal do Fenway me permitiu copiar de sua câmera de segurança: aquela mulher abordando Jeremiah. Ele levanta as mãos, como alguém que está sendo roubado, e declara: "Sim, é o que eu sou. Uma farsa". Fora de contexto, claro, mas eu confiava tanto naquele trecho que o exibi novamente: "Sim, é o que eu sou. Uma farsa".

Os jornalistas estavam todos ocupados, escrevendo, de cabeça baixa. Alguns digitavam a toda velocidade em seus laptops. Agora eu estava acertando o passo.

— Prova número três. A pilhagem.

Eram fotos que eu passei rapidamente: Jeremiah experimentando tênis de corrida. Um alfaiate segurando um paletó enquanto Jeremiah enfia o braço em uma das mangas. Jeremiah sorrindo para um joalheiro, enquanto segura um relógio de ouro perto do ouvido.

— Nós vamos receber cópias desse material?

— Absolutamente, claro — respondi. — E digo mais. Jeremiah tem recebido tantos presentes que agora há um enorme depósito trancado na sede do Projeto Lázaro. Não sei quanto vale tudo aquilo. Mas não deixem essa pilhagem desviar a atenção do grande prêmio.

Mostrei-lhes minha foto daqueles homens da sala de reuniões, esperando o elevador. Estão todos segurando pastas. Carthage está falando com Thomas a seu lado.

— Esses caras são o dinheiro — expliquei. — Investidores em potencial. A maioria deles comanda companhias de criogenia, alguns de biotecnologia. Talvez vocês reconheçam alguns rostos. Na pasta há um prospecto de comercialização das descobertas do Projeto Lázaro. Basicamente, Carthage estava tentando se vender, o que é aceitável no capitalismo, mas incomum na ciência, não é o que vocês diriam? Ah, e o valor mínimo de inscrição era de um milhão de dólares.

Curti o silêncio com que saudaram a notícia.

— Nem todas as pilhagens vêm em forma de dinheiro — acrescentei. — Às vezes acesso é quase melhor que grana.

Na tela exibi uma foto do vice-presidente Gerald T. Walker e sua marca registrada, o sorriso cheio de dentes, com o braço envolvendo com força os ombros de Jeremiah. Houve uma gargalhada em algum lugar da sala, então acho que coloquei a cereja no bolo certo.

— E, finalmente, a prova número quatro. O romance.

Ah, eu tinha uma aljava cheia dessas flechas. Entre minha câmera e os arquivos em vídeo, eu havia sido atingido por elas uma centena de vezes ao longo das últimas semanas: a dra. Kate abraçando Jeremiah antes de soltá-lo da cama e empurrá-lo na cadeira de rodas até a cobertura. Os dois de mãos dadas na primeira coletiva de imprensa. Jeremiah e a dra. Kate passeando pela Back Bay de braços dados. Os dois aconchegados um no outro na frente da escultura em movimento no Museu de Ciências. A dra. Kate em um banco diante da praia, a cabeça no colo de Jeremiah.

— Não é exatamente a relação profissional que esperamos entre um cientista e seu objeto de pesquisa, certo?

Continuei. Os dois em um calçadão à noite no North End, um cara gordo cantando melodramaticamente para eles enquanto a dra. Kate se encosta em Jeremiah e suspira como uma adolescente. Uma foto feita com a teleobjetiva, a melhor da série, em um cemitério ao norte de Boston, os dois tão grudados que parece que estão fazendo sexo em pé.

— Vão para o motel! — alguém gritou, e o pessoal riu.

A última daquela sequência foi o beijo noturno do lado de fora do apartamento dela, ambos iluminados por um conveniente poste de luz, como se estivessem em um palco. Eu deixei aquela foto um pouco mais na tela, e então desliguei o projetor, como Perry Mason dizendo que a defesa não tem mais perguntas.

— Acho que isso não deixa margem para muitas dúvidas, deixa?

As luzes se acenderam. A plateia levou um minuto para se recompor. Pensei em uma cobra digerindo um sapo gordo que havia acabado de engolir. Isso seriam eles. Já eu me sentia tão aliviado quanto um ginasta que tentou um movimento difícil para concluir uma série de exercícios e conseguiu executá-lo bem.

— Então me deixe ver se entendi isso tudo — disse um jornalista na frente. — Você está dizendo que o Projeto Lázaro é falso, e que armaram esse esquema para conseguir dinheiro e influência política?

Ergui as mãos abertas.

— Se o pessoal do Projeto Lázaro tiver uma explicação melhor, eu gostaria de ouvir.

— Por que você mesmo não está escrevendo essa história?

— Acredite em mim, eu adoraria. Mas me tornei parte da história. Eles me enganaram, e como um bom escoteiro passei a bagagem adiante. E é por isso que estou entregando essa história a todos vocês. E, com toda franqueza, cruzando os dedos para que entendam tudo.

— Essa cobertura tem sido sua desde o começo — disse uma voz familiar próxima à parede. — Como você entendeu tudo tão errado?

Estiquei o pescoço, e macacos me mordam se não era Wilson Steele, com a expressão de que alguém havia mijado em seus Sucrilhos. Este que vos fala, claro. Como ele entrou aqui sem que eu notasse? E aonde ele queria chegar fazendo uma pergunta tão afiada?

— Excelente pergunta — eu disse, procurando ganhar tempo. Olhei fixamente para meus sapatos, como se eles tivessem a resposta. Mas apenas pareciam surrados, sujos, uma metáfora da minha existência. E então vivenciei o grande momento "por que não?" da vida de Daniel Dixon. Àquela altura, já tendo afirmado que minha grande exclusiva era uma farsa e matado minha carreira a serviço da verdade, o que mais eu tinha a perder? — Olha, Wilson — comecei —, e todos vocês. Cada um de nós tem seus pontos cegos, sabe? Pelo menos se formos honestos com nós mesmos. Fraquezas que nem sabemos que existiam, mas os mestres dos golpes e enganadores profissionais podem avistá-las a quilômetros de distância. Ocorreram certos eventos em meu passado que me transformaram em uma ferramenta excelente para a fantasia de Carthage e, mesmo com toda a minha experiência, em um jornalista perfeitamente suscetível.

— Que eventos?

— Nenhum que seja da sua maldita conta. — Eu me ericei. — Além do mais, não sou o único que ele enganou. Vocês, bem aqui, vocês deixaram isso se tornar um poço de notícias, todos escreveram sobre as migalhas que soltei, por muito tempo, e sabem disso. E, até onde eu saiba, apenas um jornal conseguiu ultrapassar os muros do projeto. O resto de vocês apenas dançou conforme a música. Mas este é o ponto principal, oficialmente e para constar: não sou mais o porta-voz manipulado de Carthage. E, até onde estou sabendo, todos os embargos e exclusivas e ofertas de qualquer tipo, bem... — Eu ri, tive que rir. — Pro inferno, está tudo acabado.

Os jornalistas permaneceram sentados como estátuas, sem sequer tomar notas. Era como se estivéssemos jogando um ano de trabalho pela janela, fazendo a correção para derrotar todas as correções, e eles sabiam disso.

— Com licença — alguém nos fundos chamou. Eu já estive em talvez uns dois zilhões de coletivas de imprensa na minha carreira, e não me lembro de uma única vez em que um repórter dissesse "Com licença". Não, você late suas perguntas, você interrompe, educação é para maricas. O resto da sala deve ter pensado a mesma coisa, pois todos se viraram, o caminho se abriu, e vi que o interlocutor era Tucker Babcock, colunista político sênior do *Globe* praticamente desde os dias de minha primeira matéria. Se Boston tinha um estadista da notícia ancião, era ele, da barba branca às sobrancelhas espessas e intimidantes.

Ele alisou uma delas com o dedo mindinho, como se fosse a rainha limpando a garganta.

— Explique-nos tudo, Dixon — ele disse. — Pode nos dar mais detalhes sobre como você amadureceu essas informações e chegou à conclusão aqui apresentada?

Bem, eu já estava no jogo há tempo suficiente para saber o que uma bola suave como essa significava. Os dias de este que vos fala ser um picareta desconhecido estavam chegando ao fim.

— Pode apostar — respondi. E então peguei uma cadeira da fileira da frente, virei-a de costas e me sentei. — Até agora vocês ouviram os pontos de destaque Agora vou contar todo o resto.

38
ESSE TIPO DE HOMEM

Meu nome é Jeremiah Rice, e começo a tremer.

E não consigo parar. Acordei aquele dia com a sensação incomum de cordas se enrolando em minhas pernas, por baixo da pele. Ou seriam cobras? Meu conhecimento dessas criaturas limitava-se aos inofensivos rastejadores que surgiam em nosso jardim em dias de verão. Agora as cobras estão dentro de mim, em forma de espasmos fortes e descontrolados. Depois de alguns minutos meus músculos se acalmaram, os tremores diminuíram, e por fim cessaram como a vela de um navio sem vento. Coloquei a palma da mão no peito e senti que meu coração havia continuado o passo regular. Uma brisa ergueu as cortinas na sala como se fosse a ação de um fantasma.

Era julho, o milagre de julho. Quando zarpamos em agosto, todos aqueles anos atrás, eu não sabia que meu último julho havia terminado. Desta vez, eu sabia. Desta vez eu me deitava na cama, provando o ar delicioso, o aroma penetrante do oceano a algumas dezenas de metros de distância; três meses depois de meu despertar, o cheiro do sal não é mais doloroso.

Eu havia dormido. Depois de perder a conta de quantas noites de insônia passara ansiando pela paz de estar sem consciência, eu havia me esticado ao lado de Kate na cama branca de ferro daquela pousada, o acalento de sua respiração tão estável e sereno como as ondas. Em certo momento durante a noite, tomei consciência de nossa proximidade, corpo a corpo, apenas os lençóis nos separando. Fora isso dormi profundamente, nadei em águas profundas, vindo à tona apenas no meio da manhã.

A meu lado a cama estava vazia. Por entre a porta semiaberta do banheiro, pude ouvir o chuveiro ligado.

Minha visão da vida havia mudado nos dias recentes. Encontrei-me notando, com uma acuidade de tirar o fôlego, e... qual era a palavra? A linguagem vinha e ia embora rapidamente, como se faltasse em minha mente algum tipo de cola que a mantivesse conectada por tempo suficiente para ser dita. *Apreciando*. Sim, eu me encontrei apreciando tudo. Eu nunca poderia fingir ser um artista ou espiritualista, apenas um homem da lei, um servo dos precedentes e procedimentos. E mesmo assim eu me encontrava intensificado, ciente de cada coisa, por mais humilde que fosse. No jantar o dono da pousada acendeu uma vela, e o pavio parecia puxar a chama do fósforo para si. O pão tinha uma casca grossa, tive de me esforçar para mordê-lo e, tolice ou não, senti certo carinho por meus dentes fortes. Um pedaço de gelo retiniu em meu copo de água quando o ergui. A vida estava a explodir, rica como um reino. O pouco tempo que me restava me ensinava a notar.

Quando um homem está morrendo, o mundo é ruidoso, insistente, vívido. Cada coisa, por modesta que seja, se torna exagerada, porque é a última de seu tipo: o brilho de uma onda, o grito de uma gaivota, o peso das roupas em meus ossos. Mais de uma vez desejei ter bolsos infinitos, para que pudesse guardar cada coisa, mantendo-as antes que tudo desaparecesse. Ontem uma abelha se aproximou voando, inspecionando-me, e então zumbiu para longe, para seus afazeres incansáveis, e quase chorei quando aquele som esvaneceu.

Naquela primeira vez, no mar gelado, vivenciei a perda de tudo em segundos. A dor era tão inexplicável, vasta e súbita que o desaparecimento da consciência me trouxe alívio. Desta vez, perder o mundo aos poucos, em completo estado de consciência, está se provando mais difícil.

Eu costumava pensar que me tornaria um excelente juiz quando fosse mais velho. A experiência me daria sabedoria. Agora sei que nunca vou envelhecer. Mesmo assim já me sinto ancião: menos dono de meu corpo, dominado por ondas de emoção, atento a cada pequena coisa que já está se distanciando de mim, e o mais sábio que posso fazer é *apreciar*.

Mesmo agora, o ângulo da luz neste quarto. A curva da cortina quando caì de uma brisa que a afrouxa. Chamar essas coisas de sinfonias seria desleal. Elas não são nada mais que duas das centenas de extravagâncias simultâneas conhecidas como existência.

É claro que minha apreciação mais ávida se reserva a Kate. Ele ri e é uma melodia. Ela segura meu braço quando estamos andando e é a serenidade. Ela se torna pensativa, cada vez mais nos últimos dias, e espero com afeto até que a sombra abandone seu rosto.

Um espasmo agarrou meu pé, e então passou. Humm. Por quanto tempo mais conseguirei esconder de Kate os ataques de meu corpo? Eu queria protegê-la da preocupação o máximo possível. Talvez hoje eu conte a ela. Pelo menos não havia dor.

Pela janela ouço as crianças brincando. Minha mente salta até Agnes, meu querubim, e Joan. Será que errei em permanecer distante de Kate em nome de ambas? Seria honrável me manter inabalável em meus votos, independentemente de como o tempo os distorceu? O mundo do aqui e agora fazia pouco sentido. Joan era minha base e firmamento. Quando tudo o mais era desconhecido, sua fidelidade e generosidade eram certas e duradouras.

E mesmo assim, se eu disser que acordar naquela madrugada e me ver enrolado com Kate não foi nada mais que um tímido conforto, nada menos que um deleite, estarei sendo falso.

Houve um tempo, tanto tempo atrás que parece ter acontecido a um Jeremiah Rice diferente, em que uma mulher me amou com devoção além de meu merecimento. Ela me concedeu a dádiva única de uma filha, a alegria de meu coração. E ainda assim as deixei alegremente, arrogantemente, certo de que voltaria em alguns meses. Naquela viagem perdi tudo de mim mesmo, sim, mas, pior, quem sabe as provações que infligi a elas, que tipo desmerecido de sofrimento.

Agora uma mulher de uma nova era me oferece sua bondade, sua intimidade, quando sei que é questão de horas ou dias até que eu a abandone também. Vou negar o que aconteceu da primeira vez? Vou me aproveitar de sua ternura, ceder ao desejo que queima como fogo em meu sangue, e infligir dor a outra geração? Já deixei para trás uma mulher, uma criança. Como minha consciência pode aceitar ferir outra? Quero ser esse tipo de homem?

Sentei-me reto, livrando-me do lençol para ver meu corpo reduzido. Meu tempo estava fugindo. Seria o homem eternamente grato pela boa vontade de Joan incapaz de ter boa vontade ele mesmo? Eu realmente acreditava que me conter pouparia Kate ou a mim mesmo do luto?

Claro que não. O vínculo já existia, consumado ou não. O doce abraço de nosso sono provava isso. Nossa perda iria ocorrer, independentemente da prévia felicidade. Minha perna tremia do tornozelo ao quadril, como se me instruísse: é melhor viver generosamente do que se arrepender por ter vivido com restrições. Eu me renderia a Kate naquela mesma noite, jurei, e lhe daria o máximo do que restava de mim, com gratidão e completude. Eu estava disposto, sim, porque a tristeza é o preço que pagamos pela alegria.

E com essa decisão me levantei, pronto para me vestir. Minhas roupas começavam a ficar largas, apesar de toda a comida que eu ingeria. Minha camisa parecia desleixada, minha calça caía. Ao menos a bota, minha velha e confiável bota, entrava facilmente e me firmava como o aperto de mão de um amigo.

Escutei o chuveiro sendo desligado e me apressei em calçar a outra bota. Kate merecia um tempo sozinha para se arrumar. Ela era generosa, ocupando o tempo de seu trabalho para me levar para cima e para baixo pelo litoral. Rockport tinha galerias; Hyannis, hotéis. Todos os lugares mudam; em todos os lugares carros e multidões e pressa. E então chegamos a National Shore. As incansáveis ondas em Nauset batiam com força, um ritmo que não mudava desde que as vira pela última vez, aos vinte anos, duas viradas de século atrás.

Finalmente chegamos a Marblehead e nos acomodamos em uma pequena pousada entre velhas casas perto das docas. Isso feria minha masculinidade, mas eu não tinha dinheiro; Kate estava pagando por tudo. Um dia ela me entregou algumas notas, assim eu poderia explorar o local enquanto ela descansava. Kate precisava de cochilos, é claro, porque eu conseguia caminhar sem parada dia e noite. Voltei com pão, uvas e queijo, esperando horas até que ela acordasse, e fizemos uma refeição leve em uma doca deserta, ocupada apenas por nós dois. Um pato-carolino se aproximou para nos cumprimentar, e me senti como se nunca tivesse visto um pato, com suas penas iridescentes, seu cômico mau humor. Uma beleza.

Kate mordiscava e conversava enquanto eu me continha o máximo possível. E então seu rosto ganhou uma expressão melancólica.

— Vá em frente, Jeremiah — ela disse, empurrando o bloco de queijo cheddar para mim. — Está tudo bem.

Devorei aquele queijo com a sofreguidão de um cão. As uvas que restavam não duraram segundos. Kate caminhou até a ponta da doca. Eu a segui e fiquei próximo. Ela se inclinou em minha direção em completo silêncio. Até mesmo isso era um prazer. Eu prometi me lembrar. Se eu estava aprendendo a apreciar, deveria honrar a experiência me lembrando dela depois.

Naquela manhã, em nosso quarto, estiquei o braço para pegar meu paletó no guarda-roupa, e os tremores percorreram meus dedos. Sacudi o pulso para afastá-los, mas tal truque estava se mostrando cada vez menos efetivo. Então me apressei a arrumar a cama, como fazia todas as manhãs com Joan. O que são os hábitos senão um modo estável de honrar ou diminuir a nós mesmos?

A cortina do chuveiro deslizou com o arranhar dos anéis no suporte, e eu me apressei para a porta do quarto. Meu instinto, ou talvez meu eu animal básico, não pôde resistir à tentação, e olhei pelo vão da porta do banheiro antes que minha consciência interviesse. Eu era joguete de meus próprios olhos.

Lá estava Kate em meio ao vapor, os cabelos molhados e colados na pele rosada, o brilho deslumbrante e encantador, o longo e esbelto flanco. Ela apoiou a perna no assento do toalete e se secou lá embaixo com a toalha.

Eu irrompi para fora do quarto e desci as escadas, meu corpo rugindo e ávido.

39
ONDE ESTÃO ELES?
(KATE PHILO)

ELE DORMIU. DEPOIS DE QUATRO DIAS, PELO QUE SEI, QUATRO LONGAS noites sem fechar os olhos, por fim ele descansou. Deitado ao meu lado, curvou o corpo de encontro ao meu e dormiu.

Às vezes, quando vejo alguém perder as estribeiras, imagino um outro lugar onde uma pessoa está rezando, cuidando do jardim ou executando alguma ação meditativa que seja o oposto da raiva diante de mim. Esse lugar é como dormir com Jeremiah Rice. O mundo pode estar com pressa e raiva, mas você está num reino da mais profunda calma.

Ao me secar depois do banho naquela manhã, me permiti um otimismo irracional. Quando um homem ressoa tão alto que praticamente cantarola, uma noite de sono é como ouvir que a quimioterapia de um paciente de câncer está funcionando. Pode haver uma prorrogação. O cochilo de Jeremiah me deixou novamente esperançosa. Eu dormi melhor também, aliviada por não ter que me preocupar durante essas suaves horas.

Talvez fosse o poder do toque. No decorrer de todos esses meses de celibato, eu havia me esquecido do efeito de um corpo colado a outro, o peso quente, o modo como meus braços o envolveram por instinto. E daí que não havíamos feito sexo? Eu não esperava que acontecesse. Há muitas maneiras de trazer um homem para dentro de você e saciar os dois de prazer. Há muitas maneiras de fazer amor.

Ah, a quem estou enganando? O que eu sentia por esse homem era desejo, em todos os sentidos da expressão: em meu coração, em meu sexo, nas recordações que eu esperava guardar pelo resto da vida. E por fim, agora eu entendo, meu desejo por Jeremiah poderia ser ainda mais bem descrito como curiosidade. Afinal, o que é o amor senão o desejo de conhecer a outra pessoa o mais completa e profundamente possível? Cada equívoco e paixão, cada reação às mudanças do tempo, cada centímetro possível de pele? E também, talvez, para sermos conhecidos, com todas as nossas falhas, e mesmo assim milagrosamente ainda sermos desejados. Em tempos passados se falava do ato de fazer amor como um homem e uma mulher se conhecendo mutuamente. E era assim que eu queria Jeremiah Rice. Finalmente, completamente, conhecê-lo.

Também para salvá-lo de uma morte solitária.

Deixei o banheiro enrolada em uma toalha e vi que ele havia saído. Mas não sem arrumar a cama antes, o que me alegrou. Jeremiah havia feito isso nos hotéis de Cape também, ainda que eu tivesse explicado claramente como a indústria hoteleira funciona. Ele ouviu, concordou, disse que havia entendido e arrumou a cama na manhã seguinte mesmo assim.

Fiquei feliz pelos minutos sozinha. Não que eu me sentisse oprimida por ele, não. Eu ansiava por viver cada segundo que conseguisse com ele. Mas ser páreo para a infatigabilidade de Jeremiah era exaustivo.

E também precisava me atualizar. Eu queria ver o que o mundo estava dizendo, o que Carthage havia tramado, sem levar Jeremiah a pensar que eu estava fazendo mais do que tirar umas férias. Enquanto o computador iniciava, vesti a roupa de baixo e minha última camiseta limpa. Amarela como um girassol.

Sentei-me próxima à penteadeira que servia como mesa, dobrando os joelhos para o lado. Estávamos ficando em uma pequena pousada, então o lugar era mais bem equipado para a inatividade do que para ficar navegando na internet. Eu tinha noventa e quatro novos e-mails. Nenhum de Carthage. Meia dúzia de Chloe, com assuntos escritos em letras cujo tamanho aumentava à medida que eu não respondia ao anterior. Mais pedidos para entrevistas, os habituais ataques à minha conduta e a meu caráter. Ironicamente, tais pessoas estavam me ajudando a endurecer. Se você vai difamar alguém anonimamente e recorrendo a muitas obscenidades, pelo menos revise o que escreveu.

No site do projeto, minha conta havia sido deletada; a senha era inválida. A página pública anunciava que Carthage daria uma entrevista coletiva naquele dia para refutar as alegações caluniosas contra o projeto.

Alegações? Uma rápida busca encontrou o título de uma matéria: "Ex-funcionário alega fraude em laboratório". Mais uma busca encontrou um vídeo da coletiva de Dixon, sem edição.

Assisti a todos os cinquenta minutos, minhas emoções perseguindo-me o tempo todo: surpresa por Dixon ter tido coragem de desafiar Carthage, desânimo por ele acreditar sinceramente que havia nos desmascarado, preocupação com os danos que ele poderia causar, prejudicando a carreira de boas pessoas. E até me senti mal por Dixon, sabendo que ninguém seria mais prejudicado por esse erro do que ele mesmo.

Quando Dixon chegou à suposta quarta prova, minha simpatia evaporou. O abutre havia nos espionado o tempo todo. E não importava que minha relação com Jeremiah fosse casta. Nas lentes de Dixon, nós parecíamos sórdidos. Senti raiva pela invasão de privacidade. Mesmo assim continuei olhando as fotos, com pontadas de nostalgia ao ver o garçom que cantou para nós, até aquela em que abracei um enlutado Jeremiah no cemitério. Com suas insinuações sexuais grosseiras, Dixon havia conseguido degradar até aquilo.

Meu primeiro impulso foi protetor. Eu podia aguentar essa carnificina, terrível como era. Eu podia explicar tudo. Mas Jeremiah, mesmo com toda sua inteligência, não estava preparado para aquilo.

Minha busca encontrou mais uma história, mídia escrevendo sobre a mídia, que era o que dava mais arrepios. Sim, os paparazzi estavam atrás de nós, eles nos perseguiram quando saímos da sede do projeto, perseguiram cada palpite e boato sobre o lugar onde estávamos escondidos. A parte assustadora era que alguns dos manifestantes os haviam seguido. Wade timidamente reprovou a conduta de seus discípulos, um dos quais chegou a ser citado: "Não importa se essas pessoas depreciam a santidade da vida por meio da ciência ou de mentiras. Elas são o mal e devem ser detidas".

Fechei o laptop. Sentia-me especialmente feliz por Jeremiah ter saído para dar uma volta. Eu precisava pensar. Vesti meu jeans e corri para o andar de baixo a fim de tomar o café da manhã do qual o Harborview Inn se orgulhava, um bom café antes de tudo.

* * *

— Aí está ela — cantarolou Carolyn, a proprietária da pousada cujos cabelos brancos desmentiam sua energia e sua postura. — E o lugar é todo seu.

Eu havia conhecido tudo sobre Carolyn nos últimos três cafés da manhã. Ela era uma ex-agente de viagens que comprou a pousada quando resolveu se aposentar. No primeiro inverno, ela descobriu a ioga. Sete anos depois, não apenas frequenta as aulas diariamente como também treina posições enquanto conversa. Carolyn temperou o café da manhã contando a história de Marblehead, discutindo a política de Massachusetts, fazendo piadas sobre a habilidade de seu joelho de prever tempestades — tudo isso enquanto ficava num pé só, ou virava a cabeça assustadoramente para trás, como uma coruja.

No primeiro dia ela notou meu consumo de café. Na manhã seguinte, trocou a xícara delicada que ficava no meu lugar por uma caneca vermelha alta. A partir de então, virei sua fã.

Ela trouxe uma garrafa térmica, enchendo minha caneca enquanto alongava a cintura.

— Seu amigo tomou café mais cedo e saiu. Comeu como um adolescente, para dizer a verdade.

— Sinto muito por isso. Ele tem um problema endócrino.

Ela arqueou a coluna, o peito para frente.

— Não precisava nem me dizer. O cara tem tireoide escrito na testa. Ovos mexidos para você novamente?

Assoprei o café para esfriá-lo

— Por favor.

— Aqui estão as tristezas do dia — ela disse, trazendo os jornais que estavam no balcão. — Estarei na cozinha. Grite se precisar de algo, está bem?

— Obrigada.

— Qualquer coisa — ela disse, estendendo a pilha. — *Qualquer* coisa.

— Muito obrigada — respondi, intrigada com o significado de tanta insistência enquanto ela se esticava e se dobrava ao sair da sala. Então virei os jornais e vi a capa do *Herald*.

"Onde estão eles?", dizia a manchete principal, estampando uma foto de nosso beijo na frente do meu apartamento. Virei para o *Globe*: "Casal desaparecido em suposta fraude". Era incrível, e para completar havia a foto de nossos rostos recortada para ficar parecida com fotos de prisioneiros.

Tomei um gole do café. Estava claro que os jornalistas acreditaram em Dixon Carthage emitiu uma declaração por escrito: "Não nos curvamos para refutar tolices". Agora havia questões sobre quem estava bancando o projeto. E, em meio a tudo isso, cada referência a Jeremiah me incluía, e nosso desaparecimento era comparado à fuga de Bonnie e Clyde.

Enquanto isso Jeremiah estava morrendo. Não havia nada que eu pudesse fazer. Eu tinha sentido seu corpo saltando e torcendo-se. Eu o vi comer o suficiente para alimentar quatro pessoas. Em Falmouth, um tremor o atingiu no momento em que estava levantando a colher de sopa, espirrando-a em sua roupa, e eu fui ao banheiro para que Jeremiah não tivesse que se limpar na minha frente. Depois disso, arranjei para que todas as nossas refeições se dessem ao ar livre, em barracas de hambúrguer ou camarão.

Frequentemente me perguntava quanto ele sabia. Quando nos sentamos na praia em Nauset, eu o observei despejar areia de uma mão para a outra por uma hora, estudando os grãos que caíam com tanta atenção que pareciam guardar o segredo de tudo que é desconhecido. Não ousei interrompê-lo.

Entretanto, também não tive coragem de contar a ele. Era sempre mais uma viagem, mais uma praia, qualquer coisa que não fosse a verdade. Eu me sentia como uma mergulhadora nadando com meu tanque cheio de oxigênio enquanto o da pessoa ao lado misteriosamente se esvaía.

Atirei os jornais do outro lado da mesa. Nesse momento, Carolyn voltou com minha torrada e os ovos. Fizemos contato visual e ela não se esquivou.

— Nada disso é verdade, sabia? — eu disse.

Ela colocou o prato ao lado do meu café.

— Não importa para mim.

— É extremamente importante para mim — retruquei. — E para Jeremiah. São só mentiras.

— Quero que você saiba de algo. — Ela segurou uma cadeira e arqueou as costas. — Todos os tipos de pessoas passam por aqui, e nem todas são santas. Eu consigo guardar segredo.

— Não temos nada a esconder. Já eles são predadores que gostam de...

— De qualquer modo, não a culpo. Aquele cara é único. Eu iria querê-lo para mim também.

— Não é isso o que estou fazendo. Nem um pouco.

Carolyn sorriu, sem dizer nada. Ela encheu minha caneca e foi para a cozinha.

Era isso que eu estava fazendo? Mantendo-o só para mim? Ou protegendo-o? Dando paz a ele? Ou a mim mesma? Escutei a porta da frente da pousada se abrir, as botas de Jeremiah ecoarem no assoalho de madeira.

— Tive que comprar mais comida — ele disse. — E tomar um pouco de ar Eu adoro esta cidadezinha antiga, todas as casas bem preservadas. Espero que não esteja preocupada comigo.

— Nem um pouco. — Acariciei sua mão, e então vi os jornais espalhados sobre a mesa. Virei-os com as manchetes para baixo. — Conversou com alguém enquanto caminhava?

Ele pensou.

— Algumas crianças nas docas. Acabei me confundindo nas ruas, e precisei de informações para voltar. Elas estavam jogando taco. Mostrei a um garoto como segurar o... o... — Ele ergueu as mãos, fazendo a mímica enquanto procurava a palavra.

— Bastão?

— Exatamente, *bastão*, sim. O garoto nunca tinha ouvido falar em girar o bastão.

— Jeremiah — olhei fixamente para o meu prato —, algum dos garotos reconheceu você?

Ele sorriu.

— Acho que sim. O garoto do bastão perguntou se eu era "ele".

— Que droga.

— Estamos em apuros?

— Algumas pessoas estão atrás de nós, de novo. Pessoas más.

— Humm. — Uma de suas mãos se ergueu. Ele a enfiou no bolso. — Precisamos ir.

— Sim. — Eu me levantei, minha cadeira chiou quando a empurrei de volta. — Tenho que acertar as coisas com Carolyn.

Ele me guiou pelo corredor.

— Vamos fazer as malas antes.

— Certo. Mas não temos muito tempo.

Jeremiah parou na mesma hora, tão rápido que trombei nele. Então envolveu minhas mãos em meio às suas. E disse com uma voz solene:

— Eu sei.

Então ali estava. Não dito, mas, de algum modo, dito. Ergui uma mão para tocar o rosto dele.

— Eu também sei.

40
AQUELES QUE AINDA ACREDITAM
(DANIEL DIXON)

A ÚLTIMA VEZ QUE ESTIVE EM UM HOSPITAL FOI NA NOITE EM QUE MEUS pais morreram. Os médicos me mantiveram internado em observação devido à inalação de fumaça. Mas entendi que na verdade foi para me ajudarem a lidar com o diagnóstico de orfandade permanente. Embora, realmente, que ajuda poderia haver? Eles me deram sedativos, então chorei em silêncio. As drogas fizeram efeito até o dia seguinte, quando meus tios vieram me buscar e me levaram para a casa deles, onde vivi por mais quatro anos, até a faculdade. Nunca foi um lar, e nem era para ser.

Não estou chorando minhas mágoas aqui; todos nós temos nosso quinhão. Apenas tento explicar por que, quando saltei do metrô naquela manhã e entrei pela porta do enorme hospital, fiquei hesitante na soleira. No exterior revestido de pedra branca havia tanto vidro que eu conseguia ver as pinturas gigantes lá dentro. Apenas fiquei ali, parado, por um minuto.

Não havia dúvida de que eu deveria entrar, é claro. Enquanto a mídia regular estava ocupada caçando os impostores desaparecidos, ninguém pensou em fazer uma visita à pessoa que já havia pagado o preço físico por aquelas mentiras. Apenas este que vos fala.

Era muito repulsivo tentar entrevistá-lo no hospital? Era exagerado trazer uma câmera? Respondi às minhas dúvidas com o consolo mais confiável de um jornalista: isso daria uma grande história. Tudo é permitido se der uma grande história.

A mulher usando um crachá de voluntária na mesa da recepção poderia ter quatrocentos anos de idade, mas buscou o número do quarto e apontou na direção dos elevadores com uma calma competência. A jovenzinha no posto da enfermagem do quinto andar era magra demais para meu gosto, dando a impressão de que precisava de uns seis meses de boas refeições. Mas a direção que ela indicou teve uma pequena surpresa no final.

— A quarta porta por ali, senhor, mas por favor seja breve. Ele já está recebendo uma visita.

Bem, aquilo me congelou. Alguém me passara a perna. Enquanto eu me aproximava da porta entreaberta, reconheci o sotaque britânico que vinha lá de dentro.

— Transfusão? — Billings tossiu. — É claro. Brilhante.

— Olá, cavalheiros — eu disse, fechando a porta atrás de mim.

Foi como entrar em um congelador. Gerber olhou para mim e revirou os olhos, encarando a parede oposta. Billings se levantou como um gato eriçando os pelos para parecer maior.

— Ei, pessoal, eu só passei para ver como o paciente está se saindo.

Billings apontou.

— Com uma câmera?

— Eu a levo para todos os lugares, e você já devia saber disso.

— Parasita.

Chega dele. Não era ele quem eu tinha ido visitar. Mas Gerber, depois de uma rápida análise, parecia um boxeador que deveria ter se aposentado três lutas atrás. Os olhos estavam roxos, levara vários pontos na bochecha, e um dos pulsos se apoiava em um tipo de tala.

— Uau — exclamei. — Você está um caco.

— Falou o Mister Simpatia — Gerber retrucou, ainda estudando a parede.

— Você tem muita cara de pau de aparecer aqui — Billings disse.

— Dá um tempo — comentei. — Estou aqui, tá? Conforme-se.

Billings começou a falar, então fechou a boca sem dizer nada.

— Conte a ele sobre a música — Gerber resmungou. — Comece por aí.

Resisti à vontade de pegar o caderno de anotações.

— Do que você está falando?

Billings fungou.

— Aquela música, "Tessie", sobre a qual você escreveu. Você só pesquisou até o ponto em que começaram a cantá-la nos jogos do Red Sox, há alguns anos. Mas eles cantavam na época do juiz Rice também. Era de um show da Broadway.

— Não é possível que vocês ainda acreditem. Depois de tudo?

— Não se faça de idiota — Billings disse. — Os fatos são simples. Suas ideias são pura especulação.

Cruzei os braços.

— Então agora eu devo acreditar que ele se lembraria da letra depois de cem anos?

— E, já que estamos falando de jornalismo de má qualidade — ele continuou —, devo lembrar que eu também estava usando traje de mergulho na noite do iceberg. Você não notou porque não era o meu traseiro que você estava secando.

— Olha. — Soltei um suspiro monumental. — Neste ponto, não há meios de você nem ninguém mais me fazer mudar de ideia a respeito de tudo isso.

— E eu não gastaria meu fôlego tentando. — Billings virou a cabeça na direção de Gerber, como o canhão de um tanque fixando-se no alvo. — Você estava falando de hemoglobina.

— Para a saturação do oxigênio — Gerber disse. Ele soava espetacularmente cansado. — Transfundir duas unidades deve ser suficiente. Mais sangue significa mais transporte de oxigênio. O frenesi deve passar, vamos quebrar o ciclo, e o juiz Rice pode viver para inspirar os tabloides mais um dia.

— Se você conseguir encontrá-lo — zombei. — O cara sumiu como a Amelia Earhart.

— Eu sigo os paparazzi — Billings disse. — Tenho uma motocicleta velha e confiável. E também uma certa dívida que precisa ser paga. E agora — ele se aproximou da cabeça de Gerber — descanse. Você fez sua parte. — Então se virou na direção da porta. — Duas unidades. Vou encontrá-lo.

— Obrigado — Gerber disse, a voz quase um sussurro, mas Billings já havia saído. Eu tentei imaginá-lo em uma motocicleta, com capacete e jaqueta de couro, e nada disso combinava. O homem era almofadinha demais.

Ocorreu um silêncio constrangedor nesse momento, entre mim e Gerber. O botão de chamar as enfermeiras soou em algum dos quartos. Alguém veio a passos largos pelo corredor, as solas de borracha rangendo no linóleo. Gerber puxou o cobertor.

Finalmente decidi quebrar o silêncio:

— Quero que saiba que acredito que você não teve participação nessa fraude. Eles te ludibriaram, assim como ludibriaram a mim. Acho que você é honesto.

Gerber ergueu a mão aberta.

— Você não sabe de nada.

— Não sei por que você está tão irritado comigo — eu disse. — Fui eu quem correu para buscar ajuda quando eles atacaram você.

Gerber piscou algumas vezes, e achei que seus olhos pudessem estar lacrimejando. Não consegui imaginar o motivo. Um pulso dolorido? Alguns pontos? O que havia ali que merecesse seu choro?

— Lembra aquele capacete de ciclista que o juiz Rice me deu, aquele do qual você tirou sarro?

Coloquei as mãos na cintura.

— O que tem ele?

Finalmente ele me encarou, o olhar sólido como gelo.

— Se eu estivesse usando ele naquele dia, não teria me machucado.

41
TIPOS DE POLIDEZ
(ERASTUS CARTHAGE)

— Sinto muito, senhor — Thomas diz, parado na porta e retorcendo as mãos. — A impressora está quebrada. Um problema com a tinta.

Você olha para o espelho, colocando a gravata.

— Pelo amor de Deus, Thomas, use seu cérebro. Este é o único lugar que tem uma impressora funcionando?

— Claro que não, senhor. Mas o senhor insistiu em manter seu computador fora da rede. Seu equipamento não está ligado a mais nada.

— Que horas são?

— Quinze para as onze, senhor.

— Tempo suficiente. Temos até seis minutos depois da hora marcada.

— O que quer que eu faça, senhor?

Você finaliza o nó, está perfeito, bom o suficiente para um banqueiro. Então pega o controle remoto.

— Eu gostaria que você resolvesse isso.

— Sim, senhor. É claro.

E então ele sai, e você liga a televisão. Ela permanece sintonizada no canal de notícias que parece encontrar algum prazer na sua desgraça, o mesmo que apresentou as alegações sem sentido daquele tolo como fatos verídicos, o mesmo do qual você não é capaz de desviar os olhos nos últimos cinco dias. Você se pergunta se terão a ousadia de comparecer ao discurso de réplica que você fará nesta manhã. Se tiverem, será a evidência de que estão jogando com justiça ou apenas com rancor?

Como se em resposta, a emissora de TV anuncia os mais recentes acontecimentos sobre você. A posição deles é evidente mesmo sem som, por causa do

359

símbolo que escolheram para a cobertura, exibido no canto superior direito da tela: o logotipo do Projeto Lázaro sobre um castelo de cartas, com um dos lados caindo. Sutileza não é o forte do canal.

Mas, então, o que de novo aconteceu? Dixon não fez novas denúncias, apesar de ter repetido suas afirmações iniciais por cinco dias em todos os programas de entrevistas e noticiários que dispunham de uma cadeira larga o suficiente para aguentar sua carcaça pesada. Entretanto o evento que você fará para a imprensa ainda não começou. Como pode haver novos acontecimentos sem você?

A resposta é um clipe de Gerald T. Walker, vice-presidente dos Estados Unidos, diante de uma tribuna em Wisconsin. Ah, maravilha. Um candidato, a mais apetitosa das criaturas, dando sua opinião com base na versão inventada de uma fração da história. Você nem se incomoda em subir o volume, apenas esperando a legenda passar na parte inferior da tela.

E lá vem ela: "Walker retira o apoio ao Projeto Lázaro, exige 'verificação das alegações de reanimação' e pede auditoria de todas as pesquisas financiadas pelo governo federal".

Considere um presente de aniversário, que difama não só você, mas todos os cientistas do país. Ele também esqueceu convenientemente que este é um laboratório privado, que não recebe nem um centavo do governo federal. E você pensava que a razão havia triunfado sobre a emoção lá na era do Iluminismo. Aparentemente o vice-presidente negligenciou seus estudos de história, mas dificilmente seria o primeiro político a cometer esse crime.

— Thomas.

— Senhor?

Há tanto prazer em como esse jovem se apresenta pontualmente ao dever.

— Já fez aquela impressora funcionar?

— Quase, senhor. Aparentemente é um problema com o toner, e já estamos providenciando uma substituição do cartucho.

— Muito bem. Por favor, abra novamente meu discurso. Devemos incluir uma resposta ao vice-presidente.

— Sim, senhor. Já vou aí para anotar.

A alteração só leva alguns segundos, três frases sobre a conclusão precipitada de Walker, que ele mudará o ponto de vista assim que os fatos se tornarem claros e que o público fará bem em seguir o exemplo. Thomas se apressa em atualizar o documento.

Você vai até a janela, olha para a rua abaixo. Seus fãs agora se foram, infelizmente. A polícia de Boston — que, depois das bombas na maratona, merece uma medalha pela paciência com os manifestantes — enfim passou a ver com maus olhos aquela reunião, especialmente depois do que fizeram com Gerber. Um aborrecimento, na verdade, ter o seu melhor cientista hospitalizado. Você sente certo ânimo ao pensar nos manifestantes seguindo os paparazzi, perseguindo os caçadores. Que confusão pode dar se alguém encontrar os dois fugitivos. Mas você gostava de ter aquela multidão lá embaixo, a oposição heterogênea, um lembrete da cavernosa ignorância mundial.

Hoje é uma oportunidade de acender a luz da razão em um dos cantos desta gruta. Esta será a conferência da sua vida.

Sua estratégia é infalível. Em vez de perder tempo precioso desmantelando as mentiras frágeis de Dixon, você vai falar dos problemas reais, da substância científica: a descoberta do gelo maciço, os métodos de reanimação e, acima de tudo, como o Sujeito Um foi apenas um elo previsível em uma longa cadeia cujo fim ainda não está à vista, mas além do horizonte. Esqueça as alegações de um sabotador, deixe a realidade persuadi-los. Se esses jornalistas tiverem cinco neurônios, vão entender onde jazem os fatos corretos.

Você olha para a televisão novamente, e lá está o castelo de cartas mais uma vez. Você se rende e aumenta o volume.

— ... *laboratórios chineses dizem que duplicaram a reanimação de camarões encontrados em gelo maciço. Os oficiais acrescentaram, no entanto, que suas descobertas se provaram conclusivas quanto à impossibilidade de o processo funcionar com seres humanos.*

O programa corta para um homem de avental branco, o rosto familiar. Ele tem um sotaque australiano e fala franzindo o cenho, como se a solenidade confirmasse a credibilidade. Sim, ele trabalhou aqui; você o despediu por uma coisa ou outra.

— *A vasta gama de densidade dos tecidos no corpo humano* — ele declara — *faz do descongelamento uniforme uma impossibilidade física.*

— Mas nós conseguimos — você diz à caixa idiota. — Fizemos isso bem aqui.

— *E isso é válido para todos os primatas* — o homem continua. — *Uma pessoa não é uma placa de Petri. Um chimpanzé não é um camarão.*

Você tira o som da televisão. Uma mentira querendo ser engraçada; a ciência reduzida a um jingle publicitário.

Não para Erastus Carthage. Não, agora é o seu momento de manifestar o oposto. Hoje a mídia receberá um tutorial sobre biologia celular, sobre depósitos glicogênicos e retenção de oxigênio. Uma pitada de física, uma breve explicação sobre campos magnéticos, e eles se tornarão brinquedinhos submissos.

Vai levar um tempo, certamente. Duas horas, talvez, mas eles vão aprender algo a cada minuto. Este é o seu momento de mostrar ao mundo o poder da razão, o reino rarefeito onde você tem habitado por virtualmente sua vida inteira. Como eles poderão resistir à força da lógica, à firmeza dos fatos, ao poder elegante de uma prova?

— Thomas.

— Senhor?

Bom garoto, sempre pronto.

— As horas, Thomas?

— Dez e cinquenta e cinco, senhor.

Você acena para ele.

— Novamente, por favor. Os eventos nos compelem a adicionar algumas frases.

* * *

Por doze vezes você já se dirigiu à mídia em uma conferência formal como esta, doze vezes desde a descoberta de Jeremiah Rice no oceano Ártico. Bem, não você diretamente, mas vicariamente. Em cada ocasião houve um momento, um segundo antes de começar, no qual você ficou na beira do palco e ouviu o murmúrio e a agitação. A energia deles era como oxigênio para você; a curiosidade deles, seu alimento.

Porém desta vez o grupo está em silêncio. Que intrigante. Você fica no canto do saguão, uma centena de cadeiras enfileiradas diante do palanque onde você apresentará suas explicações, e pondera: por que não há conversas? Não há cumprimentos entre os jornalistas? Ninguém chamando um repórter ou cinegrafista para arrumar a luz ou o ângulo?

— O que acha disso, senhor? — Thomas está a seu lado.

— Estou avaliando.

— Seu discurso está pronto. — Ele me entrega uma pasta de papel pardo. — A impressora ainda está com problema, então tente não encostar na parte das páginas em que há texto. Pode borrar.

Você ergue uma sobrancelha.

— Thomas.

— Eu sei, senhor, e peço desculpas.

Ele permanece a seu lado, inclinando-se para frente, e você se pergunta se ele está de mau humor, à espera de um elogio. Ele terá de esperar. Tinta que pode borrar não merece elogio. Em vez disso, você pega a pasta, e ele limpa a garganta.

— O senhor acha, se considerarmos a atual situação... que é possível termos cometido algum erro no caminho até aqui?

— Thomas, estou surpreso com você.

— Não na ciência, é claro. Ninguém na Terra poderia alcançar o que o senhor alcançou. Eu apenas quero dizer, aqui estamos nós, defendendo o nosso trabalho. Achei que estávamos a quilômetros disso tudo.

— Você está me criticando, Thomas?

— O senhor sabe que não é esse o caso.

Você abre a pasta e folheia as páginas, como um crupiê com um maço de cartas.

— De jeito nenhum. Você está prestes a testemunhar nosso momento de triunfo. E quanto a esses momentos a que se refere, Thomas... bem, quero que saiba que eu o perdoo.

— *O quê?* — Ele recua. — O senhor *me* perdoa?

— Sim. Afinal, olhe para eles ali. — Você aponta com a pasta para os jornalistas e fotógrafos. — Vê como estão se comportando com cortesia?

— Sim. — A garganta dele se fecha. — Como guardas educadamente acompanhando um homem à sua execução.

— Bobagem. — Você ri. — Thomas, o preocupado. Apenas observe. Este é o momento em que o poder do nosso desejo por conhecimento iluminará as multidões. Será esplêndido.

Thomas dá dois passos para trás.

— Boa sorte, Carthage.

Que tom estranho. Deve ser a pressão. Não importa. Ele ficará bem. Você marcha até a sala de conferência, tão confiante em seu poder quanto no dia em que apresentou o Sujeito Um pela primeira vez ao mundo. Porém, desta vez, a fonte de sua certeza é mais profunda. Ela reside em sua longa reverência ao método científico, e na infinita capacidade da razão de melhorar o mundo. No palanque, você abre a pasta, enche o copo de água, arruma os papéis. A sala permanece em silêncio, o que você presume ser uma demonstração de respeito. Então alguém tosse e soa como um latido. Você olha na direção do ruído, mas não consegue dizer quem o fez.

Só então você se dá conta. A atmosfera na sala é diferente de tudo que você já encontrou antes. Uma lufada de frieza, um toque de hostilidade. Alguns dos jornalistas estão fazendo cara feia. Outros o incomodam pela falta de atenção, olhando para os celulares ou pelas janelas. Você se pergunta se deve retocar a palestra. Se deve refutar Dixon diretamente — embora isso signifique se curvar, e você não se curva.

Você deseja a todos um bom dia. Ninguém responde. Com rapidez você reorganiza mentalmente os planos para a manhã. Metade ciência, e então Dixon. Mas que parte você omite: gelo maciço ou reanimação? Quais das acusações dele você deve ignorar, e quais abordar diretamente?

Procurando ganhar alguns segundos para tomar essas decisões, você bebe um gole de água. Quando coloca o copo de volta no lugar, nota que de fato as páginas sujaram suas mãos. As letras, em reverso como em um espelho, aparecem negras em seu polegar e no pulso.

Imediatamente você retira um tubo de desinfetante do bolso do paletó. Essas pessoas terão de esperar um momento. Você não pode se dirigir a uma plateia com as mão sujas, assim como não pode ir sem calças. E assim gasta o tempo necessário para esfregá-las cuidadosamente, dedos e palmas.

Meio minuto se passa, uma eternidade diante de uma multidão. Você olha na direção da porta. Thomas se foi. Provavelmente a pressão foi muita para ele. Mesmo assim, Borden continua ali. O coração deseja bater. Guardando a loção, você junta os papéis, dá uma batida na borda deles, deixando-os em ordem, e limpa a garganta. Você tem falhas. Todo mundo tem. Mas por razões que o mundo nunca conhecerá, que são suas mais profundas e antigas verdades, você nunca exagerou, nem tomou atalhos, nem apresentou incorretamente o menor dos detalhes. E é humilhante neste ponto de sua vida ter de professar em público o que você vigorosamente viveu por toda a sua existência. Mas aí está. E aí eles estão.

A educação vai até certo ponto, e eles começam a fazer perguntas:

— Dr. Carthage, você alterou de alguma maneira o vídeo subaquático de sua equipe encontrando Jeremiah Rice?

— Por que as luzes se apagaram durante a reanimação?

— Como você descreveria a relação entre a dra. Philo e o juiz Rice?

— Doutor, como você responde às acusações de que seu trabalho é uma fraude?

— Você é uma fraude?

— NÃO! — você grita com toda a força. — Não, não, não. Tudo o que fizemos foi completamente documentado. As câmeras de vídeo nunca foram pausadas, os computadores monitoraram constantemente e liberavam os dados simultaneamente. Nossa equipe é impecavelmente credenciada, e a cada minuto da existência do projeto estipulamos os mais altos padrões, os absolutamente mais altos, em prol da precisão e da integridade.

Isso os interrompe por um momento. Dá-lhes uma pausa, enquanto você se recompõe.

Um jornalista não consegue segurar a língua:

— De onde você tira o seu dinheiro?

A pergunta desengatilha uma nova rodada de gritos:

— Qual a fonte do seu financiamento?

— Por que o Projeto Lázaro não preencheu um Formulário 990, como uma organização sem fins lucrativos normal?

— Você está nessa pelo dinheiro?

— NÃO! — você grita novamente. — Quem são vocês? Como ousam fazer tais acusações? Passem dez segundos online, seus cretinos. Informem-se sobre a minha história, as minhas realizações e publicações, e sejam humildes. Enquanto isso, por favor, façam a cortesia de me permitir ler as observações que preparei, as quais devem aliviar suas preocupações. Então veremos que pergunta, se ainda houver uma, precisará ser respondida.

Eles silenciam. Você venceu por enquanto. Agora é sua vez.

Ah, o tempo. O relógio na parede mais distante do saguão, com seu vermelho brilhante, pendurado sobre a mesa da segurança, seguindo incansavelmente. Ele reafirma seu duradouro triunfo: os minutos estão se encerrando no nonagésimo dia de Jeremiah Rice.

— Bom dia — você declama mais uma vez, a voz retomando o orgulho habitual. — Obrigado por terem vindo hoje. Em agosto passado, um navio de pesquisa do Projeto Lázaro trabalhava nos mares Árticos.

Você levanta a primeira página de seu discurso e as palavras grudam em sua garganta. O texto está ilegível, as letras todas borradas. E pior, a tinta permanece em sua mão apesar de tê-la limpado, está lá para que todos vejam. Você abre a boca, mas a habitual fluência das palavras desaparece. Na verdade você se esforça para dizer qualquer coisa:

— O Projeto Lázaro...

Sua mão está imunda. Você não consegue proferir uma única palavra. O massivo peso da expectativa preenche o ar. O universo senta-se a seus pés, aguardando ensinamentos. E ali está você, em seu momento definitivo, marcado por uma mancha indelével.

42
O OLHO DA BALEIA

Meu nome é Jeremiah Rice, e começo a ser caçado.

Eu estava sentado na cama enquanto Kate guardava as últimas coisas, quando a dona da pousada bateu à porta.

— Eles estão aqui — Carolyn disse. — Na minha rua. Duas vans da TV. E, pelo que parece, um grupo de manifestantes está atrás deles.

— Droga. — Kate enfiou o computador na bolsa. — Malditos tubarões.

— Tudo bem, vocês têm tempo. Eles estão batendo de porta em porta, e ainda estão a mais de um quarteirão.

— Que bom. — Kate se acalmou. Fiquei confiante ao vê-la se autocontrolar como sempre. — Preciso pensar.

— Há uma escadaria nos fundos — Carolyn disse, virando-se para mim. Havia uma ruga de preocupação em sua testa. Eu e ela havíamos tido ótimas conversas todas as manhãs, enquanto ela trazia pratos e mais pratos de comida até que eu me sentisse envergonhado. E agora ela me olhava nos olhos. — Aposto que eles não sabem bem qual dos dois eles querem. Se eles se aproximarem muito, vocês podem se separar.

— Eu não sei — disse. Sentia-me um passageiro, despreparado para participar dessa decisão.

— Não — Kate falou. — Sem chance.

— Só estou sugerindo...

— Você tem um depósito? Um lugar onde eu possa deixar nossas coisas?

— Um porão, claro.

— Perfeito. — O rosto de Kate estava sereno como se ela discutisse o que comeríamos no jantar. — Por favor, diga a eles que já fomos embora. Diga que seguimos para, hã, Portland, no Maine, e que íamos pegar um barco para Nova Scotia. Voltamos hoje mais tarde para acertar a conta.

Carolyn gesticulou.

— A conta deve ser a menor das suas preocupações.

Em minutos havíamos escondido nossas coisas no porão, atravessado a cozinha até um pequeno quarto de serviço nos fundos da casa e lutado para abrir uma velha porta empenada. Um lance de escadas brancas levava até um beco. Enquanto descíamos apressados, pensei que esse era o segundo lance de escadas dos fundos que eu e Kate usávamos para fugir em cinco dias. Eu estava cansado de ser a presa de alguém. Fugir não era o uso correto de meu tempo restante.

— Ei, pessoal — Carolyn chamou. Nós nos viramos. Ela estava no topo da escada com as mãos no quadril, numa postura tão sólida que fazia lembrar um general inspecionando suas tropas. — Jeremiah, certifique-se de comer bastante. Kate, se for necessário, não tenha medo de desistir. E lembrem-se, vocês dois: esta pousada sempre será um porto seguro.

• • •

Corremos apenas nos primeiros minutos. As ruas eram labirínticas, nossos perseguidores se perderiam facilmente. Depois de uma hora, estávamos do outro lado da cidade, a quilômetros da pousada. Kate pegou meu braço e apertou.

— Vamos agir como turistas — ela disse. — Vamos nos misturar melhor.

Depois de nossas experiências em Cape Cod e em Boston, a atuação foi fácil. Nós caminhamos. Olhamos vitrines. Marblehead era uma cidade pitoresca, cheia de casas do século XVIII e ruelas estreitas. Com a movimentação das pernas, minhas tremedeiras acalmaram.

Havia mais uma coisa, uma agudez. Era como se todos os meus sentidos estivessem aumentados; eles sentiam tudo, por menor que fosse. A sombra de uma construção escurecia um beco adjacente. O cheiro de bacon fritando em algum lugar incitava meu apetite. Em uma janela ensolarada, um gato malhado examinava a parte inferior da pata, dando-lhe uma lenta lambida de limpeza, e eu senti que queria chorar.

Com isso, percebi que estava fazendo um balanço, um inventário de minhas últimas experiências. Gerber nunca me disse precisamente quanto tempo restava. Presumi pela severidade de meus espasmos que a areia na parte de cima da ampulheta estava quase acabando. Quão espantoso este mundo era, tão rico quanto passageiro. Meu coração explodia de gratidão. Não havia apenas vislumbres de beleza neste mundo, como as estrelas aqui e ali no firmamento; havia uma orgia de coisas belas, excessos como plantas cobrindo edifícios, oceanos que seguiam em todas as direções. No entanto, também senti uma punhalada de perda, pois, mesmo experimentando o mundo em sua selvagem abundância, tudo estava desmoronando e afastando-se de mim, sem misericórdia, para sempre. Por isso minha mente capturava tudo, apossando-se dessas coisas e saboreando-as. Kate apontou para uma flor, disse seu nome, boca-de-leão, e senti uma inundação de apreço: pela flor e seu tom rosado otimista, por como a humanidade se sente compelida a nomear tudo como se nunca houvesse nomes o suficiente, pelo dedo fino de Kate, pelo gesto humano e simples de apontar, e, sim, pelo que acontece com um homem quando ouve uma certa mulher dizer até mesmo a coisa mais comum, como boca-de-leão.

A manhã passou rápido demais, mesmo assim a atravessei cambaleando. Em uma padaria, Kate comprou para si um café, envolvendo-o com as mãos, e um muffin para mim, ainda morno, com uvas-passas escondidas na massa. Subimos uma colina até chegar a uma velha igreja, onde um sino tocava a cada hora como se nenhum século houvesse passado. Sentamo-nos em um banco à sombra, e por um bom intervalo nenhum de nós falou. Uma brisa chacoalhava a árvore acima de nós, o ruído soando como um aplauso. Ela segurou minha mão. O momento não precisava de mais nada.

Ah, mas inevitavelmente meu pé esquerdo começou a se contorcer, levemente no começo, e então se lançando de um lado para o outro. Eu movi o direito de maneira similar, fingindo que era energia extra, mas Kate ficou tensa e se endireitou no banco.

— Provavelmente estamos seguros agora — ela disse, olhando para o relógio. — Que tal começarmos a voltar para a pousada?

— Boa ideia. — Levantei-me repentinamente demais, na falta de outros subterfúgios para esconder meus tremores. — Devemos... definitivamente devemos, qual é a palavra?

Kate olhou para o copo de café, os lábios se afinando.

— Sim, vamos caminhar novamente.

Seguimos pelas pedras, passamos pela teia de ruas. Ela segurava meu braço como sempre. Mal precisávamos falar. A coisa que eu mais necessitava dizer não podia ser transformada em palavras. Finalmente chegamos a um cruzamento que eu reconheci. Dois quarteirões ao sul estariam a pousada, o carro, o começo do próximo capítulo. Mas meu tempo estava diminuindo e eu não queria mais correr.

— Kate, preciso lhe dizer uma coisa.

— Na verdade, não precisa — **ela** disse. — Você não tem que me contar nada.

— No entanto, preciso. É sobre a minha tremedeira...

— *Lá estão eles.* — Um jovem com um bloco de anotações estava olhando pela janela do carro de Kate e se levantou ao nos ver. — Esperem. Parem.

Começamos a correr sem trocar uma palavra. Kate dobrou em uma rua lateral e eu a segui de perto. Minhas botas escorregavam nas pedras, mas entramos em outras ruas e os gritos foram se distanciando.

Kate me puxou para dentro de uma loja de roupas e esperamos perto do vidro da frente enquanto uma van da televisão passava a toda velocidade, as letras do nome da emissora escritas na lateral. Mais dois carros a seguiram de perto, presumo que eram os manifestantes. Uma motocicleta passou zunindo atrás deles, o piloto, de capacete vermelho, inclinando-se enquanto dobrava a esquina. E então nos viramos e vimos a balconista com uma das mãos na boca.

— É você, não é?

— Por favor — Kate disse. — Em um minuto vamos embora.

— Ei, Courtney — a garota gritou por sobre o ombro em direção à sala dos fundos. — Adivinha quem acabou de entrar. — Ela ergueu o celular. — Preciso mandar uma mensagem para o Ethan. Posso tirar uma foto sua?

E corremos novamente. As ruas que haviam me confundido subitamente se tornaram aliadas. Todos os ângulos estranhos e zigue-zagues nos deram um labirinto de caminhos a seguir. Tratamos de continuar descendo, para longe da pousada e da área de comércio principal, quando então uma rua nos despejou em um longo píer. Corremos em direção a ele, até que chegamos a um portão trancado com cadeado e uma placa gasta dizendo: PARTICULAR.

O lugar parecia estranhamente quieto depois de nossa onda de pânico, fileiras de barcos a vela flutuando em silêncio.

— Nunca vão nos procurar aqui — Kate ofegou.

— A placa diz que é "particular".

— Eu sei ler. — Ela puxou meu braço. — Vamos.

Invasão. Eu estava invadindo uma propriedade pela primeira vez na vida. Kate me entregou sua bolsa de ombro e então passou por cima do portão. A camiseta amarela de verão que ela vestia subiu, e eu vi de relance um pedaço de sua pele rosa.

— Me passe a sacola, Jeremiah. E venha depressa.

Eu a segui, apesar de, ao parar de correr, minha tremedeira ter recomeçado. Concentrei-me para fechar a mão em volta da barra no topo do portão e segurá-la firme na hora de passar para o outro lado.

Kate já havia disparado, e manquei atrás dela, meu estômago fechando-se como o punho de um boxeador. Uma onda de fome se abateu sobre mim, tão intensa como se me faltasse ar. Poderia aquela corrida curta acabar com a comida que eu havia devorado durante todo o dia?

— Por aqui — Kate me chamou lá da frente. — Depressa.

Mas eu parei. O que eu havia me tornado para permitir que a situação se deteriorasse a esse ponto? Onde estava minha prudência judicial, minha mente disciplinada? Curvei-me, respirando fundo, e me permiti pensar claramente.

Não houvera manifestações quando o Projeto Lázaro estava reanimando pequenas criaturas marinhas. Os protestos começaram comigo. Apesar de a maioria das pessoas ter sido gentil e generosa, eu havia dado peso aos argumentos do outro lado. Foi a mim que amaldiçoaram na catedral. Foi a mim que a mulher insultou no jogo de beisebol.

Carolyn estava enganada. Eles sabiam exatamente quem queriam, aqueles chacais. Era a mim que eles caçavam; eu era a presa deles. Portanto eu tinha de assumir a responsabilidade por minha existência, e, para proteger Kate, era meu dever agir.

Endireitei-me, meu corpo ainda tomado de espasmos, mas minha mente clara e resoluta. E notei as coisas ao meu redor, o ar imóvel, a água parada, os veleiros enfiados em suas vagas. Excelente. O mundo às vezes faz muito sentido. E ainda era manhã, havia um dia todo de possibilidades à frente.

Kate correu de volta até mim.

— Qual é o problema? Precisamos nos esconder.

— Perdoe-me. Continue.

Conforme ela seguia em frente, pude ouvir atrás a pancada de uma porta de carro se fechando. Vinha de cima da colina, mas eu sabia: logo eles nos encontrariam. Kate se escondeu atrás de um barco feito de um material branco liso, não era madeira nem aço, que parecia poder navegar pelas águas mais difíceis. Eu passei o dedo pelo casco e parecia a mais fina louça.

— O que você estava fazendo ali? — ela disse, olhando por sobre meu ombro. — Você não tem ideia do que essas pessoas vão fazer se te pegarem? Elas não têm limites.

— Kate. — Peguei uma de suas mãos. — Preciso da sua atenção agora.

Ela voltou até mim, serena, sua poderosa calma retornando.

— Estou ouvindo.

Ali estava meu momento, minha oportunidade de evitar ferir alguém ao ir embora, de impedir que acontecesse outra Joan.

— Kate, eu tentei incontáveis vezes me lembrar do que vivenciei no momento em que me fui. Céu? Inferno? Algum lugar de realização ou descanso? Não havia nada, nada que eu pudesse... retornar. Não, reverter. Qual é a palavra?

— Relembrar?

— Relembrar, sim, obrigado. Seja lá onde eu estive, está totalmente esquecido.

Ela ficou ali parada, segurando minha mão, esperando por minhas palavras. Em sua paciência senti um carinho incomparável.

— Isso, minha amiga mais querida do aqui e agora, é o que lhe peço que faça por mim.

— Como é?

— Esquecer-me, Kate. Como se eu fosse um século durante o qual você ficou... congelada, sim, e depois despertou com o coração vazio.

Ela riu e apertou minha mão.

— Para um cara tão esperto, você pode ser bem bobo.

Eu recuei.

— O que você quer dizer? Eu estou tentando meramente...

— Você está tentando fazer algum tipo de coisa nobre, e deve parar com isso. Sou uma garota crescida e não preciso ser resgatada por ninguém. Na verdade...

— Mas se essas pessoas são tão cruéis como você diz...

— Jeremiah, me escute por um segundo, por favor. Minha vez?

Meu corpo queria correr em centenas de direções. Mas eu me concentrei, ordenando que ele permanecesse imóvel.

— Por favor.

— Na faculdade, eu passei um verão como parte da tripulação de um navio de pesquisa no Atlântico Norte. Certa manhã uma baleia se aproximou do nosso navio e nadou ao nosso lado, negra como carvão. Ela flutuava ali, olhando para mim como se fosse uma pessoa, só que o olho da baleia era maior que uma bandeja. Depois de um minuto, ela jorrou água e mergulhou para sempre. E então eu notei o capitão parado na amurada. Um velho escocês durão. Ele se inclinou na minha direção e disse: "Fixe isso rápido". E eu disse: "Perdão, senhor?" Ele esticou o dedão e o encostou na testa. "Fixe isso rápido em sua mente, porque pode ser que você nunca mais veja nada igual."

— Desculpe, Kate, eu não consigo... não entendo...

— Você é minha baleia, bonitão. — Ela encostou o dedo na testa. — Você está fixado em mim.

Ah, uma parábola. Fechei os olhos, tentando reunir os pensamentos que se espalhavam como camundongos em pânico. Havia alguma maneira de poupá-la? Eu só conseguia pensar em uma possibilidade. Abri os olhos e deixei todas as cores do mundo me invadirem, começando e terminando com o rosto de Kate.

— Acredito que Carolyn estava correta. Devemos nos separar. Assim será mais difícil nos perseguirem.

Ela me lançou um olhar, uma expressão que não consegui interpretar. Era alegria ou angústia?

— Jeremiah.

— Sim?

— Eu só queria dizer seu nome outra vez. — Ela pressionou a testa contra meu peito e então se endireitou, apontando para onde o píer se bifurcava. — Vá até a doca por ali e se esconda nos barcos até escurecer. Eu vou na outra direção. Nos encontramos na pousada, na porta dos fundos, depois que o sino da igreja tocar nove vezes.

— Perfeito — eu disse, embora não tivesse intenção de obedecer. Eu era a presa deles; eu os atrairia para longe dela. — Excelente.

E então ela se aproximou, como se lesse minha mente, e se curvou em meu abraço. Kate parecia tão pequena, calorosa e próxima. Pude sentir meu coração batendo contra ela, exaustivamente rápido. O ouvido dela estava bem ali em meu peito, ela tinha de saber.

— Kate, espero que eu não tenha sido um... algum tipo de... qual é a palavra? — A linguagem morria em minha mente como um peixe capturado por uma rede e jogado no convés de um navio. — Uma coisa ruim. Espero que eu não tenha sido uma coisa ruim que aconteceu a você. — Apertei a mão dela, como se a força do meu gesto pudesse expressar o que as palavras não podiam. — Eu não pedi que isso acontecesse. Não queria causar problemas a ninguém. Muito menos a você, Kate. Não quis lhe fazer nenhum mal.

Ela se afastou e olhou para mim, os olhos brilhantes.

— Esteja certo, Jeremiah. — Ela ergueu a mão e acariciou meu rosto. — Você não me causou nenhum mal.

Que momento compartilhamos ali, abraçados, em silêncio e imóveis. Somente alguns segundos, e foram os mais ricos desde meu despertar. Mas houve uma convulsão em meu rosto, sob a mão de Kate. E então um enorme tremor subiu por meu corpo, dos dedos dos pés até o céu, como o mais profundo arrepio.

Eu me afastei. Ela ficou parada, olhando-me calmamente. O que mais eu poderia dizer? Como poderia expressar tudo o que sentia? Minhas mãos saltavam e se contorciam como pássaros feridos, e eu as lancei contra o peito para mantê-las imóveis. Mas elas continuaram, passeando por meu corpo, estremecendo, até que meus dedos agarraram a coisa. Sim. Sim. Eles se agarraram no que havia em meu paletó como o macaquinho de um tocador de realejo agarra uma moeda.

Naquele momento ouvi mais portas batendo. A voz de uma criança gritou:

— Por ali, eu vi os dois indo por ali.

Kate desviou o olhar, e então voltou.

— Você precisa se esconder.

— Você quer dizer que *nós* precisamos nos esconder.

— Sim, é claro. — Ela segurou meu rosto em suas mãos e me beijou. Senti mais sua respiração que seus lábios, de alguma forma, a consciência de seu ser vivente contra o meu. Foi incomparável, e então acabou. — Agora vá.

Levou apenas um instante. Puxei meu casaco com força, arranquei o objeto e o coloquei na palma da mão dela. Olhando por sobre o casco, vi um jornalista correndo pelo píer.

— Um botão? — Kate disse. — Não entendo.

— Você vai entender — respondi, afastando-me da doca.

O jornalista chegou ao portão e o sacudiu, tentando abrir o cadeado. Eu sabia que aquilo não o seguraria por muito tempo. Virei-me e corri.

· · ·

Meus pés são como asas, eles mal tocam a doca; abro os braços para me equilibrar. Ali, depois do último veleiro, um bote flutua como se colocado por Deus, dois metros e meio de alumínio com dois remos ásperos. Não me ocorreu que estava cometendo um crime até que subi a bordo e desfiz o nó que o prendia à doca. Prometo restituí-lo caso eu retorne, mas um homem honesto conhece uma promessa desonesta. Veja a ironia da coisa: o juiz Rice cometendo um roubo.

Em dez puxões do remo estou entre os veleiros ancorados, com sorte em um local em que nenhum paparazzo deixará de me ver. Para esses chacais devo ser como um barbante amarrado ao rabo de um gato, a provocação que eles não conseguem parar de perseguir. Eu sei que o Atlântico, minha fuga, jaz ao norte. Terá de ser nessa direção, não é? Mais uma vez o norte, como se eu estivesse predestinado. Tiro o casaco e o jogo no casco, então verifico o céu para me situar. Em seguida, coloco minhas confiáveis botas contra o outro assento, puxo com força os remos e começo a seguir meu caminho sem o esconderijo do porto. Vejo as rochas por sobre meu ombro direito, e então viro a popa enquanto me concentro no norte, norte.

Remar acalma minhas mãos. Um puxão por vez e saio do porto, deixando para trás o que um porto é, deixando para trás o que um porto significa. Minha mente navega por todos os tipos de portos que já deixei para trás, belas proteções, calmos ancoradouros no passado e no aqui e agora.

Acomodo-me no esforço necessário. Certamente eles já me avistaram. E o que é a vida senão um remar em um pequeno bote, a cada momento deixando para trás o que sabemos, cada golpe incapaz de nos mostrar o que há à frente?

A água batendo sob o casco, a luz penetrante nas ondas, o cheiro salgado do ar. Eu conheço o futuro, o meu futuro. Cruel e inevitável; eu o suportei uma vez e suportarei mais uma. Mas, diferentemente do passado, não sinto o abraço do frio desta vez. Em vez disso, sinto como se pudesse me dissolver em um milhão de partículas, tornando-me poeira sob a luz. E eu a poupei dessa visão. Poupei-a de mais do que isso, pois certamente devem estar me perseguindo agora. O retumbar enfadonho do remo atingindo a lateral do bote no fim de um movimento. As ondas batendo nas rochas. A precisão de cada observação agora, o formato exato de uma onda, o ranger de minhas botas conforme me estico e me inclino, minha mente acelerando com todo o resto.

Acompanhado por uma gaivota, seu pequeno olho rosa. Uma gaivota, se alguém a contemplar, é uma coisa assustadora. No alto, equilibrada no vento, o apetite tão infinito quanto a curiosidade. Um sino entoa seus gongos em algum lugar atrás de mim, um monte de rosas selvagens enchem as falésias, a luz quente do sol em meus ombros, meus pulmões como foles aquecendo a forja dentro de mim. Maravilhoso, tudo isto, incrível. A gaivota conclui que não sou algo comestível e desvia em direção à terra.

Meu olho a segue. Kate agora está pequena, uma minúscula figura em sua camiseta amarela na doca vívida. O que ela está fazendo e por que não se escondeu? Um grupo se formou perto dela, mantendo-se a alguns passos de distância. Eles não podem prejudicá-la agora, e por que o fariam se quem procuram é Jeremiah Rice? Uma das pessoas aponta na minha direção, já me viram e vão me perseguir. Ela disse que não precisava ser resgatada, mas foi isso que eu fiz. Foi assim que a salvei.

Metro a metro o barco a remo atinge o ponto e então o ultrapassa. As rochas obscurecem minha visão, meu último olhar. Tudo está tão rápido agora, tudo, parece impossível me concentrar, mesmo perdendo ah mesmo perdendo-a. Água calma, pequenos círculos, minúsculos o que são, qual é a palavra, por que não consigo me lembrar da palavra, isso machuca meu coração, ah sim, *redemoinhos*, minúsculos redemoinhos perseguem os remos a cada movimento. Delicados, incomparáveis. Um tanque de redemoinhos, será que existe algo mais adorável? A terra cede o porto cede cada vez menor e distante. Já me sinto mais leve, leve. Dobro as costas na tarefa, um movimento um movimento começo a suar no movimento. Um pouco mais ao norte a cada movimento.

43
OS CÃES DE CAÇA
(KATE PHILO)

Para onde ele foi? Era como se ele tivesse se desvanecido. Eu lhe dei alguns segundos enquanto me recompunha e ele desapareceu. Meu plano havia funcionado.

O primeiro jornalista pulou a cerca do píer, correndo em minha direção. Eu ergui as duas mãos.

— Espere!

Milagrosamente, ele esperou. E então vi que não era milagre, ele estava sem fôlego. O homem se curvou, enquanto os outros pulavam o portão, um de cada vez. Eles esperaram todos chegarem para pegar as câmeras e os cadernos de anotações. Cortesia entre parasitas. Um bando de manifestantes surgiu atrás deles, fazendo muito barulho, mas de alguma forma o portão os deteve. Eles esperaram, sem pulá-lo.

— Foi uma boa perseguição — o jornalista disse, arfando. — Muito divertido.

— Divertido? — Eu olhei pelo ancoradouro; Jeremiah ainda não estava visível. E então o vi, o pequeno barco ao qual sua enorme vida agora estava confinada. Ele não se escondia, apenas remava, passando pelo centro do porto. *Vá*, pensei. *Fuja e eu seguro esses caras aqui.*

Os outros se aproximaram, fazendo um barulho semelhante a cavalos correndo sobre as tábuas do píer. Então começaram a gritar meu nome, erguendo as mãos como crianças numa escola. Ergui os braços novamente, e depois de um momento a gritaria virou murmúrio. Um ou dois deles tiraram fotos.

— Onde está Jeremiah Rice? — o primeiro disse.

Ele havia me abraçado, entende, como nunca antes. Senti sua vida batendo contra a minha. E então ele recuou e arrancou algo de seu casaco, enfiando-o em minha mão.

375

No canto da minha visão, bem na periferia, eu podia ver o pequeno bote seguindo seu caminho. Eu queria gritar: *Volte. Vamos viver ao máximo cada segundo.*

O primeiro repórter apontou para a água.

— Quem é aquele ali?

Eu me virei como se não tivesse ideia, protegendo os olhos.

— Onde?

Meu coração batia acelerado. Tudo estava quase perdido. Mas sempre, no momento espetacular, meu talento é o autocontrole. Eu aprendi o truque há muito tempo e se tornou um hábito: manter a calma em meio ao caos. Minha capacidade de ser reservada salvaria Jeremiah dessa multidão. De outro modo, para o que ele voltaria, se de alguma forma conseguisse ouvir meus apelos? Para encontrar uma esmagadora leva de questões raivosas, além do meu afeto desesperado por mais algumas poucas horas? Esses comedores de carniça não mereciam ver Jeremiah morrer. *Se não posso estar com você, pelo menos posso protegê-lo.*

— É ele? — alguém perguntou.

Eu sabia que meu momento havia chegado.

— É tudo verdade — eu disse, o que os silenciou completamente. Mas parei, sem acrescentar uma palavra. Eles esperaram, com câmeras, microfones e cadernos de anotações, olhando uns para os outros no píer.

Bem neste momento um dos manifestantes superou sua relutância e escalou o portão. O resto do grupo se juntou a ele, galopando pela doca. Alguém gritou:

— Não a deixe escapar.

Mas as equipes da TV me fizeram um favor não intencional, possivelmente porque não queriam perder nada que eu dissesse ou fizesse: ninguém se virou para filmar a gangue de escandalosos correndo na minha direção.

De algum modo, o fato de estarem sendo ignorados os fez assumir uma postura mais moderada. No meio do caminho eles recuaram, como se o líder deles houvesse puxado suas rédeas. Eles não tinham armas, eles não tinham audiência, eles não gritavam para os trovões caírem do céu. Na verdade, eles não tinham nada. Subitamente se tornou claro para mim o motivo pelo qual eles sempre gritavam tão alto: para esconder que não tinham nada. Ignorados, eles eram impotentes. Quando chegaram ao ajuntamento de jornalistas, os manifestantes estavam vacilantes, quase tímidos. Eles se organizaram em um semicírculo na doca, a audiência para a cena final de uma peça.

Eu esperei, querendo correr, ficando a postos. Jeremiah precisava de tempo para escapar da linha de visão deles. Apertei o botão em minha mão, mas continuei imóvel, ganhando cada segundo precioso.

Finalmente um homem cutucou o companheiro ao lado.

— Mas o que foi que ela disse?

— Nós achamos que havíamos enganado a todos — eu disse, a personificação da calma. — Mas aparentemente não Daniel Dixon.

Fiquei em silêncio, adiando. Um pedaço de meu ser esticando-se por sobre aquele porto, queimando como um nervo inflamado, na direção de Jeremiah, na direção da ideia de estar com ele, como se a realidade se movesse de forma constante além do meu alcance. *Volte. Isso está me matando.*

Eles ficaram inquietos. Pude sentir a atenção de todos se dividindo. Por que ele estava remando tão abertamente? Ele devia estar se escondendo. Eles perseguiriam aquele pequeno barco ou ficariam ali? Quando me dei conta de que estavam esperando que eu contasse a eles, que lhes desse o sinal, senti um poder inigualável. Eu poderia salvá-lo, embora isso talvez me destruísse. Eu poderia realmente salvá-lo.

E precisava tão somente de uma mentira. Uma única mentira.

Bem nesse momento uma motocicleta surgiu zunindo pelo cais. O piloto saltou, correndo em minha direção com o capacete levantado. A expressão em seu rosto era suplicante, igual à de Jeremiah havia poucos minutos.

Billings. Era tudo que faltava, o empurrão final, o último membro da audiência a chegar. Apoiei as mãos na cintura, como uma professora mandona recebendo os alunos no primeiro dia de aula.

— Foi armação — eu disse. — Tudo.

A pausa que fizeram foi como a inspiração assustada de um bebê que caiu, segundos de silêncio antes de um grito com toda a força chamando pela mãe. Mas, quando eles soltaram o ar, a experiência foi totalmente diferente: uivaram e latiram como se eu fosse alguma raposa astuta, cheia de artimanhas e dissimulações, até que finalmente fui cercada, como eu merecia, e agora me encontrava em meio aos cães de caça, ignorantes, fatais, ávidos por se alimentar.

* * *

A cobertura foi impiedosa. Um tabloide publicou uma foto de meu rosto embaixo de uma manchete gigante: "Mentirosa". Eu não poderia processá-los por difamação, quando sabia que era verdade. Minha recusa em revelar o paradeiro e a verdadeira identidade de Jeremiah apenas atiçou o fogo. Ainda assim, devorei os jornais todos os dias, cada linha, mas não houve nenhuma história sobre um barco a remo sendo encontrado, muito menos sobre a pessoa que estava nele. Eu só podia especular sobre como o fim de Jeremiah havia chegado. Foi calmo, uma solitária entrega à quietude? Ou violenta como um krill do laboratório, um último espasmo lhe explodindo o coração? Ele se lançou para o lado, confiando que o oceano terminasse o trabalho? Ou deitou sob o sol escaldante? Minha mente considerou as possibilidades, todas elas horríveis, até que desenvolvi uma fantasia: ele não está morto, ele ainda está em algum lugar, ainda está remando.

Acompanhei os programas da noite falando besteiras:

— O vice-presidente declarou seu apoio aos zumbis e lobisomens hoje — um apresentador brincou com a foto do candidato ao lado de Jeremiah. — Acho que ele está contando com os votos dos mortos-vivos, o que é estranho, já que está bem à frente em New Jersey.

Os navios do projeto foram chamados de volta ao porto, terminando a busca global por gelo maciço com lamúria. Quando o nono processo por fraude foi iniciado, o Projeto Lázaro fechou sua sede. Alguns colunistas barbudos e pomposos do *Globe* pediram que o procurador-geral investigasse.

A mídia perseguiu a história por semanas, provavelmente porque havia um elenco considerável envolvido. Cada ator precisava ter sua vez nos holofotes do ódio ou da divulgação.

Thomas, por exemplo. Arquive-o na gaveta do você-nunca-imaginaria. Acabou que ele na verdade era T. Beauregard Fillion, herdeiro da fortuna de um industrial do aço. Ele havia basicamente bancado Carthage do começo ao fim, algo próximo de trinta milhões de dólares ao longo dos anos. Quando o projeto entrou em colapso, entraram também os investidores na tecnologia de reanimação que esperavam transformar sua doação em uma fortuna ainda maior.

"Estou orgulhoso do que realizamos", Thomas disse em um longo perfil publicado na edição de domingo do *Washington Post*. "Valeu cada centavo trabalhar com uma das mentes mais notáveis de todos os tempos, e estar presente quando ele fez sua parte na história da ciência."

Quase do dia para a noite, Thomas conseguiu um emprego no laboratório que copiava as pesquisas do projeto na China. Sanjit Prakore, que Carthage havia demitido por fazê-lo derramar o chá, agora comandava o laboratório. Ele também foi citado na história do *Post*: "Acreditamos que o sr. Fillion será uma tremenda aquisição para o nosso trabalho em andamento. Esperamos que ele seja da maior ajuda".

Provavelmente será, já que ele possui os direitos sobre toda a propriedade intelectual do projeto.

Gerber se recuperou depois de duas semanas, e fizeram uma matéria sobre ele no *Globe*. Durante sua saída do Massachusetts General Hospital, ele parou para dar uma declaração de uma frase: "Por quase toda a história humana, fanáticos religiosos têm cometido violência injustificada em nome de Deus". Na foto do jornal, ele erguia o polegar num sinal de positivo, apoiando-se em sua esposa. Gerber tinha uma esposa, quem diria?

Alguns meses depois ele assumiu um cargo na NASA, gerenciando o programa de satélites que media as mudanças climáticas nos polos. Fiquei feliz por ele, aquele esquisitão. Li sobre isso no *New York Times*.

E também foi lá que descobri a respeito de Amos Cartwright. Um famoso trapaceiro do xadrez, sim, desacreditado e eliminado de sua posição internacional. Mas acontece que Amos tinha um filho, um pomposo narcisista cujo nome, mudado em cartório quando o jovem fez dezoito anos, é Erastus Carthage. E qual engenhoso investigador soltou essa história com toques tipicamente freudianos? Wilson Steele, é claro.

Steele escreveu mais algumas histórias relacionadas ao projeto, narrando que Borden não conseguia arrumar emprego, e suas muitas dívidas. Foi ele quem revelou que Dixon errou ao usar "Tessie" para provar que o juiz era uma farsa. A canção, originalmente sobre uma mulher cantando para seu periquito, foi um sucesso da Broadway em 1902. Steele continuou caçando, tentando descobrir se "o verdadeiro juiz Rice" tinha algum descendente vivo, o que cativou meu interesse. Mas, antes que ele encontrasse alguém, seu novo livro, *Tremor*, sobre terremotos, foi lançado, e, ocupado com as coletivas de imprensa e viagens de divulgação, ele logo desistiu.

Naquele ponto, Carthage não poderia ser desqualificado por qualquer revelação, pois já havia se enforcado. Ele deixou uma carta que dizia: "Somos o oposto de Amos Cartwright". O que faria Jeremiah dizer: Humm. Não consigo decidir o que é pior: Carthage ter provado que estava errado ao morrer exatamente como seu pai, ou o bilhete de suicídio soando como uma autoparódia sem intenção, por usar o plural majestático.

Eu não vi Carthage novamente, depois daquela última vez em sua sala, mas dizem que ele nunca se recuperou do colapso na coletiva de imprensa, quando os repórteres gritaram acusações enquanto o cientista no palanque congelou tão pateticamente que Borden teve de retirá-lo balbuciando da sala. Você esperaria que o trágico suicídio de Carthage fosse matéria de capa dos jornais, e foi realmente trágico, porque, apesar de todas as suas falhas, o homem era verdadeiramente um gênio. Em vez disso, encontrei a história enterrada em uma seção secundária, apenas alguns centímetros de texto sob uma foto borrada do rosto dele. Aparentemente nem merecia ser noticiada na TV. Todo aquele brilhantismo, todo aquele desperdício, mas já era notícia velha.

O oposto aconteceu com Gerald T. Walker, como o mundo todo sabe. No Halloween seguinte, a máscara mais popular foi a de seu rosto com o sorriso torto que era sua marca registrada. Na terça-feira que se seguiu, ele ganhou em trinta e um estados e se tornou presidente dos Estados Unidos. Embora tenha sido um assunto menor no imenso alcance da plataforma política de Walker, ele defendeu maior responsabilidade nos estudos científicos, incluindo auditoria de cada uma das pesquisas financiadas pelo governo federal. Pesquisas mostraram que a vasta maioria do público aprovava tal política. Saudações ao chefe.

Ambição política deve ser contagiosa. Porque T. J. Wade, o célebre coordenador dos protestos dos metidos a santos, anunciou que vai concorrer ao Congresso. Alguns especialistas o criticaram por lançar a candidatura tão cedo, quando as últimas eleições acabaram de terminar, mas Wade já recebeu generosas contribuições. Seu rosto bonito aparece na TV com uma frequência absurda. As câmeras o adoram.

Se para uns tem a ver com afeto, para outros tem a ver com dinheiro. Daniel Dixon, meu invasor espacial particular, acabou fazendo fortuna. Um contrato de publicação de sete dígitos, palestras lotadas pelas quais ele é generosamente pago, um filme estreando no próximo ano, no qual o ator que o interpreta é dez anos mais jovem e lindo como um modelo de capa de revista. O mais estranho é que Dixon doou duzentos mil dólares para um hospital especializado em vítimas de incêndio da Pensilvânia, recusando-se a explicar suas razões, o que trouxe outra rodada de manchetes celebrando-o como um herói, honesto, filantropo.

E quanto a Hilary da boina branca, que vagava do lado de fora da sede do projeto, eu tenho algumas suspeitas. Não houve mais notícias dela, é claro. Eu pesquisei na internet, na lista telefônica da área de Boston. Mas, se os túmulos podem contar uma verdade que sobrevive ao tempo, então eu poderia apostar que seu sobrenome é Halsey. Isso faria dela filha da filha de Jeremiah Rice. Nesse caso, envio uma bênção silenciosa a Hilary Halsey, onde quer que ela esteja.

* * *

E então resta a mim. A velha Kate. Carthage disse que me arruinaria, e suponho que, em algum nível, foi isso que aconteceu: carreira, lar, possibilidades, tudo se foi. Mas nada por culpa dele, não, eu mesma fiz isso. Ou, de qualquer modo, o mundo fez. Das primeiras vezes que voltei para meu apartamento, os tabloides o haviam cercado. Mas eles não eram tão pacientes, porque sempre havia um novo escândalo para onde apontar as câmeras. Logo passaram a ficar ali só durante o dia. Certa noite eu aluguei um caminhão, planejando enchê-lo com tudo que pudesse carregar. E foi tudo bem, um longo e suado esforço, até que entrei na cozinha e encontrei um único ovo largado no balcão. Estava ali havia quase três semanas. Eu não chorei, porque não conseguia respirar. Finalmente o joguei na pia, deixando a água escorrer até levá-lo por inteiro. Então voltei ao trabalho, porque não havia mais nada a fazer: tirar a roupa de cama, empacotar as coisas de cozinha e as roupas de inverno, guardar tudo em um galpão de armazenamento em Danvers, ligar para o dono do apartamento dizendo que ele poderia ficar com o resto. Quando ele perguntou para onde deveria enviar o depósito caução, eu disse que ele podia ficar com isso também. Não fazia sentido revelar minha localização.

Entre todos os lugares, continuo em Marblehead, continuo na pousada Harborview. Aluguei aquele quarto durante todo o primeiro verão, por uma pequena fortuna, e então paguei uma ninharia no inverno, porque o lugar estava praticamente fechado. Em março Carolyn disse que precisaria de ajuda na temporada que estava chegando. Ela me contratou em troca de hospedagem e comida, dizendo que seria mais barato que treinar uma universitária com apetite de adolescente. E também era mais provável que eu não me apaixonasse por algum garçom universitário da cidade, passasse as noites fora e dormisse durante o café da manhã que eu deveria servir aos hóspedes.

Uma aposta segura. Ela me deu uma habitação monástica nos fundos da casa, que um século atrás havia sido um quarto de costura: penteadeira, mesa, luminária, cama. Mas a janela deixava entrar a brisa oceânica. Ninguém na pousada tinha razão para atravessar a cozinha e vir me incomodar. A escadaria dos fundos, a mesma que usamos para fugir, também funcionava como entrada particular. Carolyn me convidava quase todos os dias para participar de sua aula de ioga, dizendo que faria bem ao meu coração. Em vez disso, passei aqueles meses no cicatrizante hábito do silêncio.

O luto é um labirinto misterioso. Frequentemente eu me perguntava o que aconteceria em seguida, mas não havia caminhos óbvios. Eu não era bem-vista em Boston, na verdade insultada do extremo norte ao extremo sul. Sabia que não haveria vagas para pesquisa em lugar nenhum. Estava envergonhada demais para contatar Tolliver na universidade. Eu provavelmente já havia sujado o suficiente sua reputação. Em uma publicação acadêmica, li que Billings planejava abrir um laboratório nos arredores de Londres, para estudar as amostras que havia mantido do Projeto Lázaro. Então lhe enviei um e-mail com uma saudação tímida, apenas especulando. Ele respondeu dizendo que, se o laboratório abrisse, se ele conseguisse financiamento, se houvesse necessidade de alguém com minhas habilidades, então talvez ele me oferecesse um emprego, mas eu teria que entender logo de cara que meu nome não poderia fazer parte de nenhum relatório oficial, "por razões óbvias". Ele assinou o e-mail com "Seu devotado amigo GB".

Assim é a devoção no mundo da pesquisa científica. Mas não posso dizer que fiquei desapontada. Quem iria querer voltar por aquele caminho? Não quando eu já estava desacreditada. Então descobri que aquele laboratório na China havia contratado Billings. Nem um mês depois eles reanimaram uma sardinha, que ficou viva por meses. Faltavam detalhes no artigo, mas aparentemente a grande descoberta tinha algo a ver com a saturação do oxigênio. Para mim parecia que tudo que estava acontecendo, na China ou em qualquer outro lugar, acontecia tarde demais.

Chloe tinha seus palpites para acrescentar todos os dias. Seus e-mails revelavam um tom de superioridade, de mordacidade. Mesmo assim eu não resistia a ler todas as palavras, deixando o veneno entrar em mim. A culpa que eles me atribuíam, a condescendência, tudo isso me fazia sentir como se fosse uma penitência. Ela me incitava: "Aprenda algo em meio a essa confusão patética, Katie-bug. Aprenda algo".

Bem, o que eu havia aprendido? O que, além da inconstância do mundo, de como as pessoas se tornam violentas quando se sentem enganadas, da diferença entre o saudável apetite pela curiosidade científica e a vazia avareza da ambição pessoal? Alguma coisa instrutiva aconteceu, estou certa disso. Alguma coisa educacional se deu nos meses entre aquela noite no Ártico e aquela manhã no píer. Ainda que essas lições permaneçam obscuras.

Talvez isto, talvez pelo menos isto: quando o amor entra em sua vida, ele convida todo o seu ser a valer a pena. Se você aceitar o desafio, vai fincar raízes e desabrochar. Eu sei. Eu vivi um amor grandiosamente, ainda que breve, com um homem bom e raro. Aquele homem me ensinou o poder da observação, da *apreciação*, algo que não pode ser desaprendido.

Então, em vez de atender ao pedido de Jeremiah para esquecê-lo, eu reverencio o momento em que ele me abraçou no meu apartamento, quando ele já devia saber que estava morrendo e, mesmo assim, me fez prometer jamais esquecer sua gratidão. Que presente. De fato eu o fixei bem rápido: o gesto mais inconsequente, a menor palavra. Eu saboreio essas lembranças. Não me arrependo de nada.

Na provação de minha vida interior, Carolyn encontrou uma abertura. O verão passou rápido, eu me preparava para me armar à espera de mais um outono. E já sentia sua presença, ainda que frágil, no vento que batia no porto. E então uma das amigas de ioga de Carolyn, diretora do colégio local, lamentou depois da aula por ter perdido uma professora de biologia, que estava entrando em licença-maternidade.

Sem me perguntar, Carolyn me voluntariou para ser substituta a longo prazo. E então ela voltou para a pousada e parou em minha porta, fazendo a posição da árvore enquanto declarava que iria me demitir da pousada.

Depois de todos aqueles anos no laboratório, tantos homens e tão poucas mulheres, eu sabia bem que não devia rejeitar sua generosidade fraternal.

Em meu primeiro dia, as crianças tinham uma prova sobre os componentes da célula vegetal. A professora havia desenhado uma como presente de despedida, com setas apontando as várias características e espaços em branco para que os alunos preenchessem.

Alguns se inclinaram diligentemente sobre a página, o lápis se movendo, mas muitos permaneceram imóveis, olhando pela janela ou fixamente para o nada. Quando pedi que passassem as provas para a frente, uma garota imediatamente começou a conversar com a colega ao lado. Ela tinha traços fortes, cabelos loiros e lisos, muito bonita.

Parei ao lado de sua carteira.

— Qual é o seu nome, querida?

— Victoria. — Ela lançou a cabeça para o lado, de modo que o cabelo voou para trás.

— Posso ver seu caderno de anotações do laboratório, Victoria?

A maioria das páginas estava em branco. Algumas continham números anotados, que presumi serem dos trabalhos feitos em aula. As folhas mais preenchidas continham principalmente desenhos de tacos de hockey, muito coloridos, e o nome de um garoto escrito de maneiras igualmente artísticas: Chris.

— Classe dispensada — eu disse a eles, embora ainda faltassem vinte minutos. — Isso é tudo por hoje.

— Demais! — um dos garotos disse. Enquanto todos se apressavam em sair, eu me arrastei até minha mesa. Ali estava minha primeira pilha de provas para serem corrigidas. Victoria foi a última a sair pela porta. Eu a ouvi dizendo para outra garota uma única palavra: "Insuportável".

As provas foram para a lata de lixo reciclável. Naquela tarde, fiquei até mais tarde na escola, desencavando cada microscópio que havia no lugar. Limpei todos eles: tirei o pó que se acumulara, troquei os iluminadores queimados, poli as lentes. Na manhã seguinte, bem cedo, peguei emprestado um balde no hotel e o enchi de água da parte rasa da baía. Parecia que havia alguém olhando por sobre meu ombro, meu coconspirador que atravessava os séculos. O balde ficava mais e mais pesado conforme eu caminhava em direção à escola.

Quando os alunos chegaram, notaram os microscópios na mesma hora, fazendo expressões céticas. A dúvida é um ótimo lugar para começar. Mergulhei uma lâmina no balde e a ergui.

— Vocês veem alguma coisa neste pedaço de vidro?

É claro que não viam, e foi o que murmuraram em resposta. Mas eu sabia como aquela água do mar era rica, como era cheia de paramécios, flagelados e algas. Sorri.

— A tarefa de hoje é mergulhar uma lâmina dessas no balde, colocar no microscópio e desenhar a coisa mais interessante que vocês virem.

No começo os alunos agiram como se eu estivesse mandando-os beber veneno, resmungando, sem se dar o trabalho de esconder seu desdém. Gradualmente formaram uma fila.

— Você também, Victoria.

— Ah, tá.

Ela foi por último, conversando com as amigas o tempo todo. Afastou a cabeça do balde enquanto mergulhava a lâmina, como se a água fosse morder. Mas esperei. Ela deslizou a pequena placa de vidro no microscópio, rindo uma última vez com a garota na mesa ao lado, jogando o cabelo para trás. Depois que ela exauriu seu repertório de gestos de enrolação, Victoria baixou a cabeça até o visor.

No começo ela apertou os olhos. Em seguida ajustou o foco. E então parou de se contorcer. Um garoto do outro lado da sala precisava de ajuda com o microscópio, mas, quando olhei novamente um segundo depois, Victoria estava concentrada no que via. Após um longo tempo parada, ela esticou o braço, sem tirar os olhos das lentes, e pegou um lápis.

Ouvi quando ela disse apenas uma palavra para a amiga:

— Legal.

Quando um e-mail de Chloe chegou naquela noite, eu o deletei sem ler. Não ia cortá-la para sempre, mas naquele momento eu não precisava de críticas. Nem doeria se ela ficasse um tempinho ouvindo o som de sua própria voz.

Alguns meses mais tarde, Billings me enviou um comunicado a respeito de vagas abertas. A China desejava a supremacia científica de modo tão obstinado, ele explicou, que não se importariam com a minha história. E já estavam no processo de modificar barcos de pesca para buscar gelo maciço nos polos. Alguém teria de comandar essas embarcações.

"É claro que você terá de confessar tudo", ele escreveu, "e explicar que não foi uma farsa, mas antes ciência exemplar. Eles sabem perdoar, se você tiver o que eles querem. Além do mais, você estava enlouquecida de amor."

Enlouquecida? Fechei o e-mail dele sem responder. Em seguida fui até as escadas do fundo, ficar parada ali a fim de examinar o que estava sentindo. Não era como se eu estivesse jogando fora minha carreira, não. Era mais como se eu tivesse relaxado o controle sobre as rédeas de um cavalo que eu havia provado ser capaz de cavalgar, mas que nunca amei. Não senti nenhum tipo de aflição enquanto ele galopava para longe de minha vista.

Então agora eu saio todos os dias da pousada e atravesso a cidade até a escola, caminhando para o trabalho, como fiz em outra vida. Paro na frente da sala, mesas negras de laboratório com pia, saídas de gás para os bicos de Bunsen, todos aqueles rostos brilhantes virados para mim, até os mais mal-humorados prestando atenção de canto de olho, caso algo interessante aconteça.

Rapidamente me tornei conhecida como uma professora que dá nota máxima com facilidade, porque não me importo se os alunos memorizam os fatos. Tudo que quero é cultivar a curiosidade deles. Sim, minha velha amiga continua intocada até hoje: a simples vontade de saber. Se os estudantes não sabem diferenciar um xilema de um floema, isso não deve limitar suas esperanças acadêmicas nem atrapalhar sua carreira. Mas a vida deles dependerá inteiramente do fato de possuírem ou não a habilidade de se maravilhar, de ter olho para a beleza. Para muitas pessoas, o desconhecido é algo a temer. Em vez disso, quero dar aos meus alunos a humildade de acreditar que as coisas que eles não entendem possuem uma elegante magia.

Aguardo o dia em que alguém trará à tona meu passado. Outra professora, um estudante que pesquise sobre mim na internet ou, mais provável, algum pai com uma queixa. É quase certo que aconteça; vivemos em tempos cínicos. Educada por um sábio juiz, não vou discutir nem me defender. Graças a um vídeo dele que continua online e que assisti repetidamente, tenho uma resposta melhor preparada: "Devemos deixar nossos feitos serem nossos embaixadores. Nosso desafio é viver com toda a sinceridade que há em nosso coração e esperar que aqueles que duvidam enxerguem a verdade".

Ao fim do ano letivo, quando recolhi o caderno de anotações de todos, folheei primeiro o de Victoria. As páginas estavam grossas de uso. Eu me diverti ao ver que aquele garoto, Chris, ainda figurava de modo proeminente nas margens e na capa de trás. Mas o restante estava cheio de anotações, medidas, desenhos de precisão e cuidado.

— Humm — eu disse, embora, para ser honesta, tenha saído mais como uma risada. Eu a tocara. A curiosidade a tocara. O progresso de Victoria era suficientemente *significativo* para mim.

A professora que estava de licença teve o bebê, mas permanece incerta se voltará ou não no próximo outono. Então começo a ver de relance um futuro, um lugar ao qual posso vir a pertencer.

Enquanto isso, encontro consolo em saber que permaneço tendo meu valor. Não, mais que isso. Sinto orgulho. Afinal, eu amei Jeremiah Rice o suficiente para ficar entre ele e o mal neste mundo. Eu o amei o bastante para deixá-lo ir.

Mas não completamente. Sorrio ao pensar no que me restou. Na maioria das noites vagueio pelas ruas estreitas desta cidade, vendo luzes acesas dentro das casas antigas, invejando os ocupantes e sua domesticidade. Uma hora me vejo nas docas onde o abracei, onde o libertei. Em algumas noites o céu é nublado ali. Em outras, a lua ilumina um caminho brilhante nas águas. Não obstante o clima, fico feliz por estar ali, feliz por ter guardado algo de Jeremiah: pequeno, marrom, redondo.

Não é um totem poderoso nem um talismã sagrado. Não é nada, na verdade, significativo apenas para a única pessoa que sabe o que ele representa: que Jeremiah existiu, que me amou também. Verdades tão fortes como essa podem ser sustentadas pelo mais humilde dos objetos. Este está pendurado em uma corrente simples, descansando sobre meu coração.

Ali na doca eu estendo a mão e o toco, três dedos ao redor de sua borda. O que me restou dele. Um botão.

AGRADECIMENTOS

Em 1992, escutei pela primeira vez a canção de James Taylor intitulada "Frozen Man", e ela plantou a semente deste romance. Em 2010 compartilhei a ideia com meus amigos Chris Bohjalian e Dana Yeaton, que me persuadiram a tentar. Dezoito anos representam um lento descongelamento, e serei eternamente grato pelo encorajamento deles.

Tive ajuda de muitas outras pessoas. Karl Lindholm me apresentou ao maravilhoso mundo dos primórdios do beisebol, incluindo livros como *Where They Ain't*, de Burt Solomon, *Boston's Royal Rooters*, de Peter Nash, e *The Boston Red Sox*, de Milton Cole e Jim Kaplan. Os primeiros rascunhos deste livro tinham muito mais páginas sobre o entusiasmo de Jeremiah pelo esporte; eu as removi com relutância.

Abby Battis, gerente de coleções da Sociedade Histórica de Lynn, e seu ex-presidente, Steve Babbitt, forneceram mapas centenários da cidade, documentos de transações imobiliárias e o livro *The Lynn Album: A Pictorial History*, de Elizabeth Hope Cushing. A descrição do desejo do coração de bater veio de uma conversa com o cirurgião de transplantes Michael Borkon, do Instituto do Coração Mid America do St. Luke's, em Kansas City, Missouri.

Décadas atrás, quando eu era editor júnior em um jornal diário, o repórter veterano Mike Donohue cunhou a expressão "perv du jour" para descrever as histórias de crimes sexuais que ele coletava quase que diariamente. Peguei emprestadas suas palavras para um novo significado; saudações, Mike. O título do livro veio da adorável Emily Day.

As teorias de Erastus Carthage se aprofundaram graças à entrevista que Dick Teresi fez com a falecida cientista celular Lynn Margulis para a *Discover* (abril de 2011). Deborah Bergstrom ampliou meu conhecimento sobre os efeitos do congelamento rápido na química das células. Meus passeios de reconhecimento por Boston ocorreram na agradável companhia do dr. Mark Bronsky.

Uma série de pessoas ajudaram este projeto ao ler ou ouvir os primeiros rascunhos, especialmente Chris Bohjalian, Nancy Milliken e Susan Huling. Kate Palmer ofereceu insights sobre os personagens a cada versão, e frequentemente proveu a fé que manteve o projeto em pé. Meus filhos, além de terem sido uma inspiração diária, merecem estrelas douradas pela paciência com um pai cujo mundo imaginado o acordava para escrever nas horas mais estranhas, o que frequentemente os forçava a esperar enquanto ele cochilava no chão durante o dia. Sou profundo devedor de minha confiável agente literária, Ellen Levine, da Trident Media, por encontrar para Jeremiah um lar na William Morrow. Jennifer Brehl é uma excelente editora, se esforçando na direção do amor enquanto cerceava os excessos de Dixon. Ela teve a experiente ajuda de Lorissa Sengara, da Harper-Collins Canadá (minha gratidão a Iris Tupholme, de lá também). Agradeço a Rich Green, da Creative Artists Agency, por enxergar o potencial cinematográfico de Jeremiah, e a Hutch Parker, da 20th Century Fox, pelas excelentes sugestões para a trama.

Há anos meu trabalho tem se beneficiado de Roberta MacDonald e da família de fazendeiros da Cabot Cheese Cooperative (que generosamente apoiaram meus esforços para melhorar os cuidados ao fim da vida), do inteligente trabalho de relações públicas de Wendy Knight, da Knight & Day Communications, da inesperada amizade de Joan Hornig e do oportuno apoio moral de Dave Wolk. Essas pessoas são mais que aliados de um autor; são amigos de valor inestimável.

Impresso no Brasil pelo Sistema Cameron da Divisão Gráfica da
DISTRIBUIDORA RECORD DE SERVIÇOS DE IMPRENSA S.A.